U0540136

傲世鬼才—古龍

古龍與武俠小說國際學術研討會論文集

林保淳主編

臺灣 學生書局 印行

古龍獨照

古龍獨照

古龍與老朋友倪匡合照

古龍與友人合照

古龍生平作品展:各期版本部分

古龍生平作品展:評論與武俠小說連載刊物部分

古龍生平作品展：漫畫部分

古龍生平作品展：影視部分

「武林太史公」葉洪生先生與淡江大學行政副校長高柏園教授合影

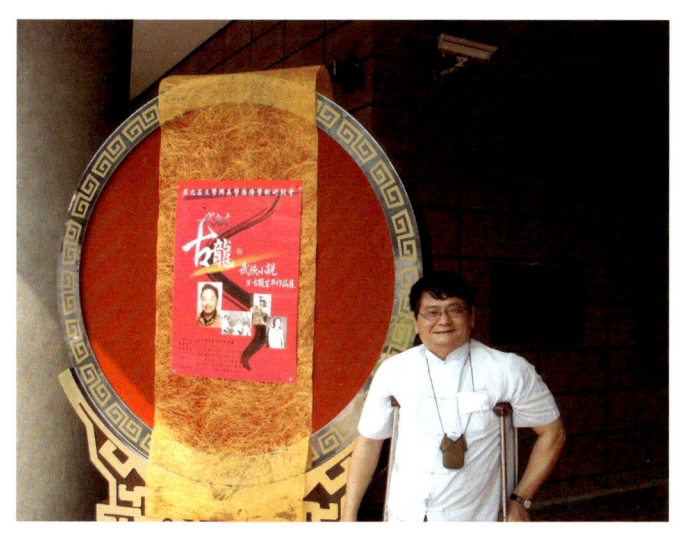

研討會主辦人「武俠百曉生」林保淳教授與議會海報合影

葉洪生先生贈書特展：磨劍十年，鑄劍有成，葉洪生先生在完成鉅作《台灣武俠小說發展史》後，慨贈淡江大學通俗武俠小說研究室數百套武俠小說。葉先生親自選書展出，欲使各位一眼覽盡台灣武俠小說發展史。

前言

呂正惠[*]

　　本屆文學與美學研討會選擇了一個極為特殊的議題——武俠小說,並且集中討論古龍的作品,跟以往各屆相比,可謂特色鮮明。

　　近年來,有關武俠小說的學術研討會頻頻出現,不論在台灣、在大陸、在香港都曾舉辦。當這類研討會在大陸首次出現時,聽說曾引發不同的意見,認為嚴肅的學術殿堂不應該討論這一尚未論定的議題。但相反的,要求嚴肅考慮武俠小說的定位問題的呼聲也一直有增無減。這就證明,武俠小說作為一個議題,正因為它還存在著爭議性,正有它作為一個議題而存在的必要性。

　　中國古代有俠義小說一類,入民國後,從俠義小說繁衍出武俠小說,名家輩出,而且有新、舊派之分。之後,武俠繼續在港、台兩地流行,愈演愈熾,進而回流大陸,最後在學術界爭取「話題權」,這一切說明,至少做為一個文化現象,武俠小說是值得重視的。

　　做為一個文化現象,武俠小說數十年來在大陸、香港、台灣、海外的盛行,代表何種意義?做為一個小說的次文類,武俠小說的

---

[*] 淡江大學中國文學系主任

美學規範如何？是否可以承認它具有嚴肅的文學價值？凡此，都是值得我們持續探討的問題。本屆會議的論文，作為嘗試之一，可以提供大家作為思考的起點，應該是有其意義的。

　　最後，應該說明，本次研討會是由本系前主任盧國屏教授及本系武俠小說研究室主持人林保淳教授負責籌劃的，功勞應該歸之於他們，我只是循例作序而已。

淡江大學中國文學系主任
呂正惠

刀聲酒影入夢來
——古龍逝世二十周年祭(代序)

周清霖*

忌日

逝者已去,離去的日子就是忌日。

今年是古龍先生逝世的二十周年,而在秋風漸起的九月二十一日,便是他的忌日。

說來慚愧,我本不該忘記的,但卻是真的忘記了,直至接到淡江大學的一紙「武林帖」,方才記起來。

不過還好,紀念本不必挑選日子。

何時想到,何時便可紀念。

而十週年、二十週年,都是必須紀念的!

死人

『壹』

人死之後變成死人,每個人都會死,卻不是每個死人都能被人

---

* 上海學林出版社編審室主任

懷念。

因為人們所懷念的本不是一具死屍，

而是一段人生、一種精神、一股氣息。

『貳』

有些人早該死了，可是他們都活得好好的；有些人根本不該死，卻早早地離開了人世。

倪匡說，古龍求仁得仁了。

的確，他是求仁得仁了，一個人若生得無趣，那只有去死。

若有人要問，為何生得無趣？

因為他不識相！

古龍不識相是人所共知的，就因為不識相，才會被人砍一刀，差點丟了性命。

然而即使他不識相了，即使他的確有資格不識相，但他卻仍然不開心，

因為他孤獨。他孤獨，因為這個世界上識相的人太多，而不識相的人卻太少！

或許正是因此，他才會長年將自己浸沒在酒罈裏。

喝醉的人，視覺總是模糊的，思維也不會那麼清晰。

即使痛苦，也變得平淡了。

『參』

握緊刀鋒，血會從手掌流下來，痛會刺進心裏。

但是有些人一生下來，便註定了只能用力地握住它。

因為一旦鬆開了握緊刀鋒的手，心便已死了，一個人的心若死了，那麼留著軀體還有什麼用？

但是這種疼痛，終有一天會忍受不住。

然後，去死。

有人去跳樓，有人去上吊，而古龍，他用酒精將自己的身體和生命都掏空。

他死了，刀鋒上的疼痛終於停止。

酒精

『壹』

酒精會讓人衝動，讓人熱血沸騰。

許多人會在喝醉的時候，說出許多一輩子都不會說一句的真心話；當然也有不少人發酒瘋，被人狠打。

古龍交朋友的一大方式就是喝酒，但並不是所有人都有資格跟他喝酒的。

看不順眼的人，就絕不喝。說不喝就不喝，被人砍了一刀也還是不喝！

這是不識相，更是好漢的執拗！

但若是看得順眼的，即使大醉三天三夜，又有何妨？

『貳』

古龍曾說過：其實，我不是很愛喝酒的。我愛的不是酒的味道，而是喝酒時的朋友，還有喝過酒的氣氛和趣味，這種氣氛只有酒才能製造得出來！

古龍其實不是愛酒，他只是愛朋友，只是太愛和朋友在一起的氛圍。

也許女人們會怨他太薄情，可是只有他的朋友才知道，其實沒

有人比他的感情更豐富，只是他把這感情都給了朋友。

『參』

我不會喝酒，甚至可以說是滴酒不沾。

許多人說我：你都不會喝酒，算什麼古龍的武俠迷。

我微笑，不微笑又能如何？

外人不會明白，就算我跟他吵架、跟他打架，他也還是不懂。

我也愛朋友，只是我跟他與朋友相處的方式不同罷了，但目的卻是一樣的。

就像兩個人，一個沿東邊的路走，一個沿西邊的路走，結果轉了一個彎，所到的地方是相同的。

為什麼會相同？因為他們的目的地是相同的，只不過走的路和走的方法不同罷了。

道路

『壹』

古龍的武俠風格是前無古人的，即使有後者，也無人能出其右。

在今天這個武俠文化漸漸沒落的時代，很多人在模仿他，風格、語氣、對白，一切獨特的東西。

但是有沒有成功？沒有。

為什麼？因為我們都不是古龍，即使我們模仿了一張皮，卻捕捉不到其中的靈魂。

怎樣才能捕捉到靈魂？其實很簡單，第一步，先學會不識相！

而且是很不識相。

是即使被人砍一刀也不肯喝一杯酒的不識相！

誰能做到？

沒有。

『貳』

所以古龍不是一條道路，而是一種精神。

沒有他的精神，就寫不出他的文章，就算寫了，也不像。

悼念

『壹』

對於死去的人，我們所能做的只有悼念。

但我卻始終不大情願用這個詞。

古龍是一種精神，人會死去，但精神不會死去。

精神若沒有死去，人死了，有什麼關係？

『貳』

借用一段《邊城刀聲》中的話：

——飛刀還未在手，可是刀的精神已在！那並不是殺氣，而是一種高尚的人格，偉大的精神！

人雖已死，但人的精神還在！

其他，已不需多說！

（完）

2005.5.31

【後記】

　　三月三十日，正式接到淡江大學中文系主辦的古龍與武俠小說研討會邀請函，深感榮幸之餘，立即填寫赴台申請書並於次日寄出，孰料病魔（支氣管炎——肺炎）竟於當日襲來——咳嗽不止、高燒不退，直至入住華山醫院一周後（五月五日）病情才得到控制，然已元氣大傷，無力應命寫就研討會要求之論文，以及葉洪生兄出題之文：《古龍與還珠樓主》。

　　五月二十六日終於出院，因未痊癒，醫囑休養兩個月後再復查，估計當會康復。極為遺憾的是，因病後虛弱，且相關證件亦趕辦不及，此次盛會肯定無緣出席了，由此失卻聆聽與會學者及同好教益、高見之良機！

　　為祝賀盛會之舉行，為紀念古龍先生逝世二十周年，於病榻之上效古龍文體草成《刀聲酒影入夢來》一文。另附十年前舊稿《電影〈東邪西毒〉中古龍的血與魂》（近日略作修訂），作為電子郵件，一併發給林保淳教授。若能於會上擇要宣讀，則不勝榮幸！

　　祝研討會圓滿成功！

周清霖

2005.5.31 晚

傲世鬼才─古龍：
古龍與武俠小說
國際學術研討會論文集

目　次

前　言 …………………………………… 呂正惠　　I
刀聲酒影入夢來──古龍逝世二十周年祭(代序) …… 周清霖　 III
古龍武俠小說目錄及創作年代商榷 ……………… 郭璉謙　　1
仗劍江湖載酒行
　──古龍的生命歷程與其創作風格之關係 ……… 蘇姿妃　 25
正言若反──論古龍武俠小說的特色 …………… 劉巧雲　 67
Cultural Bodies in Gu Long …………… 劉奕德(Petrus Liu)　91
系譜的破壞與重建──論古龍的武林與江湖 ……… 楊　照　113
從梁羽生、金庸到古龍
　──論古龍小說之「新」與「變」 ……………… 龔　敏　127
古龍小說復仇模式及其對傳統的突破 ……… 王　立、隋正光　147

世界觀的歧出——古龍武俠小說
　　「世俗英雄」的文化／社會意義 ………… 陳康芬　167
英雄和美女：古龍小說的創新和危機 ………… 湯哲聲　197
從技法的突破到意境的躍升：
　　以《楚留香傳奇》為例 …………………… 陳曉林　209
楚留香研究：朋友、情人和敵手 ……………… 陳　墨　225
論《絕代雙驕》的修辭藝術 …………………… 胡仲權　251
古龍的「劍道」與「人道」
　　——從西門吹雪與葉孤城說起 …………… 林保淳　275
視角‧聲音‧延異：閱讀《大人物》 ………… 林建發　295
電影《東邪西毒》中古龍的血與魂 …………… 周清霖　323
附錄：古龍武俠小說改編影視資料（初稿） ………　335
淡江大學第九屆文學與美學國際學術研討會議程表 …… 353

古龍武俠小說目錄及創作年代商榷

郭璉謙[*]

一、前言

1985 年 9 月 21 日，一代武俠小說鬼才古龍（1941－1985）[1]病

---

[*] 淡江大學中國文學研究所碩士生

[1] 關於古龍出生年月，乃依據真善美出版社收藏之古龍親筆版權狀所載之民國三十年（西元 1941 年）六月七日。古龍在〈寫在「天涯・明月・刀」之前〉一文有言：「近月在報刊上連載的『歷劫江湖』，和『金劍殘骨令』，都是我十五年前的舊書」，文末並著明「一九七四、四、十七、夜、深夜」的寫作時間。《天涯・明月・刀》最早在 1974 年 4 月 25 日開始連載於〈中國時報〉，若由 1974 年往前推「十五年前」，當為 1960 年左右。古龍又於〈不唱悲歌〉中言：「那時我才十八九歲，寫的第一本小說叫『蒼穹神劍』。」《蒼穹神劍》於 1960 年由第一出版社印行，此年真善美出版社亦開始印行《湘妃劍》（即《金劍殘骨令》）與《孤星傳》（即《歷劫江湖》），可推測 1960 年的古龍當是十八九歲。由 1960 年再往前推十八九年，約是 1941 年（即民國三十年）。故「民國三十年六月七日」可能為古龍出生日期。〈寫在「天涯・明月・刀」之前〉（收錄於《天涯・明月・刀》（上），台北：風雲時代，1998 年 4 月），頁 7。

逝。古龍離世迄今將屆二十年，而其所創作的武俠小說，仍是餘波蕩漾，甚至歷久彌新，大有中興之勢。❷古龍的驟逝，也為世人留下許多難解之謎，如其始終令研究者感到撲朔迷離的生世、武俠小說創作年代及真偽作品，在學術界始終未有定論。

對於古龍武俠小說的書目，已有多位學者如曹正文、周清霖、于志宏、胡仲權等，予以整理，但在各家說法中，古龍小說作品數目、創作年代等，皆有出入。曹正文《中國俠文化史》中所載的「古龍武俠小說書目」，計有七十二部。❸胡仲權所著錄的古龍小說除本於曹正文的七十二部之外，復又增入《雙流神劍》、《江湖奇譚》、《名流劍客沒羽箭》、《風雨夜譚》、《風雲男兒》、《菊花的刺》等六部，計達七十八部。❹大陸珠海出版社的《古龍全集》「依據周清霖先生整理《古龍書目》及覃賢茂《古龍傳》附錄及作者所見版本綜合而成」的書目，亦有六十八部。❺于志宏所

〈不唱悲歌〉（收錄於《九月鷹飛》，台北：風雲時代，1998 年 4 月），頁 190。

❷ 此可從二十年來，古龍武俠小說的不斷更新再版、電視電影的翻拍、漫畫的編繪、電腦遊戲的產生等方面來觀察，可看出古龍武俠小說是文學界、影視界、娛樂界等方面不可或缺的靈感來源。

❸ 見曹正文：《中國俠文化史》（上海：上海文藝出版社，1994 年 4 月），頁 244－245。曹正文《古龍小說藝術談》（台北：知書房，1997 年 3 月）所錄之「古龍武俠小說出版年表」經過「于東樓提供資料，周清霖整理後」修訂成 68 部。

❹ 見胡仲權編：《武俠小說研究參考資料》（台北：萬卷樓，1998 年 11 月）。

❺ 見陳墨：《武俠五大家品賞（下）》（台北：風雲時代出版公司，2001 年 7 月），頁 20－24。

整理出來的「古龍武俠小說出版年表」，則錄六十九部小說。❻

　　本篇論文首先即是就古龍武俠小說創作年代予以討論，儘可能找出古龍武俠小說的出版或原先刊載之報刊雜誌；其次則是對部分不應納入目錄的代筆作品予以說明，希冀可以對絮亂如麻的古龍武俠小說目錄及創作年代，耙梳整理，提供一份完整資料。

二、古龍武俠小說作品年表

　　本篇論文第一部份即是先整理古龍武俠小說作品目錄，並列其開稿及完稿日期。古龍武俠小說因出版時間或地點的不同，產生「同書異名」的狀況，故在整理古龍武俠小說創作年表時，將「同書異名」與發表狀況，以隨頁註方式說明。（凡表中有*者，乃因未見該書，故暫從曹正文《古龍小說藝術談》中所載「于東樓提供資料，周清霖整理」之古龍武俠小說出版年表。）

編號	書　名	開稿日期	完稿日期	備　　註	異　名
1	*蒼穹神劍			1960年第一出版社印行	
2	*殘金缺玉				
3	劍氣書香			1960年真善美出版社印行	
4	*月異星邪			1960第一出版社印行	
5	湘妃劍	1960/10	1963/07	由真善美出版社印行	金劍殘骨令

---

❻　于志宏「古龍武俠小說出版年表」轉引自陳墨：《武俠五大家品賞（下）》（台北：風雲時代出版公司，2001年7月），頁25－28。

・傲世鬼才一古龍：古龍與武俠小說國際學術研討會論文集・

6	孤星傳	1960/10	1963/01	首刊於真善美出版社，費時 2 年多完成	風雲男兒❼ 歷劫江湖❽
7	失魂引	1960/10	1960/12	由明祥出版社印行	
8	*遊俠錄			1960由海光出版社印行	
9	彩環曲	1961/10/16	1962/09/18	首載當於自立晚報	
10	護花鈴			於 1962 年 10 由春秋出版社印行	諸神島
11	飄香劍雨	1963?	1965/01	華源出版社印行	
12	*劍玄錄			1963 年由清華出版社印行	
13	*劍客行❾			1963 年由明祥出版社印行	
14	情人箭	1963/04	1964/08	首次於真善美出版連載刊印社	怒劍❿
15	大旗英雄傳	1963/05/26	1965/06	①首次當連載於公論報，連刊 1－194 集 ②真善美出版社於1963 年9月開始印行⓫	鐵血大旗⓬

❼ 1974 年 2 月南琪出版社印行時，改名《風雲男兒》。

❽ 《孤星傳》刊載於《武俠春秋》時，改名《歷劫江湖》。連載期數由 189 期（1973 年 11 月 21 日）至 221 期（1974 年 10 月 11 日），共計 33 期。

❾ 曹正文「古龍武俠小說書目」及陳墨引珠海出版社的《古龍全集》目錄皆註是書又名《風雲男兒》，當系誤認。

❿ 1976 年修訂，出「漢麟版」，改名《怒劍》。曹正文「古龍武俠小說書目」註其又名「《怒劍狂花》」，當係訛誤。

⓫ 古龍《情人箭》第九集（台北：真善美出版社，1963 年 6 月初版）書末曾刊有「本書作者古龍，另一新作——『大旗英雄傳』由真善美出版社即將出版」，可推測此時《大旗英雄傳》應當仍在《公論報》連載，尚未集結成書。至《情人箭》印行至第十二集（台北：真善美出版社，1963 年 9 月初版）時，《大旗英雄傳》第一集亦同時於 1963 年 9 月出版。《公論

16	浣花洗劍錄	1964	1966/05	1964年由真善美出版樹印行	浣花洗劍
17	武林外史	1966/?/?		①首刊於香港《華僑日報》 ②1967年4月由春秋出版社印行	風雪會中洲
18	*名劍風流			1966年由春秋出版社印行	
19	絕代雙驕	1966	1969/02	①公論報於1966/05/31連載97集 ②1966年9月至1969年2月由春秋出版社印行 ③武俠春秋於274－339期連載修訂版	
20	鐵血傳奇 血海飄香、 大沙漠、畫			①首載疑當於武俠世界 ②1967年1月真善美出版社印行	風流盜帥❸ 楚留香傳奇 ❹

報》則連載至1963/12/20，計194集。1965年10月，真善美出版社印行第28集方完稿。

❷ 《中華日報》曾於1978/4/13至1979/10/21連載全集。

❸ 《武俠春秋》曾於第83期（1971年11月24日）至第116期（1972年6月23日）連載《風流盜帥》，即是《鐵血傳奇》。

❹ 真善美出版社宋德令先生曾出示權狀表示：《鐵血傳奇》於1977年改名為《楚留香傳奇》。以後皆以該書名印行。楚留香故事系列共有五部曲，依次是血海飄香、大沙漠、畫眉鳥及蝙蝠傳奇、桃花傳奇；先經由香港《武俠世界》週刊連載，而後交付臺灣兩家出版社結集成書。前三部曲收入《鐵血傳奇》（1967年），由真善美出版；後兩部曲收入《俠名留香》（1968年），由春秋出版。《蝙蝠傳奇》曾在武俠春秋29－47期連載。

	眉鳥				
21	多情劍客無情劍	1968/?/?		①《多情劍客無情劍》首刊於《武俠世界》❺ ②多情劍客無情劍續集《鐵膽大俠魂》首刊於武俠春秋 5－45 期 ❻ ③ 1968 年 8 月由春秋出版社印行	

❺ 胡正群為上海學林出版社編「台港新派武俠小說精品大展」時曾寫一篇總序〈神州劍氣升海上——簡述台灣武俠小說的興起、沿革與出版〉云：「他寫出了《風雲第一刀》。上半部一九六八年連載於香港《武俠世界》，下部易名《鐵膽大俠魂》，連載於一九六九年創刊的香港第四本武俠雜誌──《武俠春秋》。」淡江大學通俗武俠小說研究室所藏的《武俠世界》第 500 期（1969 年 3 月 22 日出版）中刊有古龍《多情劍客無情劍》，回目為〈公子多情情不貳〉，與春秋版（1969 年 8 月）相比對，已被改編入〈第九章　何處不相逢〉，只是全書內容的九分之一。《武俠世界》乃「逢星期六出版」，故若由第 500 期所刊的《多情劍客無情劍》往前推測，當是約自 1968 年開始連載，胡正群所言甚有根據。但開始於《武俠世界》連載時即是名為《多情劍客無情劍》，並非《風雲第一刀》（關於《風雲第一刀》詳見《邊城浪子》）。

❻ 胡正群文中又言「下部易名《鐵膽大俠魂》」連刊於《武俠春秋》，今查《武俠春秋》第 5 期（1970 年 1 月 2 日）至第 45 期（1971 年 2 月 10 日）確有連刊古龍之《鐵膽大俠魂》，但出版商於目錄標為「多情劍客無情劍續集」，與春秋版比對，確實是「下半部」。故筆者以為《多情劍客無情劍》當為原名，而《武俠春秋》連載之《鐵膽大俠魂》為其續集，春秋出版社印行時即上下二部合刊，取其原名《多情劍客無情劍》，非胡正群所言「出單行本時將上下部兩部合併，改名為《多情劍客無情劍》」。

22	俠名留香蝙蝠傳奇❼、桃花傳奇			1969年11月由春秋出版社印行	
23	蕭十一郎	1969/12/5	1970/6/12	①武俠春秋創刊號－28期連載 ②1970年7月於春秋出版社印行	淑女與強盜❽
24	歡樂英雄	1971/2/17	1972/2/9	①首刊於武俠春秋46－97期 ②1971年12月由春秋出版社印行	
25	大人物	1971/3/17	1971/11/26	①首次當於武俠春秋50－82期連載 ②1971年10月由春秋出版社印行	
26	流星·蝴蝶·劍			1971年8月由春秋出版社印行	
27	邊城浪子	1972/2/16	?	首刊於武俠春秋98	風雲第一刀

---

❼ 《蝙蝠傳奇》後被析分為《鬼戀俠情》（即《借屍還魂》）與《蝙蝠傳奇》。《蝙蝠傳奇》曾連載於《武俠春秋》29－47期。

❽ 陳墨：《武俠五大家品賞（下）》（台北：風雲時代出版公司，2001年7月），頁21。

❾ 《邊城浪子》以《風雲第一刀》之名於《武俠春秋》第98期（1972年2月16日）開始連載。《武俠春秋》連載前，曾於第97期（1972年2月9日）刊有「『風雲第一刀』是古龍專程為武俠春秋讀友寫的，鐵定下期刊出」。曹正文言《邊城浪子》「曾被改名《風雲第一刀》，誤。」（見曹正文：《古龍小說藝術談》，台北：知書房，1997年3月，頁226）但《武俠春秋》所連刊的《風雲第一刀》與1973年南琪版的《邊城浪子》比對，二書內容無異，皆言傅紅雪故事。故《風雲第一刀》即是《邊城浪

28	陸小鳳傳奇	1972	1975	①首載當刊於 1972 年《明報》⑳ ② 1973 年 5 月南琪出版社曾將此五部書以《大遊俠》之名印行㉑	⑲
29	繡花大盜				鳳凰東南飛
30	決戰前後				
				—？（124 期未完）	
31	銀鉤賭坊㉒				
32	幽靈山莊				
33	七殺手	？	1973/6/21	首載當刊於武俠春秋？	

子》，較《天涯‧明月‧刀》早寫，如何言其為「《天涯‧明月‧刀》後傳」？且亦非胡正群所言的《多情劍客無情劍》上半部。

⑳ 此乃根據于東樓對陳墨所言金庸封筆，向古龍邀稿之事。見陳墨：《武俠五大家品賞（下）》（台北：風雲時代出版公司，2001 年 7 月），頁 42－43。

㉑ 《武俠與歷史》第 644 期（1973 年 5 月 11 日）曾刊有《鳳凰東南飛》（即《繡花大盜》），而 670 期（1973 年 11 月 22 日）則刊有《銀鉤賭坊》，並標為「陸小鳳傳奇之四」，至 685 期（1974 年 3 月 7 日）未刊完。由此可見在《大遊俠》之前，即已被劃分為《鳳凰東南飛》、《銀鉤賭坊》等書，而《大遊俠》之名當是南琪出版社印行時，將五部「陸小鳳故事」結合而改名。

㉒ 《武俠春秋》第 246 期（1975 年 6 月 21 日）曾刊出古龍的武俠小說目錄，其「陸小鳳故事」分為六部：陸小鳳、鳳凰東南飛、決戰前後、銀鉤賭坊、冰國奇譚、幽靈山莊。其中冰國奇譚今被編《銀鉤賭坊》第六章之中，由此可見：《銀鉤賭坊》曾被析分成《銀鉤賭坊》及《冰國奇譚》二部。

㉓ 《七殺手》曾二次連載於《武俠春秋》。第一次不知自何期開始，但至第 169 期（1973 年 6 月 27 日）完結；第二次則從第 377 期（1979 年元月 1 日）至第 381 期（1979 年 4 月 1 日），並標其為「七種武器之七」。南

・古龍武俠小說目錄及創作年代商榷・

				－169 期❷❸	
34	火拼蕭十一郎	?	1973/10/24	①武俠春秋？－186 期 ② 1973 年 10 月由南琪出版社印行	火拼❷❹
35	長生劍	1974/02	1974/02	① 1974 年 2 月南琪出版社印行武林七靈❷❺時收入	
36	孔雀翎	1974/02	1974/07	① 1974 年 2 月南琪出版社印行武林七靈時收入	
37	碧玉刀❷❻			1974年由漢麟出社印行	
38	多情環	1974/10	1974/10	1974 年 10 月南琪出版社印行❷❼	
39	霸王槍	1974/10	1975/03	1974 年 10 月南琪出版社印行（見注❷❼）	
40	天涯・明月・刀	1974/04/25	1975/01/21	①中國時報僅連載 1－45 集	

　　琪出版社印行《武林七靈》時曾從第九集（1973 年 7 月）開始連刊。
❷❹ 南琪出版社於 1973 年 10 月印行時，名為《火拼》，36 開，計 18 冊。
❷❺ 1974 年 2 月，南琪出版社開始印行《武林七靈》。該書開頭即言「七個不平凡的人。七種不可思議的武器。七段完全獨立的故事」可以判斷就是「七種武器系列」。淡江大學通俗武俠小說研究室僅藏九集，觀其內容依序是《長生劍》、《孔雀翎》、《七殺手》，以後則未見。
❷❻ 《碧玉刀》不知其確切創作年代。《武俠春秋》第 246 期（1975 年 6 月 21 日）所刊古龍的武俠小說目錄，其「七種武器故事」僅列出四種：長生劍、孔雀翎、碧玉刀、多情環。
❷❼ 南琪出版社所印行之《多情環》，36 開，共計 48 集，114 章，3362 頁。但卻是多部書的融合：《多情環》（頁 3－371）、《霸王槍》（頁 371－990）、《血鸚鵡》（頁 991－2203）、《吸血蛾》（頁 2203－3362）。

・9・

				②武俠春秋 208－231期連載㉘	
				③ 1974 年由南琪出版社開始印行成書	
41	劍・花・煙雨江南			南琪出版社於 1972 年 5 月預告此新書	
42	拳頭	1975/01/01	1975/6/11	武俠春秋 229－245 期連載	狼山㉙忿怒的小馬
43	三少爺的劍	1975/6/21	1976/3/21	首次當於武俠春秋 246	

㉘ 據陳曉林所言：「古龍的《天涯・明月・刀》連載於〈人間〉副刊竟被腰斬，原因是許多讀者不習慣古龍的快節奏，蒙太奇筆法，去函報社表示要「退報」，嚇得報社老闆仍請東方玉之流連載，而中斷了古龍的作品。」（見〈陳曉林先生對《古龍全集》的一些回答〉，浪子古龍（http://www.langzigulong.com））《天涯・明月・刀》於《中國時報》連載時間乃自 1974 年 4 月 25 日至 1974 年 6 月 8 日，以後則被腰斬。但《天涯・明月・刀》被「腰斬」前，即在《武俠春秋》208 期（1974 年 6 月 1 日）開始連載，至 231 期（1975 年 1 月 21 日）全書結束，故其完稿日期當在 1975 年 1 月 21 日。

㉙ 《武俠春秋》曾刊載《拳頭》二次。第一次是自 282 期（1975 年 1 月 1 日）連載，《拳頭》下注（又名狼山），但至 235 期（1975 年 3 月 1 日）後斷稿，直到 242 期（1975 年 5 月 11 日）又復連載，至 245 期（1975 年 6 月 11 日）完結。第二次連載則不知起於何期，但終於 376 期（1976 年 2 月 11 日），此次則正名為《拳頭》，並列入為「七種武器之六」。

㉚ 古龍〈楔子——從「絕代雙驕」到「江湖人」一點感想〉（《武俠春秋》第 274 期，香港：鶴鳴書報，1976 年 4 月 1 日，頁 49。）云：「剛寫的『江湖人』，只希望能寫一點必要，成熟，滿意的東西。」文末並載有「一九七五年、十、十七、夜已深」的寫作時間。古龍所謂的「江湖人」即是《三少爺的劍》，《武俠春秋》曾自 246 期（1975 年 6 月 21 日）開

				－273期連載❸	
44	白玉老虎	1976	1977	1976年由南琪出版社印行	
45	大地飛鷹	1976/10/5	1977/11/11	聯合報連載完集	
46	圓月彎刀	1976/6/21	1978/5/1	武俠春秋282－348期連載	刀神❸
47	碧血洗銀槍	1976/9/2	1977/2/17	首載當於中國時報刊完	
48	離別鉤	1978/6/16	1978/9/3	首載當於聯合報刊完❸	
49	鳳舞九天	1978/9/19	1979/6/18	①民生報連載全集 ②春秋出版社於1978年開始印行	

始連載《三少爺的劍》，接近古龍撰寫此文的1975年10月17日，故言「剛寫的『江湖人』」，可見《三少爺的劍》首次發表當於《武俠春秋》。

❸ 曹正文「古龍武俠小說書目」註其「又名『刀神』」，頁245。然在《武俠春秋》連載之時，即名為《刀神》，而非《圓月彎刀》，目之為《圓月彎刀》當是漢麟出版社於1977年印行時更名。其次，《武俠春秋》於282期封面標出「台港武俠小說泰斗，本刊特約作家古龍先生，再為本刊嘔心力撰新稿——『刀神』，即於本期起連續刊出，敬祈垂注」，可知此為《刀神》的首次發表。然刊載至293期後，曾斷稿4期，於298期（1976年12月1日）復稿，一直連刊至322期，再次斷稿，共斷22期，後於345期（1978年4月1日）復稿，並於目錄頁刊登「啟示」云：「『刀神』作者古龍因事，自第三二三期後斷稿，現續稿已到，是期接續刊，敬希垂注！」此後至348期（1978年5月1日）完稿。

❸ 薛興國〈問「劍」於古龍〉（收錄於《離別鉤》，台北：風雲時代，1997年11月）言：「其實我問的不是劍，是鉤；是『離別鉤』。是即將在聯合報上連載的『離別鉤』」，其後又言「古龍已經有八個月沒有推出作品了」，而「離別了八個月之後，古龍又和讀者相聚了」的作品，即是「以他的『離別鉤』」。故《離別鉤》當是離開讀者八個月後推出的作品，並於《聯合報》首次發表刊載。

50	*新月傳奇			1978年由漢麟出版社印行	
51	英雄無淚	1978/10/1	1979/4/24	①首載當於聯合報刊完 ②武俠春秋 372－390 期連載	
52	七星龍王㉝	1978/3	?	①首次於《武俠小說週刊》創刊號－?期連載 ②民生報於 1978/5/25 至 1978/9/18 連載全集 ③於 1978 年由春秋出版社印行成書	
53	*午夜蘭花			1979年由漢麟出社印行	
54	風鈴中的刀聲	1981/10/22	1982/5/21	聯合報連載 1－199 集	
55	*劍神一笑			1981年由萬盛出版社印行	
56	*獵鷹‧賭局			1984年由萬盛出版社印行㉞	

㉝ 《武俠小說週刊》創刊號（1978 年 3 月）連載《七星龍王》時，其封面登有此為古龍「最新力作，全東南亞獨家刊登」，但目前暫無資料可知連載至何期完稿。

㉞ 此部為古龍最後遺作，短篇武俠小說。古凌以為此是古龍「罹患肝疾」，出院後「重現江湖」，欲「求新求變」之作，但「無奈體力已大不如前，因而封起長劍，執筆為聯合報萬象版的萬象系列，寫他第一篇短篇武俠小說──賭局。」（見古凌：〈古龍的短刀〉，《賭局》，台北：萬盛，1989 年 1 月 1 日，頁 1－3。）

古龍武俠小說目錄及創作年代大體如上，該商榷之處亦於註中說明。其中有多部小說，如《劍毒梅香》、《血鸚鵡》、《菊花的刺》、《那一劍的風情》、《邊城刀聲》等書未列入目錄，這些「代筆」之作將於下節說明。

三、代筆及闕補

過去台灣武俠小說界，除了充斥著瀰天蓋地的偽作之外，倩人「代筆」也是一大特色。葉洪生即言：「凡號稱武俠名家者，因獲利甚豐，無不多產，且泰半『拖』成數十萬言乃至百萬言長篇鉅制。由於稿債如山，忙不過來，往往便央人代筆。」❸古龍早期亦曾為人代筆，待至成名之後，亦成「被代筆」的對象。以下即就「代筆」的問題，進行一番探討。

首先，關於《劍毒梅香》一書，多位學者皆載明「大部分由上官鼎代筆」。但所謂的「大部分」，根據真善美出版社發行人宋德令先生表示：「《劍毒梅香》古龍僅撰寫四冊，大約至十八章，以後皆是上官鼎代筆。」《劍毒梅香》共計十五冊，其中約十一冊為上官鼎所寫，如此巨大篇幅的代筆，應當無法再視為古龍原創小說。

《血鸚鵡》和《絕代雙驕》亦曾由人捉刀代筆，古龍即言：

---

❸ 見葉洪生：〈論當代武俠小說的『成人童話』世界——透視四十年來台灣武俠創作的發展與流變〉（林燿德、孟樊編：《流行天下：論述當代台灣通俗文學》，1992年1月，台北：時報文化），頁227－228。

> 以往寫武俠小說沒有什麼完整的故事或架構，只是開了個頭，就一直寫下來，寫寫停停，有時同時寫三四本小說；有時寫得一半停了，出版社只好找人代寫，例如《血鸚鵡》就是；又有時在報上連載，一停好幾十天，主編只好自己動手補上，像《絕代雙驕》就曾被倪匡補了二十幾天的稿子。[36]

《血鸚鵡》是古龍「驚魂六記」之一，《絕代雙驕》雖「曾被倪匡補了二十幾天的稿子」但後來也是由古龍親自增修完成。但《血鸚鵡》卻是寫到一半停了，出版商另外找人捉刀完成。倘若《血鸚鵡》僅是由他人代筆寫稿十多天，之後再回到古龍之手完成，其說法當如同《絕代雙驕》，「曾被某人補了幾十天的稿子」，但古龍並不如此表示，可以推測《血鸚鵡》僅由古龍親手執筆一半，往後的內容皆是由他人代筆完成。

1980 年 10 月的「吟松閣事件」，古龍遭人砍傷右手腕，因其「腕傷未癒」，有很長時間難以提筆創作，故有「古龍口述，他人代筆」的作品。[37]如 1981 年 2 月於《聯合報》發表的《飛刀，又見飛刀》，即是古龍口述的作品，但古龍口述成份有多少？而執筆

---

[36] 見龔鵬程：《猶把書燈照寶刀》（台北：小報，1993 年 4 月），頁 94。
[37] 丁情在〈後記——心中的話〉（《怒劍狂花》（三），台北：萬盛圖書，1985 年 10 月）中即寫到古龍「因手受傷，時常會痛，所以只好用唸的，由我這個不成材的人來寫。」古龍於〈關於飛刀〉（《飛刀，又見飛刀》，台北：風雲時代，1998 年 4 月）中亦言「現在我腕傷猶未癒，還不能不停的寫很多字，所以我只能由我口述，請人代筆。」〈關於飛刀〉乃是在「七十年二月十日夜」寫成，正值古凌所言「兩年多來」的時間點內。

者的創作又有多少？《飛刀，又見飛刀》一書是否可視為「古龍原創」已是啟人疑竇。古凌曾說過：「自『風鈴中的刀聲』之後，兩年多來古龍沒有寫過一篇武俠小說。」㊳《風鈴中的刀聲》發表於1981年，往後推兩年多，大約於1981年至1983年之間，古龍曾經停筆。細察這「兩年多來」屬名為古龍的武俠小說，計有《劍神一笑》、《白玉雕龍》、《怒劍狂花》、《那一劍的風情》、《邊城刀聲》等書。

1986年6月，萬盛出版社曾印行《菊花的刺》共三部，其第一部書末曾刊登兩篇廣告，述說《邊城刀聲》及《菊花的刺》這二部「古龍遺作」的成書過程：《邊城刀聲》乃是古龍「希望再創第二個武俠高峰」，因此「對此書期望頗深，曾交九萬字給本公司」，古龍去世之前，此書「大綱早已完成」。古龍離世後，出版社「特請與大俠似友似徒更似情人的——丁情——完成此部『邊城刀聲』」；《菊花的刺》則是「早在三年前古龍曾簽訂新稿『菊花的刺』一書交由本公司出版，並於生前最後一個月交來稿七萬餘字」，在驚聞古龍去世的噩耗後，「為了不使大俠有憾，讀者跌足，我們聘請少壯作家楚烈先生整理大俠遺作並完成它，菊花得以綻放，刺足以發威」，故在《菊花的刺》出版後，掛名為「古龍·楚烈著」。㊴

綜觀多位學者所整理的古龍武俠小說目錄，皆是止於1984年

㊳ 見古凌：〈古龍的短刀〉（《賭局》，台北：萬盛出版股份有限公司，1989年1月），頁1。

㊴ 以上引文皆見古龍、楚烈著：《菊花的刺》第一部（台北：萬盛出版有限公司，1986年6月）。

《獵鷹‧賭局》的出版。1986 年 6 月出版、掛名「古龍‧楚烈著」的《菊花的刺》，卻是無緣列入目錄。實際上，這部長達約二十七萬字的《菊花的刺》，若只有來稿的七萬餘字是古龍所寫，且又再經過楚烈的整理，原貌可能已經盡失，的確無法歸入古龍作品。再且，不管是古龍晚年所寫的散文或是朋友所寫的文章，從未說過《菊花的刺》一書，更加令人懷疑此書的可信度。

但學者眼中「大部分由丁情代筆」寫完的《怒劍狂花》（1982）、《那一劍的風情》（1982）及《邊城刀聲》（1983），因在古龍生前所創作，故被收入目錄之中。然《怒劍狂花》、《那一劍的風情》、《邊城刀聲》究竟可否列入古龍小說中？丁情說過：

> 你有沒有碰過當你全心全意的去作一件事時，快到完成的階段，為了某種原因，而不得不離開，最後作品當然是掛別人的名字時，那種心痛而又無可奈何的情形？
> 如果您曾有過，那麼就瞭解我是在一種什麼情形下寫這本「怒劍狂花」的。❹

這段話已經明白揭示《怒劍狂花》是由丁情「全心全意」著筆寫成，後掛「別人的名字」，此當指掛「古龍」之名。而在〈後記——心中的話之二〉也說到因為古龍一句「如果你不能寫，我絕對不會讓你寫」，丁情「才有了『那一劍的風情』和『怒劍狂

---

❹ 見丁情〈不吐不快——心中的話之一〉（《怒劍狂花》（三），台北：萬盛圖書，1985 年 10 月），頁 685。

花』。」❹此外,丁情亦言:

> 「邊城刀聲」這部小說是以「邊城浪子」的故事為影子,而發展出另一段故事。
> 也是我嘗試從另一角度去寫武俠小說。
> 當然更是我寫作的一個新起步。❹

此段話足可證明《邊城刀聲》是丁情對於武俠小說創作的一種新嘗試。事實上,古龍亦曾於文中坦承這些小說都是丁情所寫:

> 於是他就開始寫。
> 於是就有了「那一劍的風情」、「怒劍狂花」、「邊城刀聲」這些小說了。
> 於是在武俠世界裡,又多了一位「俠客」。
> 這位俠客的名字,就叫「丁情」。❹

這篇「稿於一九八五‧九‧二深夜」的文字,即是古龍揭示這些書都是丁情所著,大有替丁情「背書」的用意存在,正如陳墨所言:「實質上應算是丁情的小說,古龍至多不過是導師而已。」❹古龍

---

❹ 見丁情:〈後記——心中的話之二〉(《怒劍狂花》(三),台北:萬盛圖書,1985年10月),頁691。

❹ 見丁情:〈浪子與刀聲〉(《邊城浪子》第一部,台北:萬盛,1986年6月)。

❹ 見古龍:〈誰來與我乾杯〉(《邊城浪子》第一部,台北:萬盛,1986年6月),頁10。

❹ 見陳墨:《武俠五大家品賞(下)》(台北:風雲時代出版公司,2001年7月),頁47。

既已承認《那一劍的風情》、《怒劍狂花》、《邊城刀聲》都是丁情所做,當然需摒除於目錄之外。而前所言古龍曾交已完成九萬字的《邊城刀聲》給出版社,並且已完成大綱,也只能算是出版商的行銷策略而已,這九萬字的稿子和故事大綱,或許都是丁情所寫。

　　至於《白玉老虎》的續集《白玉雕龍》,雖說「大部分都是申碎梅代筆」,但實際上當算是申碎梅作品。若「問:申碎梅寫的是一篇什麼故事呢?」古龍則「答:他的一篇叫白玉雕龍。」❹於字裡行間當中承認《白玉雕龍》為申碎梅所著。

　　由上所論,乃將《劍毒梅香》、《血鸚鵡》、《菊花的刺》、《飛刀,又見飛刀》、《白玉雕龍》、《怒劍狂花》、《那一劍的風情》、《邊城刀聲》都剔除於古龍武俠小說目錄之外,故本篇論文中之書目皆未收錄。

　　《劍神一笑》是「陸小鳳系列」最後一部,在風雲時代出版《古龍全集》時,曾有讀者致信詢問發行人陳曉林相關問題。其中論及部分真偽問題時,陳曉林於信中回答古龍因「飲酒過多,已有酒精中毒的跡象,因此,往往會弄錯了系列中原已設定的人際關係及特色」,替被懷疑是偽造的作品辯白。再加上古龍生前與陳曉林為至交好友,陳曉林亦曾當面向古龍查詢「何者為他親筆寫完,何者曾由何人續寫完,大體均已清楚」,故最後肯定「陸小鳳系列的

---

❹　見古龍:〈一些問題,一些回答〉(《那一劍的風情》第三部,台北:萬盛,1989年1月),頁712。

最後一部《劍神一笑》，亦卻是古龍本人的作品。」㊻

至於《鳳舞九天》一書，張文中訪談薛興國，問及代筆時，薛興國即言「像《陸小鳳之鳳舞九天》，他寫了開頭八千字，說我不寫了，興國你幫我寫下去！」《鳳舞九天》長約二十萬字，若古龍只寫八千字，其餘接由薛興國代筆寫成，是否能歸入目錄，有待商榷。㊼

除代筆問題外，古龍曾在〈轉變與成型〉一文中，簡言自己創作武俠小說的轉變過程，並提及部分武俠小說為例：

> 那時候我寫的武俠小說，從《蒼穹神劍》開始，接著的是：
> 《劍毒梅香》、《殘金缺玉》、《遊俠錄》、《失魂引》、《劍客行》、《孤星傳》、《湘妃劍》。
> 然後是：
> 《飄香劍雨》、《神君別傳》、《情人箭》、《浣花洗劍錄》、《大旗英雄傳》、《武林外史》。㊽

㊻ 陳曉林先生的回答後來被該名讀者刊登於網路，並題為〈陳曉林先生對《古龍全集》的一些回答〉，文見浪子古龍（http://www.langzigulong.com）。

㊼ 見張文中：〈《臥虎藏龍》・新派武俠小說・古龍——薛興國訪談〉（國際邊緣網站，http://www.intermargins.net/，發表日期：2001年3月13日）薛興國於訪談中，表示自己為古龍「代他寫了不少」。

㊽ 見古龍：《誰來跟我乾杯？》（天津：百花文藝出版社，2002年1月）。此書收錄古龍散文，為百花文藝出版社印行的「俠骨詩心」叢書之一，共計四本，其餘三本為梁羽生《筆・劍・書》、高陽《手掌上的夕陽》，溫瑞安《天火》。

在這段引文中,古龍提到《神君別傳》一書。關於《神君別傳》,偽書行列無其蹤影,「同書異名」亦未曾見,且目前所見的古龍武俠小說目錄,皆未著錄此書,甚至不曾提及。古龍於〈轉變與成型〉論及《神君別傳》,乃是將其列入《飄香劍雨》、《情人劍》、《浣花洗劍錄》、《武林外史》的創作時代,大約可知《神君別傳》約成書於 1960 年至 1963 年之間,據聞由華源出版社印行。此時的古龍尚未聲名大噪,出版量可能又不多,故易遭忽略,漸成佚失之作。然《神君別傳》開頭標題即言「此章原承先,重提舊事言七妙;彼文非繼後,再續新章話神君。」其「神君」當指七妙神君梅山民,在《劍毒梅香》中遭詭計設害,傷於點蒼落英劍謝長卿的七絕重手之下;「別傳」則是敘述七妙神君的徒弟的另一段故事,可見《神君別傳》當是承《劍毒梅香》而來。但《劍毒梅香》後來由上官鼎續書完成,為何古龍仍創作《神君別傳》?確切原因不明。《神君別傳》雖由古龍於文中著錄確認,但究竟是真品或係偽作,仍待考證。

除了《神君別傳》外,《劍氣書香》亦是一部僅聞其名,難窺其貌之作。真善美出版社曾在《湘妃劍》第一集書末鄭重推介此書:

> 青年作家古龍先生,以嚴謹之寫作態度,為本社撰寫「劍氣書香」一書,佈局之奇,格調之道,描寫之深,氣氛之新,均有其獨到之處,慧眼如讀者,當可領畧其滋味。
> 古龍先生繼「蒼穹神劍」「劍毒梅香」「殘金缺玉」之後,更以開拓武俠寫作之新境界為目標,而撰作「劍氣書香」。

吾人皆信以古龍先生清麗之文筆，靈巧之構思，不難臻此，則非但讀者諸君有幸，本社亦與有榮焉。㊾

《湘妃劍》第一集乃在 1960 年 10 月印行，同樣是 1960 年 10 月出版的《孤星傳》第一集末頁亦有「劍氣書香　古龍」之廣告，可見《劍氣書香》第一集應都早於《湘妃劍》、《孤星傳》，在 1960 年 10 月前就已經印行。根據宋德令先生表示，真善美出版社握有《劍氣書香》的版權狀，但卻不見此書，故宋德令先生對現今所傳之《劍氣書香》的真偽頗感懷疑。但《劍氣書香》與《神君別傳》傳本甚稀，隻字片語亦不易尋得，風雲時代及珠海出版社分別印行的《古龍全集》也未收錄，更加增添二書的神秘性，也造成收藏家不惜千金收購的舉動。㊿

另外，古龍在〈寫在「天涯・明月・刀」之前〉有提及《歷劫江湖》一書：

近月在報刊上連載的「歷劫江湖」，和「金劍殘骨令」，都是我十五年前的舊書，我並不反對把「舊書新登」，因為溫

㊾ 見古龍：《湘妃劍》（台北：真善美出版社，1960 年 10 月初版）第一集書末廣告頁。

㊿ 曾有一位收藏家刊登啟事於真品搜查網（http://www.ylib.com/bid/），表示願意以五千元，甚至一萬元的代價，請求網友協尋或讓渡《劍氣書香》及《神君別傳》。而該名收藏家後來購得《神君別傳》及《劍氣書香》上冊（春秋版），現今則以一本五千元的價錢，請求協尋《劍氣書香》下冊。

故知新，至少可以讓讀者看到一個作家寫作路線的改變。(51)

文末更附上「一九七四、四、十七、夜、深夜」的寫作時間。既言《歷劫江湖》是「十五年前的舊書」，由 1974 年往前推十五年，約是 1960 年。事實上，曾於《武俠春秋》連載 33 期的《歷劫江湖》，即是《孤星傳》別名，並非額外還有他書。

真善美出版社曾於《湘妃劍》第十五集刊有「古龍新作——『情人箭』『大旗英雄傳』『大風英雄傳』」(52)的廣告。對於 1963 年 7 月完稿的《湘妃劍》而言，1963 年 4 月開稿的《情人箭》及當時尚在《公論報》連載並將於 1963 年 9 月印行成書的《大旗英雄傳》，皆可謂「新作」。但另一部名列「古龍新作」的《大風英雄傳》，日後卻不曾有隻字片語出現。既列入「新作」廣告，古龍或許曾經有此計畫撰寫《大風英雄傳》，但之後並無動筆；又或許古龍真已撰寫《大風英雄傳》，只是日後出版又更動書名。

---

(51) 見古龍：〈寫在「天涯・明月・刀」之前〉（收錄於《天涯・明月・刀》（上），台北：風雲時代，1998 年 4 月），頁 7。雖然文末有著明「一九七四、四、十七、夜、深夜」的寫作時間，但 1975 年 3 月南琪版的《天涯・明月・刀》，其「第一章　武俠始源」，今與〈寫在「天涯・明月・刀」之前〉比對後，除無此段引文外，其餘文字均相同，當為日後增補而成。

(52) 見古龍：《湘妃劍》第十五集（台北：真善美出版社，1963 年 7 月初版），頁 1204。

四、結論

　　以上是針對古龍武俠小說的創作年代及目錄所進行的討論。創作年代部分，經由筆者的考察，發現有多部作品的創作年代有待商榷，這些皆以於註中一一說明；其次，關於代筆部分，則認為若是大部分由他人代筆，因其獨立創作的精神及作品內涵，可能已遭他人左右，而非古龍原意，故當排除於古龍武俠小說目錄之外，不應收入。古龍武俠小說終至古龍離世，未曾親自整理修改，並撰寫一份創作年表，故其真偽究竟如何？也只能借用陳墨所言：「古龍作品真偽考辨，還是一個未完的課題」。[53]

---

[53] 見陳墨：《武俠五大家品賞（下）》（台北：風雲時代出版公司，2001年7月），頁20。

仗劍江湖載酒行——古龍的
生命歷程與其創作風格之關係

蘇姿妃*

一、前言

  趙滋蕃在《文學理論》中將作家的世界區分為外在世界和內在世界。外在世界裡，作家寫作依靠：一是自己的生活，二是自己的生命。作家接受了所生存環境的影響而決定其作品要寫些什麼、如何去寫。作家的背景知識、興趣性向、生理心理狀況、周遭人事等，都會對作家內心產生一定程度的影響，使他的作品往往映現其內心世界。❶王國維曾對外在環境與內心的體悟如何影響作家的創作寫下了他的看法：

> 詩人對宇宙人生，須入乎其內，又出乎其外。入乎其內，故能寫之。出乎其外，故能觀之。入乎其內，故有生氣。出乎

---

* 國立彰化師範大學國文研究所教學碩士生

❶ 詳閱趙滋蕃：《文學原理》（台北：東大圖書股份有限公司，2001年），頁304。

其外,故有高致。❷

古龍自己也認為:

> 一個藝術家的創作,非但和他的性格才智學養有關,和他的身世境遇心情感懷關係更密切,尤其是文人,把心中之感受,形諸文字,如果你沒有那種感受,你怎能寫出那種意境。❸

所以我們可以推論作家作品的形式風格、作品中的主角人物、作品背後所欲表達給讀者的想法,都與作者本人關係密切。作品背後往往都會有作者的影子。讀古龍的小說後,認真分析就會發現古龍小說中主角人物在性格上、行為上、思想上都呈現出某些共同的特點,這些特點在古龍身上也能找尋到。「文如其人」用在古龍身上最是恰當不過了。他的人與文處處洋溢著浪漫與激情,故事的主角更常反映出自己的身世、心境與經歷,讀他的小說彷彿在讀他的一生。古龍的一生也好像是活在他筆下的武林世界,扮演著仗劍江湖的漂泊浪子。

有些讀者初讀古龍的作品,對其小說中奇詭的情節短暫的著迷之後,便將之束之高閣;更有讀慣金庸作品的讀者,拿金庸的尺度來衡量古龍的文字語言,看了幾頁之後,便譏之膚淺、毫無深度。然而有些擁護古龍的書迷們,卻將古龍的作品推崇到武俠小說至高無上的地位,認為古龍寫出了真實的人性,甚可與文學大家分庭抗

---

❷ 王國維:《人間詞話》(台北:金楓出版社,1991年6月),頁48。
❸ 古龍:〈不是不幸〉刊於《民生報》1984年5月8日,第8版。

禮。❹兩種截然不同的觀點,拉鋸成擁古與擁金兩派。古龍和金庸被拿來相提並論,相互比較。雖然在不同武俠風格之間進行優劣之比較並無多大意義,但諸多的評價一面倒地推崇金庸、貶低古龍。這種情況並未影響古龍書迷的喜好,仍有眾多的古龍迷堅持所愛。古龍的風格雖然引起的爭議至今仍舊,愛之極深者甚眾,厭之甚切者也多,但是,每個對武俠略有涉獵的人,都會問:「為什麼狂熱地喜歡古龍的人那麼多呢?」

有人從古龍的書中,讀到生命的啟示,有人得到情感的共鳴和感悟。這個不肯屈服的、狂熱的、不合常規的武俠天才的作品,為什麼特別地容易觸動讀者內心深處的某些部份?古龍又是如何用自己的書,去和能讀懂自己的心的人交流?而他的小說為什麼能感動那些許許多多的古龍迷?

---

❹ 大陸網站(新俠網)上有一篇談論古龍與金庸的文章,頗值得擁金與擁古兩派的武俠小說迷參考與深思。文章作者認為:古龍與金庸的作品若在同一標準下比較,正如拿海明威《老人與海》來和《三國演義》比較一樣可笑。金庸迷拿綜合中國文學、武術、古典詩詞、琴棋書畫……包羅萬象的金庸作品來貶低筆調現代化、西化,不受歷史背景局限的古龍作品是沒有必要的,文學作品給人的感受本就因人而異,視讀者個人對作者的創作形式接受程度而定。本文作者更說:「我認為古龍對筆下人物的心理描寫,完全可以和一流的純文學作品媲美(包括中外)。」詳見〈談不識古龍者與金庸的迷思〉http://www.rxgulong.com/htmls/pinglun/zuojiap/135.html 瀏覽日期2005年5月14日。又歐陽瑩之推崇古龍:「我認為當代港台及僑居海外的小說家沒有一個及的上古龍——文藝小說、現代小說、武俠小說家包括在內。」見歐陽瑩之:〈泛論古龍的武俠小說〉原載於香港《南北極》月刊,1977年8月號。收入古龍:《長生劍》(台北:風雲時代出版社,1997年),頁202。

若要找尋這些答案，那麼就要深入探索古龍的生平際遇。要研究古龍的作品，也必先探索古龍這個人的外在世界到內在世界，並從中尋找其人與作品之間的連結，以期更能對他所創造的英雄人物、江湖世界有更深的瞭解。今試從古龍的生命歷程、外表、性格及嗜好來探究古龍。

二、古龍的生平經歷

　　古龍，本名熊耀華，祖籍江西南昌。一九三七年出生於香港，一九八五年九月二十一日逝世，年四十八歲。

　　他的出生年代至少有三種說法：❺

　　㈠一九三六年：曹正文在《中國俠文化史》中介紹：「古龍，姓熊，名耀華，祖籍江西，一九三六年生於香港，屬鼠。」❻羅立群亦在《中國武俠小說史》中說：「古龍，原名熊耀華，生于1936年，卒於1985年9月21日，終年49歲。」❼

　　㈡一九三七年：葉洪生於《葉洪生論劍——武俠小說談藝錄》介紹：「古龍本名熊耀華（1937－1985），江西人，台灣淡江英專

---

❺ 持至少三種版本說法的，參見費勇、鍾曉毅：《古龍傳奇》（台北：雅書堂文化事業有限公司，2002年），頁2。
❻ 曹正文：《中國俠文化史》（台北：雲龍出版社，1997年），頁227。
❼ 羅立群：《中國武俠小說史》（遼寧：遼寧人民出版社，1990年），頁320。

（即淡江大學前身）肄業。」❽《俠骨柔情：古龍的今世今生》作者彭華在三種說法中，也採用葉洪生的看法。❾陳墨引述覃賢茂《古龍傳》中所整理的意見，也傾向古龍出生於一九三七年的說法。❿而曹正文在《古龍小說藝術談》又有別於前說，介紹古龍為「一九三七年生於香港。」⓫

㈢一九三八年：陳康芬於《古龍小說研究》寫：「古龍本名為熊耀華（1938－1985），江西南昌人，出生於香港，十三歲隨父母遷台定居。」⓬另大陸學者陳穎也持古龍出生於一九三八年的說法。⓭

以古龍「在人間逗留了四十八年」⓮來推算，以一九三七年較為合理。本文因此採用古龍生於一九三七年。

又台灣武俠研究學者葉洪生及林保淳在《臺灣武俠小說發展史》第二章第三節〈「新派武俠」革命家——古龍一統江湖〉中記

---

❽ 葉洪生：《葉洪生論劍——武俠小說談藝錄》（台北：聯經出版事業公司，1994 年），頁 391。

❾ 彭華：《俠骨柔情：古龍的今世今生》（台北：大都會文化事業有限公司，2004 年），頁 6－7。

❿ 陳墨：《武俠五大家品賞》（台北：風雲時代出版社，2001 年），下冊，頁 4－6。

⓫ 曹正文：《古龍小說藝術談》（台北：知書房出版社，1996 年），頁 169。

⓬ 陳康芬：《古龍武俠小說研究》（台北：淡江大學中國文學研究所碩士論文，1999 年），頁 24。

⓭ 陳穎：《中國英雄俠義小說通史》（南京：江蘇教育出版社，1998 年），頁 464。

⓮ 此句見倪匡為古龍所撰的訃文。〈古龍返回本來、倪匡撰寫訃文〉刊於《民生報》1985 年 9 月 25 日，第 9 版。

載:「古龍,本名熊耀華(1941-1985),江西南昌人,生於香港,十三歲時隨父母來台定居。」並加註解:「關於他的生年,外界說法不一,今以熊家戶籍記載為準」。❺若以一九四一年算起,古龍逝世的年紀與四十八歲相差太多,況且政府遷台時,戶籍登記記錄多有錯誤,因此,將此資料作為參考,暫不採用。

關於古龍出生到來台的事蹟,我們所知甚少。古龍絕少提起,朋友們當然也無從知悉,因此有關文獻的記載付之闕如。只知古龍在香港度過他的童年。一九四一年香港被日本佔領,戰爭的威脅與動亂影響了古龍幼小的心靈。成名的古龍不願意寫作血淋淋的武打場面,應是童年的經驗使然。

一九五〇年,古龍隨父母遷台定居。父親擔任過台北市長高玉樹的機要秘書❻,家境不錯。古龍為長子,有弟妹四人。後來父母離婚。十八歲的古龍將家庭破裂的憤怒與怨恨全部歸咎於父親。與父親激烈的爭吵後,古龍離家出走,從此再也沒有回過家。❼其叛逆性格在此表露無遺。

---

❺ 葉洪生、林保淳:《台灣武俠小說發展史》(台北:遠流出版事業股份有限公司,2005年6月1日),頁212。

❻ 古龍的父親熊鵬聲是位沒沒無名的武俠小說作家,筆名為東方客。後來幫助高玉樹競選台北市長當選而進入政治界。見鄒郎:〈來似清風去似煙〉《大成》,第144期,1985年,頁61。

❼ 古龍與父親熊鵬聲有三十多年不通音訊,直至熊鵬聲因帕金森症陷於時昏迷時清醒的狀況,想見古龍一面,於是登報尋子。報上的廣告是這樣寫的:「古龍親父熊飛(鵬聲)覓獨子熊耀華到仁愛路四段仁愛醫院訣別,千祈仁人君子緊催古龍立救父命料理大事以盡孝道」。古龍才與父親見面。詳見《聯合報》,1985年4月10日,第5版。

・仗劍江湖載酒行──古龍的生命歷程與其創作風格之關係・

　　未成年的古龍孤獨在台北縣瑞芳小鎮掙扎求生，到處打工掙錢養活自己。這段艱辛困苦的日子對古龍而言是深深烙印且不堪回首的記憶。靠朋友的幫助，於台北浦城街找到一個小住處，安定下來。古龍筆下的男主角多為無家的浪子與這段自身經歷應有密切的關聯。他一邊打工，一邊唸書，不但完成了成功中學的學業，也考進淡江英語專科學校（即淡江大學前身）夜間部。

　　早在十一二歲時就開始寫小說，但是直到一九五六年時，古龍的文藝小品〈從北國到南國〉分兩期刊登在吳愷雲主編的《晨光》雜誌，才領到生平第一筆稿費。這給了古龍莫大的鼓舞，於是古龍開始了他的寫作生涯。

　　古龍在淡江英語專科學校只讀了一年即中輟了，除了要打工賺錢、曠課太多外，認識了生平第一位紅顏知己──鄭莉莉，是最重要的原因。初次墜入情海的古龍帶著鄭莉莉在瑞芳鎮同居，享受著一直以來渴望的溫馨家庭生活。

　　這時的古龍開始到處投稿賺取稿費來維持他和鄭莉莉的生活，他既寫詩，也寫散文當然也寫文藝小說，都是純文學作品。以純文藝作品來謀生並沒有想像中那麼愜意，尤其是他和鄭莉莉的兒子[18]也出生了，慢慢的古龍感受到生活壓力越來越大，不得不想辦法賺更多的錢。當時正流行武俠熱，古龍也讀了不少民初與當代武俠小

---

[18] 古龍為了紀念，特別將他的兒子取名為熊小龍。後因是私生子，改為鄭小龍。現為航警局警官。

說家的作品,並替諸葛青雲❶⓽、臥龍生❷⓿代筆寫作連載武俠小說。❷①當槍手的經驗,磨練了古龍的寫作技巧,也賺進了比寫純文學更優渥的稿費。從此古龍投入了武俠小說的創作。

一九六〇年,古龍第一次使用「古龍」為筆名,出版他的第一部武俠小說《蒼穹神劍》,並沒有受到廣大的迴響。直到《浣花洗劍錄》一出,才受到眾多讀者的矚目。而後古龍繼續完成了一些佳作,真正享受到成名的滋味。這時他離開鄭莉莉母子,來到繁華的台北,過著聲色犬馬的生活,一擲千金的日子。古龍徹底迷失了自己,報上的連載要他人代筆,給出版社的稿子也一再拖欠。等到沒錢花用時,就寫個十幾萬字給出版商看,並要求預支稿費,通常錢拿了就沒下文。後來出版商上當次數多,漸漸不敢再約請古龍寫小說了。在出版界惡名昭彰的古龍只好閉門思過,開始認真寫了一些

---

❶⓽ 諸葛青雲(1929－1996 年)本名張建新,山西解縣人。臺北行政專科學校(即中興大學法商學院前身)畢業,曾任總統府第一局科員。1958 年發表處女作《墨劍雙英》。1988 年由金蘭出版社出版最後一部作品《傲笑江湖》(續寫金庸之《笑傲江湖》)。

❷⓿ 臥龍生(1930－1997 年)本名牛鶴亭,河南鎮平人。1956 年因受到「孫立人事件」牽累,提前自軍中退伍,生計艱難,為了糊口,得友人童昌哲(即伴霞樓主,時任《成功晚報》副刊編輯)鼓勵,始嘗試走武俠創作之路。因祖居南陽臥龍崗,牛鶴亭青少年時曾在當地「臥龍書院」求學,因取「臥龍生」(意為臥龍書院學生)為筆名。1957 年發表處女作《風塵俠隱》。1997 年於上海《新民晚報》連載《夢幻之刀》,未能完成即病逝。

❷① 諸葛青雲的《江湖夜雨十年燈》第二集即由古龍續寫,參見葉洪生:〈當代台灣武俠小說的成人童話世界〉收入林燿德、孟樊編:《流行天下》(台北:時報文化出版社,1992 年 1 月 5 日初版),頁 212。

質量較好的小說。

在經歷多次短暫的感情之後，古龍遇見梅寶珠，認真考慮起婚姻生活。於是梅寶珠成為古龍第一位明媒正娶的結髮妻子，替他生了第一位婚生子㉒，也讓古龍享受了幸福美滿的家庭生活。

因武俠片興起，古龍開始跨足演藝圈，先是應香港導演邀請寫作了《蕭十一郎》的電影劇本，然而反應平平，未在台灣上映，直至一九七六年香港邵氏公司楚原導演拍攝《流星、蝴蝶、劍》，電影大賣座之後，台港掀起古龍熱潮。㉓因此古龍改寫了多部小說為劇本㉔，來拍攝電影，並靠作品的電影票房與改編權利金，賺進比稿費更多的財富。那時邵氏影城有一條不成文的賺錢公式：古龍＋楚原＋狄龍＝賣座。㉕一九七七年，台灣、香港、新加坡、泰國、印尼、馬來西亞六個地方的十大賣座電影中，古龍的原著就佔了四部之多。真是個空前的紀錄。㉖在名利雙收後古龍乾脆自己投資電

㉒ 取名為熊正達，現為職業軍人。
㉓ 1969 年古龍先是應徐增宏導演之邀寫作了《蕭十一郎》劇本，拍成電影，反應平平。後來邵氏導演楚原重拍《蕭十一郎》於 1979 年 1 月 28 日在台上映。詳見黃仁等同編：《中國電影電視名人錄》（台北：今日電影雜誌社，1982 年 7 月 1 日初版），頁 138－139。
㉔ 據《中華民國上映電影總目》所收錄：1976 年至 1982 年間古龍擔任武俠電影編劇總共有 25 部；而所拍攝的武俠電影原著作者為古龍的則有 60 部之多。詳見梁良編：《中華民國上映電影總目》（台北：中華民國電影圖書館，1984 年 9 月初版）。
㉕ 見金琳：〈古龍武俠世界、影壇留一頁〉刊於《民生報》，1985 年 9 月 23 日，第 9 版。
㉖ 見薛興國：〈問「劍」古龍〉《聯合報》，1985 年 6 月 15 日，第 9 版。

影公司㉗，執導、改編自己的作品㉘，著實風光好一陣子。此時因公司事務繁重，且專注心力在拍片與改寫劇本上，再也無法全心寫作。後來古龍一些享譽盛名的武俠作品，都被其他電影公司拍成武俠電影，自己的公司反而落入無片可拍的窘境。古龍只好重新創作，可惜古龍所創作的《劍神一笑》上映後反應不如預期。眼見自己執導的電影不受觀眾熱烈的歡迎，古龍遂改拍科幻片《在世英雄》，邀請好友倪匡編劇，冀望能重振票房。《在世英雄》上映後也無法再造顛峰，最後古龍只好黯然將電影公司結束。改投入電視戲劇的製作。㉙

浪子性格的古龍，並沒有與梅寶珠白頭偕老。離婚之後的古龍更加變本加厲的過起浪子的生活，縱情酒色，揮霍無度，不僅揮霍金錢、情愛、甚至健康也不例外。直到又遇見第二任的妻子——于

㉗ 1980 年古龍投資電影公司，名為「寶龍電影公司」（此名用古龍與妻子寶珠各取名字中一字為之。）古龍自任編劇、監製、導演，拍了《楚留香傳奇》、《楚留香與胡鐵花》、《劍神一笑》、《再世英雄》（此為倪匡編劇的科幻片）四部電影，詳見黃仁等同編：《中國電影電視名人錄》（台北：今日電影雜誌社，1982 年 7 月 1 日初版），頁 138－139。與梁良編：《中華民國上映電影總目》（台北：中華民國電影圖書館，1984 年 9 月初版）。

㉘ 《楚留香傳奇》1980 年 4 月 2 日上映、《楚留香與胡鐵花》1980 年 9 月 12 日上映、《劍神一笑》1981 年 5 月 22 日上映。

㉙ 1982 年古龍為華視製作第一檔連續劇《新月傳奇》。參閱《民生報》，1982 年 6 月 3 日，第 9 版。一直到去世後還有已送新聞局審查的連續劇將在電視台播映。

秀玲，才又跨進婚姻的約束裡。[30]

長時間的縱欲飲酒使古龍的身體健康受損，肝硬化、脾臟腫大、胃出血等病症接踵而來，住進醫院三次，後來戒酒了半年。在稍微恢復健康之後，古龍又繼續過量飲酒，終於在一九八五年九月二十一日晚間六點零六分過世。[31]

好友倪匡知悉古龍死訊，難過地在香港通宵喝酒，並撰寫訃文。

> 我們的好朋友古龍，在今年的九月二十一日傍晚，離開塵世，返回本來，在人間逗留了四十八年。
>
> 本名熊耀華的他，豪氣干雲、俠骨蓋世、才華驚天、浪漫過人。他熱愛朋友、酷嗜醇酒、迷戀美女、渴望快樂。三十年來，他以豐盛無比的創作力，寫出了超過一百部精彩絕倫、風行天下的作品。開創武俠小說的新路，是中國武俠小說的一代巨匠。他是他筆下所有多采多姿的英雄人物的綜合。
>
> 「人在江湖，身不由己」。如今擺脫了一切羈絆，自此人欠欠人，一了百了，再無拘無束，自由遨翔於我們無法了解的另一空間。他的作品留在人世，讓世人知道曾有那麼出色的一個人，寫出那麼好看之極的小說。
>
> 未能免俗，為他的遺體，舉行一個他會喜歡的葬禮。時間：

---

[30] 但是古龍與于秀玲的婚姻並未登記，因此許多記載都將于秀玲視為古龍的同居女友。

[31] 參閱〈古龍在暮色中步出這個世界〉刊於《民生報》，1985年9月22日，第9版。

七十四年十月八日下午一時，地址：第一殯儀館景行廳。人間無古龍，心中有古龍，請大家來參加。㉜

倪匡不愧為古龍最知己的朋友，將古龍多采多姿的一生，作了相當中肯的評價。尤其是「熱愛朋友、酷嗜醇酒、迷戀美女、渴望快樂」十六個字正是古龍一生的寫照，全無作態與矯飾。更說古龍是：「他筆下所有多采多姿的英雄人物的綜合」。正是說明古龍的作品中有著強烈的個人色彩，每個英雄人物的塑造都融入古龍本人的特質與好惡。

古龍追悼會由倪匡主持，隆重感人。朋友們集資購買了四十八瓶軒尼詩ＸＯ白蘭地，放於古龍遺體四周，讓古龍長眠在美酒之中。

倪匡寫了一副廣為流傳的輓聯：

人間無古龍，心中有古龍。

喬奇也用古龍最受歡迎的兩位武俠人物撰寫一副：

小李飛刀成絕響，人間不見楚留香。

一九八五年十月十八日，古龍葬於淡水明山海濱墓園。㉝走完了傳奇的一生。

㉜ 見〈古龍返回本來、倪匡撰寫訃文〉刊於《民生報》，1985 年 9 月 25 日，第 9 版。

㉝ 見〈古龍之喪今公祭〉刊於《民生報》，1985 年 10 月 8 日，第 9 版。

三、古龍的外表與性格

㈠古龍的外表

　　一個人的身材照理說應該和他的創作沒必然性的關連,但是實際並非如此。外表直接關係到人際之間的互動,尤其是與異性的交往,這是不能否認的。既然外表的影響不能抹滅,一定會左右作家的心理狀況,連帶也影響了作家的創作。

　　古龍長得其貌不揚,五短身材卻頭大如斗,並不是個英俊的男人,甚至土頭土腦像賣豬肉的販子。他的朋友們因他腦袋瓜子特別大,替他取了「大頭」的綽號。鄒郎對古龍的身材形容說:

> 他早年的長相特殊,頭大如斗,肚大如簍,身軀矮,腿而短,老友們喜稱他為「武大郎」。❸

　　這樣的外表的確不能讓人第一眼就喜歡。龔鵬程描述三十八歲的古龍:

> 古龍當然不再少年,三十八歲原也不大,但在他精力充沛的神采裡,看起來卻似半百。稀疏微禿的頭髮,順著髮油,平滑地貼在腦後;走起路來搖搖晃晃的骨架,撐起微見豐腴的的身軀。沒有刀光,也沒有殺氣坐在籐椅上,他像個殷實的

---

❸　鄒郎:〈來似清風去似煙〉《大成》,第 144 期,1985 年,頁 60。

商人，或漂泊的浪子。㉟

可見古龍在外表上是非常平凡的，無絲毫引人之處。這樣的外表究竟對古龍產生了什麼樣的影響，我們無法從古龍口中或文章中找到證據，但是外表對古龍是絕對有影響的。我們在古龍早期作品《孤星傳》中找到蛛絲馬跡。古龍塑造了一對孤苦伶仃的青梅竹馬戀人，男孩寧願挨餓也要讓女孩吃飽穿暖，因此男孩營養不良而長得瘦弱矮小。後來兩人分別被收養，際遇弄人。再相逢時，矮小瘦弱的男孩站在高大豐滿的女孩面前，簡直自慚形穢到無地自容，因為身材的關係，兩人預期的結合出現了無情的變化。雖然古龍最後還是讓他們有了美滿的婚姻，但對於矮小身材的自卑是無法掩蓋的事實。否則古龍不會在《孤星傳》裡利用男女主角外貌上的差異，來辯證外表與情感之間的影響與關係。

古龍小說中有很多高佻健美的女子，若能與男主角匹配為俊男美女的組合，才是相得益彰。因此古龍小說中男主角大多塑造成高大英俊、體格英偉。可以說是作者的心理補償作用所致。然而現實生活中的古龍身邊雖不乏長腿細腰的美女相伴，與她們站在一起時，敏感的古龍深沈的心中應會浮現《孤星傳》中那男孩的自卑，只是驕傲與好強的個性讓古龍不願意表現出來。

後來在事業上有成的古龍對於自己的外表也慢慢有自信心了。他在《大人物》塑造了一個平凡的主角——楊凡來為自己代言。他將楊凡的形像描繪得如同在為自己素描。楊凡是個「矮矮胖胖的年

㉟ 龔鵬程：《猶把書燈照寶刀》（台北：小報文化出版社，1993 年），頁88。

輕人,圓圓的臉,一雙眼睛卻又細又長,額角又高又寬,兩條眉毛間幾乎要比別人寬一倍。他的嘴很大,頭更大,看起來簡直有點奇形怪狀」❸,可是腦子卻特別聰明。所有楊凡的特徵古龍都一一具備,如頭斗大、身矮胖、眉間寬闊,可知古龍完全以自己的形象來塑造這個人物,而且讓這個人物最後獲得佳人的芳心。女主角田思思因為領悟到這樣的男人才是所謂的「大人物」,人的外表並不是擇偶的優先條件,深入接觸了解楊凡這個人之後才明白:他沈靜、坦蕩聰明、穩重如一座屹立不搖的山,是一個讓女人有安全感的男子漢。

這是古龍對平凡外表的辯駁與宣言,他想告訴世人:「我很醜,可是我很溫柔」,別只看我的外表,來了解我的內在!隱隱約約中可發現其實古龍對這樣的外在其實還是不夠滿意的,否則不會塑造楊凡來告訴世人:不要只看重表面,一個外在平凡的人內心也有一個英雄的存在。

(二)古龍的性格

上文我們介紹了古龍的外在形象,這樣一個的男子居然受到無數美女的青睞,甚至奉為偶像,究竟原因為何?既然古龍在外表上不出色,那麼也許是內在的性格吸引了異性。古龍的性格如何吸引異性?而這些異性又是被古龍性格中的哪一種特質所吸引?這是值得探索的問題,因為對戀愛的態度往往影響到作品中的愛情觀。

---

❸ 古龍:《大人物》(台北:風雲時代出版公司,1997年),第一部,頁134。

古龍的性格影響了他的一生的歡聚與別離，連帶的也影響了他的創作、與英雄人物特質的塑造。古龍是一位將創作與個人的生命情調聯繫得非常緊密的作家。瞭解其性格有助於對其作品的理解，因此我們有必要對古龍的性格做一番探索，下文即探討古龍的性格。

古龍的弟子丁情[37]曾說：「古大俠對美女的魅力就在於他的『寂寞』。」[38]而這種寂寞來自對內心深處真正快樂的追尋。古龍最好的朋友倪匡就在訃文裡提到古龍「渴望快樂」，為什麼古龍特別渴望快樂？這要追溯到古龍童年時代，父母感情不睦，經常爭吵，使敏感的古龍無法享受到愛的感覺，也沒有安全感。家庭的破碎使古龍飽嚐孤獨與寂寞，所以特別渴望快樂。再加上個性好強與父親爭吵離家後，寧願執著獨自掙扎求生，也不願意回家。這段際遇，年少的古龍提早受盡了人世冷暖，最終使他變得孤傲和怪僻，也造就了他的浪子性格。

這性格反映到他的作品上，他塑造了一個又一個的浪子，如李尋歡、阿飛、楚留香、陸小鳳⋯⋯而這些浪子都是古龍內心孤獨和寂寞的寫照，也是古龍驕傲怪僻性格的表現。因為驕傲，因為孤僻，古龍筆下主角人物的思想和行為方式常常顯得非常奇特，處處與常人有異，甚至流於偏激。古龍尤其喜歡利用數目字中的奇數來

---

[37] 丁情本名蔣慶隆。古龍大弟子以及朋友。師從古龍前是電影界人士，藝名小黃龍。《那一劍的風情》、《怒劍狂花》、《邊城刀聲》三部書是在古龍指導下完成，正式出版時掛以兩人名字。

[38] 丁情：〈古大俠的最後一劍〉收入《邊城刀聲》（台北：風雲時代出版公司，1999 年），第四部奇譚，頁 179。

表達浪子的孤獨飄泊,奇數不偶的心跡,其作品中主角人物命名稱號多是奇數如燕七、燕十三、蕭十一郎等。作品中出現的數字往往也都是奇數,此與世俗喜歡好事成雙的習俗有著極大的差異。❸這種「好用奇數」的習慣正顯現出古龍個性中亟欲脫離常規而自成一格的叛逆心理。而在《蕭十一郎》中蕭十一郎曾歌:「暮春三月,羊歡草長,天寒地凍,問誰飼狼?人心憐羊,狼心獨愴……」解釋給沈璧君說:「世上只知道可憐羊,同情羊,絕少會有人知道狼的痛苦,狼的寂寞。世人只看到狼的痛苦,狼的寂寞。世人只看到狼吃羊時的殘忍,卻看不到它忍受著孤獨和饑餓在冰天雪地流浪的情景,羊餓了該吃草,狼餓了呢?難道就該餓死嗎?」❹這種尖銳而一反世俗的思想在古龍筆下尚有不少。❹

正是這種不被人瞭解的寂寞與孤傲,吸引了無數女子,其母性的本能被激發,渴望去撫慰古龍的孤獨寂寞,去瞭解古龍的孤傲與偏激。正應驗「男人不壞,女人不愛。」這句話。因此古龍的身邊永遠有對他付出真情而無怨無悔的女子,如妻子于秀玲。更有無數

---

❸ 此說見周益忠:〈拆碎俠骨柔情――談古龍小說中的俠者〉收入淡江中文系主編:《俠與中國文化》(台北:學生書局,1993年),頁456－458。

❹ 古龍:《蕭十一郎》(台北:風雲時代出版公司,1997年),第一部,頁159－160。

❹ 如《流星、蝴蝶、劍》中有一段文字:「她欺騙別人,只不過是為了保護自己,只不過是為了要活下去。一個人若是為了保護自己的生命,無論做什麼事,都應該是可以原諒的。」此段文字將欺騙用生存的藉口合理化,與世俗對欺騙的看法有著明顯的差異。見古龍:《流星、蝴蝶、劍》(台北:久博圖書股份有限公司,1990年),第三部,頁648。

紅顏過客飛蛾撲火般投入古龍懷中，而後默默離去。

　　但是，有一身傲骨的古龍個性中並不完全只有寂寞與孤傲，他將心裡的隱痛寫在他的武俠小說上，並嘗試用更樂觀善良的一面來滌淨人世間的、也是他心裡面的陰暗面。希望讀者在看完他的小說都是愉快的。他曾說過有位想自殺的人讀了他的小說後，發現生命還是值得珍惜的，他高興得像是得到了最榮譽的勳章一樣。㊷我們可以發現童年所歷經的戰火並沒在他心中播下仇恨的種子，渴望和平安定的古龍在小說中表現出來的是對血腥和殺戮的揚棄，並處處洋溢著樂觀主義、人道主義的精神，歌頌的是愛與正義、自由與和平、寬容與生命的熱愛。所以他的武俠小說中絕大多數都是正義最終戰勝邪惡的喜劇。

　　古龍是一個飽經痛苦而善良的人，因為飽經痛苦，瞭解痛苦是如何啃噬人的靈魂，因此不再去描寫痛苦。他努力想表現的是「幸福、歡樂和自由」他自己也說過：「人性並不僅是憤怒、仇恨、悲哀、恐懼，其中包括了愛與友情，慷慨和俠義，幽默與同情的。我們為什麼要特別注重其中醜惡的一面？」㊸這些古龍想要傳達給讀者的特質，絕大部分已內化成為他性格的一部份。我們看到的是一位感情豐富、慷慨正直、熱愛生命、創造歡樂、善良而充滿同情的古龍。這是他性格中俠義的一面。

　　古龍好酒，自然顯現在外的是道地的酒徒性格：豪爽、健談、

㊷　古龍：〈談我看過的武俠小說（四）〉收入《聯合月刊》，22 期，1983 年 5 月，頁 74。

㊸　參閱古龍：〈說說武俠小說〉收入《歡樂英雄》（台北：萬盛出版社，1989 年），頁 1。

剛毅、不屈。在與朋友相聚酒酣耳熱之時，古龍表現出大口喝酒、大快吃肉的豪邁態度；然而夜深人靜獨處的時候，古龍是飽嚐寂寞孤寂的。他在〈楚留香和他的朋友們〉文中描述胡鐵花：

> 他看起來雖然嘻嘻哈哈，希里嘩啦，天掉下來也不在乎，腦袋掉下來也只不過是個碗大的窟窿，可是他的內心卻是沉痛的……
>
> ……別人越不了解他，他越痛苦，酒也喝得越多……㊹

相信這段話是古龍藉由胡鐵花來描述自己的處境。而與古龍最相知的弟子丁情也曾描述古龍雖然「時常將歡樂和笑聲帶給大家，然而他的內心深處卻是孤寂的。」㊺由此可知古龍在人前人後性格上有著極端不同的差異。

綜合上文所述，發現古龍的性格充滿著矛盾：他自卑卻又驕傲、寂寞孤獨卻又創造歡樂、偏激孤僻卻又善良充滿同情。一生為寂寞所苦，處心積慮掙扎想擺脫，卻無時不被寂寞所桎梏。其實這種矛盾的性格是能在一個人身上並存的。若非他好強又執著，就不會脫離家庭、自立更生；若非他寂寞孤獨，就不會特重友情、沈溺酒色；若非他驕傲偏激，怎麼有出奇的浪漫、和強烈想出人頭地、求新求變的意志。正是憑著這種特殊性格與巨大的內心趨力，古龍才成為我們所認識的古龍。這些也就是古龍之所以為古龍的原因。

㊹ 古龍：〈楚留香和他的朋友們〉收入《午夜蘭花》（台北：萬盛出版社，1989 年），頁 11。

㊺ 丁情：〈古大俠的最後一劍〉收入古龍：《邊城刀聲》（台北：風雲時代出版公司，1999 年），第四部奇譚，頁 179。

更是作品中一直存在強烈古龍風格、古龍特色的原因。

四、古龍的「三好」及其創作基調的形成

　　酒、色、友、小說是構成古龍人生的四大元素，除了小說作品之外，古龍給人最深的印象，便是好酒、好色、好友。而古龍的許多武俠小說中主角人物的嗜好也幾乎脫離不了這三樣──「好酒、好色、好友」，便形成古龍作品中的創作基調。以下將介紹這三樣元素究竟對古龍造成什麼影響？反映在作品上又呈現如何面貌？

㈠縱酒狂歌

　　談到古龍喝酒的歷史，要從讀淡江時候談起，幾個好友找來了各式各樣的酒與小菜到淡水海邊防波堤上，一邊聽海風、聆海濤，一邊喝酒。後來古龍再想起時說：「那種歡樂和友情，那一夜的海浪和繁星，卻好像已經被『小李』的『飛刀』刻在心裡，刻得好深好深。」㊻可看出古龍喝酒原因之一是為了享受朋友相聚的歡樂與情感。

　　古龍曾說：「其實，我不是很愛喝酒的。我愛的不是酒的味道，而是喝酒時的朋友，還有喝過了酒的氣氛和趣味，這種氣氛只有酒才能製造得出來！」㊼古龍這些話過於刻意強調「酒」對朋友

㊻ 古龍：〈不唱悲歌〉收入《九月鷹飛》（台北：風雲時代出版公司，1998年）第四部，附錄，頁188。

㊼ 林清玄：〈敬酒罰酒都不吃〉收入古龍：《獵鷹》（台北：萬盛出版社，1989年），頁4。

相聚時歡樂氣氛的營造,足見古龍在情感上對「酒」的過份依賴。年少得志的古龍有了高額的稿費後,開始上舞廳、俱樂部消磨與應酬。酒酣耳熱的氣氛、女孩的耳語溫存讓古龍慢慢迷戀這種虛假的奉承與熱鬧,沈醉其中無法自拔。

　　古龍曾說:「你若認為酒不過是種可以令人快樂的液體,那你就錯了。你若問我:酒是什麼呢?那我告訴你:酒是種殼子,就像是蝸牛背上的殼子,可以讓你逃避進去。那麼就算別人要一腳踩下來,你也看不見了。」[48]細究古龍喜歡涉足聲色場所的原因,因為流離動盪的童年生活,使得敏感的古龍所感受到的痛苦多於平常人,也更缺乏安全感與歸宿感,內心存在著無法排遣苦悶,也許是因為要逃避。逃避寂寞的痛苦、渴望快樂而不可得的痛苦。使他成為一個嗜酒的浪子。他在「酒」中找到了暫時的慰藉與快感,逃避寂寞的方法有很多,古龍選擇了呼朋引伴、長醉酒鄉、揮霍情愛,希望以遺忘的方式從寂寞中掙脫出來,稍稍獲得一點精神寄託。然而這無疑是飲鴆止渴,曲終人散後,古龍沒有更快樂,反而更加空虛、失落。這樣的生活漸漸的讓古龍迷失了自己,最後義無反顧的沈迷。

　　林保淳先生曾在〈俠客與酒〉一文中提到,中國人飲酒往往是「心理」的寄託,基本上可分為二:一是「忘」,二是「壯」。「忘」是藉酒精的迷醉,使人忘懷現實世界的失意與挫折;「壯」是指藉酒精的麻醉,擺脫理智,盡情抒發平時所受的壓抑與無處宣

---

[48] 龔鵬程:《猶把書燈照寶刀》(台北:小報文化出版社,1993 年),頁 99－100。

洩的情緒。[49]古龍一生離不開酒,完全是這兩種飲酒的心理寄託在作祟。熾烈的美酒釀成醺醉的快樂,讓古龍體驗到自我生命的存在,並以此來對抗現實生活的殘酷與苦痛。

　　古龍喝酒的方式,是豪邁的大口大口喝,喝的時候絕不廢話。燕青在〈初見古龍〉文中提到古龍「默不作聲,只是酒來必乾,自得其樂」,「喝酒時,頭一仰,便是一杯」[50],那種豪邁的酒量,讓他暗暗心驚。古龍喜歡把朋友灌醉,更喜歡朋友醉倒在他家。喝酒的時候從來不提自己悲傷的事,只談他如何豪放、如何開心,總是把悲傷埋在心底,把歡樂帶給別人。

　　一九八〇年,吟松閣事件古龍被殺傷手部,流血過多休克,送醫急救,輸血兩千西西,才脫離危險。[51]這是因「酒」而受的傷,每當醉酒時,古龍都會展示給友人欣賞,就像一個俠士展示著光榮的傷痕一樣。這事件完全展現古龍的酒徒性格——正直、剛猛、豪爽、絕不低頭。

---

[49] 林保淳:〈俠客與酒〉參見「中華武俠文學網」討論區之「林保淳先生武俠評論」專欄 http://www.knight.tku.edu.tw/home.htm 瀏覽日期:2004 年 8 月 8 日。

[50] 轉引自陳墨:《武俠五大家品賞》(台北:風雲時代出版社,2001 年),下冊,頁 8。

[51] 「吟松閣事件」發生於民國 69 年 10 月 22 日晚上。陳文和、葉慶輝及柯俊雄、王羽等人,在北投吟松閣飲酒,正好古龍也在鄰室與朋友喝酒。葉慶輝在走廊上遇見古龍,邀他一同到隔壁喝酒,古龍拒絕。後來,陳文和再邀古龍仍被拒,雙方因而發生口角,陳文和與葉慶輝乃持兇器,在吟松閣出口處將古龍右手殺傷。古龍因流血過多休克,經友人送醫急救,始未殘廢。詳見〈「小葉」揮刀逞兇焰　「大俠」拒飲幾斷腕〉《聯合報》,1980 年 10 月 24 日,第 3 版。

離婚後，酒成了麻痺古龍的止痛劑，他說：「每天好不容易回到家裡，總是轉身又出去，每天做的只有一件事：喝酒！」已經到了無酒和鎮靜劑就無法睡著的地步，清醒時也要吃興奮劑才能清醒。(52)經過這段自暴自棄的日子，身體終於不堪負荷，肝硬化、胃出血接踵而至。他也知道喝酒傷身，但他將自己化作兩頭燒的蠟燭(53)，只執意發出奪人眼目的光彩，所以對於喝酒而使自己一步步邁向死亡是無畏的。他寫道：

> 因為我也是個江湖人，也是個沒有根的浪子，如果有人說我這是在慢性自殺，自尋死路，那只因為他不知道——
>
> 不知道我手裡早已有了杯毒酒。
>
> 當然是最好的毒酒。(54)

其實古龍也知道酗酒的後果，只是心靈的空虛與寂寞，需要「酒」來救贖。長期的酗酒，讓他的健康日益敗壞。三進三出醫院，雖然後來戒了半年酒，但身體稍稍好轉，又再喝個不停。他的弟子丁情推測了古龍為了酒，置生死於度外的原因：

> 我只能說：「古大俠的壓力太大了，到了末期，他大概也想

---

(52) 見林清玄〈敬酒罰酒都不吃〉收錄《獵鷹》（台北：萬盛出版社，1989年），前序，頁5。

(53) 古龍有一個人生哲學是將自己比喻作兩頭燒的蠟燭，這樣亮光強，也容易快點結束。參閱過來人：〈細數武俠小說作者〉刊於《民生報》，1978年5月24日，第7版。

(54) 古龍：《三少爺的劍》（台北：萬象圖書股份有限公司，1992年），第一部，前言，頁2－3。

通了，已大澈大悟了。」

這些長久累積下來的壓力，已不是他所能承擔的，既然如此，他又何必一味的承受下去呢？

所以臨死的前幾天，他又開始縱情喝酒。(55)

終於古龍以他獨特的方式離開了人間。留下的作品中一個個狂喝豪飲的浪子。林保淳認為：「古龍是武俠作家中最擅於寫酒的，古龍寫酒，不但是在寫俠客，更是在寫心事，藉著酒，古龍彷彿是在抒發自身難以言喻的情懷。」(56)因此古龍的小說中幾乎部部有酒、酒徒、酒經（指有關酒的言談與格言）。「酒」成為古龍小說中不可缺少的元素。

㈡偎紅倚翠

據說古龍臨死前的最後一句話是：「怎麼我的女朋友們都沒有來看我？」(57)古龍一生對生命中的女子無盡的追逐，臨終時卻沒有女朋友相陪，這是多麼淒涼的感嘆。

從破碎的家庭中出身的古龍，絲毫沒有享受過正常且美滿的家庭生活，也沒有對家庭負責的雙親來作為模仿對象。對於「家」古龍非常渴望，卻不知如何去經營。因此成年之後，古龍與妻子或同

---

(55) 丁情：〈古大俠的最後一劍〉收入古龍：《邊城刀聲》（台北：風雲時代出版公司，1999 年），第四部奇譚，頁 183－184。

(56) 詳見林保淳：〈俠客與酒〉參見「中華武俠文學網」討論區之「林保淳先生武俠評論」專欄 http://www.knight.tku.edu.tw/home.htm 瀏覽日期：2004 年 8 月 8 日。

(57) 丁情：〈古大俠的最後一劍〉收入古龍：《邊城刀聲》（台北：風雲時代出版公司，1999 年），第四部奇譚，頁 185。

居女友的關係都不長久,問題的根本出自古龍原生家庭的不完整。這種經驗導致古龍小說中的故事主角絕少有正常的婚姻生活,譬如《桃花傳奇》中的楚留香終於與張潔潔結為夫妻,但是只有一個月楚留香即已無法忍受平淡的婚姻生活,張潔潔瞭解根本沒有人能獨佔楚留香,因此想盡辦法幫助他離開,否則楚留香將會因不快樂而不再是昔日的楚留香。在結尾,楚留香選擇了一扇門,用堅定的步伐跨出了那扇門,古龍寫道:「在這一瞬間,他已又回復成昔日的楚留香了。」[58]看得出古龍將自身的經歷投射在楚留香這個角色中以自況。

古龍從沒有循規蹈矩依照所謂「正統」的方式去交過女朋友。和古龍在一起的女子除了曾結婚的兩位外,大部分都是舞廳酒家的小姐或是慕古龍之名而投懷送抱的女子。想必古龍自己也在心裡面有所疑問,究竟這些女子是如何看待他,是真心真意?還是逢場作戲?這些疑問造成古龍對女子的不信任感,因此離開枕邊人時都不甚留戀。

為什麼古龍特別鍾情於風塵女郎?古龍曾寫說:

> 風塵中的女孩,在紅燈綠酒的相互競映下,總是顯得特別美的,脾氣當然也不會像大小姐那麼大,對男人總比較溫順些,明明是少女們不可以隨便答應男人的事,有時候他們也不得不答應。

從某種角度看,這也是一種無可奈何的悲劇。

---

[58] 古龍:《桃花傳奇》(台北:風雲時代出版公司,2001年7月初版),頁195。

> 所以風塵中的女孩心裏往往會有一種不可對人訴說的悲愴，行動間也往往會流露出一種對生命的輕蔑，變得對什麼事都不太在乎，做事的時候，往往就會帶著浪子般的俠氣！
>
> 對於一個本身血液中就流著浪子血液的男孩來說，這種情懷，正是他們所追尋的，所以一跌入十里洋場，就很難爬出來了。(59)

這段話也許正能解釋古龍留戀於風塵女子的原因。她們滿足了古龍的情慾的需求與虛榮的自尊，她們所擁有的特質正是身為浪子的古龍所需要與欣賞的。對於溫順的柔情慰藉，逢場作戲的古龍常是來者不拒地全然收下。也許是得來容易，古龍也不很珍惜這些女子的來去，只享受「今朝有酒今朝醉」的短暫激情。古龍小說中許多女子的身份都是「妓女」，甚至連女主角的身份也是妓女。而描繪女子寬衣解帶裸露胴體的章節更是不避諱，與傳統武俠小說含蓄帶過的方式迥異。除了一些為色而淫的武俠小說外，武俠小說中「妓女」出現頻率最高的作家，恐怕非古龍莫屬。很明顯的這是古龍個人生活經驗所致。

這些與女人相處經歷促使古龍在寫作時，對其武俠小說中男女角色的貞節觀念並不重視，只要男主角願意接受女主角的引誘，即使發生性關係也無不可。甚有女子自行對男主角投懷送抱，男主角也照單全收，絲毫無任何愧意，例如《新月傳奇》的玉劍公主、《楚留香傳奇》的琵琶公主自行獻身給楚留香，楚留香更是欣然接

(59) 古龍：〈卻讓幽蘭枯萎〉收入《誰來跟我乾杯》（天津：百花文藝出版社，2001年1月初版）。

受。

　　成名後的古龍追逐女人雖無往不利，偶爾也有惹出麻煩的時候，但古龍絕不說交往過的女子的壞話。每當回憶起以前的女友，古龍都是談美好的一面。即使是鬧上法院、登上報紙社會版的「趙姿菁事件」，[60]他還是不出惡言。[61]若說古龍一生中最大的錯，就是對不起曾用心愛他的女人。如同筆下的楚留香浪跡天涯、處處留情，卻不懂得去珍惜在船上等待的蘇蓉蓉。

　　古龍這種「視女人如衣服，視朋友如手足」的心理，導致筆下的李尋歡竟能為朋友讓出林詩音，然後終身痛苦。對於女人的地位，他一向擺在朋友之後，也不曾產生過像對朋友般的情意。他說：「白馬非馬。女朋友不是朋友。女朋友的意思，通常就是情人，情人之間只有愛情，沒有友情。」[62]他認為愛情是不顧一切、不顧死活、讓人耳朵變聾、眼睛變瞎，但也是短暫的，無法持久，除非轉變成友情。友情無論如何還是高過愛情。雖然筆下的男主角身旁總圍繞著眾多婀娜多姿的女子，但是對男主角而言，這些女子

---

[60] 「趙姿菁事件」發生於民國66年8月19日，古龍偕同當時十九歲的女演員趙姿菁（本名趙倍譽）出遊三天，未知會趙家。趙母尋回趙姿菁之後，控告古龍誘拐趙女離家。詳閱〈古龍吃官司・應訊後交保！〉刊於《聯合報》，1977年9月8日，第3版。

[61] 龔鵬程記述古龍對於「趙姿菁事件」的一段話：「對於這件事，自始至終，我沒有發表過一句話。因為無論我說什麼，都有人會被傷害。如今，事情已經過去了，也沒有什麼可談的。簡單地說，我與她已確有感情，這事如果不是第三者插入，絕不會弄得如此糟。」參見龔鵬程：《猶把書燈照寶刀》（台北：小報文化出版社，1993年），頁100。

[62] 古龍：〈不是玫瑰〉刊於《民生報》1985年7月1日，第8版。

還是比不上朋友重要。

(三)視友如親

古龍說:「無論任何順序上來說,朋友,總是佔第一位的。」[63]

在古龍自立更生的日子裡,朋友無疑的是他最重要的精神依靠,寂寞的時候有朋友相陪,落魄的時候有朋友相助,他說:

> 一個孤獨的人,一個沒有根的浪子,身世飄零,無親無故,他能有什麼?
> 朋友!
> 一個人在寂寞失意時,在他所愛的女人欺騙背叛了他時,在他的事業遭受到挫敗時,在他恨不得買塊豆腐來一頭撞死的時候,他能去找誰?
> 朋友![64]

這段話可看出古龍對朋友的依賴與看重。在寂寞失意、生活遭受困難時所依靠的還是只有朋友。

剛出道時,古龍與當時武俠小說界的「三劍客」——諸葛青

---

[63] 古龍:〈楚留香和他的朋友們〉原刊於《中國時報》,1982 年 9 月 16 日、17 日,第 34 版。收入《午夜蘭花》(台北:萬盛出版社,1989 年),前序,頁 10。

[64] 古龍:〈不是玫瑰〉刊於《民生報》1985 年 7 月 1 日,第 8 版。

雲、臥龍生、司馬翎❻❺論交，牛哥夫婦❻❻、鄒郎也是古龍常借宿幾宿的主人。這些朋友在古龍出紕漏時，總是義無反顧伸出援手，尤其是牛哥夫婦最常為他解圍。諸葛青雲曾說：「古龍死過一千次，牛嫂一定救過他九百九十九次。」❻❼可想見交情之深。

　　古龍常以酒會友，一到燈紅酒綠的場所，彷彿相識滿天下。古龍交朋友像小孩一樣單純，只要有酒，即使初相識，也很容易成為生死之交，上至騷人墨客，下至販夫走卒，他都能夠共敘樽前，酒逢知己千杯少。所以古龍朋友階層之廣、交友之複雜，簡直是駭人聽聞，有市井小民、影視紅星、武俠名家、酒國常客、更有詩人如周棄子、畫家高逸鴻、文壇名宿陳定公。家中除陳定公贈的字聯❻❽外，尚有不少名家字畫。真所謂相知滿天下。可是，古龍相識滿天下，能夠真正瞭解他的人，卻不很多。在眾多的朋友中與古龍最知心的要算是：香港作家倪匡。他們在一九六七年相識，立刻相見恨

---

❻❺ 司馬翎（1933－1989 年）本名吳思明，廣東汕頭人，別署「吳樓居士」、「天心月」。將門之後。1947 年舉家移居香港。政治大學政治系畢業。曾任《民族晚報》記者、《新生報》編輯。1958 年發表處女作《關洛風雲錄》一舉成名。1983 年于《聯合報》連載最後一部作品《飛羽天關》，1985 年被腰斬而輟筆。1989 年 7 月中旬病逝於汕頭故居。

❻❻ 牛哥，本名李費蒙，漫畫家。牛嫂，馮娜妮，是古龍中學和淡江英專的同學。

❻❼ 參見〈古龍生前開闢武俠小說新頁，死後留下傳奇軼事無數，掀起豪情，文藝圈倍思前緣〉刊於《民生報》，1985 年 9 月 23 日，第 9 版。

❻❽ 陳定公特別以古龍與梅寶珠的名字，作了兩副嵌字聯：「古匣龍吟秋說劍，寶簾珠捲晚凝妝。」「寶靨珠璫春試鏡，古韜龍劍夜論文。」贈古龍。參閱過來人：〈細數武俠小說作者〉刊於《民生報》，1978 年 5 月 23 日，第 7 版。

晚，成為莫逆之交，常常在深夜，有七八分醉意時，互打長途電話彼此傾訴內心的抑鬱。曾經古龍生病，遠在夏威夷的倪匡得知，馬上趕來探望。甚至古龍病重時，國際電話一打三個小時，面不改色。(69)從這裡可見兩人那份真摯不移的感情。

在古龍年少離家、自立更生的日子裡，受到朋友適時的幫助，自然產生「安得廣廈千萬間，大庇天下寒士俱歡顏」的宏願，因此，成名之後的古龍對於朋友相當講義氣，尤其對境況不佳的朋友特別照顧有加，如武俠片演員王沖與弟子丁情曾一直寄住在他家，只要有機會，就不斷向人推薦。這種「生，於我乎館」的友情實在少見。尤其是對丁情更是疼惜，因為同病相憐的身世，古龍付出愛與鼓勵，甚至讓丁情繼承衣缽，培養能自立的本事。還曾經撰文介紹丁情(70)來推薦他。古龍對朋友是這樣毫無保留地付出，也贏得這些朋友在他生命最後歷程的無怨相陪。因此學者羅龍治認為：「古龍四十多年短暫一生，『友情』是超乎名利的最大收穫」。(71)

因此，古龍的武俠小說中最特出的便是對友情的描寫，與生活中重朋友的性格一致。特別的是：古龍並不追尋像中國傳統小說以

(69) 參閱林佛兒：〈我印象最深的香港作家〉刊於《文訊》，第 20 期，1985 年 10 月，頁 40。

(70) 此文為古龍：〈誰來與我乾杯〉登於《聯合月刊》，第 22 期，1983 年 5 月，頁 75－76。後收入《邊城刀聲》（台北：萬盛出版社，1989 年），頁 3－10。

(71) 參見〈古龍生前開闢武俠小說新頁，死後留下傳奇軼事無數，掀起豪情，文藝圈倍思前緣〉刊於《民生報》，1985 年 9 月 23 日，第 9 版。

及金庸小說男主角之間的結義兄弟之情[72]，而是著眼於純粹的友誼，並在友情中加入生活挫折與現實的考驗，雖然貧困、潦倒、飢寒，但是友情的支持、同甘共苦、肝膽相照，仍舊能活得快樂自由而瀟灑。所以古龍在楚留香身邊安排了胡鐵花、姬冰雁，在沈浪身邊安排了熊貓兒。寂寞的阿飛也有李尋歡願意在他最落魄的時候拯救他。這些故事人物在在顯現古龍現實生活中對於友情的渴望與重視。甚至《歡樂英雄》一書通篇利用頌揚的筆調來歌詠友情的真誠與可貴。武俠小說的主題大部分在顯現大俠個人的蓋世武功與傳奇經歷，因此較少在小說中用極大的篇幅單獨對友情進行鋪陳與描繪，所以「友情」為主旨的武俠小說是較少見的，正因為少見，更突出古龍對這種純粹友情的看重。古龍不走民初以來武俠小說中以武功、愛情為主題的寫作方式，而將焦點放置於「友情」之上，形成古龍武俠的一個特色。

至於朋友眼中的古龍又是怎樣一個人。鄒郎說：

> 實在說，古龍的一生，是活在不得志的狂狷生涯中，他是「人在三江外，卻在五行中。」的亂世書生。[73]

---

[72] 傳統武俠小說中男角之間的友情大部分是透過結義方式去認定彼此的情感如同手足兄弟一般，金庸武俠小說中男角之間的感情也不脫此約定俗成的方式，因此《天龍八部》段譽、喬峰、虛竹結義為兄弟。而古龍並不強調結義，著眼於朋友彼此間的瞭解，雙方是對等的、平行的關係，甚至是一個尊重的敵人也可能是最瞭解自己的朋友。

[73] 鄒郎：〈來似清風去似煙〉收入《大成》，第144期，1985年，頁61。

劉德凱[74]說：

> 古龍就是活生生的「楚留香」，他的個性與生活一如他筆下的「楚留香」，少不了酒、女人、朋友。[75]

這些朋友為古龍精彩的的一生作了最好的註解。

五、古龍創作的養分──閱讀

古龍給人的印象除了武俠小說，不外乎是酒、女人，甚少人注意到古龍生命中還有一項重要的嗜好：閱讀。進淡江英語專科學校之前古龍早已嗜讀各種文學作品。據報導古龍的藏書之豐、包含之繁之廣，令人嘆為觀止，約有十萬冊以上，包括珍貴的原版和絕版書。古龍能速讀，每天至少看三、四小時以上的書報。[76]

身為一位武俠小說作家，古龍必須不斷的汲取、充實，以維持寫作時源源不絕的構思與題材。就學時即養成的閱讀習慣，古龍終其一生無絲毫停歇。關於古龍閱讀所涉獵的範圍，薛興國也曾寫道：

---

[74] 古龍自編自導，拍攝的《楚留香傳奇》、《楚留香與胡鐵花》電影，片中由劉德凱飾演楚留香。

[75] 見〈他走得一如在世時的瀟灑〉刊於《民生報》，1985年9月23日，第9版。

[76] 參閱〈古龍在暮色中步出這世界〉刊於《民生報》，1985年9月22日，第9版。與荻宜：〈浪子‧書生‧古龍〉《聯合報》，1983年11月28日，第12版。

他看的書很雜，天文地理什麼都來，連天文台出的「天文日曆」也看。不過近年他偏愛翻譯的間諜和偵探小說。(77)

這正說明古龍閱讀範圍廣泛，且偏愛與他寫作風格有關的間諜、偵探小說。古龍武俠小說中浪子游俠探案、抽絲剝繭尋謎追凶的情節，應是取法福爾摩斯之流的偵探推理小說，這一點眾多讀者與研究者都同意，於此便不再細述。

作家在完成自己的風格之後，閱讀與自身風格相仿的作品，應是秉持一種觀摩的心態。但當一個作家在自身作品風格為完成前所閱讀的書籍，與作家風格完成後的作品有著相同、相似的創作技巧或主題精神時，我們應可對此一現象提出二者之間有關連性之假設。鑑之於古龍的作品與其閱讀之軌跡，一般認為念淡江英專的古龍深受西方小說與哲學思想的影響與啟迪(78)，但閱讀這些作品對古龍的創作究竟產生的影響為何？在這些作品的交互影響下創作的古龍，是否因此形成了其「古龍式」(79)的風格？而「古龍式風格」中取法又是這些作家們作品中呈現的什麼特質？這都值得我們去深思

(77) 薛興國：〈古龍點滴〉刊於《民生報》，1985年9月26日，第9版。

(78) 葉洪生曾寫道：「一般多以為他是受到吉川英治、大小仲馬、海明威、傑克倫敦、史坦貝克小說乃至尼采、沙特等西洋哲學的影響與啟迪。」這段說明大多數研究者與讀者的看法。詳見葉洪生：《葉洪生論劍——武俠小說談藝錄》（台北：聯經出版事業公司，1994年），頁391。

(79) 古龍曾表示從《絕代雙驕》寫到《天涯明月刀》，他人口說所謂的「古龍式小說」、「古龍式文」、「古龍式對白」才漸漸成形。詳閱古龍：〈轉變與成型〉收入《誰來跟我乾杯》（天津：百花文藝出版社，2001年1月初版）。

與探討。

在古龍閱讀與取法的作家、哲學家之中影響古龍最深遠的首推德國哲學家尼采與美國作家海明威。

古龍閱讀尼采應是在淡江英專讀書時有所接觸。第一位明白指出尼采與古龍在作品觀點上有雷同之處的是歐陽瑩之。他在〈「邊城浪子——天涯・明月・刀」評介〉中提到：

> 我認為古龍的作品富有尼采味，「邊城浪子——天涯・明月・刀」便表現出尼采初期所謂阿波羅和地諾索斯兩股精神（the Apollonian and Dionysian spirits），所代表的條理節制和迸發激情的互相衝突、調和，也表現出尼采後期所謂掙強意志（Will to power）的成長。(80)

他在〈泛論古龍的武俠小說〉一文中又說：

> 在古龍的小說裡，我們可以發現尼采所推揚的那種豪雄自強的意志，堅毅勇猛的精神，冰清深遠的孤寂，橫絕六合的活力，甚至乎對女人的那些偏見。(81)

歐陽瑩之列舉尼采與古龍二人書中的文字以對照，尤其在對「女人」的觀點上，古龍和尼采有著相同的態度與觀點，甚至連將女人

---

(80) 詳見歐陽瑩之：〈「邊城浪子——天涯・明月・刀」評介〉收入古龍：《長生劍》（台北：風雲時代出版社，1997 年），頁 219。

(81) 詳見歐陽瑩之：〈泛論古龍的武俠小說〉原載於香港《南北極》月刊，1977 年 8 月號。收入古龍：《長生劍》（台北：風雲時代出版社，1997 年），頁 185。

比喻成「貓」的說法也一致。尼采對女人的看法影響古龍許多作品對女人的輕蔑與物化。除此，歐陽瑩之更指出兩人在對朋友與孤獨的領略是如此的相似。由此我們可知古龍與尼采的思想有很大層度的契合。

嗜酒的古龍對尼采的「酒神精神」[82]是否因「酒」而有所好感，我們無法證知，我們所能推知的是：尼采深深影響古龍的創作，尼采的酒神精神更是深深觸及古龍的內心。大陸學者方忠也認為，古龍是一位具有「酒神精神」的作家[83]，通過醉狂的狀態體驗在現實生活中無法實現的生命自由與快樂，在近乎自我毀滅的酗酒中，古龍深刻體會到生命真實的存在，與豐盈充沛的力量。這時「酒」已經不只是一種酒精飲料，「而是個體生命與宇宙大生命溝通的橋樑。」[84]古龍將這種精神寫入作品中，因此他筆下的主要人

---

[82] 尼采認為：酒神精神是一種具有形而上深度的悲劇精神，他解除了一切痛苦的根源，獲得了與世界主體融合的最高快樂。「酒神」本是象徵情緒的放縱，「酒神狀態」即是醉，是情緒的總激發與總釋放，是一種痛苦狂喜交織的癲狂狀態。酒神祭典時人們打破一切禁忌，狂飲爛醉、放縱情慾，表現個體自我的毀滅和宇宙本體融合的衝動。通過個人的毀滅，體會宇宙生命之豐盈，繼之肯定生命的整體，再造一種新生。詳閱尼采（Nietzsche, F.W.）著，劉崎譯：《悲劇的誕生》（台北：志文出版社，1993 年），頁 23－26。與周國平：《尼采在二十世紀的轉折點上》（台北：林鬱文化事業有限公司，1992 年 2 月初版），頁 89－120。

[83] 詳閱方忠：〈繁複人性的多維凸現──古龍武俠小說的主題意蘊〉《台灣研究》，第 1 期，1999 年 1 月，頁 78－82。

[84] 詳閱鄭曉江：〈生命的昂奮與衰竭──尼采人生哲學與中國傳統人生哲學之比較〉《南昌大學學報》，社會科學版，第 25 卷第 3 期，1994 年 9 月，頁 24。

物沒有一個不愛喝酒:李尋歡越咳越要喝、胡鐵花越不被瞭解酒就喝得越凶。陸小鳳有著高超的酒技躺著喝。林太平飢寒交迫居然還能分辨所喝之酒名。其他借酒澆愁或豪飲狂喝的例子實在不勝枚舉。

葉洪生曾撰文說道:「文藝氣氛的濃厚,與人生價值的重估,正是古龍作品的二大特色。」[85]周國平也說:「尼采哲學的主要命題,包括強力意志、超人、和一切價值重估。」[86]尼采思想與古龍作品的關係自是不言而喻。兩人皆對長久以來約定俗成的人生價值產生質疑而重估自身生命的價值。尼采曾說:「一切價值的重估——這就是我關於人類最高自我認識行為的公式,他已經成為我心中的天才和血肉。」[87]尼采對一切價值的重估著眼於宗教、善惡、道德人生之上,而古龍則表現在其作品中對江湖世界、人性善惡與權力的「解構」[88]上,因此古龍筆下主角不僅有著亦正亦邪的特色,所構築的武林世界也與傳統正邪兩分的江湖世界迥然不同。最明顯的例子為《白玉老虎》與《邊城浪子》的趙無忌與傅紅雪,這

---

[85] 見葉洪生:〈冷眼看現代武壇——對二十年來台灣武俠作家作品的總批判(下)〉收入《文藝月刊》,63期,1974年9月,頁137。

[86] 周國平:《尼采在二十世紀的轉折點上》(台北:林鬱文化事業有限公司,1992年2月初版),頁106。

[87] 轉引自周國平:《尼采在二十世紀的轉折點上》(台北:林鬱文化事業有限公司,1992年2月初版),頁222。由周國平譯自《看哪!這人》《尼采選集》,第2卷。

[88] 參看陳曉林:〈試論武俠小說的「解構」功能——以金庸、古龍、梁羽生作品為例〉收入《九月鷹飛》(台北:風雲時代出版社,1998年4月初版),頁198-201。

兩人原本一心一意想要報仇，故事發展到最後兩人才發現所謂的仇人已不再是仇人。當報仇的動力消失，他們面對的是一個全然解構的世界，突然頓失所寄，逼使故事主人翁重新面對一個人生價值驟變的真相世界。古龍賦予作品這種「重估人生價值」精神，與尼采的思想有相當地一致性。

除了尼采，海明威對古龍的影響也極大。薛興國便說：「古龍最喜歡的西方作家，是美國的海明威。」[89]古龍曾自述寫了十年小說之後才接觸到武俠小說的內涵精神———一種「有所必為」的男子漢精神[90]，這種精神被一些學者們認為與海明威的「硬漢」精神相當相似[91]，因此認定古龍有這樣的體悟應是閱讀海明威小說所得到的啟發，這一點大多數的讀者與研究者皆認同。[92]但是在創作語言上，學者們的認知就有差異，眾多讀者、研究者認為古龍師法海明

---

[89] 見薛興國：〈古龍心事誰能知？〉刊於《民生報》，1985年，第9版。

[90] 古龍〈不唱悲歌〉收入《九月鷹飛》（台北：風雲時代出版社，1998年），頁195。

[91] 古龍取法海明威除了「電報體」之外，塑造人物形象上古龍有意學習海明威筆下的「硬漢」。詳閱曹正文：《古龍小說藝術談》（台北：知書房出版社，1996年），頁168。

[92] 最具代表性是陳墨所說：「古龍的文體，有三方面影響。其中第一是美國作家海明威的『電報體』文體語言的影響。看得出來，海明威是古龍喜歡的作家，不光是他的文體，而且包括他的整個的文學成就及他的真正男子漢的氣質與風度。很自然，讀海明威的小說，就會不知不覺地受其影響，摹仿其精華。」參閱陳墨：《武俠五大家品賞》（台北：風雲時代出版社，2001年），下冊，頁72－73。

威的電報體的對白方式，但是葉洪生卻持反對態度(93)，且認為古龍一句一行的寫作方式將導致「文字障」(94)的形成。姑且不論這種寫作方式的優劣。我們著眼於古龍類似電報體的創作語言是否受到閱讀海明威作品的影響上。

海明威創作的語言簡潔有力，如同拿著一把斧頭將整座森林的小枝葉砍伐一空，只留下基本的枝幹。(95)這些留下來的是精心錘鍊而平淡的文字，需要讀者用心去領略與想像。海明威將自己的創作語言名之為「冰山原則」，而他這些精鍊的語言恰似在水面上的冰山只看得見八分之一，其餘的八分之七為作家豐富的想像與內涵，需要讀者閱讀之後的理解與創造。這一點古龍在人物對話與寫景上

---

(93) 陸灝、張文江、裘小龍三位發表的〈古龍武俠小說三人談〉中談到古龍古龍的語言受海明威影響。曹正文也接受此說，並認為古龍雖學海明威的對話寫作方式，但古龍的對話禪語與機峰並存，並非全盤套用。然而早在1994年11月《葉洪生論劍——武俠小說談藝錄》出版之前，葉洪生即聽過古龍受海明威影響的說法，但葉洪生並不認同此說。直到寫作《台灣武俠小說發展史》時，提出古龍文體三變之說，釐清古龍師法海明威語言寫作是在《孤星傳》至《浣花洗劍錄》時期。以上參閱陸灝、張文江、裘小龍：〈古龍武俠小說三人談〉《上海文論》，第4期，1998年。曹正文：《古龍小說藝術談》（台北：知書房出版社，1996年），頁166。與葉洪生：《葉洪生論劍——武俠小說談藝錄》（台北：聯經出版事業公司，1994年），頁405－406。葉洪生、林保淳：《台灣武俠小說發展史》（台北：遠流出版事業股份有限公司，2005年6月1日），頁232。

(94) 參看葉洪生：《葉洪生論劍——武俠小說談藝錄》（台北：聯經出版事業公司，1994年），頁406。

(95) 此一比喻為赫·歐·貝茨在〈海明威的文體風格〉一文中所提出。詳閱赫·歐·貝茨：《海明威研究——外國文學研究資料叢刊》（北京：中國社會科學出版社，1980年），頁133。

表現得最出色。古龍使用簡潔平淡的文字描述，造成一種令人遐想的意境，如「春天、江南。段玉正少年」。[96]只用九個字便交代男主角的出場，雖然看似尋常，仔細咀嚼卻有著深長的意境存在。這正是古龍取法海明威的「冰山原則」的最好證明。

越是簡潔的語言越具表現力與象徵力，因為其能給予讀者思維與想像的空間。

尼采對於語言也抱持相同看法，而他的哲學著作多以格言形式寫成，這不只是出自於愛好，在他看來是出自於必須。[97]他說：

> 格言、警句──在這方面我在德國人中是第一號大師──是「永恆」的形式；我的野心是要在十句話中說出旁人在一本書中說出的東西──旁人在一本書中沒有說出的東西……[98]

由此可看出尼采除了強調語言的精鍊外，對於將哲學用格言警句形式來寫作，尼采相當自豪。他這種將哲學詩化的寫作方法，必然深深影響將武俠小說詩化的古龍。古龍書中俯拾即是的格言，雖有人愛不釋手閱讀再三，也有學者認為是「囈語格言」，代表古龍

---

[96] 古龍：《碧玉刀》（台北：萬盛出版社，1989年），頁1。
[97] 此項說法見於周國平：《尼采在二十世紀的轉折點上》（台北：林鬱文化事業有限公司，1992年2月初版），頁316。
[98] 轉引自周國平：《尼采在二十世紀的轉折點上》（台北：林鬱文化事業有限公司，1992年2月初版），頁319。由周國平譯自尼采：《偶像的黃昏》《尼采全集》，第8卷。

內在分裂的心向。(99)研究者由不同的角度切入，便有不同的看法與評價。利用格言警句方式來達到作者介入書中來講述道理的目的，而且使用之頻繁，古龍可說是武俠小說第一人。

除西方哲學文學外，古龍也取法日本小說，據葉洪生研究，古龍師法日本小說的內容與作家重要的有：武學方面師法吉川英治、小山勝清的宮本武藏系列小說，以及楚留香的「風雅的暴力」的塑造與寫作文體師法柴田煉三郎。(100)女作家馮湘湘亦撰文列舉古龍與柴田煉三郎小說中多雷同之處，以證明古龍偷師柴田煉三郎。(101)兩位學者對古龍如何師法日本作家皆有精闢的剖析。

綜上所述，古龍的閱讀雖然廣泛，但他不斷的師法世界偉大的哲學家與小說家，無論是文學精神抑或創作技巧方面，古龍將之融鑄於自己創作之中，讓其作品閃耀著屬於自己的光芒，繼而創造出其獨特風格。而尼采、海明威正是對古龍風格的形成，最重要的師法對象與導師。

六、結語

在《流星、蝴蝶、劍》的開頭寫道：

---

(99) 詳閱翁文信：〈試析《多情劍客無情劍》中的自我辯證與情慾焦慮〉收入《台灣現代小說史綜論》（台北：聯經出版事業公司，1998 年 12 月初版），頁 343－344。

(100) 葉洪生、林保淳：《台灣武俠小說發展史》（台北：遠流出版事業股份有限公司，2005 年 6 月 1 日），頁 232－235。

(101) 參閱馮湘湘：〈古龍和柴田煉三郎〉載於《香港文學》，2001 年 3 月。

流星的光芒雖短促,但天上還有什麼星能比它更燦爛,輝煌!

當流星出現的時候,就算是永恆不變的星座,也奪不去它的光芒。

蝴蝶的生命是脆弱的,甚至比最鮮豔的花還脆弱。

可是牠永遠只活在春天裏。

牠美麗,牠自由,牠飛翔。

牠的生命雖短促卻芬芳。

只有劍,才比較接近永恆。

一個劍客的光芒與生命,往往就在他手裏握著的劍上。

但劍若也有情,它的光芒卻是否也就會變得和流星一樣的短促?[102]

　　回顧古龍的一生,正如同他筆下的「流星」、「蝴蝶」,美麗且光彩奪目,卻短暫消逝,徒留悵惘。而他的作品就如同他所提到的「劍」那樣的永恆並顯現耀人的光芒,古龍這位劍客也因其作品而成就其永恆的生命。雖然古龍的早逝是台灣武俠界的莫大損失,也是眾多古龍迷一直深以為憾的事,然而考察古龍風風雨雨精彩萬分的一生之後,熱愛古龍的讀者應會同意:古龍的早逝,何嘗不是上天對他這個武俠天才的眷顧。以古龍好強孤傲的個性,「美人遲暮,英雄沒落」應是他所怕見的,因此上天在他再也無法承受身體的病痛、內心的愁苦以及外界環境的壓力時,帶走了他。

---

[102] 古龍:《流星、蝴蝶、劍》(台北:萬象圖書股份有限公司,1991 年 7 月),第一部,頁 1。

以一位作家來說，四十八歲正值創作高峰期，無論是文筆、智慧都應該是已臻成熟的階段，但是古龍卻已英年早逝了。如果上天給他多一點健康與時間，他的小說，會再異峰突起呢？還是會徹底地放棄了創新？可惜古龍已經不能給我們答案了。

　　沒有一本文學作品能夠完全脫離創作者而獨立存在，無論該作品是寫實或想像、嚴肅或通俗。一個讀者或批評家為了獲得該作品的理解，勢必探索作家的世界。瞭解作家的生命、生活環境、創作背景之後，對於其作品即會產生情感上的共鳴，如此才能對作者有同理心的瞭解，不致被先入為主的傲慢與偏見蒙蔽了智性。

　　深入探索古龍生命歷程之後，再讀古龍的作品，令人感到古龍本人與其作品的關連是那樣的密切。正如陳墨所言：「對古龍來說，酒－色－才－氣（指內心）是聯繫得很緊密的。」[103]正因為古龍本人與其作品之間的關連太密切，欲研究他的武俠小說若不從古龍本人入門，單只看作品本身，則無法掌握古龍風格之來由與作品之關係。

　　他的作品某種程度顯示了自身的經驗，如在寫作他的自傳一般，古龍將自己的靈魂交出去給讀者之後，博取了讀者同情的理解，彷彿他所展示的不再是自己本身，而是每一位讀者的化身。正因如此，古龍的作品深深吸引了許多古龍迷。由此，我們略可解釋為什麼古龍迷，這麼狂愛古龍的作品了。古龍這一生永遠化不開的寂寞與永不止息的追求，正是讓他的作品有魅力的真正原因。

---

[103] 陳墨：《武俠五大家品賞》（台北：風雲時代出版社，2001 年），下冊，頁 17。

正言若反
——論古龍武俠小說的特色

劉巧雲*

一、前言

　　身為新派武俠小說大家之一，古龍的小說曾經紅極一時，引領通俗閱讀市場十多年，其作品約有六十多部❶，不乏拍攝成電視、電影者。由於古龍小說吸引的通俗小說讀者甚多，影響層面很廣，因此許多評論者也針對其作品特色加以分析，或與金庸作品相比較，這些文章對於古龍小說的修辭、風格、情節模式等都做了歸納探究。在這樣的基礎上，本文的寫作重點，不擬作個別作品的討論，也不分別剖析語言修辭、情節模式等，而希望能以「正言若反」❷的特性來涵蓋古龍武俠小說的特色，掌握住其作品的重要精

---

* 淡江大學中國文學研究所碩士生
❶ 于志宏提供資料、周清霖整理的的古龍武俠小說出版年表列了六十八部作品，但其中仍有部分為別人代筆完成的。（參見《古龍小說藝術談》，頁221-227）
❷ 最早以「正言若反」概括古龍小說特色者為林保淳先生。

神。

二、古龍小說創作背景概述

(一)古龍與新派武俠小說

　　武俠小說有所謂新、舊派之分。❸港台新派武俠的代表人物，包括香港的金庸、梁羽生，台灣的臥龍生、司馬翎、上官鼎、諸葛青雲、柳殘陽等。相關論述多視梁羽生為香港「新派」武俠之祖，但真正奠定「新派」武俠宗師地位的，當屬金庸。梁羽生受中國古典詩詞小說影響較深，語言優美帶有文人風味，他在人物心理的刻畫上，已經有別於以往只重情節的敘述；金庸小說中具有完整的江湖社會，他重視人物性格塑造及心理發展，並由於其深厚的國學文學素養，使得其小說在消遣之餘同時具有鑑賞價值。繼金、梁之後，古龍的作品又為新派武俠小說引領出新風格。

　　古龍小說的成熟期約在七〇年代中期左右，面對著金庸小說難以突破的高成就，所以轉而採取「求新、求變、求突破」的創作方向，雖然他也曾經經歷過模仿金庸小說的寫作階段。❹古龍曾說：

---

❸ 新派武俠小說，一般指「五〇年代初開始流行於港、台及海外地區的武俠小說創作作品」（《新武俠二十家》，頁8），在人物塑造及寫作風格上有別於大陸全面查禁的「舊派」武俠小說。

❹ 「我自己在開始寫武俠小說時，就幾乎是在拼命模仿金庸先生……」（古龍：〈關於武俠（代序）〉，《長生劍》，頁11）

> 我們這一代的武俠小說，如果真是由平江不肖生的《江湖奇俠傳》開始，至還珠樓主的《蜀山劍俠傳》到達巔峰，至王度廬的《鐵騎銀瓶》和朱貞木的《七殺碑》為一變，至金庸的《射雕英雄傳》又一變，到現在又有十幾年了，現在無疑又到了應該變的時候！❺

因此，在他全盛時期的作品中，幾乎都沒有交代小說人物所處時代，不同於金庸作品中的歷史背景；他也拋棄了「俠客成長」的寫作模式，而改以小說的「懸疑性」來帶領讀者閱讀；更重要的是，他對現代白話敘事語言的節奏掌握上以及形式的創新，使得古龍能在金庸之外走出一條全新的發展路線。此外，古龍仍延續了金庸小說以「人性描寫」為主的創作理念，並加入個人對人性的詮釋觀點，顯示他對「新派」武俠除了超越之外亦有所繼承。

㈡古龍的創作分期

古龍曾在《大旗英雄傳》序言❻中把自己的小說創作分為三個階段，但就古龍整個寫作風格的轉折與變化來看，則大致可分成四期：❼傳統時期（1960－1963）的古龍武俠小說，如：《蒼穹神劍》等，尚未形成完整的個人風格，以模仿金庸等大家為主。奠基時期（1964－1967），其個人風格已逐漸成形。一九六七年的《絕代雙

---

❺ 古龍《多情劍客無情劍》序，台北，風雲時代出版社，1997，頁5。
❻ 古龍：〈一個作家的成長與轉變——我為何改寫「鐵血大旗」〉，《鐵血大旗》，頁2。
❼ 參考《古龍小說研究》，頁24－28。

驕》，全書出場人物多達百人，在情節佈局、語言風格以及對人性的描寫上，都與金庸作品有了區隔，確立了古龍未來創作的發展路線，在金庸作品的鋒芒籠罩下，古龍開始求新、求變、求突破。

創新時期（1968－1976）。《絕代雙驕》以後，古龍的武俠小說進入一個全新的階段，他先後寫出了《多情劍客無情劍》、《楚留香》、《陸小鳳》、《流星蝴蝶劍》、《七種武器》等多部膾炙人口的作品。在他筆下的這些主角都是「傳奇英雄」型的人物，一出場即擁有高深的武功和敏銳的頭腦，生活也不以復仇為重心。古龍還借鑑了日本推理小說的技法，並運用電影中的蒙太奇❽手法，加上獨特的敘事語言，終於開創了新派武俠小說的另一番局面，奠定其在武俠小說史上不可或缺的重要地位。此時期的作品，為本文主要研究對象。

古龍在前期的創作高峰之後，因其生活的日益放縱，後來許多作品都未能寫完，請人代筆的情形不少，如《白玉雕龍》大部分由申碎梅代筆，《怒劍狂花》多由丁情代筆。作品的品質未能超越前期，走入衰微時期（1977－1984）。

---

❽ 一種電影藝術的重要表現手法。為英語 Montage 的音譯。將全片所要表現的內容，分為許多鏡頭分別拍攝完成，再依原定創作構思將這些鏡頭加以組接，使其通過形象間相輔相成的關係，產生連貫、呼應、對比、暗示、聯想等作用，形成有組織的片段、場面，直至一部完整的影片。此表現方法稱為「蒙太奇」。（「國語辭典」教育部國語推行委員會編錄 http://140.111.34.46/dict/）

(三)求新求變的創作態度

古龍小說的獨樹一幟與其求新求變的創作態度有著密切的關係，他曾說過：「武俠小說若想提高自己的地位，就得變；若想提高讀者的興趣，也得變。」❾求新與求變實是一體的兩面，因為要想創新，就不得不變，有所改變，才可以創新。一個作家的創作態度，也影響了作品整體風格的展現。推究古龍求新求變創作態度的形成原因，一方面是為了武俠小說的商業化競爭，這是每個通俗小說作家都有的現實考量，讀者的口味並非一成不變，相同類型的小說是無法持續吸引讀者目光的，所以作家們的壓力就在於要不斷地力求突破改變。

> 做為一個作家，總是會覺得自己像一條繭中的蛹，總是想要求一種突破，可是這種突破是需要煎熬的，有時候經過了很長久很長久的煎熬之後，還是不能化為蝴蝶，化作蠶，更不要希望能練成絲了。❿

為了吸引讀者閱讀，這是驅使古龍在創作上求新求變的主要動力。

並且，因為時代一直在往前進，人們生活步調的加快，也帶動了武俠小說情節進行的節奏，一個成功的作家必定不會忽略整個大環境對人類生活的影響，印證於古龍身上，我們可以看見他的小說有點像電視、電影的分鏡劇本，一個畫面接著一個畫面，好像鏡頭

---

❾ 古龍：〈說說武俠小說〉，《歡樂英雄》，頁1。
❿ 古龍：〈風鈴、馬蹄、刀——寫在「風鈴中的刀聲」之前〉，《風鈴中的刀聲》，頁1。

在推移,影視手法的運用,說明了當時新興的傳播媒體對人們生活方式包括閱讀習慣的改變。

另一方面,則是針對武俠小說文體本身發展的內部規律來看。金庸的小說不論在各方面都已達到成熟的巔峰,後人再怎麼努力也很難超越他的成就,在此情形下,不能超越就得突破,另外走出一條路來。

誰規定武俠小說一定要怎麼樣寫,才能算正宗的武俠小說?

武俠小說也和別的小說一樣,只要你能吸引讀者,使讀者被你的人物的故事所感動,你就算成功。⓫

古龍勇於創新,不僅情節上要變,舉凡文體、句式、人物性格、武打場面等通通要變!於是,古龍作品幾乎不提及任何歷史背景,不交代故事發生於什麼朝代,只注意人物的本身,這即是相對於金庸「融於歷史的人物」而變的。另外,他在武俠小說中成功引入推理小說的結構方式和技巧,奇詭的佈局,撲朔迷離的情節,產生扣人心弦的效果,像《楚留香》、《陸小鳳》都是如此。可以看出,古龍刻意在營造情節之奇,他想藉由奇特的劇情走出金庸小說的模式,也是因應讀者的好奇心之故。再如,古龍把人物的內心矛盾、性格中的衝突,心理上的扭曲綜合表現出來。其筆下人物反映了感情和性格的內在衝突,這是他小說人物最成功的地方。

而下文要說明的「正言若反」,更是古龍小說「變」的主要方

⓫ 古龍:〈代序——談「新」與「變」〉,《大人物》,頁3。

式，不僅突破金庸小說的路線，也因而創造出新穎獨特的奇詭風格。

三、古龍小說中「正言若反」方式的運用

㈠「正言若反」與古龍小說

「正言若反」一言出自《老子》七十八章：

> 天下莫柔弱於水，而攻堅強者莫之能勝，其無以易之。弱之勝強，柔之勝剛，天下莫不知，莫能行。是以聖人云：『受國之垢，是謂社稷主。受國不祥，是謂天下王。』正言若反。（《老子道德真經》）⓬

明代薛蕙解曰：

> 正言若反者。世俗之言，但謂為侯王者，惟當受天下之顯榮。今聖人之言則不然，此聖人之正言，非真若反也。由世俗之情觀之，則若反耳。（《老子集解》）⓭

所謂「正言若反」。老子思想以「柔弱」、「無為」、「不生」欲去掉人為的心智造作，看似消極，卻有其積極意義。故「柔弱勝剛強」、「無為則無不為」、「不生之生」，乃合道之正言，

⓬ 《道德經名注選輯（一）》，頁518－519。
⓭ 《道德經名注選輯（四）》，頁262－263。

但世俗以為反耳。❿本文，並非對「正言若反」作哲學層次的討論，僅借其字面意義來說明古龍小說的特色。

在古龍的故事中，常會有出人意料的結局，一開始的好人往往是幕後的主使者。每個看似平凡的人物，都因其過往的經歷而有近似變態的內在性格。如：

> 一個最可靠的朋友，固然往往會是你最可怕的仇敵，但一個可怕的對手，往往也會是你最知心的朋友。（《多情劍客無情劍》（三）頁 25）

> 只有看不見的危險，才是真正的危險。（《孔雀翎》頁 37）

為其小說中常見的模式。把「正言」作反面的詮解，在正面的描述下，事實往往是相反的。於是，古龍筆下的「正言」其實就好像是「反言」一樣。他在創作小說的過程中，企圖一一推翻原先的「正言」，因而形成了弔詭，即在語句中顯出詭譎、奇怪之處，違反人們日常生活中一般的邏輯定律，使讀者感到眩惑與詫異。⓯他自己曾經承認：

> 那時候寫武俠小說本來就是這樣子的，寫到那裡算那裡，為了故作驚人之筆，為了造成一種自己以為別人想不到的懸疑，往往故意扭曲故事中人物的性格，使得故事本身也脫離

---

❿ 《道德經名注選輯（五）》，頁 602。

⓯ 參見岑溢成：〈詭辭的語用學分析〉（香港科技大學人文學部主編，《邏輯思想與語言哲學》，台北：學生書局，1997 年）（http://home.kimo.com.tw/shamyatshing/essay/paradox.htm）

了它的範圍。❶⓰

所以，由正轉到反、由反轉正，古龍的「驚人之筆」以及「別人想不到的懸疑」就是去扭轉讀者的常理判斷，他的創作便依著「意料之外」的讀者心理預設而進行下去，以「正言若反」作各種寫作方式之運用。

(二)古龍小說中「正言若反」的使用情形

分為以下幾個方面來討論：

1.情節發展

古龍小說在情節設計上，故事最後的真相往往與一開始陳述的方向相背離，不只是最後的結局有這樣大逆轉的現象，在情節的進行中，古龍不斷地推翻之前推論出來的說法與方向，造成情節上的曲折多變與跌宕起伏。書中的人物，如同偵探一樣地查案，閱讀者時常會被導引上一條不正確的方向，繼而發現推測錯誤，造成心理上的震撼與好奇，而更想知道真相，也就產生了持續閱讀的動力。

因為古龍的小說有著濃厚的懸疑性，所以，找出事件幕後的操控者就是全書的重心主軸，在此情形下，常見主使者後面另有主使者，小陰謀後面另有大陰謀，謎中又有謎，多以角色的正反模式推演下來。如《陸小鳳傳奇》在情節發展上便有幾個曲折；其中的關鍵人物是上官飛燕的妹妹上官雪兒，由於她始終懷疑丹鳳公主殺害了上官飛燕，陸小鳳就在雪兒與丹鳳公主二人的說法中判斷真假，

⓰ 古龍：〈一個作家的成長與轉變——我為何改寫「鐵血大旗」〉，《鐵血大旗》，頁3。

但是,雪兒一直被視為滿口謊言的小妖精。

> 陸小鳳道:「雪兒說不定根本就知道她姐姐在哪裡,卻故意用那些話來唬我,現在我才知道,她說的話連一個字都不能相信。」(《陸小鳳傳奇》頁99)

> 上官雪兒對陸小鳳說:「她說的話你相信,我說的話你為什麼就不相信?」「你這個人最大的毛病就是自作聰明,該相信的你不信,不該相信的你反而相信了。」(《陸小鳳傳奇》頁87-88)

最後證實了雪兒說的才是真話。但事實卻又再次逆轉,並非如雪兒所推測丹鳳公主害死了上官飛燕,反過來是上官飛燕害死丹鳳公主並假扮成她,書中出現的丹鳳公主實是上官飛燕假扮的。

在《孔雀翎》中,經過了長時期的逃亡生涯,高立終於打敗了「七月十五」組織裡追殺他的人,他和雙雙真的就過著與世無爭的田園生活,但書中寫道「只可惜這並不是我們這故事的結束。」(《孔雀翎》頁114)古龍筆下的平靜生活並非正如表面那樣平靜,往往暗示了背後更大的危機,就好像看似平靜無波的湖面實際上卻暗潮洶湧。於是,順著「正言若反」的模式,果然,唯一倖存的麻鋒找上門來,高立轉而向秋鳳梧求救,借到了無敵於天下的武器「孔雀翎」,最後憑著一股自信殺了麻鋒,不過「只可惜這也不是我們這故事的結束。事實上,這故事現在才剛剛開始。」「他們的幸福直到現在才真正開始。只可惜開始往往就是結束。」(《孔雀翎》頁161)古龍小說中所描述好像已經結束的事情,實際上往往都

是相反的,事情不但還沒結束,另一波高潮正要開始呢!再一次順著「正言若反」的模式,高立和雙雙在歡喜之餘,竟然發現「孔雀翎」不見了,喜劇一瞬間變為悲劇。古龍正是藉由正反交替帶出情節的起伏與高潮。然而,最後的真相又再度扭轉乾坤。那人人聞之色變的「孔雀翎」原來早就遺失多年了,高立弄丟的只是假的。「孔雀翎」的真假,又是一次對「正言」的推翻。

在《決戰前後》中,以葉孤城與西門吹雪兩大劍客的對決為主軸,但是故事中一再釋放出葉孤城受了重傷的訊息,而事實正好相反,葉孤城不但沒有受傷而且還是整個陰謀的主使者,與西門吹雪的決戰只是幌子,他們的真正目標是皇帝。

在古龍巧妙的安排下,故事中的幕後主使者,往往是主角最好的朋友,也是起初最沒有嫌疑的人。如楚留香的兩名好友,英雄少年的南宮靈和文雅溫柔的無花,竟是主謀者。如《繡花大盜》中的金九齡,其身分為正派的官方人物代表,沒想到卻是陰險狠毒的幕後黑手。在《多情劍客無情劍》中,龍嘯雲是李尋歡最好的朋友,同時也是傷害他最深的人。《流星蝴蝶劍》裡的律香川,本是孫玉伯最信任的手下,結果竟是出賣孫玉伯的人。

古龍使用似正實反、似反實正的情節模式,造成了劇情的曲折起伏,牽引著讀者的情緒,閱讀的快感,也就在這樣的正反相續的情節下展開。

2.人物性格

古龍筆下的人物性格都是極具個性的,他運用「正言若反」的方式塑造出一個個獨特的人物。

以花滿樓為例

> 鮮花滿樓。花滿樓卻看不見。
> 因為他是瞎子。但他的心卻明亮得很。
> 看來一點也不像瞎子的花滿樓。（《陸小鳳傳奇》頁 14）
>
> 花滿樓卻還是同樣愉快，微笑著道：「有時連我自己也不信我是個真的瞎子、因為我總認為只有那種雖然有眼睛，卻不肯去看的人，才是真的瞎子。」（《陸小鳳傳奇》頁 83）

花滿樓明明是個瞎子，但是在小說中的描述顛覆了傳統對瞎眼的印象，反而突顯出他所看見的東西比一般人還要多。這就是古龍，用看得更多來形容一個瞎了眼的人，當然此處的「看」指的是他用眼睛以外的器官去體會，以此對比於一些有著正常視覺卻被假相矇蔽住了的人。

還有如老實和尚並不老實，一出場就說了謊

> 出家人本不該打誑語，我剛才卻在大爺們面前說了謊……
> （《陸小鳳傳奇》頁 5）

關於老實和尚和歐陽情的關係

> 所以陸小鳳更覺得奇怪，更要問下去：「你也會做不老實的事？」
>
> 陸小鳳幾乎忍不住要跳了起來，他做夢也想不到這老實和尚也會去找妓女。（《陸小鳳傳奇》頁 101－102）
>
> 現在他也明白老實和尚為什麼要說謊了。有些男人寧可付了

錢去睡在女人屋裡的地上,也不願別人發現他「沒有用」。
(《陸小鳳傳奇》頁 193)

和尚本應不近女色,卻反而去找妓女。老實和尚的說謊和不老實與其「老實」形象是相反的,「老實和尚究竟老不老實?」造成讀者心中的疑惑,因而塑造出一個神秘難測的角色。另外,如身在青樓的歐陽情,居然還是處女,也是打破了一般人認為妓女出賣肉體的印象。

有些孤獨的劍客,如阿飛、中原一點紅、西門吹雪,原本他們看起來都像是無情的人,眼中只有殺人的劍,不知何謂救人與愛人,他們的眼睛不帶任何情感,也沒有任何情緒表現,是完全冷漠的。但是像這樣的人物,在遇到了鍾情的異性後,卻表現出豐富的情感,如阿飛對林仙兒、一點紅與曲無容、西門吹雪與孫秀青。所以,古龍筆下的無情之人,往往不是真的無情,而是因為環境的關係而封閉了他們的心,其實壓抑在心中的情感比任何人都來得豐沛。

有些人表面看來雖然很冷酷,其實卻是個有血性、夠義氣的朋友,越是不肯將真情流露出來的人,他的情感往往就越真摯。(《多情劍客無情劍(三)》頁 196)

一個人若用情太專,看來反倒似無情了。(《多情劍客無情劍(三)》頁 18)

古龍小說寫到人物的「笑」,則異於平常人對笑的概念。一般人因為開心而笑,笑帶有正面的意義,但古龍小說中的「笑」多半

帶有複雜的心情，尤其是與快樂相反的情緒。

> 只不過笑也有很多種，有的笑歡愉，有的笑勉強，有的笑諂媚，有的笑酸苦。（《決戰前後》頁 266）

> 他們臉上雖在笑，但心裡卻笑不出來。（《孔雀翎》頁 29）

> 他還在笑，但笑得就像是這冷巷中的夜色同樣淒涼。（《孔雀翎》頁 31）

> 林仙兒突然狂笑起來……她在笑，可是這笑卻比哭更悲慘。（《多情劍客無情劍（五）》頁 248）

書中人物都愛笑，他們在遇到危險的時候會笑，如江小魚用笑容來鬆懈敵人的防備；他們在落魄潦倒的時候也會笑，只不過是慘淡絕望的笑容。多數人物在悲傷難過時，我們看不到古龍描述他們憂傷情緒的表現，幾乎沒有哭泣，從老子「正言若反」的思想角度上看來，欲描寫人的哀傷情緒，與其寫此人如何痛哭流涕，不如相反的寫人物的「笑」，一個人真正難過時，不論臉上做何表情但他的心裡仍是十分痛楚的，那麼不刻意地去描寫哀傷表情，反而襯托出此人的難過已到達難以想像的地步，於是古龍採取極端地「笑」來反映人物內心不為人知的情感。

3.武功招數

在古龍小說中越是緊張的對決，在表面上就越看不出激烈拼命的打鬥與刀劍相交，像郭嵩陽與李尋歡、荊無命與阿飛、上官金虹與李尋歡、西門吹雪與葉孤城的交手都是如此，在打之前花了很多

的筆墨營造對峙氣氛及彼此氣勢,但是正式交手時卻是一招即定勝負,或者由兩人的對話足以判斷武學境界高下,甚至連打都還沒打就已知道輸贏。

關於武藝的高低,古龍筆下貌不驚人或相貌猥瑣的傢伙,如店小二、乞丐、老頭子等,其實都是身懷絕世武藝者。「正言若反」的情形也同樣發生於武功的強弱對比,小說中的主角功夫雖然不是天下最強的,但是往往能夠擊敗武功比他們強的對手。如石觀音與水母陰姬在小說中一直強調她們的武功沒有弱點,當古龍做此描述時,其實也暗喻了她們終會被擊敗,沒有弱點的人反過來代表一定有弱點。展現於武打上,當古龍著重描寫出招的變化精妙,模擬某一劍的威力強大時,此人多半是被擊退的一方,而真正的高手出招時,總是看似簡簡單單、平凡無奇的招數,正如書中常說的「沒有變化,有時也正是最好的變化」(《繡花大盜》頁 208)。同樣地,最有用的兵器卻擁有最樸拙的外表,像阿飛所使用的劍,就曾被許多人嘲笑過,像李尋歡的小刀,看起來則和普通的小刀沒有兩樣。

在個人武藝的施展上,有時和人物形象完全相反。如《多情劍客無情劍》中的大歡喜女菩薩,胖得令人印象深刻。

> 她眼睛本來也許並不小,現在卻已被臉上的肥肉擠成了一條線,她脖子本來也許並不短,現在卻已被一疊疊的肥肉填滿了。
>
> 她坐在那裡簡直就像是一座山,肉山。(《多情劍客無情劍》(三)頁258)

當她笑起來的時候「全身的肥肉都開始震動」、「杯盤碗盞叮噹直響,就像地震」(《多情劍客無情劍》(三)頁259)。但弔詭的是,在她這樣笨重的外表下,居然擁有一身很好的輕功。一般觀念裡,很胖的人因為身軀太重,行動較為遲緩,不太可能做出輕巧、俐落的動作。古龍卻把最不可能的情況變為可能,將大歡喜女菩薩的輕功,寫成像「大氣球」在飛。

在《繡花大盜》中,一段關於陸小鳳與金九齡打鬥的描寫,也是如此:

> 這大鐵椎實際的重量是八十七斤。一柄八十七斤重的大鐵椎,在他(金九齡)手裡施出來,竟彷彿輕如鴻毛,他用的招式輕巧靈變,也正像是在用繡花針一樣。
>
> 這根繡花針雖然輕如鴻毛,在他(陸小鳳)手裏施出來,卻彷彿重逾百斤,他用的招式剛猛鋒厲,竟也正像是在用一柄大鐵椎,霎眼間兩人已各自出手十餘招。
>
> 至強至剛的兵器,用的反而是至靈至巧的招式,至弱至巧的兵器,用的反而是至剛至強的招式這一戰之精采,已絕不是任何人所能形容。(《繡花大盜》頁257-259)

真正的繡花大盜在選擇兵器時反而選了與繡花針完全相反的大鐵椎。而且在使用招式上,皆與二人手持的兵器性質完全相反,這又是古龍將武術描寫做「正言若反」的呈現。

四、「正言若反」與古龍小說的特色

古龍小說的語言句式短,句法多變,簡潔俐落。「正言若反」的方式使得短短的句子中語意的轉折變化多樣。如:

良藥苦口,毒藥卻往往是甜的。(《多情劍客無情劍》(五)頁99)

陸小鳳最大的本事,就是在絕路中求生,在死中求活。(《繡花大盜》頁141)

在簡短的句式中,若又要表現出豐富的意義,平順的敘事語句難以達成,而藉由正反語言的對立與融合,增加了讀者在閱讀時的思考衝突性,便促成了簡短有力的句式。

此處,也帶出古龍小說特殊的節奏感,比起金庸小說流暢的敘事,古龍小說的節奏不僅快,而且是含有跳躍性的。在正反相續的情節中,讀者的思路隨之上下起伏,從正面陳述到反面事實的推翻有時只發生於一兩句話之間,讀者認知的瞬間轉變,有如坐雲霄飛車一樣陡升陡降,因此古龍小說的節奏因為「正言若反」的方式而獨特。

古龍小說的一大特點就是故事的懸疑性。書中主角像是福爾摩斯探案一樣地追查事情原委及幕後元兇,在偵探推理的情節中,將讀者導引到錯誤的線索上是常見的模式。因此,古龍「正言若反」方式的運用,恰好增添了故事的懸疑性,許多關於事實的陳述,都與實際情況相反,讓讀者猜不到真相才能引起他們的好奇心,尤其

小說中最後的敵人，往往就是主角最好的朋友。像《楚留香》與《陸小鳳》系列是走類似偵探探案的模式，理所當然會有設置懸念等技巧，然而，古龍小說中普遍瀰漫著懸疑性，則是因為其「正言若反」方式運用於情節安排上的結果，讀者對於內容事實的一再扭轉，感覺疑惑與不定，不知道接下來會發生什麼事而推翻了目前的判斷。因此，「正言若反」與懸疑性的表現，是有著密切關聯的。

　　古龍小說中一些含意深遠的語句，其實也因為正反概念的相反相成，而展現了與眾不同的特殊觀點。如：

> 葛停香：「那件事你雖然做錯了，但有時一個人做錯事反而有好處。」
> 葛停香：「一個人若有很深的心機，很大的陰謀，就絕不會做錯事。」
> 蕭少英：「所以我雖然做錯了事，反而因此證明了我並沒有陰謀。」（《多情環》頁122－123）

做錯事原本是不好的，但在此處蕭少英雖然做錯了事，卻反而證明了他沒有陰謀，才會不小心做錯事，這樣看來做錯事反而是件好事了。類似的語句，具思考性，也像是在訴說著人生的道理。

> 一天中最黑暗的時候，也正是最接近光明的時候。（《銀鉤賭坊》頁345）

這句話充滿了樂觀積極意義。黑暗與光明本是相對立的，古龍藉由黑夜與白晝的交替輪迴特性，說明渡過了最黑暗的深夜，也就離黎明不遠了。這也隱喻著人的際遇，當陷入最絕望的谷底時，希望也

就在不遠的前方等著我們。

言若相反實相成，經過特定的說明與詮釋後，可以消解語意衝突的地方。有時，古龍在小說中一些富有哲思的句子，便是來自於兩個對立概念下產生的新意義。

五、結論——試析古龍「正言若反」方式的優缺點

儘管，本著求新求變創作態度的新派大家古龍用「正言若反」方式做了許多突破，如同前文所述，創作了其作品的獨特風格，也擺脫傳統的束縛，走出一條新路線，這是古龍的成就。然而，「正言若反」也必須適度地使用才能顯出良好效果，否則刻意製造正反衝突的情況下，恐怕會造成故事發展過於牽強，缺乏說服力，有時甚至連作者本身都難以自圓其說。

「正言若反」固然造成了情節的跌宕起伏，在讀者心目中產生驚奇，但是，相對地也增加了作者在整體小說結構設計上的難度。小說情節在進行過程中固然是精采連連，但事件發展到最後常留下許多無解的難題；可見，古龍可以用「正言若反」方式推演情節，但是，如何使其合理化，則是一部小說成功與否的關鍵。在這方面，古龍也意識到了，並在小說中不斷地加以解釋，或者延伸出許多枝微末節，目的在於使「奇特」的情節合理化；可惜，「正言若反」方式的使用過於頻繁，為符合「反的邏輯」易將情節割裂得支離瑣碎，每一個小地方分開來看還能夠合理解釋，但匯合在一起時，則難盡善盡美。

「正言若反」達成了古龍求新求變的目的,同時卻也限制了其作品品質向上提升的可能。

古龍曾經說過:

> 能活在這個世界的作家中,不能轉變的,就算還沒死,也活不著了。
> 就如一個作家寫了一部很成功的小說後,還繼續要寫一部相同類型的小說,甚至還要寫第二部、第三部、第四部。
> 如果一個作家不能突破自己,寫的都是同一類型同一風格的小說,那麼這位作家就算不死,在讀者心目中,也已經是個「死作家」。[17]

可見,古龍對事情看得很清楚,他也一直朝著求新求變的目標努力。然而,求新求變求突破對作家而言本是好事,但若陷入為變而變,為新而新的困局中,反而落入了俗套中。古龍在「正言若反」的使用上即是如此,這本是種創新的形式,一旦使用得多了,讀者與作者本身都將同感疲乏,反而成為另一種僵化的形式。

參考資料

書籍部份:

古龍,《絕代雙驕》,台北:萬象圖書,1992年。
古龍,《多情劍客無情劍》,台北:萬象圖書,1992年。
古龍,《流星蝴蝶劍》,台北:桂冠圖書有限公司,1977年。

---

[17] 古龍:〈楚留香和他的朋友們〉,《午夜蘭花》,頁8–9。

古龍,《楚留香傳奇》,台北:萬象圖書,1992 年。

古龍,《陸小鳳傳奇》,台北:皇鼎文化,1984 年。

古龍,《繡花大盜》,台北:皇鼎文化,1984 年。

古龍,《決戰前後》,台北:皇鼎文化,1984 年。

古龍,《陸小鳳傳奇——銀鉤賭坊》,台北:萬象圖書,1997 年。

古龍,《長生劍》,台北:萬盛出版有限公司,1981 年。

古龍,《碧玉刀》,台北:萬盛出版有限公司,1989 年。

古龍,《孔雀翎》,台北:萬盛出版有限公司,1989 年。

古龍,《多情環》,台北:萬盛出版有限公司,1989 年。

古龍,《霸王槍》,台北:萬盛出版有限公司,1989 年。

古龍,《鐵血大旗》,台北:漢麟出版社,1979 年。

古龍,《大人物》,台北:萬盛出版有限公司,1989 年。

古龍,《歡樂英雄》,台北:萬盛出版有限公司,1986 年。

古龍,《午夜蘭花》,台北:萬盛出版有限公司,1989 年。

古龍,《風鈴中的刀聲》,台北:萬盛出版有限公司,1984 年。

曹正文,《古龍小說藝術談》,台北:知書房出版社,1996 年。

仙兒編,《古龍妙語》,桂林:灕江出版社,1997 年

費勇、鍾曉毅,《古龍傳奇》,台北:雅書堂文化事業有限公司,2002 年。

劉秀美,《五十年來的台灣通俗小說》,台北:文津出版社,2001 年。

曹正文,《中國俠文化史》,上海:上海文藝出版社,1994 年。

葉洪生,《葉洪生論劍——武俠小說談藝錄》,台北:聯經出版事

業公司,1994年。

陳墨,《新武俠二十家》,北京:文化藝術出版社,1992年。

陳康芬,《古龍小說研究》,淡大中文系碩士論文,1999年。

蕭天石主編,《道德經名注選輯》,台北:中國子學名著集成編印基金會,1978年。

期刊論文:

古龍:〈談我看過的武俠小說〉,《聯合月刊》,25 期,頁 98－99,1983年。

古龍:〈談我看過的武俠小說〉,《聯合月刊》,24 期,頁 76,1983年。

古龍:〈談我看過的武俠小說〉,《聯合月刊》,23 期,頁 78,1983年。

古龍:〈談我看過的武俠小說〉,《聯合月刊》,22 期,頁 74－75,1983年。

古龍:〈談我看過的武俠小說〉,《聯合月刊》,21 期,頁 74,1983年。

古龍:〈談我看過的武俠小說〉,《聯合月刊》,20 期,頁 76,1983年。

古龍:〈談我看過的武俠小說〉,《聯合月刊》,19 期,頁 82－84,1983年。

古龍:〈談我看過的武俠小說〉,《聯合月刊》,24 期,頁 76,1983年。

睢力、張軼敏:〈新派武俠小說的中興——論古龍的武俠小說〉,《陰山學刊(社會科學版)》,第 1 期,頁 35－42,1994

年。

胡逸雪:〈略論現代武俠小說的「傳統派」與「新派」〉,《寧德師專學報(哲學社會科學版)》,第 4 期,頁 47－48,1994 年。

傅維信:〈武俠小說的出版傳奇——從還珠樓主、金庸到古龍〉,《書香月刊》,55 期,頁 18－23,1996 年。

陳曉林:〈奇與正:試論金庸與古龍的武俠世界〉,《聯合文學》,2 卷 11 期,頁 18－23,1996 年。

吳勇利:〈淺論 90 年代的幾種通俗文學現象〉,《婁底師專學報》,第 3 期,頁 64－67,1997 年。

劉賢漢:〈古龍武俠小說散論〉,《世界華文文學論壇》,第 3 期,頁 48－52,1998。

方忠:〈古龍武俠小說創作史論〉,《鎮江師專學報(社會科學版)》,第 3 期,頁 25－30,1998 年。

廖向東:〈港臺新派武俠小說與道家文化精神〉,《浙江師大學報(社會科學版)》,第 3 期,頁 38－41,1998 年。

陳浩:〈金庸古龍武俠小說比較論〉,《浙江大學學報(人文社會科學版)》,第 5 期 29 卷,頁 131－138,1999 年。

方忠:〈論古龍武俠小說的文體美學〉,《世界華文文學論壇》,第 2 期,頁 35－39,2000 年。

趙喜桃:〈有感於港臺三大武俠小說家——兼評通俗小說的寫作特色〉,《西安教育學院學報》,第 2 期,頁 35－39,2001 年。

薛興國:〈握緊刀鋒的古龍〉,《亞洲週刊》,16:52,頁 46－

49,2002 年。

葉洪生:〈文壇上的「異軍」──臺灣武俠小說家瑣記〉,《文訊月刊》,193 期,頁 47－61,2002 年。

網路資源:

「國語辭典」教育部國語推行委員會編錄 http://140.111.34.46/dict/

香港科技大學人文學部主編,《邏輯思想與語言哲學》,台北:學生書局,1997 年 http://home.kimo.com.tw/shamyatshing/essay/paradox.htm

Cultural Bodies in Gu Long

劉奕德(*Petrus Liu*)[*]

Popular discussions of the differences between Gu Long and Jin Yong usually come down to two central observations: one, that characters in Gu Long's fictional world do not belong to "schools" or "sects" (*menpai*); rather, they *each* have their own martial arts or special powers. The other is that Gu Long's novels are not set in specific dynasties, as Jin Yong's texts do, and different critics have interpreted Gu Long's choice to imply an important understanding of "Chinese history" that must be carefully distinguished from that of Jin Yong's.[1]

---

[*] 美國康乃爾大學(Cornell University)比較文學系助理教授

[1] Certain critics have suggested that Gu Long's relation to "Chinese history" is what sets him apart from not just Jin Yong but the canon of martial arts fiction from Pingjiang Buxiaosheng to Jin Yong. Kang-fen Chen, for one, reads Gu Long's stylistic differences from the other writers as indicative of a self-conscious refusal to participate in the construction of an idealized "Greater China." Instead, Chen makes an cogent argument that this sense of history may be interpreted as an aesthetic strategy to "de-historicize" and "de-sinicize" martial arts fiction in the service of a native Taiwanese identity. Kang-fen Chen, "古龍武俠小說研究" (A study of Gu Long's martial arts fiction) (M.A. thesis, Tamkang University, 1999).

While both of these two claims are dismissible on empirical grounds,❷ it is instructive that Gu Long's deviation from the orthodoxy — established by Republican (Old School) authors and "perfected" by Jin Yong — is most vividly registered in the popular imaginary as a question of how *zhaoshi* 招式 relates to the sense of Chinese history conveyed an imaginary topography of *jianghu* 江湖. Gu Long's historic success in defining a unique narration of the dialectic of body and history for himself, we might say, is responsible for his mass appeal and expressive of his principle ideological commitment, which is marked by an ambivalent, rather than univocally "anti-Chinese," sense of history in my view. Gu Long's 絕代雙驕 is a representative case in point. In the novel, while Gu Long adopts a narrative style that shows him to be an anomaly in his definitions of "sects," he nevertheless adheres to a formula of *zhaoshi* as a condensation of Chineseness that was handed down by his mainland literary predecessors. This particular use of *zhaoshi* allows him to create a discursive space where invisible bodies can be housed as repositories of a cultural ideal of Chineseness. This use of invisible bodies in turn provides, within the confines of the novel, its own internal justification for Gu Long's unique reading of the dialectic

---

❷ In many of Gu Long's stories, "sects" such as 峨嵋 do make a prominent appearance. Contrary to popular assumptions, many of Jin Yong's stories are in fact set in mythic rather than historical periods. For a critique of Jin Yong's use of history, see Baochun Lin 林保淳, *Jiegou Jin Yong* 解構金庸 (Deconstructing Jin Yong) (Taipei: Yuanliu, 2000).

of body and history.

To understand Gu Long's style as a symbolic struggle to define the relation of body to temporalities over and against a canon of martial arts stories, we need to first consider the centrality of the convention of *zhaoshi* in the development of twentieth-century Chinese martial arts fiction. It was only after the birth of martial arts fiction as a genre at the beginning of the twentieth century that different styles or stances of *wugong* began to be identified by fantastic names in fiction.❸ While superhuman styles of martial arts were already a conspicuous feature of popular vernacular fiction in Chinese before the twentieth century, their acquisition of proper names in the body of texts that came to be known as "wuxia xiaoshuo" established their categorical differences from earlier fictions that depict physical violence of heroic ideals such as the Ming dynasty *Water Margins*.❹ It is worth emphasizing, however, that the martial arts of martial arts fiction (as opposed to real martial arts or *wushu*) refers to an "action" necessarily recorded on an invisible

---

❸ See Petrus Liu, *Stateless Subjects: Chinese Martial Arts Fiction and the Morphology of Labor* (Ph.D. Dissertation, Berkeley 2005), 1-79.

❹ The first story that was labeled as "wuxia xiaoshuo" appeared in 1915, and the term "wuxia" itself was borrowed from Japanese at the beginning of the twentieth century. See Hongsheng Ye 葉洪生. *Ye Hongsheng lun jian — wuxia xiaoshuo tanyi lu* 葉洪生論劍——武俠小說談藝錄 (Ye Hongsheng on the sword — martial arts fiction and aesthetics), (Taipei: Lianjing, 1994), 11-14; Zhengwen Cao 曹正文, *Xia wenhua* 俠文化 (The culture of xia) (Taipei: Yunlong, 1997), 101-102.

body, one that resists representation in and by language. The use of *zhaoshi*, figurative names, for martial arts is a rhetorical process of substitution that relieves the authors of the burden of explaining or depicting precisely what their characters actually do when they accomplish marvelous feats. Rather than "spectacular," as U.S. film critics often assume, the body in martial arts fiction is invisible, referring to a cultural ideal whose textual presence is immediately social. I would suggest that this process of substitution is possible first and only because, historically, martial arts writers succeeded in forging a fantasized relationship between *zhaoshi* and Classical Chinese literature, so that *zhaoshi* are always named in or after easily quotable, elegant Classical Chinese phrases. By endowing depictions of "martial arts" the force and qualities of Classical Chinese literary language, modern martial arts novelists re-invent a cultural ideal and redefines a relationship between its reader and the historical conditions of its own emergence. *Zhaoshi*, then, forms a mediated relationship between reader, text, and context, giving birth to a unique, somewhat paradoxical literary form in Chinese martial arts fiction, for martial arts fiction is then based on something that the text cannot represent. *Zhaoshi* in Gu Long therefore does not simply refer to "martial arts"; rather, it stands for a set of understandings that readers and writers of martial arts fiction take for granted and hence require no further justification within the space of the novel. It is worth emphasizing that Gu Long, regardless of his political and ideological stances, writes entirely within this framework of marital arts fiction as a genre, which created its historical readership through a binding *contract*.

Current studies on martial arts fiction in both the U.S. and the Chinese-speaking world tend to ignore the contractual function martial arts fiction as a "genre" relies on for its effects. Critics are erroneous in assuming MAF to be a transhistorical genre and in underestimating the importance of the intertextual dimensions of martial arts stories. Today in U.S. criticism, it is commonly assumed that martial arts film and fiction is fundamentally interested in the body as a visual spectacle, and this assumption is reinforced by the translation of *wuxia xiaoshuo* as simply "martial arts" fiction, which leaves out the concept of *xia* altogether.❺ Chinese-language criticisms have consistently emphasized the continuity between pre-modern and modern texts, tracing the

---

❺ "Martial arts" only translates half of the phrase, the "wu" part, which actually means "military affairs" by itself, although the word can denote "martial arts" in a compound, as in "wushu." The type of "martial arts" practiced by characters in *wuxia* fiction, however, is never called *wushu*, but goes by a fictive name: *wugong*. Idiomatically, *wugong* refers to the supernatural powers only found in the world of *jianghu*, such as the abilities to fly to the rooftop or to paralyze one's opponents by interfering with their flow of *qi*. A *xia*, similarly, is not a martial artist, but an imagined class of human beings in Chinese literary and philosophical texts whose sole purpose of existence is fighting-evil. Sometimes translated as "hero" or "knight-errant," *xia* in Chinese does not have the generalizability of the former or the same historical basis as the latter. Hero (*yingxiong*) and *xia* are quite different in the Chinese language, since one might call a firefighter or even a politician *yingxiong*, but never *xia*.

genealogical history of *xia* as a motif or instances of literary representation of martial skills (*wu*). Various critics have therefore identified the origins of modern martial arts fiction variously as late as Qing *xiayi* novels such as 三俠五義 or, as in James Liu's study, as early as the 6th century B.C. assassin story 燕子丹.❻ Contrary to these positions, I would suggest that modern martial arts fiction relies neither on the performance of a single body nor on a set of recurring but isolatable motifs; rather, martial arts fiction depends for its intelligibility on a historically forged and reproduced contract between reader and writer and the fantasy of martial arts fiction is always nothing than the totality of *wuxia* itself. As such, martial arts fiction is a unique genre, wrought by highly specific and specifiable conventions, norms, and paradigms of organization. The emergence of *zhaoshi* as the foundation of a coherent, recognizable genre implies that a new contractual relationship between readers and writers was established at the beginning of the twentieth century. Current views of *xia* and *wu* as a ubiquitous motif in all of Chinese literature tend to ignore the fact that modern writers of martial arts fiction wrote their stories in accordance with a newly available idiom, knowledge of each other's works, and a literary market that mediates between their choice of materials and expected readership. It is for this reason that critics like Fredric Jameson

---

❻ See for example, 曹正文, 俠文化; and James Liu, *The Chinese Knight-Errant* (London: Routledge, 1967).

characterize "genre" as an institution or social contract with its own historically determined character.❼ For Hans Robert Jauss, who insists that that literature is a semiotic act that derives its meaning from and against a historically given horizon of expectations on the part of its readers, the meaning of a literary work is more properly conceived as its capacity to address a set of concerns that are located in its historical readership rather than in the manifest contents of the work itself. To say that premodern adventure stories should be anachronistically designated as "wuxia" *avant la lettre* is to miss the historical lesson that can be extrapolated from the paradigmatic shift in the horizon of expectations that occurred when *wu* and *xia* became thought of as one concept.❽ I

---

❼ "Genres are essentially literary *institutions*, or social contracts between a writer and a specific public, whose funciton is to specify the proper use of a particular cultural artifact." Fredric Jameson, *The Political Unconscious* (Ithaca: Cornell University Press, 1981), p. 106.

❽ For Jauss, see his "Literary History as a Challenge to Literary Theory," in *New Directions in Literary History*, ed. Ralph Cohen (Baltimore: Johns Hopkins University Press, 1974), pp 11-41. I would suggest further that the specificity of *wuxia* fantasy can only be explained if we refuse to take martial arts stories as self-contained units of discourse. They are, instead, cultural artifacts that participated in a historically delimited system of signs, which consisted of both literary and non-literary modes of discourse. The goal of martial arts studies should not be the analysis of the paraphrasable content of specific stories or images with subtitles, but how each text derived its meaning from and against an established idiom of *wuxia* as a whole, and how that idiom itself assumed its literary and institutional form in a specific context. To do so we need to develop an account of the relationship between the meanings of each text and would argue that the conjunction of *wu* and *xia* signifies a literary means to ground an imaginary ensemble of social relations in an imaginary type of martial arts, which is the actual definition of this genre. The historical meaning of *wuxia* is therefore neither an accidental combinatory signifier nor tantamount to the sum total of these two characters. It is, rather, to be found in the relationality between those two terms, their historically instituted identity, over and against the specific valence of each term. *Zhaoshi*, then, is the narrative convention that creates this imaginary social world.

The depiction of this imaginary social world includes an understanding of the social essence of the characters, *xia*, who constitute this world. This social essence designates some fairly obvious virtues such as protecting the poor and powerless and loyalty to one's own clan, but also some specific rules only applicable to this literary imagination, such as the prohibition against making a second attempt on another person's life in the same day, socially acceptable ways of challenging a person of one's teacher's generation, the taboo on calling a woman by her name in public, the maximum number of years before an insult or a favor must be returned, and the differentiation between types of rights

---

the literary means by which these meanings became instituted, as well as the historical grounds that enabled these formal qualities to produce the meanings they had for speakers of Chinese. Each *wuxia* novel in the *wuxia* tradition fabricates its own story, but it does so first and foremost by relating itself to an un-totalizable totality of signification that is nothing less than *wuxia* itself.

and social debts that are transferable and ones that are not transferable from master to disciple. Because martial arts authors have consistently prioritized the narrative construction of this social world over the depiction of actual martial arts, it follows that within the stories the learning of martial arts is invariably subordinated to the attainment of the moral ideal of *xia*, the end to which *wu* is the means. This hierarchy of importance explains why the immediate precursor of this body of fiction in late imperial China, *xiayi xiaoshuo*, only uses the word *xia* in its generic label and not *wu*.

The instrumentalization of the implied reader as contract

The result of this history of literary development is a prioritization of the construction of *wuxia* conventions and recurring motifs (such as the social meaning of *zhaoshi* and the ideal of *xia*) over individual plots in martial arts narratives. The relation of Gu Long's text to "plot" is quite unique; his stories read much more like detective novels, built on a logic of information retrieval, disclosure, suspense, dramatic twists than most martial arts novels. As a form of narrative, Gu Long's martial arts fiction is best analyzed as a communicative process linking an authorial "intent" to a reader, where that reader is understood as an "implied reader," the sum of cultural knowledge "presupposed" by the text, rather than an actual reader. It is well recognized that, for a story to be narratable, it must have a "plot" (no matter how minimally), which in turn requires a logical relationship between a clear beginning, a middle, and an end within a finite space that is the text itself.❾ Chinese martial arts fiction, however, appears to be quite exceptional in the density of it intertextuality and lack of boundedness, in that the dynamic of its narrative (what gives each narrative meaning as well as its pleasurable effects, what motivates the reader to turn the pages) lies largely in the cultural space outside of each individual story so that readers of texts in this tradition have an unusual tolerance for structural repetitions. Gu Long's works are emblematic in this regard, relying much on plot (more than a Jin Yong or a typical novel) than fighting scenes. Martial arts fiction bends most of the rules we know about good fiction — if we open a martial arts novel by Gu Long, we often immediately enter a fighting scene without a proper introduction to the characters or any measure aimed at inducing emotional investment in the main character, and the text that follows builds one such scene upon another at the expense of developing its main plot. This characteristic suggests that martial arts fictions in general and Gu Long in particular derive their readability from a cultural ideal, a construction of Chineseness that *zhaoshi* enables and uses to overrides our desire for a systematically maintained and developed narrative structure.

Much of western narrative theory is concerned with the distinction between "story" and "discourse," or what the Russian Formalists term

---

❾ See for example, Peter Brooks, *Reading for the Plot* (Cambridge, MA: 1984).

fabula and *sjuzhet*. Story or *fabula* refers to "what actually happens" in a narrative, while discourse or *sjuzhet* is the narrative reporting and ordering of these events. A fundamental premise of western narrative theory is the anteriority of story to discourse — that each text contains a story that exists prior to and independently of any specific order or perspective employed to tell that story. Discourse is thus said to be constrained and governed by story, since the manner in which an even is reported, as well as its temporal relation to other events in the text, are ultimately explained by the "true" story the text enjoins the reader to reconstruct. The readability of a text then comes to depend on the presumed coherence or logic of its plot, an illusion of a natural progression of events.

  Contrary to the assumptions of western narrative theory, Gu Long's text tends to mobilize something outside of itself or any particular story, namely the genre itself. With *zhaoshi*, what Gu Long's martial arts fiction asks its reader to imagine is not a "story" but a structure of recognition: every time a character performs a special move, someone will identify the name of that *zhaoshi* and its social meaning, and prior to each narrative, characters apparently all learned to do so in a space outside the story proper called *jianghu*. Bodies in Gu Long are therefore invisible, for they do not need to serve as a vehicle of fast action as long as the source of martial arts remains an intertextual construction. The convention of *zhaoshi* thus calls for a careful analysis of this instrumentalization of the chasm between reader's knowledge and character's knowledge that in martial arts fiction becomes a triangular relation between culture, story, and discourse.

For narratological analysis, Gu Long's 絕代雙驕 appears to be a striking case that combines an assortment of narrative styles and devices. The trajectory of this text is marked by an unstable relationship between narrator and reader. This heterogeneity distinguishes Gu Long's style from the ideal form of the novel in western literature, which is often valued for its commitment to a consistent "point of view" or "perspective." Gu Long's novel combines elements of unreliable narration (Vol. II, 189), free indirect style (Vol. III, 187), omniscient narrator and limited focalization and shifts almost freely between these narrative positions and devices. At the expense of stylistic homogeneity, Gu Long seeks to control the reader's knowledge by strategically aligning the reader with certain different characters consciousness at different points, and in this respect he conforms to the western standard that narrative is the working of discourse on story. A clear example is found in the scene in which Wan Chunliu asks Little Fish how the latter discovered his own true identity (Vol. I., 165). Although Little Fish and Wan Chunliu have lived with each other for fourteen years and Little Fish has been privy to that secret for five years, here Gu Long has his characters engage in a prolonged dialogue precipitated by Wan's questions no sooner and no later than the very night before Little Fish has to leave The Valley of Evils. This timing is too accidental to be convincing, and the dialogue is too elaborate to be a necessary event in the story. However, for narrative analysis this passage makes perfect sense and is a clear example of what Bakhtin identifies as the double-voicedness or dialogism of novelistic discourse: the fact that in each utterance in a novel, the character is simultaneously speaking to another character and to the reader.

Invisible bodies

These selective shifts in focalization form a technique that allows Gu Long to explain his fighting scenes by appealing to "the unknown" or "unobservable." In so doing, Gu Long ultimately (albeit indirectly) links the inscrutability of superhuman martial arts to the inscrutability of traditional Chinese culture. *Zhaoshi* as a convetion allows Gu Long to explain the unknown and the unexplainable. Compared to earlier authors, this is obviously a development rather than a constitutive feature of this genre. Whereas texts of earlier authors such as Gu Mingdao still focus much on the actual physical movement of the sword, the fist, or the soaring body, Gu Long relies on the fixity and idiomatic nature of this genre, which has matured by his generation, and reasonably skips the details in a combat scene by simply calling the constellation of physical moves supposedly taking place in front of the reader as a certain *zhaoshi*. In Gu Mingdao's story:

> 少女也道：「老賊！你在黃村做的傷天害理之事，我今天特來找你呀！」還劍迎住。眾人都退立一旁，但見他們兩道白

> 光,來往盤旋,擊刺有聲;寒風凜凜,不見人影……忽又聽眾人歡呼道:「老太太來了!」……那老婦白髮盈顛,目光炯然,手裡拿一根純鋼枴杖,跳過去殺入白光中。少女只覺得自己寶劍削不動老婦的枴杖,而且非常沉重,舞動十如長蛇繞身。(荒江女俠(1928),3)

Consider the following passage in Gu Long:

> 這一聲怒叱出口,峨嵋弟子哪裡還忍耐得住,兩道劍光如青龍搬交剪而來,直刺白衣少女的胸腹。白衣少女卻連瞧也沒瞧,直等劍光來到近前,纖手突然輕輕一引,一撥,誰也瞧不出她們用的是什麼手法,兩柄閃電般刺來的長劍,竟不知怎地撥了回去,左面的劍竟刺在右面一人的肩上,右面的劍卻削落了左面一人的髮髻,兩人心膽皆喪,愣在那裡再也抬不起手……神錫道長一掠而出,變色道:「這……這莫非是『移花接玉』?」(Vol. 3, 49)

There are obviously important similarities between these two passages. As *wugong* can never be fully represented in discourse, both texts metonymically represent martial arts as a movement of the sword, or even its reflections of light. A focused discussion on a ray of light delineates the fantastic nature of *wugong* and its relation to time and space. Unlike Gu Mingdao, however, Gu Long does not spend much time detailing what his characters actually do in this scene, and marvelous martial arts is first and primarily depicted through its effects (mostly psychological) on the victims rather than its actual execution by a physical body. Here we see the characteristic phrase in Gu Long's fighting scenes: "竟不知怎地." Martial arts does not require much of an explanation or description in Gu Long, but this nebulousness is possible only because it is represented as something that is extremely *clear* to the characters. The characters never fail to identify what move they are witnessing, and the ostensible familiarity and recognizability of the move, by being given a name (移花接玉), somehow replaces the need to explain how it works.

Zhaoshi therefore is therefore readerly knowledge, rather than an internal object of the (singular) text's construction or purpose. A text in this genre is necessarily parasitic rather than creative, and if we understand that the primary object of fantasy for Gu Long's text is not the "story" itself but rather martial arts as aninter-episodic or even intertextual construction, we come to a much better understanding of the apparent lack of organization in Gu Long's text. This point is crucial because *zhaoshi* connects all the heterogeneous episodes, events and happenings into a coherent genre that we have learned to recognize as *wuxia*. Here *zhaoshi* is what animates our desire to read, what shapes our understanding and what moves the narrative forward. In this context, Gu Long's case is both typical and atypical and deserves a careful analysis. They are really invented for their 奇 or shock effect, as a way of adding flavor to the stories and characters. The usual formula of *zhaoshi*, however, dictates that whenever a character executes a move, either that character would scream the name of the move he or she performs (e.g. in the Pili series, "鹿馬飲泉," etc.), or more typically the defending character, or sometimes even a third bystander, will immediately identify the move aloud: "咦? 獨孤九劍!" "小心! 吸星大法!" etc. At such points in the narrative, the character is actually speaking to the reader (for the benefits of the reader) by pretending to be speaking to the attacker or himself/herself. *Zhaoshi* is therefore a way for the text to communicate with the reader and transport the reader to the imaginary world of *jianghu*. Jin Yong often artificially inserts characters to comment on the names of the moves. We should note that Gu Long differs from Jin Yong and most other martial arts fiction writers in that in Gu Long, *zhaoshi* usually refers to the special powers of each character as a whole rather than the individual move executed by the character. Whereas 降龍十八掌 in Jin Yong (supposedly) has eighteen different names (亢龍有悔, 見龍在田, etc.), in the novel Ba Shudong makes three moves (露了三招) that are collectively called 殺虎三絕手 (Vol. 1, 154).

This is so, I'd suggest, because Gu Long is fundamentally more interested in using *zhaoshi* to delineate the social identity of the person than what actions he or she performs. Gu Long's primary task is the construction of a "society" of beings rather than individual characters. So even though he does not make much use of "actual" Chinese history, there is nevertheless a inter-personal subjectivity at work that binds him to that history.

This "history" is most palpably felt in Gu Long's construction of his characters' degrees of Chineseness through his depiction of their *zhaoshi*. We do not find too many explicitly named *zhaoshi* in Gu Long. Whenever a character uses his or her martial arts, that character invariably propels another character to identify his/her title or epithet rather than the move itself. *Zhaoshi* in Gu Long are designed primarily to establish characters as recognizable social beings. The displacement of martial power to the possessor of martial power in Gu Long suggests that what appears to be prior to discourse in Gu Long is more than a "story" within the bounded space of the novel, but a mode of interpreting what one sees that is only found in the imaginary world of *jianghu*. Fittingly, with each *zhaoshi* we receive a mental map of the social relations between characters and a hierarchy of different types of powers. This shows martial arts fiction to be a highly regulated, densely intertextual literary form that depends on the collective construction of *jianghu* more than individual plots. Much of the "story" that is assumed to be retroactively worked upon by discourse, in other words, is always already fashioned by other texts and authors.

Gu Long's *zhaoshi* are not limited to "martial arts" in the narrower sense. Since the primary purpose of *zhaoshi* in Gu Long is *to enable a process of identification and description*, his characters accomplish this goal through a wide range of means that often count as *zhaoshi*. In the novel, the very first "move" we see is actually the staging of a chicken and a pig. These acts are not "martial arts" in the proper sense of the word (although their mysterious appearance as roadblocks suggests the superhuman abilities of the person behind the scene). But if we think of *zhaoshi* as a socially symbolic act, as an identitfy-constituting act of self-differentation, as performative naming, we can easily see how, in producing the pig and the chicken, the "Twelve Zodiac Signs" have already "made a martial move" (*chu zhao*) that by the rules of *jianghu* demands an answer. *Zhaoshi* here is the most important narrative device that allows the reader (through a various identification with Jiang Feng) to experience the emotions evoked by the fearful presence of the "Twelve Zodiac Signs," who have murdered many prior to the moment of their appearance in the text (discourse). In other words, *zhaoshi* here serves to provide the missing links between discourse and story, but it does so by invoking a known element of Chinese culture 一 the twelve animals in Chinese cosmology 一 rather than the description of frightening martial arts.

Likewise, Yue-Nu's first "move" is not actually martial arts per se: she simply waves a black plum flower with her hand to produce an exclamation: "這六個兇名震動江湖的巨盜，竟似都突然中了魔法，每個人的首、腳、面目，都似已突然被凍結。黑面君嘎聲道：「繡玉谷，移花宮。」" (Vol. I, 10). This line provides an additional clue to what kind of function *zhaoshi* serves in this novel. Rather than seeking to describe "martial arts," it explains a social relation, and allows for the person who identifies the *zhaoshi* to insert himself properly vis-à-vis the person who makes the move. *Zhaoshi* here is crucial for the reader's mental construction of the imaginary social world that is the primary object of fantasy in this novel (rather than martial arts). Later, we find another passage that further describes this social ability (of recognition): 小魚兒笑道：「你莫管我是甚麼人，也莫管我是何來歷，你若認為你的武功高，不妨何我比，誰輸了誰就做徒弟。」白衣少年冷笑道：「好，我正要瞧瞧你武功是何人傳授？」……小魚兒道：「你真能瞧出我武功是何人傳授？」白衣少年冷笑道：「十招之內。」(Vol. II., 14-15). This passage certainly mentions martial arts as *zhaoshi*, (十招之內), but it is not a description of martial arts as much as how this imaginary type of martial arts structures relations between characters in the novel. The whole novel in fact can be read as an elaborate and ceaseless process of (self-)-identification and description, building on a whole set of social relationships defined (and maintained) by names and rumors (*tingshuo*) that are assumed to circulate outside of the reader's knowledge. The structure of recognition that is fantasized through the convention of *zhaoshi* thus designates a society and set of events/happenings presumed to take place elsewhere or prior to the events that are given, that are only knowable in their effects.

The idea that social identity is legible in one's martial arts is certainly not Gu Long's own invention. In Jin Yong's 射鵰英雄傳, Huang Rong lures Hong Qigong to with her dishes teach Guo Jing a few moves. Hong Qigong asks Huang Rong and Guo Jing to fight each first so that he will have a sense of what they already know, but when they are done, Hong Qigong says coldly, "Your own father is unsurpassed in the world of martial arts. What trick are you playing on me, asking me to teach you *wugong*?" (466). But the most famous example is in 倚天屠龍記, when Guo Xiang similarly bets the Shaolin monk he cannot tell which clan she belongs to "within ten moves." But we need to take it as a significant fact that Gu Long differs from Jin Yong in that he uses named *zhaoshi* extremely sparingly, and the purpose of *zhaoshi* in Gu Long is not to explain how marvelous martial arts is performed, but why the person who executes such moves is an interesting character.

Zhaoshi is thus said to be revelatory of a person's inner character, and Gu Long's text is governed by a presumed logical correspondence between the kind of martial arts a person practices and the kind of moral principle that governs that person's being. This presumed correspondence establishes a link between the external, visible domain of *zhaoshi* and the interior psychological essence or "character" of a person, and as such it makes available a narrative strategy for Gu Long that relives him of the burden of developing his characters through concrete plot. In a relatively elaborate combat scene, Gu Long first sets out to describe the movements of Hua Wuque and Yan Nantian, and at a critical juncture Yan Nantian retreats from the combat:

誰知燕南天竟忽然一個轉身，退出七尺，厲叱道：「住手！……我雖然從未聽見過『銅先生』這名子，也並不相信世上真有『銅先生』這人存在，但我卻已相信你並未說

謊……你若說謊，必定心虛，一個心虛的人，絕對使不出如此剛烈的招式！」(Vol. 6, 172)

Here Gu Long first makes Hua Wuque's bodily performance to be expressive of his moral character, and then grants Yan Nantian the ability — as part of his "martial arts" — to decode the deep structure underneath the manifestations of Hua Wuque's martial arts. This assumption that a person's inner character is legible in his or her performance of martial arts powerfully naturalizes the teachings of traditional Chinese moral philosophy and, in so doing, re-aligns Gu Long's text with a mystified notion of being Chinese. In shaping his characters through their *zhaoshi*, Gu Long borrows from and idealizes a given discourse of Chinese-ness as a cultural ideal. This explains why the "Twelve Zodiac Signs" all happen to be born into bodies and talents corresponding to a concept that already exists in Chinese culture, the twelve animals in Chinese astrology, and why there should be exactly twelve of such individuals rather than ten or fifteen. These ostensibly "coincidental" elements in Gu Long's narrative should be understood as part of the martial arts novelist's contribution to the idiom of *wuxia* fantasy. The case of Gu Long hence shows that *zhaoshi* is a variable but regulated narrative device that participates in a historically delimited system of signs. To understand the ideological and historical function of *zhaoshi*, we need to move beyond the analysis of the paraphrasable content of specific stories or images and strive to understand how each text derived its meaning from and against an established idiom of *wuxia* as a whole, and how that idiom itself assumed its literary and institutional form in a specific context. To do so we need to develop an account of the relationship between the meanings of each text and the literary means by which these meanings became instituted, as well as the historical ground that enabled these formal qualities to produce the meanings they had for speakers of Chinese. Each novel in the *wuxia* tradition fabricates its own story, but it does so first and foremost by relating itself to an un-totalizable totality of signification that is nothing less than *wuxia* itself 一 a deep structure we can only come to discuss if we read Gu Long closely.

系譜的破壞與重建
——論古龍的武林與江湖

楊 照[*]

人稱「現代武俠之父」的平江不肖生(向愷然)出生於一八九〇年,長沙楚怡工業學校畢業後,赴日留學入華僑中學,一度返回中國,後來計畫二度前往日本,卻苦於旅費無著,還好有同鄉編劇家宋癡萍介紹,將手寫之《拳術講義》賣給《長沙日報》,得以成行。

二度留學,從日本回到上海,向愷然將在日本的見聞裁減拼湊,寫成《留東外史》,沒想到大受歡迎。接著連續又寫《留東外史補》、《留東新史》、《留東豔史》等相關小說。

葉洪生〈近代武壇第一『推手』〉(收在氏著《武俠小說談藝錄》中)描述:「當《留東》四部曲陸續在上海出版時,因文中頗涉武功技擊,真實有據,乃引起行家注意;加以向氏生性詼諧,健談好客,遂與往來滬上的奇人異士、武林名手如杜心南(南俠)、劉百川(北俠)、佟忠義(山東響馬)、吳鑑泉(太極拳家)、黃雲標(通臂拳王)及柳惕怡、顧如章、鄭曼青等結交為好友,切磋武學。上

---

[*] 新新聞周報總編輯

海灘青紅幫首腦杜月笙、黃金榮、虞恰卿等亦為座上客,時相過從。由是見聞益廣,對於江湖規矩、門檻無不知曉。」

自己通達武術拳法,能寫吸引讀者好奇的通俗小說,再加上與現實幫派份子密接過從,這三項條件,成就了平江不肖生「現代武俠」之父的地位。

可是「現代武俠」到底是什麼?平江不肖生究竟開創了什麼前人未及發掘想像的武俠成份呢?

平江不肖生最具代表性的作品,公推《江湖奇俠傳》、《近代俠義英雄傳》。這兩部小說,皆以「傳」名,而且細繹其形式,明顯是中國文學「紀傳體」與章回小說的奇妙結合。

《江湖奇俠傳》和《近代俠義英雄傳》,所傳者皆非一人一俠。雖然電影推波助瀾,使得《江》書中的「紅姑」聲名大噪,不過紅姑及「火燒紅蓮寺」故事,在原書中一直到八〇回左右才登場,前面大肆鋪寫的,是「爭水陸碼頭」的來龍去脈。「火燒紅蓮寺」之後,小說又熱火火地拉出另一條張汶祥「刺馬」的軸線來。《近代俠義英雄傳》以霍元甲貫穿其間,然而讀者卻不可能不對一開頭就出場的大刀王五,或後來的羅大鶴、孫福全等人留下深刻印象。

《江》、《近》二書,都是「群傳」、「群俠傳」。平江不肖生大量援用了史家的「傳」體,給予每位出場的英雄豪傑,清楚的身世來歷。

這種筆法,在敘「爭水陸碼頭」時最為明白,甚至有時引起讀者閱讀上的困擾。第四回中,平江不肖生先敘述了平江、瀏陽兩地「爭水陸碼頭」的事件梗概,繼而說:「祗是平、瀏兩縣農人的

事,和笑道人、甘瘤子一般劍客,有什麼相干呢?這裡面的緣故,我應了做小說的一句套語,所謂說來話長了!待在下一一從頭敘來。」

這一敘,先敘了楊天池的一大段來歷,中間連帶介紹楊繼新出身,作為後文伏筆。楊天池拜師練藝,回到義父義母家剛好遇上「爭水陸碼頭」,平江不肖生藉事件轉圜,改而追蹤怪叫化常德慶的來歷。常德慶的師父是甘瘤子,於是又得費一番唇舌講甘瘤子,再由甘瘤子牽出桂武來。繞了一大圈,講了五、六人的曲折生平,好不容易回頭寫了一段常德慶與楊天池「爭水陸碼頭」的交涉,不料筆一轉,平江不肖生又寫起向樂山來!向樂山的事從第十二回寫起,一路寫到了第十九回,故事還是沒回到常德慶、楊天池身上,卻從向樂山再牽出朱復、萬清和⋯⋯

這種寫法,一方面有章回小說如《儒林外史》的影子,一個角色牽出另一個角色,如撞球般一個撞一個,不過另一方面換個角度看,這些角色的每一段詳細刻畫,事實上就等於一篇「奇俠傳」,事件只是敘述的引子、幌子,真正重要的,是留下這些「奇俠」一一身世來歷,與奇行奇遇吧!

給每一位奇俠一個來歷,就是給他一個身份,一份真實性。這種真實性倒不必然如施濟群評注中說:「向君言此書取材,大率湘湖事實,非盡嚮壁虛構者也。」是否事實,我們無須查考,不過一個角色有了那麼詳盡的生平故事,就顯見他不是作者單純為了情節推進方便而去捏造出來的,這角色、這些角色,作者不斷喻示著,有小說情節以外的豐富生命經驗可供取汲。是這種「非功能性的敘傳細節」,給了這些角色「真實性」。

用張大春的話說：「俠不是憑空從天而下的『機械降神』（dues ex machina）裝置……，俠必須像常人一樣有他的血緣、親族、師承、交友或其他社會關係上的位置。」

張大春還解釋：「在《江湖奇俠傳》問世之前，身懷絕技的俠客之所以離奇非徒恃其絕技而已，還有的是他們都沒有一個可供察考探溯的身世、來歷；也就是辨識座標。俠客的出現本身就是一個絕頂離奇的遭遇、一個無法解釋的巧合。」然而在平江不肖生手裡，眾多奇俠不只個個有來歷有身世，而且彼此關係交錯，組成了一套人際系譜。（見張大春的《小說稗類》）

人際系譜把俠組成了「江湖」、「武林」，也就是眾多奇俠組構成一個異類世界。人間系譜一面讓奇俠不再只是出現在一般凡人間的「奇觀」，有了他們自己的生活、自己的交往；人際系譜另一面也讓奇俠世界平行於「平凡世界」，兩者關係交動，有了空前巨大改變。

以前的俠，個個依其絕技存在，像是點綴在巨大夜空中的點點亮星。《江湖奇俠傳》後，俠與俠組成的武林、江湖，自成一片空間，或「反空間」，與夜空同時存在，而且還偶而透過「蟲洞」交錯穿越。

從這點上看，平江不肖生以下的武俠之所以足可開創新時代新局面，關鍵正在其「系譜」，與「系譜」織造出的異類世界。江湖或武林，從平江不肖生的小說裡透顯出來，成了一個藏在日常生活中，一般人卻看不見聽不到摸不著的隱形世界。江湖、武林與現實，不即不離，亦即亦離。

從此之後，江湖、武林成了底層的另類中國。事實上，平江不

・系譜的破壞與重建——論古龍的武林與江湖・

肖生的小說會流行起來；作為一種文類,「武俠小說」會有那麼旺盛且長久的生命力,吸引了一代代的作者與讀者,其中一項歷史源由,應該就來自在中國主流大傳統歷經挫折崩潰之後,人們可以藉由「武俠」的中介,想像一個充滿義氣英雄的「底層中國」、「小傳統中國」。

十九世紀以降,中國迭遭打擊,終至使得一切舊有秩序都失去了合法性。當然也失去了效力。科舉瓦解了、朝廷瓦解了、鄉約宗祠瓦解了,進而連政府官家權威也瓦解了。在這種惡劣悲觀的現實下,人們還能依賴什麼?

依據像上海杜月笙那樣的仲裁者。杜月笙及青洪幫的傳說在民初廣泛流傳,甚至被誇張放大為傳奇,正反映那個時代的「秩序渴望」。除了「秩序渴望」之外,還有「尊嚴渴望」,渴望對著西方勢力不斷挫敗的中國,還可以有些值得肯定、值得驕傲的地方。

平江不肖生在《近代俠義英雄傳》中,大寫霍元甲「三打外國大力士」,先後打敗了俄國人、非洲黑人和英國人,洗刷了人家對中國「東亞病夫」的歧視輕侮,最清楚反映出武俠小說在對治「尊嚴渴望」上的重大功效。

武俠小說創造的武林、江湖,裡面藏著各式各樣的中國英雄。他們神武、英雋、智慧,而且充滿美德。中國文化的美好、中國社會得以戰勝西洋的,不在朝廷、士大夫或富商大賈的那個「顯世界」,而在武林、江湖所以形成的「隱世界」裡。「顯世界」雖已被證明不堪一擊、破敗狼狽,沒關係,還有「隱世界」的存在。

這種想像,靠想像來維持尊嚴的路數,不是很像相信靠神符鬼咒就能「扶清滅洋」的義和團嗎?老實說,是蠻像的。平江不肖生

必然也自覺到霍元甲「三打外國大力士」故事精神裡，有太多「義和團成分」在，才刻意在《近》書中，安排讓霍元甲不只反義和團，而且還入義和團陣中，誅殺義和團首領。

不過，霍元甲殺了義和團首領，殺不斷武俠小說在社會意識功能上與義和團的相近關係。武俠小說，是那個悲苦年代的逃避，同時也是安慰。從不堪的現實逃入一個想像的世界，而且這想像，因為有著完整的系譜與身世，看來如此具體立體。平江不肖生以降，武俠小說提供的最大閱讀安慰，就在似真地告訴讀者，在你們身邊周遭，卻仔細躲藏沒被你們識破，存在著一另一個中國，一個保留了俠義精神高貴特質的中國，一個具有足以擊敗外國勢力能量的中國。這個有英雄有狗熊的江湖，不是任何人為了說故事為了寫小說，而去捏造出來的（不是「機械降神」），平江不肖生這種寫小說的人，是因為得了機緣之助，得以識破那世界一小角的偷窺者，將那個世界的樣貌，轉述傳達給我們知道。

虛構的小說作者，卻想方設法排除附著在自己敘述身份上的虛構，假裝那敘事聲音來自一個記錄者。《江湖奇俠傳》裡長段的向樂山故事，是怎麼開頭的？平江不肖生寫道：「清虛道人收向樂山的一回故事，凡是年紀在七十以上的平江人，十有八九能知道這事的。在下且趁這當兒，交代一番，再寫以下爭水陸碼頭的事，方有著落。」

這是平江不肖生的重要寫作策略，也是他開創「武俠史」的主要貢獻之一。用這種方式開啟了讀者及未來作者們心中虛實互動、現實與江湖兩世界彼此穿梭互舛的無窮可能性。

平江不肖生對「武俠史」做出的另一大貢獻是他創造的幫派系

譜。不只讓群俠各歸其位、各有所屬，俠與俠之間有了千絲萬縷的恩怨情仇，這套系譜還具備了不斷創新擴張的彈性，誘引著後來的武俠作者跟隨他的腳步，投入在這塊「想像武林」的創造中。

　　當年的「南向北趙」，為什麼是向愷然而不是趙煥亭成了「現代武俠小說之父」？為什麼趙煥亭的《奇俠精忠傳》，其知名度與地位遠不及向愷然的《江湖奇俠傳》？除了小說本身的因素外，我們不能忽視文類傳承上所造成的選擇效果。也就是後來寫作武俠小說的人，受到平江不肖生暗示，跟隨平江不肖生的例子，將他們的故事附麗在平江不肖生關係上的那個武林、江湖圖象上，這些後來者成就了平江不肖生，他們選擇寫一種「平江不肖生式」的武林，而不是「趙煥亭式」的，真正注定了「南向北趙」中誰會成為「正統」。

　　同樣情況，我們也可以在平江不肖生與還珠樓主之間看到。《蜀山劍俠傳》氣魄不為不大、成就不為不高，然而《蜀》書的氣魄、成就，尤其是巨大的篇幅，反而阻止了後來者仿襲，《蜀山劍俠傳》如一座孤峰，凸出傲立；《江湖奇俠傳》的文學風景，卻是一片連綿不斷的山脈。

　　再抄一段張大春的論斷：「系譜這個結構裝置畢竟為日後的武俠小說家接收起來，他甚至可以做為武俠小說這個類型之所以有別於中國古典公案、俠義小說的執照。一套系譜有時不只出現在一部小說之中，他也可以同時出現在一個作家好幾部作品之中。比方說：在寫了八十八部武俠小說的鄭証因筆下，《天南逸叟》、《子母離魂圈》、《五鳳朝陽》、《淮上風雲》等多部都和作者的成名鉅製共有同一套系譜。而一套系譜也不只為一位作家所獨佔，比方

說：金庸就曾經在多部武俠小說中讓他的俠客進駐崑崙、崆峒、丐幫等不肖生的系譜，驅逐了金羅漢、董祿堂、紅姑、甘瘤子，還為這個系譜平添上族祖的名諱。」

事實上，後來的武俠小說幾乎一脈相成沿襲了同一套系譜，不同作者不同作品會有不同主角，但是這個（或這些）主角賴以活躍的舞台背景，卻如此相類似。

由不同作者撰寫的武俠小說，卻出現同樣的少林、武當、崆峒、崑崙以及丐幫，後來又擴及四川唐門、慕容家等必備的武林門派。而且不同作品裡萬變不離其宗，少林就得要有少林的樣子、武當得要有武當的精神、丐幫要有丐幫掛布袋的固定方式。那個江湖、武林貫串武俠小說，又隨著眾多武俠小說的陸續問世而逐步擴張。

如此就構成了文學史上少見的一組空前龐大的「互文關係」（intertextuality）。每一本武俠小說都是所有其他武俠小說的「互文」，透過那共同的江湖、武俠想像，每一部武俠小說都指涉向其他所有的武俠小說，他們彼此依賴，又彼此緊密對話。

龐大的互文組構，落到閱讀經驗上，製造出來的第一層效果是：讀任何一本武俠小說，都等於在為其他武俠小說作準備。從這本武俠小說裡得到的少林印象，會在另一本武俠小說裡獲得印證加強；從這本武俠小說裡讀來的崑崙形象，會在另一本小說裡獲得補充發展。武俠小說的主角換來換去，讀者可能會忘掉、可能會搞混，然而那背景的江湖世界，反覆出現，再鮮明、再清楚不過。

即使是讀武俠小說的老手，恐怕都很難明確指出以下這幾位大俠，各出自哪幾部小說，幹過什麼樣轟轟烈烈的偉大事蹟吧？張丹

楓、袁振武、上官雲彤、江小鶴、俞劍英……，可是即使是初涉武俠的讀者看到少林、武當、崑崙、崆峒，會不曉得其間差異與武功個性嗎？

龐大且緊密的互文結構，製造出第二層閱讀效果，那就是武俠小說是一種文類閱讀，武俠的作者，不容易凸顯其寫作上的辨識度。不是說這些前仆後繼作者們，才情不夠沒有創意。而是在這種互文結構陰影下，作者只能在前人已經鋪好了的「共同舞台」上搬演其絕世武功與英雄氣概，每一部小說先天上就有了太多類似、共同的地方，讀者又對這片類似、共同的江湖武林最熟悉、最容易領受，那還能留下多少空間讓個別作者塑造風格、爭取認同？

一直到金庸崛起之前，很少有武俠小說讀者，只讀一家作品。戰後台灣「武俠潮」裡，有多少報紙版面造就了多少武俠小說作者，臥龍生、東方玉、司馬翎、諸葛青雲、高庸、上官鼎……，但熱愛武俠的一般讀者，真分得清誰是誰、哪部作品是哪位的傑作嗎？

不容易。他們同活在一個江湖上，他們的英雄同闖蕩在一個武林裡。

一直到今天，金庸、古龍仍然是武俠小說中辨識度最高、最具特色的兩位作家。他們憑什麼在眾家寫手中脫穎而出？

這個問題，被問過太多次，也得到過各式各樣答案。讓我們試著從江湖系譜的角度，也來找出可能答案。

面對龐大的江湖系譜，金庸和古龍的態度策略，大不相同。金庸的策略是將歷史人物寫入江湖系譜裡，讓歷史世界與武俠世界產生直接聯繫，藉歷史來擴大系譜，又藉系譜來收編歷史。金庸

「……向《水滸傳》裡討來一位賽仁貴郭盛,向《岳傳》裡討來一位楊再興,權充郭靖、楊康的先人,至於《書劍恩仇錄》裡的乾陸、兆惠,《碧血劍》裡的袁崇煥,《射雕英雄傳》裡的鐵木真父子和丘處機,《倚天屠龍記》裡的張三丰,《天龍八部》的鳩摩智……以迄於《鹿鼎記》中的康熙,無一不是擴大這系譜領域的棋子。」(見張大春,上引文。)

最精彩的例證,當然是《鹿鼎記》。金庸創造一個「反英雄」韋小寶,讓他穿梭遊走在虛構的武林與真實的歷史事件中,最終達到以假亂真的效果,讓讀者相信清史上的大事,從殺鰲拜、平三藩到簽中俄尼布楚條約,原來都是韋小寶的功勞。如此一來,不只是歷史給予原來被翻寫無數多次、彈性麻痺的江湖武林新的活力,而且還巧妙援引了一般人所受的歷史教育、所吸收的歷史知識,用來協助創造武俠小說的意義。換句話說,金庸讓原本的江湖武林「互文」範圍,超脫了武俠小說的界線,一攬一拉,將歷史納了進去。

這種擴大系譜的本事,別人學不來,成了金庸的招牌。金庸還有另一番創意,那就是詳細改寫重寫江湖一幫一派的來歷。表面上依循舊有江湖系譜,然而實際上都是留其軀殼、重注精神。靠著這些創意路數,金庸昂揚地取得了清晰的「作者」身份,和其他混在「大江湖」裡的人,分別開來。

那古龍?古龍卻是大開大闔索性拋開了那套傳統江湖系譜,來寫作他主要的武俠傑作。

古龍的武俠小說是以性格突出到近乎畸形,卻又讓人不得不愛的人物角色為中心的。讀古龍小說,讀者記得的「座標」,顯然是楚留香、李尋歡、蕭十一郎、江小魚、傅紅雪……這些俠客。可是

・系譜的破壞與重建——論古龍的武林與江湖・

讓我們考驗自己記憶，試問一下：這幾個人，都是何門何派？這幾部小說的情節是以何門何派的恩怨情仇為主題的？

如此一問一尋索，我們只能得到一個結論：古龍的武俠小說，是不怎麼理會原來的那些江湖武林系譜的。古龍武俠小說中，俠的個人與個性，明顯超越了江湖。

古龍小說裡，當然還是有門派、有幫派，可是那些門派、幫派，往往都是原本大系譜中的邊緣角色，或者乾脆是古龍自己編派、發明的。像「天星幫」屬於系譜邊緣面目模糊的部分。「伊賀忍術」從日本劍道小說裡借用來，別的武俠小說裡不曾見到的。還有像在《絕代雙驕》中佔據中心位置的「移花宮」，那不折不扣是古龍自己的發明。

換句話說，古龍的門派幫派，都是傳統武俠小說讀者不會有清楚印象、固定概念的。熟讀以前的武俠小說，無助於我們理解「天星幫」、「伊賀忍術」或「移花宮」。古龍將他的武俠事件，從原先的那個大舞台移走了，讓他們在別人不熟悉那麼習慣的另類舞台上搬演。

古龍的「新派武俠」之所以「新」，很多評者論者集中注意其獨特的文字風格，不過除了文字風格以外，古龍的「新」還有一部分在於他「拆解江湖系譜」的作法。

自覺或不自覺地，古龍跳脫了前面指述的那個「大互文結構」。自覺或不自覺地，古龍走離開了平江不肖生開創下來的那套江湖系譜，自己想像一個江湖，或一個「非江湖」。

為什麼說是「非江湖」？因為原本「江湖」的浮現，是根基於「群俠」之上的，「群俠」的彼此人際關係，才構成了「江湖」。

・123・

可是到了古龍筆下，總是單一角色，壓蓋過了「群俠」。武俠小說原本的「群性」，被古龍以個性，以個性化的個人英雄主義取代了，於是「群俠」的關係不再重要，江湖也就不再重要了。

古龍武俠小說的「個性」（相對於其他武俠小說的「群性」），在《絕代雙驕》裡面表現得最徹底。這部小說的情節，原本明白指向「雙主角」──從小失散的雙胞胎兄弟江小魚和花無缺。可是古龍一寫寫活了那鬼靈精怪、惡作劇不斷，卻又心地善良近乎軟弱的江小魚，在「小魚兒」的對照映襯下，連花無缺都只能黯然退任成配角了。管它書名叫《絕代「雙」驕》，讀者讀到的，毋寧比較接近「江小魚及其兄弟的故事」。

從這裡我們也就探測到古龍「新派」真正的秘訣。不是沒有別人（尤其是新手）試著寫過不在「江湖系譜」裡的武俠故事，然而這種嘗試往往都得不到讀者的青睞，因為讀者已經先預期了要在武俠類型小說裡讀到「類型」，也就是讀到他們熟悉的東西。江湖系譜正是他們賴以辨識武俠小說此一文類的基本元素，找不到這系譜，或發現系譜被改得面目全非，讀者不會因而欣賞作品的「創意」、「突破」，而是忿忿地評斷：「這不是武俠小說！」掉頭而去。

吾友張大春寫《城邦暴力團》，自己覺得是「新武俠」，可是長年研究武俠小說的林保淳教授卻認為《城邦暴力團》不是武俠小說。作者與論者看法之異，多少正反映了這種「辨識習慣」的影響。

古龍的成就，正在拆掉了人家熟悉的江湖，卻能補以鮮活清楚的俠與「俠情」，讓習於江湖系譜的人，轉而在俠與俠情中，得到滿足與慰藉。

・系譜的破壞與重建──論古龍的武林與江湖・

　　古龍之「新」，正在於他破壞了那套傳統江湖系譜。古龍在武俠歷史上最重要的地位應在作為一個敢於拆解江湖系譜，竟然還能吸引讀者閱讀眼光的傑出作品。

　　不過換個角度看，或許我們也就從這裡看出晚近武俠小說快速沒落的一點端倪。讓我們別忘了，遭古龍挑戰破壞的這套江湖系譜，原本正是眾多武俠小說彼此聯繫的根本。藉著江湖系譜，這本可以達到那本，這位作者連到那位，讀一本就為讀下一本練了功打了底，武俠小說全部互文來互文去，逃不開「江湖關係」，讀者自然能在那江湖系譜的熟悉反覆中，得到基本的閱讀快樂。

　　如果沒有了系譜、沒有了互文，那麼每一本武俠小說就得孤零零地存在，靠自己的力量去爭取讀者、吸引讀者。讀者閱讀武俠小說，就不再是批發式的類型經驗，轉而成了零售式的精挑細選了。類型小說失去了類型基礎，就會變得得要靠個別作者的個別本事來面對讀者。

　　金庸有那麼大才氣、古龍有那麼多奇想，他們作品可以獨立存在、獨立吸引讀者。然而其他作者作品？破壞掉了江湖系譜，等於拆掉了他們小說主舞台，使得他們筆下那些精彩不足的人物、情節，顯得如此單調貧乏。

　　並不是要把武俠小說沒落和責任，怪給金庸和古龍這兩位傑出的作者，而是要點出平江不肖生以降的那套江湖系譜，在武俠小說的創作與閱讀上曾經發揮過多大的作用。這套江湖系譜固然拘限了武俠創作者的想像自由，使得大批武俠小說都面目相似，也讓部份作者得以快速複製大量作品，不過這套江湖系譜卻也保證了讀者的基本興趣與最低滿足標準。

金庸以其他人無法模仿的方式擴大了系譜，古龍則索性以恣意天分破壞了系譜，系譜不再，武俠也就走完了其輝煌的類型階段，變成作品才份表演與個性釋放的另一種文學載體。其消息變化，至微又至巨啊！

從梁羽生、金庸到古龍
——論古龍小說之「新」與「變」

龔　敏[*]

一、前言

　　古龍（1937－1985）[❶]，本名熊耀華，一生寫作六十八部武俠作品[❷]，其中尤以《楚留香》系列、《陸小鳳》系列等作品，風靡港台，繼金庸之後開闢了一條武俠小說的新路，因此被喻為「現代武

---

[*]　天津南開大學中國文學研究所博士生
[❶]　關於古龍的生年，葉洪生定為一九三七年。參見《武俠小說談藝錄——葉洪生論劍》，台北：聯經出版事業公司，1994年11月，頁391；龔鵬程定為一九三八年。參見《臺灣文學在臺灣》，台北新店：駱駝出版社，1997年3月，頁101。
[❷]　參見葉洪生〈文壇上的「異軍」——台灣武俠小說家瑣記〉，《文訊雜誌》，2001年11月，頁53。又曹正文謂：「古龍在二十五年中，一共完成七十一部作品。」參見《俠客行——縱談中國武俠》，台北：雲龍出版社，1998年12月，頁231。

俠小說的奇才。」❸倪匡在古龍的訃文中也曾稱譽：「三十年來，以他豐盛無比的創作力，開創武俠小說的新路，是中國武俠小說的一代巨匠。他是他筆下所有多姿多采的英雄人物的綜合。」❹不可否認，古龍在寫作武俠小說初期，純粹是為了生活所逼❺，但是到了後來，古龍已經是為了寫作武俠小說而寫作，並且有意識地對梁羽生、金庸以降的武俠小說作家撰寫的「新派武俠」❻的寫作傳統

---

❸ 參見陳曉林〈奇與正：試論金庸與古龍的武俠世界〉，《聯合文學》第二卷第十一期，1986 年 9 月，頁 23。

❹ 引見張文華編著《酒香‧書香‧美人香——古龍及其筆下的江湖人生》，北京：中華工商聯合出版社，1999 年 3 月，頁 36。

❺ 古龍曾經坦率地說：「因為一個破口袋裏通常是連一文錢都不會留下來的，為了要吃飯、喝酒、坐車……只要能寫出一點東西來，就要馬不停蹄地拿去換錢，……為了等錢吃飯而寫稿，雖然不是作家們共同的悲哀，但卻是我的悲哀。」詳見古龍〈一個作家的成長與轉變〉，引見張文華編著《酒香‧書香‧美人香——古龍及其筆下的江湖人生》，北京：中華工商聯合出版社，1999 年 3 月，頁 39。

❻ 關於「新派武俠」，梁羽生曾說：「新派武俠小說都很注重愛情的描寫，『武』、『俠』、『情』可說是新派武俠小說鼎足而立的三個支柱，因此在談了『武』與『俠』之外，還需要談一談『情』。」詳見〈金庸梁羽生合論〉，引見柳蘇等著《梁羽生的武俠文學》，台北市：風雲時代出版公司，1988 年 7 月，頁 140。陳曉林則定義為：「所謂『新派武俠』，是指一九四九年中國的政治鉅變與離亂浩劫之餘，崛起於香港一隅之地，而擴及海外中文世界的武俠小說。因其在形式與內容上，都突破了傳統武俠小說情節散漫，題材蕪冗的侷限，而表現為較嚴謹的結構與較明快的節奏，與老一輩武俠名家如平江不肖生、王度廬、白羽、朱貞木，乃至還珠樓主等人，斷然有別。」原載台灣《中央日報》副刊，1988 年 1 月 2 日，引見柳蘇等著《梁羽生的武俠文學》，台北市：風雲時代出版公司，1988 年 7 月，頁 103。

進行變革❼,另闢蹊徑。古龍說:

> 金庸的《射雕英雄傳》又是一變,到現在又有十幾年了,現在無疑又到了應該變的時候。要求變,就得求新,就得突破那些陳舊的固定形式,去嘗試去吸收。……這十幾年中,出版的武俠小說已算不出有幾千幾百種,有的故事簡直已成為老套,成為公式,老資格的讀者只要一看開頭,就可以猜到結局。所以武俠小說作者若想提高自己的地位,就得變,若想提高讀者的興趣,也得變。❽

由於古龍執著追求武俠小說的求變求新,又「因自我要求過高,或突破成績不如理想,而感受到的苦悶,也增加了他內心已負荷過重的壓力。」❾可以說,古龍晚年的生活與精力,是完全投入在武俠小說的「新」與「變」的改革上。

---

❼ 據葉洪生研究,司馬翎、陸魚二人對於古龍的「求新求變」,有著刺激與啟迪的作用。詳見《武俠小說談藝錄——葉洪生論劍》,台北:聯經出版事業公司,1994 年 11 月,頁 365-393。又見葉洪生〈文壇上的「異軍」——台灣武俠小說家瑣記〉,《文訊雜誌》,2001 年 11 月,頁 54。又龔鵬程也說:「古龍即是由司馬翎再往前發展的。」參見《臺灣文學在臺灣》,台北新店:駱駝出版社,1997 年 3 月,頁 100。雖然,古龍「求新求變」的改革武俠小說的意識,受到司馬翎、陸魚二人的刺激,但是武俠小說的新面貌,終在古龍手上完成,並且影響深遠,這都是司馬翎、陸魚二人無法與之比肩的。

❽ 參見古龍〈說說武俠小說(代序)〉,《歡樂英雄》,珠海出版社,1995 年 3 月,頁 1。

❾ 參見陳曉林〈古龍離開了江湖〉,台灣:《民生報》第九版,1985 年 9 月 23 日。

由於古龍的「新」與「變」，是要「突破那些陳舊的固定形式」，所以從武俠小說的歷史背景、俠客成長模式、西方藝術和文學的借鏡等三方面，都可以看到他「求新求變」的改革痕跡。因此本文嘗試從以上幾方面，試圖從梁羽生、金庸兩位所代表的「新派武俠小說」作家的寫作風格，與古龍的武俠小說作一比較與探討，企圖從武俠小說史的角度，呈現古龍武俠小說的「新」與「變」。

二、歷史背景的刻意迴避

梁羽生、金庸兩位新派武俠小說作家在寫作武俠小說時，往往將小說的時代背景設定在歷史的框架當中，這與梁、金二人的歷史興趣與歷史學養有著密切的關係。梁羽生二十歲時，機緣之下，得以師從太平天國史研究專家簡又文[10]，從此與歷史結下不解之緣，最後畢業於嶺南大學經濟系，他的小說如《萍蹤俠影錄》、《大唐遊俠傳》、《女帝奇英傳》等，俱以歷史為時代背景；而金庸則於一九四四年，入讀中央政治大學外交系，他的歷史興趣與學養最直接的體現，莫如其《碧血劍》後附錄的〈袁崇煥評傳〉[11]一文，其他小說如《書劍恩仇錄》、《碧血劍》、《射雕》三部曲、《鹿鼎記》等，均結合歷史鋪寫武俠故事。

---

[10] 參見劉維群著《名士風流——梁羽生全傳》，香港：天地圖書有限公司，2000年，頁101。

[11] 詳見金庸《碧血劍》，台北：遠流出版公司，1990年袖珍本。

反觀古龍，只在淡江英專（淡江大學前身）夜校部進讀一年❶，並沒有梁羽生、金庸的機遇、學歷與家學傳統，其求學背景更無法與梁、金二人相提並論。古龍既然不具備與梁、金等同的歷史學識與學養，因此在他的作品裏，一般沒有明確交待具體的歷史背景，似乎也是理所當然的事情。龔鵬程曾說：

> 古龍的小說，卻只有一個模糊的「古代」，做為人物活動及情節遞展之場域。可是朝代並不明確，地理、文物、制度、官名亦不講究。……這種「去除歷史化」的做法，與宋今人主張以武俠小說「建構歷史化」，實代表了武俠小說發展的兩個方向。❸

其實這種「代表了武俠小說發展的兩個方向」，正正說明了古龍的小說不同於梁羽生、金庸代表的「新派武俠小說」之處，而古龍的「『去除歷史化』的做法」，也正是他「求新求變」的特色之一。比如古龍在七種武器之三的《碧玉刀》這部小說中，主要藉由小說主角段玉的故事，讚美「誠實」的人格。古龍說：

> 所以我說的這第三種武器，並不是碧玉七星刀，而是誠實。
> 只有誠實的人，才會有這樣的運氣！
> 段玉的運氣好，就因為他沒有騙過一個人，也沒有騙過一次

---

❶ 參見曹正文《俠客行──縱談中國武俠》，台北：雲龍出版社，1998 年 12 月，頁 227。

❸ 參見龔鵬程《臺灣文學在臺灣》，台北新店：駱駝出版社，1997 年 3 月，頁 105－106。

人──尤其是在賭錢的時候。

所以他能擊敗青龍會,並不是因為他的碧玉七星刀,而是因為他的誠實。❹

由於古龍在小說中要表達的中心思想是「誠實」,所以當他在創作這部小說的時候,完全可以放棄以歷史作為小說的寫作背景,只需虛構一個故事來表述小說的題旨便已足夠,不需要跟隨梁、金的步伐,將小說的時空限置在歷史的框架當中。

古龍的小說「去除歷史化」,除了歷史學識與學養的主觀條件不足外,也存在著客觀因素,因為「台灣早期的武俠小說作者,一開始就很少有強烈的歷史觀點,除了才情的限制之外,恐怕對歷史不敢做過分的詮釋也有關係,台灣早期許多的武俠小說已經是沒有歷史背景。」❺台灣的武俠小說作家受制於當時的政治因素,「不敢過份的詮釋」歷史,以致在撰寫武俠小說的時候,有意迴避以歷史為背景的題材,這樣的情形,在早期的台灣武俠小說作家當中,也許形成了一種無形的共識,久而久之,便漸漸成為大部份作家恪守的「本份」。當然,不能否定的是,也有一部份台灣的武俠小說作家,的確受制於「才情」的限制,沒有能力處理以歷史背景為題材的武俠小說。

早年的古龍也許是因為受制於歷史「才情」的束縛,以及受到

---

❹ 詳見古龍《碧玉刀》(全一冊),台北新店:萬盛出版有限公司,1989年1月1日,頁224-225。

❺ 參見陳曉林〈奇與正:試論金庸與古龍的武俠世界〉,《聯合文學》第二卷第十一期,1986年9月,頁19。

客觀環境的影響,才不以歷史為小說的寫作背景。但是,古龍畢竟是武俠小說界的「怪才」,在他長期的閱讀與寫作的生涯中,似乎已經漸漸地豐富了他歷史學識與學養的不足,因為他晚年曾經說過:

> 我計劃寫一系列的短篇,總題叫做「大武俠時代」,我選擇以明朝做背景,寫那個時代裏許多動人的武俠篇章,每一篇都可單獨來看,卻互相間都有關連,獨立的看,是短篇,合起來看,是長篇,在武俠小說裏這是個新的寫作方法。[16]

「大武俠時代」選擇以明朝為寫作背景,可見古龍雖然沒有梁羽生的機緣,金庸的學養,但是在他經過長期的閱讀與寫作後,已經漸漸具備處理以歷史背景為題材的武俠小說的能力。可惜的是,在古龍還未開始「大武俠時代」的寫作,便已撒手人寰。

不能否認,古龍的小說不以歷史為寫作背景,確實與梁羽生、金庸兩人所代表的「新派」不同,但這也是古龍「求新求變」的特色之處。古龍刻意的迴避以歷史背景為題材的武俠小說,也許就是他要追求「突破那些陳舊的固定形式」的方式之一。羅立群曾說:

> 以作品內容而論,梁羽生、金庸的武俠小說注重歷史環境表現,依附歷史,從此生發開去,演述出一連串虛構的故事。……古龍的小說則根本拋開歷史背景,不受任何拘束,而憑感性筆觸,直探現實人生。古龍的小說不是注重於對歷

---

[16] 引見張文華編著《酒香・書香・美人香──古龍及其筆下的江湖人生》,北京:中華工商聯合出版社,1999年3月,頁47。

史的反思、回顧，而是著重在對現實人生的感受。現代人的情感、觀念，使古龍武俠小說意境開闊、深沉。❿

古龍的小說雖然「拋開歷史背景」，但是他著眼於「現實人生」，注重人性的刻畫與描寫。古龍說：「武俠小說有時的確寫得太荒唐無稽，太鮮血淋漓，卻忘了只有『人性』才是每本小說中都不能缺少的。」⓲所以他的小說雖然缺少了像梁羽生、金庸小說的歷史背景，卻多了一份現實人生的刻畫，也使得他的小說更為「開闊、深沉」。

三、俠客成長模式的突破

「新派」武俠小說一般的寫作模式往往是：少年家破人亡、名師收留、獲得神兵秘笈、復仇等等。這種相沿成習的寫作模式，在梁羽生的小說《雲海玉弓緣》等作品中偶爾有之，但是在金庸的小說如《俠客行》、《碧血劍》、《射雕英雄傳》、《神雕俠侶》、《倚天屠龍記》等作品中，卻屢見不鮮，並且在當時及後來的武俠小說界逐漸形成一種寫作模式，影響深遠。

古龍早期的小說作品中，如《蒼穹神劍》、《月異星邪》、《孤星傳》等，幾乎都是相沿這種俠客成長模式的方法寫作，基本

---

❿ 參見羅立群〈江湖一怪俠──代《古龍作品集》序〉，《圓月彎刀》，珠海出版社，1995年3月，頁4。

⓲ 參見古龍〈說說武俠小說（代序）〉，《歡樂英雄》，珠海出版社，1995年3月，頁1。

上是處於模仿「新派」武俠的階段[19]，尤其是金庸的武俠小說。他自己曾說：

> 一個作家的創造力固然可貴，但聯想力、模仿力，也同樣重要。我自己在開始寫武俠小說時，就幾乎是在拚命模仿金庸先生，寫了十年後，在寫《名劍風流》、《絕代雙驕》時，還是在模仿金庸先生。我相信武俠小說作家中，和我同樣情況的人並不少。[20]

古龍毫不諱言地承認他對金庸的模仿，並且認為當時許多的武俠小說作家，與他「同樣情況」。但是從古龍一九六〇年的《蒼穹神劍》面世以來，到一九六六年的《名劍風流》、一九六七年的《絕代雙驕》，前後模仿金庸的小說時間，也只是八年，並不是他自己所說的「十年」，而且在《絕代雙驕》面世以後，古龍已「逐步奠定了他特殊的地位」。[21]但是在這八年的長期模仿時間裏，卻讓古龍漸漸清楚地了解到，金庸小說中固定的俠客成長模式，在面對讀者時已有其不足的地方，古龍說：

---

[19] 龔鵬程認為古龍早期的小說「結構雖然簡單，對人物的性格刻畫也較後期平板，但其中用了許多現代文學的筆法，足以顯示古龍已有擺脫武俠小說敘述模套的企圖了。對小說主題也正費力經營中。」詳參《臺灣文學在臺灣》，台北新店：駱駝出版社，1997年3月，頁111。

[20] 參見古龍〈關於武俠〉，引見張文華編著《酒香・書香・美人香——古龍及其筆下的江湖人生》，北京：中華工商聯合出版社，1999年3月，頁58－59。

[21] 參見龔鵬程《臺灣文學在臺灣》，台北新店：駱駝出版社，1997年3月，頁102。

>……金庸先生所創造的武俠小說風格雖然至今還是足以吸引千千萬萬的讀者,但武俠小說還是已到了要求新、求變的時候。因為武俠小說已寫得太多,讀者們也看得太多,有很多讀者看了一部書的前兩本,就已經可以預測到結局。……所以情節的詭奇變化,已不能再算是武俠小說中最大的吸引力。人性的衝突才是永遠有吸引力的。武俠小說中已不該再寫神、寫魔頭,已應該開始寫人,活生生的人!有血有肉的人![22]

由於古龍看到由金庸肇始的武俠小說的固定模式,應該有所改變,以相應讀者品味的提高,所以他歸結出要寫「人性」,以「人性」的刻畫代替固定的武俠模式。正由於此一理論的歸結與實踐,古龍寫出了《楚留香傳奇》、《風雲第一刀》、《歡樂英雄》等「求新、求變」的小說。如《歡樂英雄》中寫王動這個人物時,對於王動的身世背景與武功的來歷,古龍刻意地寫道:

>他的父母並不是甚麼了不起的大人物。
>
>他的朋友們,也沒有問過他的家庭背景,只問過他:「你武功是怎麼練出來的?」
>
>他的武功,是他小時候在外面野的時候學來的──一個很神

---

[22] 參見古龍〈關於武俠〉,引見張文華編著《酒香・書香・美人香──古龍及其筆下的江湖人生》,北京:中華工商聯合出版社,1999 年 3 月,頁 59-60。與此相似的內容,又見古龍〈寫在《天涯・明月・刀》之前〉,《天涯・明月・刀》,台北新店:萬盛出版有限公司,1989 年 1 月,頁 4。

·從梁羽生、金庸到古龍——論古龍小說之「新」與「變」·

> 秘的老人,每天都在暗林中等著他、逼著他苦練。
> 他始終不知道這老人是誰,也不知道他傳授的武功究竟有多高。
> 直到他第一次打架的時候才知道。
> 這是他的奇遇,又奇怪,又神秘。㉓

王動的父母究竟是誰,師傅是誰,武功習自何門何派,在《歡樂英雄》的故事中並不重要。所以古龍將他們一併隱藏起來,以凸顯王動身份的神秘性,讓讀者在閱讀過程中增添了一份想像的空間。這種人物背景的嶄新的處理方式,與梁羽生、金庸為代表的傳統「新派」武俠小說大異其趣。

又如在《流星·蝴蝶·劍》中,古龍在處理孟星魂的背景時,寫道:

> 他第一次見到高老大的時候,才六歲。那時他已餓了三天。
> 饑餓對每一個六歲大的孩子來說,甚至比死更可怕,比「等死」更不可忍受。
> 他餓倒在路上,幾乎連甚麼都看不到了。
> 六歲大的孩子就能感覺到「死」,本是件不可思議的事。
> 但那時他的確已感覺到死——也許死了反倒好些。
> 他沒有死,是因為有雙手伸過來,給了他大半個饅頭。
> 高老大的手。
> 又冷、又硬的饅頭。

㉓ 詳見古龍《歡樂英雄》,珠海出版社,1995年3月,頁270。

>當他接過這塊饅頭的時候,眼淚就如春天的泉水般流了下來,淚水浸饅頭,他永遠不能忘記又苦又鹹的淚水就著饅頭咽下咽喉的滋味。❷

孟星魂父母何在?為何餓倒在路上?古龍沒寫,但留給了讀者空間。古龍著重要刻畫的是孟星魂童年的孤獨與無助,而高老大給他的半個饅頭就買下了他的人和心,使他後來成為了一名殺手。刻畫一個六歲孩童的饑餓與面對死亡的經歷,這就是古龍所說的武俠小說「應該開始寫人,活生生的人!有血有肉的人!」

由於古龍的武俠小說要寫的是人,要刻畫的是「人性」,而不是神一般的武林高手,他的小說主要表現人的嬉笑怒罵、哀哭愁怨等感情。所以他的小說拋棄了「新派武俠小說」慣用的師門練功、神兵秘笈等等促使俠客成長的寫作模式,如李尋歡「例不虛發」的飛刀,只是一柄普通的小刀;阿飛的劍只是一柄三尺多長的鐵片。古龍在武俠小說中增加了「人性」的描寫與刻畫,讓武俠小說更能接近讀者,獲得讀者的認同感。

四、西方藝術、文學的借鏡

梁羽生、金庸的「新派」武俠小說,對於西方的文學與理論已有初步的借鏡。如梁羽生《七劍下天山》中的人物凌未風,便是模

---

❷ 詳見古龍《流星・蝴蝶・劍》,珠海出版社,1995年3月,頁5。

仿英國女作家伏尼契的牛虻㉕,《雲海玉弓緣》運用了佛洛伊德的精神分析學說㉖;金庸的小說如《雪山飛狐》受到日本電影《羅生門》的影響㉗,《連城訣》受到《基度山恩仇記》的影響㉘等等。梁羽生、金庸等「新派」小說作家,雖然偶然借鏡西方文學、電影,但是在語言文字、文化等方面,仍然保留傳統的面貌,甚至受到傳統小說的影響更大。㉙到了古龍,在求學背景、寫作經歷等不同因素下,對於西方文學、電影的借鏡更為明顯、積極,尤其在人物、語言文字兩方面的模仿與「新」、「變」,是古龍以前的作家遠遠不及的。

㉕ 參見佟碩之〈金庸梁羽生合論〉,收入柳蘇等著《梁羽生的武俠文學》,台北:風雲時代出版公司,1988年7月,頁114。又見梁羽生〈凌未風・易蘭珠・牛虻〉,金庸、梁羽生、百劍堂主《三劍樓隨筆》,台北:風雲時代出版公司,1988年7月,頁7-10。

㉖ 參見尤今〈寓詩詞歌賦於刀光劍影之中——訪武俠小說家梁羽生〉,原載《南洋商報》,1977年6月8日,收入柳蘇等著《梁羽生的武俠文學》,台北:風雲時代出版公司,1988年7月,頁73。

㉗ 參見佟碩之〈金庸梁羽生合論〉,收入柳蘇等著《梁羽生的武俠文學》,台北:風雲時代出版公司,1988年7月,頁115。

㉘ 參見徐夢林〈中外逃獄秘笈——談《連城訣》與《基度山恩仇記》〉,台灣:《國文天地》,11卷1期,總121期,1995年6月,頁62-67。又金庸自己也承認小說受到西方文學的影響,詳見金庸、池田大作《探求一個燦爛的世紀——金庸、池田大作對話錄》,北京:北京大學出版社,1998年12月,頁193、204。

㉙ 如金庸《碧血劍》受到明末清初史料典籍以及中國古典小說的間接影響。詳見拙作〈金庸小說《碧血劍》素材探源〉,2003年浙江嘉興金庸小說國際研討會暨金庸小說改編影視研討會論文,2003年10月13日;西安:《唐都學刊》,2004年第2期,頁7-13。

由於古龍早年就讀台灣淡江英專,少年時期便嗜讀古今武俠小說及西洋文學作品㉚,「為他以後創作武俠小說借鑑西洋筆法,打下了基礎」㉛,也為他日後的「求新求變」創造了有利的條件。六十年代,台灣流行「007」的電影,眾所周知,古龍創作楚留香的原型,便是受到「007」的影響。㉜但是古龍在《楚留香傳奇》的第一回〈白玉美人〉中,卻特意為盜帥楚留香的出場,設計了一張短箋:

> 聞君有白玉美人,妙手成雕,極盡妍態,不勝心嚮往之。今夜子正,當踏月來取,君素雅達,必不致令我徒勞往返也。㉝

短短四十四字的短箋,不但凸顯出古龍處理古典文字的功力,也凸顯了盜帥楚留香的瀟灑與優雅,使讀者一開始便感受到楚留香的灑脫與飄逸,形象十分豐滿。

到了七十年代初期,古龍創作《流星‧蝴蝶‧劍》時,也受到西方電影「教父」的影響。古龍在〈關於武俠〉中說道:

> 我寫《流星‧蝴蝶‧劍》時,受到《教父》的影響最大。

㉚ 參見葉洪生《武俠小說談藝錄——葉洪生論劍》,台北:聯經出版事業公司,1994年11月,頁391。

㉛ 參見曹正文《古龍小說藝術談》,台北縣中和市:知書房出版社 1997年3月,頁169。

㉜ 詳參龔鵬程《臺灣文學在臺灣》,台北新店:駱駝出版社,1997年3月,頁104－105。

㉝ 詳見《楚留香傳奇》,台北:真善美出版社,1995年4月,頁1。

‧從梁羽生、金庸到古龍──論古龍小說之「新」與「變」‧

教父這部書已被馬龍白蘭度拍成一部非常轟動的電影,《流星‧蝴蝶‧劍》中的老伯,就是《教父》這個人的影子。㉞

由於「老伯是《教父》這個人的影子」,所以老伯與教父一樣,喜歡別人對他的尊敬,喜歡幫助尊敬他的人。㉟古龍除了受到電影的影響,還受到文學作品的影響。如他的《多情劍客無情劍》、《鐵膽大俠魂》的主題,便是從毛姆的《人性枷鎖》中偷來的,但是古龍認為「模仿絕不是抄襲。我相信無論任何人在寫作時,都免不了要受到別人的影響」。㊱

除了小說主題的模仿外,古龍更對現代詩的文字十分著迷,他後期的小說往往以詩化的語言呈現,短短幾個字便是一行。如《天涯明月刀‧楔子》寫道:

天涯遠不遠?

不遠!

人就在天涯,天涯怎麼會遠?㊲

㉞ 參見古龍〈關於武俠〉,原載《大成》四十三期,引見張文華編著《酒香‧書香‧美人香──古龍及其筆下的江湖人生》,北京:中華工商聯合出版社,1999年3月,頁71。

㉟ 詳見古龍《流星‧蝴蝶‧劍》,珠海出版社,1995年3月,頁36。

㊱ 參見古龍〈關於武俠〉,原載《大成》四十三期,引見張文華編著《酒香‧書香‧美人香──古龍及其筆下的江湖人生》,北京:中華工商聯合出版社,1999年3月,頁71。

㊲ 詳見古龍《天涯‧明月‧刀》,台北新店:萬盛出版有限公司,1989年1月,頁7。

又如：

> 死鎮、荒街，天地寂寂，明月寂寂。
> 今夕月正圓。
> 人的心若已缺，月圓又如何？㊳

對於這種詩化的語言，梁守中曾批評「用得太多太濫，便變成了以牟利為目的了。」㊴周益忠則認為古龍「失去了家庭溫暖，孤身由海外來臺求學謀生，加上好友、好酒、婚姻生活的不和諧等，心境如此，於是他的小說到了中晚期，在文字風格上就大為不同，……往往一段只有兩三句話，一行未滿又是一段，一句話三兩個字就成了一行的情況，幾乎充斥於其後的小說中。」㊵古龍早期雖然需要依賴寫作來維持生活與消費，但是其早期作品如《蒼穹神劍》、《月異星邪》、《湘妃劍》、《孤星傳》等小說，並沒有這種詩化語言的明顯傾向，只是用了許多西洋的筆法。㊶因此，如果明白古龍小說的詩化語言，是來自他「求新求變」，為小說創新而寫作的觀念來看，這種以詩化的語言來創作小說的行徑，完全不是為了「牟利」。古龍在一九七四年創作了《天涯‧明月‧刀》，一九七

㊳　同上註，頁 32－33。
㊴　參見梁守中〈古龍小說商品化的弊病〉，《武俠小說話古今》，南京：江蘇古籍出版社、香港：中華書局（合作出版），1992 年 1 月，頁 150。
㊵　參見周益忠〈拆碎俠骨柔情──談古龍小說中的俠者〉，淡江大學中文系編《俠與中國文化》，台北：學生書局，1993 年 4 月，頁 445。
㊶　參見龔鵬程《臺灣文學在臺灣》，台北新店：駱駝出版社，1997 年 3 月，頁 102。

五年出版,此時的古龍已經成名獲利,並不需要再依賴這種文字遊戲來「牟利」了,但是他還是寫作了《天涯・明月・刀》,並且說此書:「是我最新的一篇稿子,我自己也不知道它是不是能給讀者一點『新』的感受,我只知道我是在盡力朝這個方向走!……讓武俠小說能再往前走一步。走一大步。」㊷由此可見,古龍此時寫作武俠小說純粹是為了「求新求變」,並非如梁守忠所批評的,是為了「牟利」而運用詩化語言。同樣的是,一個作家的生平經歷,對於他的作品當然有所影響,但是影響層面是不是形諸作家的文字風格上,恐怕是不一定的,所以周益忠的說法還有待商榷。龔鵬程曾經為此辯論說:

> 這些說法都不恰當。古龍並不是從武俠小說寫起的新手。他在高中時期便是標準的文藝青年,寫散文、新詩、短篇小說。因此他原本較熟悉較擅長的,就不是傳統武俠文學的寫作型式。參與武俠寫作之後,原也試圖把自己融進這個文類常規中去表現。但在發現寫作遭遇瓶頸,並受到宋今人這類思想的鼓勵之後,把武俠寫作轉向他本不陌生的現代文學路子上去,實在是非常自然的事。……何況他本係英語專科學校出身,汲採外國文學之英華,亦較只有傳統中國舊學根柢的其他作家便利得多。所以他的轉變,自有他整體文學素養上的

㊷ 參見古龍〈寫在《天涯・明月・刀》之前〉,《天涯・明月・刀》,台北新店:萬盛出版有限公司,1989年1月,頁5-6。

條件和原因,不能只從圖利或心境孤涼等方面去理解。㊸

確實如此。如果從古龍的學習經歷、寫作風格以及他對西方文學的熟悉與借鏡等角度來看,古龍小說中的詩化語言,可以說是他為武俠小說「求新求變」而努力的成果。

五、結語

以上從歷史背景、俠客成長模式、西方藝術和文學的借鏡等三方面,就梁羽生、金庸兩人代表的「新派」,與古龍小說的「求新求變」作一比較論述。雖然有的學者認為古龍最直接受到司馬翎、陸魚的刺激與影響㊹,但是一個作家受到的刺激與影響是多方面的,更何況古龍自己也承認受到金庸的影響,而他最初針對改革的也是以「新派」武俠小說為主,所以古龍受到「新派」小說的影響是可以肯定的。

古龍從一個為生活消費而寫作武俠小說的作家,漸漸地在台灣變成與諸葛青雲、臥龍生鼎足而三的作家,最後,終於在武俠小說史上與梁羽生、金庸兩位「新派」作家並駕齊驅,實屬不易。古龍在武俠小說史上能有此成就與地位,原因是他先看到了「新派」武俠小說的不足,需要變新。古龍在經過努力後,完成了他對「新

㊸ 參見龔鵬程《臺灣文學在臺灣》,台北新店:駱駝出版社,1997 年 3 月,頁 102－103。

㊹ 詳見葉洪生《武俠小說談藝錄──葉洪生論劍》,台北:聯經出版事業公司,1994 年 11 月,頁 365－393。

派」小說的變新工作。然而,他後來又逐漸看到了武俠小說的不足之處還有:武俠小說在文學上的地位、以及提高讀者的興趣兩種,而兩者都需要改變,他說:

> 武俠小說若想提高自己的地位,就得變!若想提高讀者的興趣,也得變!不但應該變,而且是非變不可!……我們只有嘗試,不斷的嘗試。我們雖然不敢奢望別人將我們的武俠小說看成文學,至少總希望別人能將他看成「小說」,也和別的小說有同樣的地位,同樣能振奮人心,同樣能激起人心的共鳴。[45]

古龍不止看到了武俠小說的不足,並且著實以作品去實踐理論,所以他的「求新求變」完全是一種自覺的行為。這種自覺的行為與努力雖然可貴,但是到了一九七五年他出版《天涯・明月・刀》時,仍然未能改變當時社會「在很多人心目中,武俠小說非但不是文學,甚至也不能算是小說,對一個寫武俠小說的人來說,這實在是件很悲哀的事。」[46]雖然古龍為此感到「悲哀」,但是由他後來創作的小說看來,他仍然希望繼續透過努力,提升武俠小說「在很多人心目中」的地位,使武俠小說成為文學。

　　如果說古龍早期的「求新求變」,是為了突破「新派」武俠小說的窠臼而努力,那麼,他後期的思考憂慮與努力,則完全是為了

---

[45] 參見古龍〈說說武俠小說〉(代序),《歡樂英雄》,珠海出版社,1995年3月,頁1-2。

[46] 參見古龍〈寫在《天涯・明月・刀》之前〉,《天涯・明月・刀》,台北新店:萬盛出版有限公司,1989年1月,頁1。

突破自己、突破武俠小說的地位而努力，因此他的「求新求變」是有著兩個階段性的，從目標與困難度來看，第一階段顯然較第二階輕鬆、容易。

古龍小說復仇模式及其對傳統的突破

王　立、隋正光[*]

一、前言

　　中國古代敘事文學在其長期的發展過程中，形成了它種種穩定化的敘事模式。其中「復仇模式」是被新派武俠小說廣泛運用的一種。因為這種模式是具體的來源於一個民族長期的歷史承傳和積澱，所以雖則模式沿襲會造成熟悉此道的讀者一定程度的審美疲勞，但借用之無疑會在自覺不自覺間通過集體無意識與讀者互動共鳴。古龍武俠小說則踵武金庸，力圖對傳統復仇模式進行借鑒的同時，又有所突破，從而不僅在審美上給人以新鮮之感，而且思想上能給人以啟迪和昇華。對古龍武俠小說復仇模式對傳統復仇主題繼承與超越角度，探討其反文化、反傳統思想，揭示其人性啟迪意義與文化反思價值，是很有意義的。

---

[*] 王立，文學博士，遼寧省大連市大連大學比較文學研究所所長，東北師範大學博士生導師。隋正光，遼寧師範大學文學院研究生。

二、「友情與仇怨」模式

　　傳統的兩極對立思維決定了在傳統文學中,友情與仇怨這兩股繩只能借助友情服務於復仇(助友雪仇、代友雪仇、結友雪仇等)這種母題才能紐結在一起。我們可以看到傳統文學是如此青睞這一母題:從《刺客列傳》中先秦刺客為主(恩遇之友)報仇到漢代遊俠借友報仇,以及唐宋傳奇,至《三國演義》《水滸傳》,明清筆記小說,友情服務於仇怨的母題一遍又一遍的演繹,樂此不疲而又未免因為缺少新鮮血液而顯得機械和老套❶。

　　進入 20 世紀之後舊派武俠文學的出現,給這友情與仇怨模式帶來了一絲新的血液。而 60 年代後,新派武俠小說的代表古龍的武俠小說對這一模式尤以獨特和深刻的筆觸延及人類心靈的深處,用人性之筆為「友情與仇怨」模式注入新的生命。

　　古龍小說《英雄無淚》寫朱孟是北面道上四十路綠林好漢中勢力最大的「中州雄獅堂」堂主,因未參加司馬超群的盟約而與之結仇。他隻身闖入司馬超群的地盤長安,揮筆留書以示蔑視,然而他沒有想到,當他與卓東來相對而站時,卓東來的人馬已快馬加鞭要血洗「中州雄獅堂」了。鮮血點燃了他的仇恨,他毅然率領僅有的八十三名兄弟奔赴長安,尋司馬超群及卓東來復仇,而此時的司馬超群已幡然醒悟,擺脫了卓東來的控制。當司馬超群站在他面前,他並不因司馬超群的落魄而輕視、辱罵他,趁機將他殺死,而是極

---

❶　參見王立:《中國古代復仇文學主題》,長春:東北師範大學出版社 1998 年版。

為欣賞司馬超群的雖落魄卻仍有傲骨,敢於好漢做事一人當的豪情,他忍不住同情、安慰他,甚至化干戈為玉帛,與他成為死生契友。在這裏人性與真情的光輝掩沒了千百年來「有仇不報非君子」的倫理召喚,傳統文學中依靠復仇的堅決,表現人物壯美的習慣在此被打破,因俠義互感而「有仇不報」更能凸顯人性的莊嚴崇高。

無獨有偶,《七種武器》之四《多情環》中主人公蕭少英是雙環門掌門人的得意弟子,為報雙環門滅門之仇,他靠自己超人意志和膽略混入了天香堂,並取得了堂主葛亭香的信任,憑藉這種地位他終於摧毀了天香堂,迫使葛亭香自殺,為師門和愛妻報了仇,但感人至深的卻是他與葛亭香之間竟因互相瞭解而頓生情誼,這種不共戴天仇敵間的友情,在感情造成的強烈衝擊中使人物形象變得更加深沉動人,也使故事充滿了人情味,從而更加震撼人心。

人格與真情的力量戰勝了復仇的欲望,俠不再是殺人如麻的復仇機器,而是心有千千結的有機個體。《史記・趙世家》寫屠岸賈對可能漏網的趙氏嬰兒,必要斬草除根。而在金庸《雪山飛狐》寫當年李自成四大衛士本情同手足,卻因誤會結怨,遺續百年,集中到胡一刀、苗人鳳身上。身銜世仇的兩位英雄一晤面交手,就迅即俠義互感,惺惺相惜。就在比武前夕的關鍵時刻,胡一刀竟一夜累死五匹馬,趕到三百里外殺了苗的仇人商劍鳴;而苗人鳳也慨然許諾胡一旦失手,就像親兒子般照顧他的兒子,俠義友情在英雄眼裏居然重於清理世仇,胡一刀當面叮囑苗:「你若殺了我,這孩子日後必定找你報仇,你好好照顧他吧。」(第四回)這是怎樣的一種信任與相知?哪裏有絲毫「斬草除根」的陰暗影子,只有充溢著豪俠之間的渴慕摯情,友情與仇怨的份量和位置,在俠的深心中明顯

發生了扭轉。

　　古龍對金庸這種超越傳統的「友情與仇怨」觀念可謂激賞非常，小說《楚留香傳奇‧血海飄香》不避相犯，出現了與上如出一轍的情節：丐幫幫主任慈與日本武士天楓十四郎比武中，天楓十四郎敗北，慘死前他把兒子南宮靈託付給他，任慈允諾，細心將遺孤撫養大，如同己出。雖後來任慈終被南宮靈害死，但若不至此更無以彰顯豪俠相惜之誼高於一切，包括仇怨乃至生命。當然故事不免摻雜「非我族類，其心必異」的思想。

　　可以看出，在古龍的小說中，服務於復仇的友情顯然沒有化干戈為玉帛的仇人之間的友情更有市場，這種改變一方面顯示了古龍對複雜人性的理解、真實表現與關注，友並非固定永遠是情投意合之友，仇也未必一生始終為勢不兩立之仇，這是一種基於生活真實的審美再現；另一方面，仇與友作為兩個對立的極端，它們之間的情感衝突必將是激烈而富有戲劇性的，古龍對這一典型的青睞，又同時是基於藝術真實的表現。此外，就是古龍以此「友情──復仇」衝突解決的敘事，試圖建構並倡揚一種較之傳統意義上無以復加的復仇倫理之上的，具有更高意義的範疇──俠義倫理。

　　關於友情與仇怨模式，古龍除了在以上幾篇寫出了化敵為友之外，還嘗試著寫出了不肯輕易出手幫助朋友的，如《陸小鳳》中的西門吹雪與陸小鳳；面對朋友的傷害，有仇不報的，如《多情劍客無情劍》中的李尋歡與龍嘯雲等等，都超越了傳統友情與仇怨模式的兩極對立思維模式，把表現個體情感與人格價值看作是比延順前輩倫理慣性更值得去做的事。於是，舊有的復仇至上得到了挑戰和衝擊，而俠義至情得以豐富，大俠的人性深度和人格價值得以昭示

和高揚。

三、「愛情與仇怨」模式

愛與恨是文學中永恆的話題,愛與恨的交錯最能綻放出異樣瑰麗的光彩,吸引著作者和讀者去創作去感悟。

古龍的武俠小說對這一模式的精彩演繹突出表現在「愛戀不成則仇恨」和「仇家子女相愛」兩個母題上。

在中國的傳統文學中有一個慣常的母題,那就是「女性勾引不成則誣害」。六朝時《殷芸小說》卷八就曾記載:

> 武子(王季)左右人,嘗於閣中就婢取濟衣服,婢欲奸之,其人云:「不敢」。婢云:「若不從,我當大呼。」其人終不從,婢乃呼曰:「某甲欲奸我!」濟令殺之。

類似君子小人之爭,情欲未獲滿足的侍婢誣陷得逞,拒絕誘惑者則偏因高尚而冤死。而對這一母題關注尤多的要算是明清時期,從《水滸傳》寫潘金蓮構陷小叔武松,到《東周列國志》寫驪姬巧殺太子申,乃至明清的公案、世情小說中,母題在一個普遍性的世界文學背景下頻繁反覆地出現,顯示出強韌的生命力❷。古龍的武俠小說同樣饒有興趣地繼續演繹著這一母題,但難得的是他又翻空出

---

❷ 參見王立:《宗教民俗文獻與小說母題》第八章〈女性弱點與古代小說引誘不成反誣母題〉,長春:吉林人民出版社 2001 年版,第 312-332 頁。以及王立:〈引誘不成則誣害——東西方文學兩性非正常關係的一個表現〉,《上海師範大學學報》2000 年第 1 期。

奇有所不同。

　　首先,「女性勾引不成則誣陷」中的「勾引」兩字表現了世人對勾引者的鄙薄態度。在傳統文學中,勾引者往往為居於弱勢群體的女性,她們或為滿足一己情欲,或為達到某種政治目的,而故意進行陷害,都體現了一種對於女性「人性惡」的揭露和性別譴責傾向。而在古龍的武俠小說中,情況並非如此。小說《絕代雙驕》寫移花宮女婢花月奴與天下第一美男子在私奔途中被人劫殺,臨死之際,產下了雙生子。移花宮兩宮主因為最終愛江楓而不得,愛極生恨,設下毒計,分頭撫育兩子,企圖讓兩子長大後互相殘殺以解心頭之恨。兩宮主的復仇方法雖未免狠毒,但無可否認兩宮主對江楓的愛畢竟刻骨銘心,不是簡單地為了一時情欲或別的什麼目的,而就是一種真真切切的愛,然而你愛的人不愛你,悲劇上演遂不可避免。而在《浪子風流》中,白鳳公主得知他的心上人另有新歡,負心於己,一氣之下竟然自毀容貌,然後把仇恨的種子種在「兒子」傅紅雪心中,要他殺「父」報仇。這裏白鳳公主對他心上人的愛,似乎又難於用「勾引不成則誣害」模式來涵蓋。不擇手段的報復與痛恨竟然真切無疑地來自於刻骨銘心的真愛,這一現代化了的更為複雜的世間愛恨情仇,如果以傳統表現模式來揣測,又有誰能解通讀懂!

　　其次,古龍武俠小說對「勾引不成則誣陷」母題的另一突破表現在:復仇女性的「恨」絕不僅僅停留在一般性的「誣害」的層面上。女主人公為了這由愛生來的恨,復仇實施可謂苦心孤詣。《劍花煙雨江南》寫小雷為使戀人纖纖逃過九幽一窩蜂的劫難而使其離開自己時,謊稱另有所愛,不明真相的纖纖愛極生恨,為報復小雷

的負心絕情,先是與金川虛情假意,後來又答應嫁給侯爺對小雷進行報復。然而這種以犧牲自己的幸福對「負心人」進行報復的方式,恐怕只對心裏還愛你的人才會起作用,那麼這個人到底是「愛人」還是「仇人」,可真正難以說清。同樣屬於操縱婚戀以報情仇而做得更為過火的要算是《多情劍客無情劍》中的林仙兒了。林仙兒自有絕代風采,鍾情於李尋歡的風流瀟灑後,幾次向李自薦枕席,極盡挑逗,媚惑未遂,便懷恨在心,發誓自己得不到他就要毀了他。中國人的「寧毀勿予」的國民劣根性再次發揮作用了。為報復李尋歡,林仙兒不惜犧牲了自己的人格與尊嚴,或許她應該明白,真正愛一個人是要讓他（她）幸福,而不是佔有他（她）!

　　就上述幾例,至少出現了「育仇人之子使殘廢以報復」、「育子殺父以報復」、「操縱婚戀以報復」、「毀容伺機以報復」等等敘事模式,均體現了女性作為復仇主體時的銜恨深切,不擇手段。《禮記》中有「父之仇,不共戴天」,「兄弟之仇,不反（返）兵」的規定,為血親復仇的竭盡全力不擇手段,已被儒家為主流文化的古代中原人稱道、頌揚了兩千多年。而在古龍的武俠小說裏,愛恨情仇的交錯對個體的左右至少不亞於血親復仇。「勾引不成則誣害」母題在古龍武俠小說裏已轉變成「愛戀不成則仇恨」,這種看似不經意的轉變,卻是意義非凡的跳躍,在一定意義上是重視個體體驗,超越傳統倫理框架對人性束縛的一大進步,而對這種進步表現得更為突出的則是在「仇家子女相愛」母題結構中。

　　「仇家子女相愛」,在傳統文學中基本上算是一個「缺項」（基於《春秋公羊傳》定公四年「復仇不除害」即不延及子弟親屬的原則,以及正邪華夷之辨,小說中表現有些忠良子、漢將娶奸臣之女,番邦敵國的公主

女將為妻妾，當不在此例）。武俠小說卻填補了這一空白，從舊派武俠小說顧明道的《荒江女俠》、王度廬《鶴驚崑崙》到新派的《萍蹤俠影》、《碧血劍》都或多或少關注了「仇家子女相愛」這一母題，而古龍於此下力最大。

《湘妃劍》寫金劍俠仇絮，煉成絕技假扮書生報父仇，卻得到仇人之女毛文祺的愛戀，而仇絮卻偏不為情所牽制，暗中復仇不止，並且也沒有為毛文祺的自暴自棄而憐憫，仍與毛的師姐相愛了。毛文祺毀容自傷的悲劇不僅在於單戀，而根源於其姑姑毛冰，她被兄長使美人計去接近仇敵，卻動了真情懷孕，但仍履行使命暗算了仇敵。毛冰生下來的兒子就是仇絮，事實上仇絮是在向舅舅復仇，仇絮的表妹毛文祺不過是家族內世仇的犧牲品。作品嚴肅地提出了這一困惑：為什麼上一輩的仇怨，非要下一輩犧牲幸福去承領？

《劍上光華》則寫主人公將情與仇雙雙放棄，飄然出走。說是桑南浦偶救殺父仇人的妻女，與仇人之女互生情愫，但確切得知父死真相後，仍大義援救仇人子女，最後在心上人再三懇求下放過仇人，棄愛遠去。因為愛，消滅了個體雪怨的嗜血衝動，但仇未報，愛心亦死，終究做不到與仇家之女結為伉儷。不像《劍客行》中的展白，報父仇過程中竟得五位美貌俠女垂青，全是仇家之女，他索性先復仇再結緣，勝利凱旋而又挾女而歸。而《月異星邪》中卓長卿、溫瑾這一對仇人子女最終幸福的走在了一起，因為唯一知道溫瑾是卓長卿殺父仇人親生女的雲中程，希望「永遠不會再有人傷害他們的幸福了」，而將永遠隱藏這個秘密。《楚留香傳奇》第四部《蝙蝠傳奇》中，仇人子女左明珠和薛斌相愛，為了克服來自家族

的巨大阻礙，這對情侶竟然如同莎士比亞筆下羅蜜歐與茱麗葉那樣玩起了詐死復活的把戲，左明珠為了和相愛的人在一起，竟然可以裝出連父親都不認識。

個性要求同倫理規定的矛盾從來沒有如此激烈地衝撞，「仇家子女相愛」母題提出了在個體情感與群體使命的對立中，愛情這一人類最美好的感情更為珍貴，為了理念中的仇怨犧牲青年男女終身的幸福是不對的。母題向傳統的復仇高於一切原則，提出了不容忽視的疑問和挑戰。

四、「兒子長大後復仇」模式

血親復仇是正史傳記所記載最最常見的類型，而在血親復仇中，為父報仇最重要也最普遍。《春秋公羊傳》定公四年有言：「父母之仇不共戴天。」西晉皇甫謐也說：「父母之仇，不與共天地，蓋男子之所為也。」可見在傳統倫理的折射下，讓受害者親生兒子承領復仇使命，被認為成是最佳人選。《史記·趙世家》寫趙氏孤兒、干寶《搜神記》寫赤比，至唐此類故事模式定型化，像吳承恩《西遊記》中唐僧幼年為「江流兒」故事即本自溫庭筠《乾䊑子》等。從中可以看出，「兒子長大後復仇」模式至少有兩個特點。

首先是孝子長大後一旦知道真相，為親復仇便升騰為之生存的最終使命，仇恨便佔據個體的全部靈魂，復仇意志之堅決，縱仇家對其有恩亦不動搖。就好像明人《白羅衫》一劇中寫繼父把徐繼祖（蘇雲之子）恩同己子一般撫養，徐繼祖知情後仍沒有放過奪母害

父的仇凶（繼父）。而在古龍武俠小說中，就出現了對這種執著復仇正義性的質疑。《楚留香傳奇・血海飄香》中，日本武士天楓十四郎在與丐幫幫主任慈的比武對決中敗北而死，慘死前他把自己的兒子南宮靈託付給任慈。任慈不但答應了，而且細心撫養。南宮靈後來恩將仇報，害死了任慈。在傳統文學中，南宮靈的做法本也是無可厚非的為父報仇，但古龍卻將南宮靈設計成為一個忘恩奪權的賊子形象。人物形象的本質改變說明作者審美心態和價值觀念的改變，《月異星邪》中作者對此有更進一步的思考。當女主人公溫瑾以為把自己撫養長大且疼愛有加的溫如玉就是自己殺父殺母仇人，要與卓長卿合力復仇時，作者借一女婢之口發出了這樣的疑問：「生育之苦，固是為人子女者必報之恩，但養育之恩，難道就不是大恩麼，難道就可以不報麼？」卓長卿也不停地反思：「我既應該讓她報父母之仇，卻也應該讓她報養育之恩呀！」「恩」與「仇」孰輕孰重？血緣對復仇主體意志的決定作用終於開始動搖，真情也可以與血緣相抗衡了。這可以說是傳統文學中不曾有過的情況。

這一情節又很自然地促使我們聯想起金庸《射雕英雄傳》中楊康出手援救完顏洪烈的一節（第十六回〈九陰真經〉），繼父之於養子的多年恩同己出的情分真切而自然的表露：「兩人十八年來父慈子孝，親愛無比，這時同處斗室之中，忽然想到相互間確有血恨深仇……」楊康此時若要報仇，即刻便可得手，但恩養之情為他全面考慮後果留下了迴旋餘地：「……但怎麼下得了手？那楊鐵心雖是我的生父，但他給過我什麼好處？媽媽平時待父王也很不錯，我若此時殺他，媽媽在九泉之下也不會喜歡。再說，難道我真的就此不做王子，和郭靖一般的流落草寇麼？……」由此看來，古龍對「兒

·古龍小說復仇模式及其對傳統的突破·

子長大後復仇」模式的這一超越,未嘗沒有對金庸的借鑒,或是對金庸小說人性表現的有意承續,但這絲毫不影響古龍作品自身特色,正如金庸所說:「西洋戲劇的研究者分析,戲劇與小說的情節,基本上只有三十六種。也可以說,人生的戲劇很難越得出這三十六種變型。然而過去已有千千萬萬種戲劇與小說寫了出來,今後仍會有千千萬萬種新的戲劇上演,有千千萬萬種小說發表。人們並不會因情節的重複而感到厭倦。因為戲劇與小說中人物的個性並不相同。當然,作者表現的方式和手法也各有不同。」❸並且,如果說楊康對恩養之恩的表現尚有因其功利目的而大打折扣的一面的話,古龍作品中的人物則不折不扣地表現為一種人性內在呼喚使然。

其次,在傳統「兒子長大後復仇」這一模式中,母親往往擔負著點燃、培育兒子復仇之火的任務,如《後水滸傳》中的許惠娘,《西遊記》中的唐僧之母殷小姐,《清史稿·孝義傳二》中的王恩榮之母等等,母親幾乎無一例外地成為復仇過程的主導,她們或是亡夫遺命的轉達者、確認者,或是兒子復仇行動的掩護者、支持者,好像母親存在的價值只在於為夫報仇。傳統漢語文學以幾乎各種文體(除了賦與詞)包括詩歌、史傳、戲曲傳奇、小說來歌頌節烈母親的這種復仇精神,社會輿論的導向和傳統行為的慣性已經不允許有任何特例出現,這無疑是男性中心話語世界的「意識形態形象」的系列文學產物。而古龍則與金庸一樣敢做突破傳統的先

---

❸ 金庸:〈韋小寶這小傢夥〉,原載《明報月刊》1981 年 10 月號,收入《絕品》一書,臺北:遠流出版事業公司 1986 年 7 月出版。

鋒❹。

　　小說《浪子風流》寫傅紅雪是一個被「母親」白鳳公主用仇恨澆鑄起來的復仇機器，他為了仇恨而活在世上，因為仇恨他想愛卻不能愛，他痛苦著；然而命運對他更無情的作弄是：實際上他既不是白鳳公主的兒子，也不是要為之復仇的「父親」的兒子，一切不過是場誤會。傅紅雪被無端賦予了仇恨這一可怕的情結，而且這一心理動機的不斷強化，以至於吞噬了他整個身心，扭曲了人的本性，喪失了人最美好的欲望和感情。而造成這悲劇性的一切的「母親」未免讓人痛恨。作者從對個體兒子造成的傷害的角度，重新審視母親在復仇過程所起到的作用，注意到對於這類作用要客觀求實地評價，把母親培育兒子復仇火種的神聖性與正義性消解殆盡。

五、「忍辱復仇」模式

　　印度史詩《摩訶婆羅多》中，黑公主稱得上一個隱忍復仇的典範。她是堅戰五兄弟的共同妻子，在堅戰賭博失敗輸掉她之後，她當眾受到了侮辱，她被難敵的弟弟難降揪著頭髮拖著走。自此她就保留著蓬亂的頭髮，要理清這頭髮就要用難降的血當頭油來梳理。流放森林的十多年中，她追隨丈夫們，總是抱怨堅戰這人沒有男子漢氣概，她往往和怖軍一起向堅戰施加壓力，要他即刻開始戰鬥，

---

❹　參見王立：《武俠小說復仇模式及其對傳統的超越》，臺灣淡江大學主編：《縱橫武林——中國武俠小說國際學術研討會論文集》，臺北：學生書局，1998年9月初版，第41-60頁。

奪回權利，報仇雪恨。黑公主的隱忍復仇，又因其是般度五兄弟的共同妻子而煥發出影響周圍人的鼓動力。黑公主以女性特有的隱忍復仇方式激勵男性，其原型輻射作用是不可低估的。

　　與中國古代「精衛填海」執意復仇大為異趣的，是對復仇能否成功的理智判定的推重。巴厘文佛本生故事說烏鴉夫婦酒醉在海邊洗澡，海浪吞噬了雌烏鴉，被痛哭聲引來的眾烏鴉憤而不停地用嘴吸水吐到岸上，試圖以舀乾海水向大海復仇，可是它們終於認識到這復仇努力是徒勞無益的。故事雖旨在說明菩薩轉生的海神顯形嚇走烏鴉是解救它們，但昭示了不要因復仇情緒化衝動而做無謂的犧牲的意蘊❺。與此相關的是佛經對於忍辱的推重。「羼提」是「忍辱」的音譯，為佛教「六波羅蜜」（六度）之一，而「羼提波羅蜜」指的就是忍辱之行。佛經故事一再申明佛陀在調達（又譯提婆達多等）以惡相待時，忍辱再三。不過全面體察，佛經也不是絕對不主張復仇，而是提倡有充分把握時再行使復仇。元魏西域僧人吉迦夜共曇曜譯《雜寶藏經》卷十《烏梟報怨緣》寫烏梟結怨，相鬥多時無休止。有一智烏以苦肉計自任，聲稱被眾烏拔掉羽毛啄傷其頭，騙取了梟的憐憫，收養穴中，烏羽毛豐滿後日銜乾草枯枝來穴中以報恩。一日大雪，群梟聚穴中避寒，烏卻銜來牧牛人的火燒穴，使眾梟全數殄滅。國外學者將此故事歸於第 220B〔烏鴉和老鷹的戰爭〕類，即：「烏鴉假裝投降但其實在做密探，而最後消滅

---

❺　《佛本生故事選・烏鴉本生》，郭良鋆、黃寶生譯，北京：人民文學出版社 2001 年版，第 91－92 頁。

了老鷹。」❻《五卷書》此故事早期異文描寫,一隻名叫斯提羅耆頻的烏鴉,試圖為自己的族類巧計報仇,以「苦肉計」進入貓頭鷹營堡中,它每天從樹林裏叼一塊木頭到窩裏來。從表面上看,烏鴉是為了擴大鳥窩,一大堆木頭在堡壘門口堆起,太陽升起貓頭鷹什麼都看不見了,斯提羅耆頻趕快飛到彌伽婆哩那那裏,說道:「主子呀!我已經準備好,敵人的洞穴就可以燒掉了。你帶了隨從來吧,每一隻烏鴉都要從樹林子裏揀一快燃燒著的木塊帶了來,丟到洞穴門口我的窩上;這樣一來,所有的敵人就都會像在軍毘缽迦地獄那樣,統統會給折磨死。」……如此行事,果然消滅了貓頭鷹家族❼。故事果報的結構中,蘊含了深刻的隱忍智慧與復仇哲理。

印度民間故事的傳入,為中國古人原有的本能的隱忍增添了自覺意識、強度、勢能以及宣洩隱忍更多的方式機巧,這是毫無疑義的。

在中國古代,表現隱忍懷恨有一個字,就是「嗛」字,《史記》卷四十九《外戚世家》寫栗姬子劉榮被立為太子,但栗姬在妒恨長公主女時,自己也遭到讒毀,說她「挾邪媚道」,引起景帝怨恨。而「景帝嘗體不安,心不樂,屬諸子為王者于栗姬,曰:『百

---

❻ 〔美〕丁乃通:《中國民間故事類型索引》的 220B 型〔烏鴉和老鷹的戰爭〕稱:「烏鴉假裝投降但其實在做密探,而最後消滅了老鷹。」但僅僅列舉一例,即《天山》1957 年 11－12 月號上的一則故事。見該書,鄭建成等譯,北京:中國民間文藝出版社 1986 年版,第 42 頁。其實該類故事數量遠不止此。

❼ 〔印〕補哩那婆羅多:《五卷書》第三卷第十五個故事,季羨林譯,北京:人民文學出版社 1981 年版,第 305 頁,第 321 頁。

歲後，善視之。」栗姬怒，不肯應，言不遜。景帝恚，心嗛之而未發也」。終於找機會廢太子為臨江王，「栗姬愈恚恨，不得見，以憂死」。而「嗛嗛」則是銜恨隱忍的樣子，《柳河東集》卷四十三《詠史》詩：「燕有黃金台，遠致望諸（樂毅）君。嗛嗛事強怨，三歲有奇勳。……」說的是《史記》卷三十四《燕召公世家》寫燕昭王怨齊，即位後對郭隗說：「齊因孤之國亂而襲破燕，孤極知燕小力少，不足以報。然誠得賢士以共國，以雪先王之恥，孤之願也。」終於廣召賢士，以樂毅為將連下齊七十餘城。忍辱復仇，也是古代中國復仇智慧和決心的集中表現焦點之一，越國戰敗，越王勾踐給闔閭看墳、脫鞋，服侍其入廁，受盡嘲笑和羞辱，他頑強地忍耐著精神和肉體上的折磨，對吳王夫差表現得恭敬馴服，甚至以嘗糞驗病取得吳王信任得釋回國，臥薪嚐膽終報大仇。孫臏裝瘋惑龐涓，程嬰托孤，豫讓漆身吞炭刺趙襄子等都是家喻戶曉的忍辱復仇故事。

　　古代中國人還十分關注周邊民族隱忍的復仇智慧與決心。《史記》卷一百二十三《大宛列傳》稱烏孫王昆莫之父來自匈奴西邊的小國，當初，「匈奴攻殺其父，而昆莫生，棄於野。烏嗛肉蜚其上，狼往乳之。單于怪以為神，而收養之。」裴駰《集解》引徐廣語曰：「讀『嗛』與『銜』同。《酷吏傳》：『義縱不治道，上忿銜之。』《史記》亦作『嗛』字。」用嘴叼著，極為形象，引申為小心翼翼地含著某物，精心地置於適當之處。「銜恨」，於是從字源學上就有了謹慎小心、隱忍不露而時刻伺機復仇的形象化意味。此後野史及通俗小說對此母題的演繹廣泛而多樣。在「兒子長大後復仇」模式中就有許多表現母親忍辱育子或辱為仇人妻妾，最後成

功雪仇的故事。受孟子啟發,蘇軾《留侯論》評論張良時曾意味深長的指出:「古之所謂豪傑之士,必有過人之傑,人情有所不能忍者。」農耕民族忍辱負重、後發制人的天性使得國人對「忍辱」有著獨特關注。令人遺憾的是,「忍辱復仇」模式在民國舊派武俠小說中卻發生了缺失。那些俠客們往往或一出場便具有超人的本領,戰無不勝,攻無不克;或如張良遇黃石公,於谷澗、山洞絕世高人手中偶得武功秘笈,一煉成為蓋世高手,承接神怪小說「上山學藝,下山無敵」模式。無論怎樣,像大仲馬《基督山伯爵》中的鄧蒂斯那樣,俠作為復仇個體在復仇過程中遇到的困難、屈辱和磨煉,往往被大大忽略了,「武功高強,俠到仇除」儼然成為「俠」字的題中自有之意。「忍辱復仇」模式在俠文學中的缺失,無疑成為俠形象臉譜化、模式化的重要原因之一。

阿拉伯民間故事集《一千零一夜》也宣揚了復仇隱忍思想。似乎,以弱勝強的巧計實施,就離不開復仇主體的內心隱忍,《狐狸和狼的故事》寫狐狸巧計復仇即然。說是久受欺壓的狐狸,不得不對於狼畢恭畢敬,它迫於無奈,忍受狼的虐待,靜待報復的機會,在心裏暗自說:「殘酷無情和造謠中傷,這都是作惡多端、自取滅亡的原因。古人說得好:『強霸者毀其身,狂妄者悔無濟,謹慎者保其身。』中庸、適度的行為是一種高尚的品性,禮貌是成大事立大業的秘訣。從古人的經驗和教訓裏,我認為對狼這個暴虐作惡的歹徒,應該忍辱負重,採取佯為諂媚、奉承的態度,反正遲早它是難免是要被摔倒的。」終於找機會將狼誘入陷阱中,使其被人亂棍

打死❽。

　　這些,相信對於古龍小說復仇敘事的營構均不無啟發。古龍武俠小說轉益多師,大量地將「忍辱復仇」模式回歸到俠文學中,在作品中具體可分為以下幾類:

　　一、戀酒色惑亂仇敵耳目。如《七種武器・多情環》中的蕭少英,以貪戀酒色,自甘墮落,迷惑敵人,保存了復仇的勢力,最後成功復仇。《劍氣滿天花滿樓》中的花滿樓假裝與華露、含蘭同床共枕,以給監視自己的對手以假像,認為他不過是好色之徒不堪一慮,從而讓他有機會行動。酒與色這一古龍小說中經常出現的意象,竟也成為掩護成功復仇的有效道具。

　　二、忍辱為仇敵親信伺機報仇。《白玉老虎》中大風堂為抵禦來自霹靂堂和蜀中唐的攻擊,上演了一場樊於期獻頭刺秦王的故事。上官刃手提好友趙簡頭顱潛入唐家堡,取得唐家信任。從此他便忍受了各種試探和侮辱,蒙受賣友求榮罵名,屈受友人之子不解真相的仇怨──一切都為了瓦解仇敵,振興大風堂。《多情環》中的蕭少應同樣依靠超人的意志,承領各種屈辱混入天香堂並取得堂主信任,最終摧毀天香堂,報了殺妻滅門大怨。

　　三、自辱以激發復仇信念。《圓月・彎刀》中謝小玉之母天美為報教主不愛之仇,自毀容貌,在幽谷中苦練武功絕藝,以俟報復。天美毀容以自辱,以恥辱的力量,時時提醒自己勿忘復仇目標。《浪子風流》中白鳳公主亦如此。並且這種自辱以激發復仇信

---

❽ 〔阿拉伯〕《一千零一夜》第二冊,納訓譯,北京:人民文學出版社 1982 年版,第 219-241 頁。

念的做法，不再是古代吞炭毀容的豫讓這樣鬚眉男子的禁臠，而往往成為古龍筆下復仇烈女的專利。

四、其他。如《名劍風流》中俞佩玉為了找到殺父仇人，經歷了常人難以想像的磨難。沒有什麼奇計怪招，他就靠得一身正氣和忍辱負重的精神，在磨難中成熟，在煉獄中精進，不棄不捨，終報父仇且成大業，是「天將降大任於斯人也，必先苦其心志，勞其筋骨」的招牌註腳。同樣，《血鸚鵡》中血奴本是西域一王國的公主。其父親被惡人挾持離開京城，並以交換珠寶作為條件。公主為救父親捨棄富貴，化名血奴，住進妓院，和國王的心腹，歷盡屈辱和艱辛，終手刃仇人雪報父仇。對屈辱的忍受讓一個弱女子帶給讀者強烈的心靈震撼。

於是，古龍筆下的俠，不再僅僅依靠武功取勝，更靠的是人格、意志和智慧。古龍並不是一個崇尚武力的作家，他認為即使在江湖世界，武力也往往不是最重要的因素。在武力之上還有個體人格、公理道義更能夠起決定性作用的因素。「忍辱復仇」模式的復歸，表現為對作為復仇主體——俠經歷「人情有所不能忍者」的過程的描寫，這充分展示了復仇者的人格魅力，其間融會的「挫折——困辱——奮鬥——成功」母題更為復仇之舉平添一層超越豪俠之氣的壯美光環。

六、簡短的結語

以上四種模式當然並非古龍復仇模式的全部，但卻足以看出古龍在自己的武俠小說創作中，對傳統復仇主題進行了有意識的、卓

有成效的多重超越。古龍自己並不否定自己對傳統小說模式的繼承，也不否認對金庸武俠小說的借鑒，但古龍同時又要求自己將古典的與現代的、中國與西方的文化精華融會貫通，創造出一種新的民族風格文學。大陸學者袁良駿批評認為中國小說陳舊、落後的小說模式本身，極大地限制了金庸文學才能的發揮，使他的小說「無法全部擺脫舊武俠小說」，留下「許多粗俗、低劣的敗筆」❾。這當然是缺少根據的苛求。而以金庸「接班人」身份出現的古龍在這一點上似乎表現得比金庸更為自覺，於是在復仇描寫上也時有出藍之色。

　　古龍曾有這樣的夫子自道：「這十幾年中，出版的武俠小說已算不出有幾千幾百種，有的故事簡直成了老套，成為公式，老資格的讀者只要一看開頭，就可以猜到結局。所以武俠小說作者若想提高自己的地位，就得變；若想提高讀者的興趣，也得變。」❿他又在《風鈴中的刀聲》序中說：「作為一個作家，總是覺得自己像一條繭中的蛹，總是想要求一種突破。」古龍先生實現這種反傳統突破的著眼點和關鍵所在就是讓「人性」真正介入武俠小說。古龍對於人性的關注應該說與他所受教育是分不開的，古龍雖然受中國傳統文化影響較少，卻受西方現代文化影響較大。大學就讀於外文系的古龍讀過大量西方存在主義大師的哲學著作，其思想觀念傾向於「生命哲學」。他對人性的理解是極為深刻的：「人性並不僅是憤怒、仇恨、悲哀、恐懼，其中也包括了愛和友情，慷慨與俠義，幽

---

❾　文載《中華讀書報》（北京），1997年11月20日。
❿　古龍：《說說武俠小說》，《歡樂英雄·代序》。

默與同情。」⓫而且,他認為優秀的武俠小說應該「多寫些光明,少寫些黑暗,多寫些人性,少寫些流血」。⓬古龍說到了,也努力做到了,他以求新求變的自覺理念和汪洋恣肆的筆姿成為「武林」中可堪與金庸比肩的一代宗師。複雜而深刻的人性展示,讓古龍武俠小說不再僅僅是刀光劍影的比武場地,而更是刻意求新的審美平臺。這,讓古龍武俠小說的復仇敘事確有與眾不同之點,也是古龍對於人類文學審美營構的歷史貢獻之一。

⓫　古龍:《說說武俠小說》,《歡樂英雄・代序》。
⓬　古龍:《說說武俠小說》,《歡樂英雄・代序》。

世界觀的歧出——古龍武俠小說「世俗英雄」的文化／社會意義

陳康芬[*]

一、前言

　　古龍武俠小說的「超越新派」意義,相較於以金庸為宗師的「新派」武俠小說勢力,古龍的「超越」,來自於另闢新的武俠寫作模式的途徑。古龍的創新與成功,反應他對武俠小說情節寫作模式的熟稔,以及通俗小說與現代社會環境之間密切關聯性的敏銳。前者表現在跳脫「俠客成長歷程」的設計;後者以其武俠世界的人性江湖,投射出臺灣現代社會(臺北)都市人的心理樣態與生命想像情境。[❶]

---

[*] 國立東華大學中國文學研究所博士生
[❶] 相關論述請參閱陳康芬《古龍武俠小說研究》(淡江大學中國文學研究所碩士論文,1999年6月),頁81–143。

古龍的新式武俠小說,在這兩個意義上,不僅僅只是以語言風格造就其武俠小說的「現代化轉型」成就❷,而是突顯武俠小說文類的想像世界觀,首次不再訴諸傳統社會或文化歷史範疇,轉而取代以「現代」。這使得古龍武俠小說所營造的想像世界,比任何之前的武俠小說創作者,都更遠離武俠小說文類中,所保存的中國民族文學形式與傳統精神內涵。這個觀點指出,如果要深究古龍武俠小說的「現代」意義,仍有必要從「內在」作考察。

也就是說,古龍之前武俠小說文類所建立的傳統世界觀,是如何被古龍逐漸捨棄,並將此換置到現代社會文化結構,才可能出現的想像成分。古龍對於「俠客成長歷程」情節模式跳脫的自覺性,是重要關鍵。

「俠客成長歷程」情節模式的捨棄,使得古龍不必再受限於過去武俠小說所累積的文學想像,得以有更多的空間去「新」求「變」。❸古龍的創新,使得武俠小說的靈魂人物——俠客,不再需要以「變成大俠」作為其情節推進的重心,「變成大俠」背後所預設的各種內外在準則或形象,也就不再是古龍武俠小說著墨之處。

因此,古龍武俠小說中俠客英雄所呈現的「武」與「俠」,可以不必是中國傳統社會所熟悉的武術技藝與精神,也可以不是儒家

---

❷ 陳康芬《古龍武俠小說研究》頁 35－80。
❸ 古龍的創新自覺也有其現實因素,如台北的都市化生活方式、政治因素退出通俗文學的商業化生產機制、讀者閱讀品味的轉變、出版社的重金稿酬方式……等等。陳康芬《古龍武俠小說研究》頁 85－86。

・世界觀的歧出——古龍武俠小說「世俗英雄」的文化／社會意義・

社會文化結構下道德價值所擬塑的「俠義」傳統❹，更不必全然與傳統文化範疇發生精神結構的連結。

古龍另闢情節寫作模式蹊徑的「超越」創新，最值得關注的，即在於塑造出一種過去都不曾出現過的世俗性英雄俠客類型——以「楚留香」作為代表。「楚留香」這種世俗性英雄俠客類型，之所以有別於過去武俠小說所形塑的俠客類型，最大的特徵在於精神人格特質的現代世俗性。❺這種現代世俗英雄類型的出現，將過去以來武俠小說中，普遍追求抽象生命價值實踐與接受考驗過程的俠客想像，轉換成一種極度個人化與物質性世俗化的人生歷程，並且朝向兩種極端行去——正向的享樂人生與負向的自我放逐。

古龍所開啟的「世俗英雄」類型的俠客想像，完全擺落過去武俠小說中、俠客之所以能「以武之道德秩序、行俠之社會正義」的江湖規範，而將俠客在行走江湖時的自我中心意念，作為對人生真理的領悟過程。古龍的世俗英雄，不必謹守江湖規範才能取得認

---

❹ 關於這個部分，金庸也有其突破之處，如楊過、黃藥師、金蛇郎君等，就是以「情」為其俠客生命重心。但金庸和古龍最大的不同，金庸筆下所處理的俠客英雄，一定有其抽象性的生命價值與理念，作為鋪陳人物內在個性或外在形象的動機張力；即使有其驚世駭俗之舉，未能容於世俗之見，一定也能合乎中國文化之「情／理」解釋，這點仍相當貼近儒家精神。古龍筆下的英雄人物，卻很難找到這種穩定性。古龍的英雄俠客在小說中生命調性與人格傾向，往往具有明顯的情緒化衝動的特徵。

❺ 俠客本身的存在都有世俗的需要與原理，但本論文所指出古龍新型俠客的世俗性，是指在資本主義社會型態下，所逐漸強化物質文明享樂慾望、甚至取代精神性規範的個體生命型態。這個改變使得古龍筆下俠客的人格結構與精神氣質，很不同於金庸的俠客。

同,英雄自身的存在與英雄內在自我,就是永遠的俠客證明。這是古龍筆下的世俗英雄,能被大眾廣為接受的重要原因。

這種以絕對自我為中心所形成的英雄俠客觀,很難附和在以儒道傳統為主的中國文化範疇。不僅在缺乏個人主體性的中國傳統社會結構中,顯得格格不入❻,也和我們印象中約定俗成的英雄俠客特質——路見不平、拔刀相助❼,有所落差。這個歧出於傳統英雄俠客認知的特質,使得古龍武俠小說在同時期新式武俠小說創作流中脫穎而出。值得深思的是,古龍所形塑出來的俠客類型,為什麼不會出現在古龍之前的武俠小說中?究竟發生了什麼樣的本質性裂變?如果真如筆者所預設,他的形象與內涵已經遠離武俠小說在中國民族文學形式與傳統精神內涵之下的想像範疇,那其形象與內涵背後所對應的想像世界觀,究竟又來自哪裡?又具有什麼樣的文化或社會意義?

關於以上這些提問,我嘗試以通俗小說與其所置身社會語境之

---

❻ 俠客在中國傳統社會結構中,本身就相當邊緣。俠客的人格特質傾向於個人性,並非古龍世俗英雄所特有。擁有鮮明個人主體性的英雄俠客類型,在其他武俠小說中彼彼皆是。如金庸武俠小說中,楊過反禮教世俗的狂傲不羈,同樣也在中國傳統世俗的禮教社會結構中,顯得格格不入。但古龍與之最大的不同,楊過的自我,仍在情理範疇之中可以推敲其動機與行為邏輯,但古龍筆下的俠客英雄,就完全逾越了情理範疇,而呈現一種「正言若反」的詭異性。陳康芬《古龍武俠小說研究》頁 42-48。

❼ 崔奉源列舉出八項「俠」之特質,作為認定「俠」之條件:路見不平、拔刀相助、受恩勿忘、施不忘報、振人不贍、救人之急、重然諾而輕生死、不矜德能、不顧法令、仗義輕財等。《中國古典短篇俠義小說研究》(台北:聯經出版社,1896年)頁 19-20。

間的密切關聯性作為前提,先釐清傳統俠客類型的文化社會,再將首度出現於古龍筆下的世俗英雄,連結於古龍當時創作所身處於時空環境——六〇年代末期到七〇年代末期的台北都市。並對照於這個世俗俠客英雄類型所投射的想像世界觀,逐一省思這種俠客英雄類型背後,在通俗小說所可能關照的文化性與現代社會語境之間密切關聯的社會意義?

二、傳統俠客類型的文化社會解讀、古龍武俠小說世俗英雄類型的特色與歧出

武俠小說可以說是現代通俗小說中相當特殊的一種類型,雖然說歷史小說與武俠小說一樣,其內容在現代通俗小說文類中,都是與過去傳統發生最為深遠的類型之一。但歷史小說的虛構性,卻往往容易因制約於歷史史實的既定發生程序,難有更寬闊的想像空間,武俠小說則與之相反。

武俠小說之所以特殊於歷史小說之處,在於武俠小說擁有不一定必然對應於歷史史實的虛構性自由。但這個虛構性的自由,卻是建立在一個具有解讀效應的創作制約上。這使得武俠小說比任何一種類型的通俗小說,都更能保留過去傳統社會文化與歷史思想的痕跡,並且成為讀者能不能進入武俠小說世界的基本理解能力與認同觀點。這是武俠小說相對於其他現代通俗小說的特殊現象。

主要的原因在於,沒有任何一種類型的通俗小說到了現代,還能像武俠小說一樣,需要將帶有濃厚虛構成分的「江湖」,擬塑成一種具有「約定俗成」效力的世界體系,任由創作者自行設定其時

間、地點、人物、背景情節等等。因之,武俠小說的江湖世界,不僅是作者創作武俠小說的想像起點,也是制約點,更是讀者閱讀武俠小說時是否能隨之進入想像或獲得認同的關鍵點,這意味著,武俠小說的成立,連帶將江湖的虛構性,一同建立在一種具有公約效果的認知基礎上。❽

這使得不同作家筆下的江湖,很難不受前輩作家的影響,也很難擺脫武俠小說在時間進程所累積的文學想像,也在無形中,使得行走於江湖的俠客人物,因為生存境遇的公約設定,使他們更輕易就陷入既定外在形象與內在價值的標準之中。

但相對來說,武俠小說也是因為先有了英雄俠客,才有江湖世界,江湖與俠客,具有一體兩面的依存關係。因此,江湖的產生與形塑過程,必然與俠客人物的類型出現,密不可分。在這裡,我將著重討論俠客與中國傳統社會之間的關聯性,並據此討論:為什麼武俠小說會比任何一種類型的通俗小說,都更能保留過去傳統社會文化與歷史思想的痕跡,以及古龍筆下的世俗英雄與傳統俠客的根本差異性。

---

❽ 江湖是武俠小說的表演空間,而武俠小說的江湖,並非地理名詞,也非現實社會,是一個虛構的文學世界,組成江湖的條件則稱之「密碼」,包括江湖意識文化、江湖隱語、宗師門派、江湖規矩、江湖俠客……所有江湖出現之人、事、地、時、物,都形成一套特定之封閉系統,不必拘泥於外界或現實世界的客觀看法或科學根據,都以自身之邏輯、標準、行為來運作,雖然為一虛構之文學時空,但形成之「密碼」,卻可在一定的歷史文化意識下,介乎真實與虛構間,而形成一個具有真實意識的虛構文學世界。戴俊《千古世人俠客夢》(台北:台灣商務,1994年12月)頁68-72。

‧世界觀的歧出──古龍武俠小說「世俗英雄」的文化／社會意義‧

中國俠客的歷史淵源已久,具體的說,俠客是中國傳統封建社會結構下的一種很特殊類型人物。不過,要澄清的是,歷史中的俠客範疇人物,多屬於已經危害到正常社會秩序與社會規範的盜徒匪類。如秦漢時的俠,多是活賊匿姦、收納包庇雞鳴狗盜者,或以其豪爽振施來結交賓客,形成政治、經濟、社會勢力,從事鑄錢、掘冢、剽攻殺伐、藏命作姦、報仇、解仇等活動的不法之輩。❾

但後來經由文學想像的傳播效應,使得俠客變成了具有道德觀念與果敢行為的正面人物類型,與傳統歷史中傾向於負面評價的俠客正式分道揚鑣。文學想像中所展現出個性與公義融合的理想人格,是文學俠客絕對不同於盜徒匪類的最大差異性。

另外,文學中的俠客僅僅游走於邊緣,並未直接挑戰或導致秩序與規範的崩解,不像專營私利的盜匪之徒。另一個重點就是:盜匪並不一定要遵守俠客內在最核心的生命價值──義,但俠客若失去此生命核心價值,就不值得以「俠」稱之。❿值得繼續深思的

---

❾ 這樣的俠到唐朝中葉之後,逐漸產生分化現象。一部份繼承傳統俠客形態,眥睚殺人、亡命作姦,甚至走向神祕化,成為劍俠;一部份與知識份子結合,士風與俠行相互潤澤,俠的精神乃由原始盲昧之意氣私利,轉向漸開公義理性之途。以迄於近代,文人意識與文學作品中的俠,即以表現後面這種類型為主。龔鵬程、林保淳《二十四史俠客資料彙編‧序》(台北:台灣學生書局,1995年9月)頁1-2。

❿ 當然到底什麼才算得上是真正的俠客,在各家的武俠小說也有客觀或主觀的內外在的規範條件。其中以金庸武俠小說討論的最為深刻,並也型塑出各種不同的類型:如金蛇郎君、黃藥師、楊過、郭靖、胡斐、歐陽鋒、洪七公、老頑童……等諸多武俠人物。這些人物都有其鮮明性格。但顯然,外在形象與言行舉止,並不是最重要的價值判準,而是內在道德價值理念與(具正當性)情感信念,才是金庸對俠客判準的終極關懷。即使是韋小

是,自從司馬遷的《史記‧遊俠列傳》,將「俠客」視為社會性階層的歷史人物類型,而非單獨個案時,俠客在歷史中所持續發生的集體效應,為何會被轉入充滿正向性的文學想像發展,並逐漸形成一種具有文化社會性意涵的類型人物?俠客的俠文化與俠意識,也因之成為中國社會文化中獨出一格的形象理念的價值判斷。這和中國傳統社會的政治文化結構之間,究竟有著什麼樣的關聯性?使得歷史俠客的負面性,可以被文學想像所瓦消並獲得普遍認同?

司馬遷曾對遊俠這種具有邊緣性格的社會階層人士,作了很深入的觀察:

> 今遊俠,其行雖不軌於正義,然其言必信,其行必果,已諾必誠,不愛其軀,赴士之阨困,既已存亡死生矣,而不矜其能,羞伐其德,蓋亦有足多者焉。⓫

在這段話中,可以看出遊俠人物類型的特殊性:一是游走於社會正常秩序之外的行為能力,一是儒家歷史道德規範價值所認可的個人生命氣質。前者是造成歷史俠客負面形象的客觀事實;後者則點出文學俠客被賦予正面文化社會性格的基礎。歷史俠客與文學俠客形象上的歧出,即在於各自依循判準不同所導。

但文學俠客之所以能從歷史的客觀事實中脫胎換骨,重新擁有新的生命風格,這個現象不能只訴諸文學俠客形象透過道德規範價

實──金庸武俠小說中最具反叛英雄內外形象的俠客人物,雖然不一定具有高超道德價值理念與情感信念,但他的行為規範卻仍然未曾逾越中國傳統文化所能接受的底限。

⓫ 龔鵬程、林保淳《二十四史俠客資料彙編》頁 18-19。

值的被強化而解決。這是從現象本身所產生的結果去推論原因。現象的發生除了最終顯現的結果外，一定有結構性的原因作為前提，否則無法導致結果的發生。

因此，回到司馬遷從社會性客觀事實與個人性主觀道德面向所提出的觀察來推測。

透過俠客內在道德的強化，雖然可以避免俠客破壞社會集體秩序客觀事實所造成的危險性，但不能解決俠客破壞社會集體秩序危險性的事實。

這種現象不得不讓我們思考：為什麼俠客破壞社會秩序卻又能被接受，甚至成為執行正義的象徵性人物？這是否與中國傳統社會、缺乏客觀性制度的法與社會性公平正義的儒家政治文化結構，有極大的關係？

傳統儒家以道德作為思想主體的特質，使得中國傳統社會並不朝向建立客觀性制度的「（西方）法治」面向發展，而是傾向以「人治」作為實質政治運作的基礎。因此，政治與社會秩序的維持，仰賴的是「人」，並非是法與制度。這使得地方行政官員，不只負擔地方行政工作，其身分還包括負責監管稅賦經濟的運作者、維持社會秩序的司法執行者。社會性公平正義的實施，在缺乏制度性發展的社會結構的條件下，只能依靠「人」的運作。

這個結構性的缺口，在儒家「德治」的人文精神影響下，反而更進一步透過君子道德與君子對小人道德性上行下效的強化思維，作為解決之道。但訴諸君子本身的道德主體，與是否能主持社會正義的客觀性之間，已經沒有絕對的必然性存在，更何況「人治」的養成背景，來自於透過儒家經典熟悉度的檢驗、才成為朝廷命官的

地方行政官員。再加上中國傳統社會並沒有任何現代公民的基本人權的憲法保障，人民對地方行政官員執行司法審判，所發生的種種弊端，除了宗教超越性的天命因果報應之外，找不到社會性的超越力量。

在這種人治政治結構下，缺乏法律與人權保障的社會型態，只能透過「包青天」之流的朝廷命官解決。但「包青天」難求，即使求到了，「包青天」遵奉的王法，不過是「帝王家天下」的思想產物，並不來自於保障基本人權的預設前提。社會性的公平正義實踐，是極為困難。

反觀司馬遷對俠客：「言必信，其行必果，已諾必誠，不愛其軀，赴士之阨困，既已存亡死生矣，而不矜其能，羞伐其德」的判斷。司馬遷從儒家的道德價值理念中，還是深刻地發現，俠客在衝動行為中，所符合利他判準的「義」的人格特質。

這種利他性的「義」的人格特質，大抵朝向三個面向的想像被強化：一是在缺乏客觀性司法制度的社會結構中，俠客游走社會邊緣的行為模式，在渴望民間社會正義執行者的想像下，加以被容忍，甚至導向「官逼民反」的同情處境，作為其觸法的因果解釋，並從現實社會秩序，逐漸分離出具有實境空間效應的「綠林」。一是透過與儒家知識份子道德形象的相互結合，有效規範俠客的越軌行為，使得俠客不再具有破壞社會秩序的危險性，而可生存於「綠林」，也可繼續游走社會正常秩序。一是打造俠客生存與活動的「武林」或「江湖」虛構世界，使得俠客破壞社會秩序的客觀事實，完全被解消。

這三個面向分別展現了文學想像世界，從中國古典俠義小說傳

統,向現代武俠小說發展的演繹痕跡與虛擬程度。但不管哪個面向,這些文學想像世界的現實基礎與中國傳統社會形態有著密不可分的關係。古龍武俠小說的江湖世界,即使不再有歷史朝代的時間指標,也都還是指向一個古代的中國。

但從俠客人物在這三個面向發展中,所共同指向「義」的利他人格特質強化現象,會發現「義」的利他人格特質,可以說是傳統俠義小說與傳統武俠小說中,(正面性)俠客人物內外形象的核心概念。除「義」之外,由王度廬所開啟的另一個典範性人格特質——「情」,在金庸新式武俠小說雖然也提供了新的詮釋。但「情之所鍾」背後所引發的「犧牲自己」表現,仍是來自於利他性的人格特質。因此,利他性的人格特質可以說是傳統俠客英雄形象的基本特質之一。

以「利他性」去檢視古龍「世俗」英雄俠客的人格特質,會發現古龍的「世俗英雄」——不管是負向的自我放逐或正向的享樂人生,其行動能力都已經不再來自「利他性」的人格特質,而是「絕對的自我」。

先從古龍筆下朝向負向自我放逐的世俗英雄代表人物:蕭十一郎、李尋歡來看。蕭十一郎是個很奇怪的大盜,他劫富濟貧、卻常常被誤會成不仁不義的「大盜」;為突顯他的孤獨與傲骨,又把他塑造成一個生活中身無餘錢、自給自足的「善良尋常人」:

> 蕭十一郎挺了挺胸,笑道:「我本來欠他一吊錢,但前幾天已還清了。」風四娘望著他,良久良久,才輕輕嘆了口氣,道:「江湖中人都說蕭十一郎是五百年來出手最乾淨俐落,

> 眼光最準的大盜,又有誰知道蕭十一郎只是請得起別人吃牛肉麵,而且說不一定還要賒帳。」
> ……
> 蕭十一郎將山谷出產的桃子和梨,拿到城裡的大戶人家去賣了幾兩銀子……
> ……
> 原來「大盜」蕭十一郎所花的每一文錢,都是正正當當,清清白白,用自己勞力換來的。
> 他雖然出手搶劫過,為的卻是別的人,別的事。⑫

正如引文所呈現,古龍處理蕭十一郎在小說的身分認同,出現兩種不同社會體系價值觀的矛盾。蕭十一郎的「俠」的正當性,來自於「劫富濟貧」;但別人又認為他「不仁不義」,原因是劫富濟貧的「大盜」行為。前者是中國傳統社會俠文化所認可的範圍;後者則來自現代法治觀點,不以「劫富濟貧」動機,作為現實中「大盜」可觸法的正當性理解。這個矛盾,古龍並不走向武俠小說的傳統處理模式（俠客成長）,以具體情節與內在動機的互動,強化俠的利他性格特質。也就是說,蕭十一郎雖然「出手搶劫過,為的卻是別的人,別的事」,但卻找不出任何具體線索證明他的內在動機。反而透過強化「孤獨的自我」的人格特質,作為這個矛盾的內在因果邏輯:

> 蕭十一郎無論和多少人在一起,都好像是孤孤單單的,因為

---

⑫ 古龍《蕭十一郎》（台北:武功出版社,無出版年月）頁515－516。

・世界觀的歧出——古龍武俠小說「世俗英雄」的文化／社會意義・

他永遠是「局外人」,永遠不能分享別人的歡喜。
……
……他總是會想起許多不該想的事,他會想起自己的身世,會想起他這一生的遭遇……
他這一生永遠都是個「局外人」,永遠都是孤獨的,有時他真覺得累得很,但卻從不敢休息。
因為人生就像是條鞭子,永遠不停的在後面鞭打他,要他往前走,要他去尋找,但卻又從不肯告訴他能找到什麼……❸

蕭十一郎的「孤獨的自我」,使得他的愛情——蕭十一郎的生命重心,充滿了矛盾的匱乏:他只能以感情自虐的方式,為最愛的女人「受苦受難」,但又眼睜睜看著他最愛的女人與愛她的女人為他「受苦受難」終身。影響他一生悲劇性格的「孤獨的自我」,說明白了,就是「缺乏愛的行動力的自私」——不管是對他愛的女人或愛她的女人,他都缺乏對於追求愛情或回報愛情的實踐能力。蕭十一郎的「自虐」,使得他不得不以自我放逐的方式生存下去,而他的「自虐」也同時阻礙別人進入他的世界。他的自我封閉,使得他的俠客形象,很不同於過去武俠小說中的俠客。

再來看李尋歡的愛情——同樣也是李尋歡的生命重心。就像古龍所說的:「他生平唯一折磨過的人,就是他自己」——擁有和蕭十一郎一樣的自虐性格,他的悲劇在於將自己最愛的未婚妻林詩音讓給好朋友龍嘯天,整個割愛行為的動機,只是為了報答龍嘯天的

---

❸　古龍《蕭十一郎》頁 211－212。

救命之恩與朋友義氣。但仔細去檢索李尋歡為了報恩與朋友義氣的關係,卻會發現這兩者之間是存有矛盾的。

在古龍之前的武俠小說,報恩、義氣與朋友關係還是維持一定正常關係下的繫聯與穩定性。李尋歡唯一的穩定朋友關係,是與阿飛形同父子的朋友之情。值得注意的是,這段朋友關係的繫聯,並不是朋友之義,而是父子之情。如同阿飛父親般的李尋歡,百般照顧阿飛,兩人並不是一種處之於可以彼此平等、實質互惠的朋友關係。最重要的是,阿飛即使誤解他,也始終未曾「背叛」他。但李尋歡與龍嘯天之間的朋友關係,卻充滿了一種人我關係的不確定性——知己朋友往往是自己最大的敵人;最大的敵人往往是自己的知己。這使得李尋歡較之蕭十一郎,有了更深層的「孤獨」:除了親自將最愛的未婚妻送給別人的愛情困境外,還包括「總是被知己背叛」的友情危機。

就在李尋歡將自己巨額財產當作林詩音的嫁妝,連帶送給龍嘯天之後,和蕭十一郎一樣,選擇浪跡天涯。但始終無法忘懷心中的最愛。即使發現林詩音因他的錯誤決定而所嫁非人時,他也無法做出任何具體的補救措施,只有由衷的抱歉和更「孤獨」的痛苦。所不同的是,他最後選擇了另一個深愛他、為他犧牲奉獻的孫小紅。這個選擇使得李尋歡得以擺脫蕭十一郎孤獨自我的生命情境,重新享受愛情生命的歡樂:

> 以前他每次聽到別人說起林詩音,心理總會覺得有種無法形容的歉疚和痛苦,那也正像是一把鎖,將他整個人鎖住。他總認為自己必將永遠負擔著這痛苦。

・世界觀的歧出──古龍武俠小說「世俗英雄」的文化／社會意義・

……

李尋歡的手還是和孫小紅的緊緊握在一起。

這雙手握刀的時候太多,舉杯的時候也太多了,刀太冷,酒杯也太冷,現在正應該讓它享受溫柔的滋味。

世上還有什麼比情人的手更溫暖?❶

蕭十一郎與李尋歡兩人,同樣都選擇以玩世不恭的態度放逐自我。常理來說,玩世不恭所透露出的對待世俗態度,是一種傾向及時行樂的人生價值觀。但李、蕭兩人「孤獨自我」長相左右的自虐性格,卻成為兩人無法真正投入享樂世俗生活的精神主因。但是楚留香,卻跳脫這種自虐性格所造成的精神痛苦,使得「絕對自我」朝向浪子玩世不恭的世俗物質性發展。這個特性不只造成楚留香的世俗享樂性格,還開始擁有以自我為中心的實質生活品味與世界:

現在,他舒適地躺在甲板上,讓五月溫暖的陽光曬著他寬闊的、赤裸著的、古銅色的背。海風溫暖而潮濕,從船舷穿過,吹起了他漆黑的頭髮,堅實的手臂伸在前面,修長而有力的手指,握著的是個晶瑩而滑潤的白玉美人。

……

這是艘精巧的三桅船,潔白的帆,狹長的船身,堅實而光潤的木質,給人一種安定、迅速、而華麗的感覺。

……

---

❶ 古龍《多情劍客無情劍》(台北:萬象出版社,1992 年 2 月)頁 306－309。

……這是他自己的世界,絕不會有他厭惡的訪客。⓯

正如楚留香所言:「……人活在世上,為什麼不能享受享受,為什麼老要受苦……」楚留香是訴諸享樂、冒險,作為其俠客生命基調。再從俠客愛情方面來看,較之李尋歡最後承諾阿飛,會請他喝喜酒的輕描淡寫,到了楚留香,古龍更進一步將世俗尋常男子娶妻生子的實質生活描寫,放進情節之中:

> 張潔潔咬著嘴唇,道:「我相信你,但我也知道,嫁雞隨雞,現在我已是你的妻子,你無論要去哪裡,我都應該跟著你才是。」
> ……
> 楚留香整個人都跳起來,失聲道:「你已有了我的孩子?」⓰

到了陸小鳳,又比楚留香更直接表達他對世俗物質的喜好:

> 佈置豪華的大廳裡,充滿了溫暖和歡樂,酒香中混合著上等脂粉的香氣,銀錢敲擊,發出一陣陣清脆悅耳的聲音。世間幾乎沒有任何一種音樂比得上。
> 他喜歡聽這種聲音,就像世上大多數別的人一樣,他也喜歡奢侈和享受。⓱

⓯ 古龍《楚留香傳奇——血海飄香》(台北:真善美出版社,1995 年 4 月) 頁 7。

⓰ 古龍《桃花傳奇》(台北:萬盛出版社,1991 年 9 月) 頁 288。

⓱ 古龍《銀鉤賭坊》(台北:春秋出版社,1989 年 10 月) 頁 4。

・世界觀的歧出——古龍武俠小說「世俗英雄」的文化／社會意義・

而除了愛情的享樂，陸小鳳還更露骨表達出，中年男子在官能慾望的需要：

> 開始的時候，他還不知道究竟是什麼地方不對，不知道還好些，知道更糟———他忽然發現自己竟似已變成條熱屋頂上的貓，公貓。
> ……
> 陸小鳳知道自己身體某一部份已發生了變化，一個壯年男子絕無法抑制的變化。
> ……
> 這小妖精的腿不知什麼時候忽然就露在衣服外面了。
> 她的腿均勻修長結實。
> 陸小鳳的聲音已彷彿是在呻吟：「你是不是一定要害死我？」❶⓲

像楚留香、陸小鳳這種以世俗物質、感官刺激為生命調性的俠客，即使有任何利他性行為，也只是出於追求冒險的附加價值，很不同於過去英雄俠客以純粹利他精神為第一動機的行為模式。而對蕭十一郎、李尋歡「孤獨自我」精神困境的負向發展，在楚留香、陸小鳳兩人身上，也以近乎自戀的浪子形象，加以取代。這些都不是湊巧，而是象徵俠客一但擁有了絕對自我，是可以不負責任，是

⓲ 古龍《幽靈山莊》（台北：春秋出版社，1989年10月）頁178。

可以以自我為中心。⑲這些觀念都再再衝擊著武俠小說英雄俠客的義之傳統。

　　值得繼續追問的是,古龍的世俗英雄俠客,即使已經與以往武俠小說英雄俠客內在的傳統性,產生本質性的歧出,為何還廣受市場的肯定?市場的肯定,意味著讀者理所當然地接受這個質變,沒有任何困惑。除了市場對武俠小說求新求變的期待解釋之外,具有質變性意義的品味接受,一定有其更深層的原因。否則無法解釋:古龍為什麼可以毫無困難的,讓他的世俗英雄俠客,充滿物質性與感官化,卻沒有遭受到「道德」的責難?這個現象,意味著武俠小說在傳統性的維持,不管是禮教或道德規範,都已經不再是古龍武俠小說所願意遵守的底限,也不是讀者所關切。到底是什麼力量摧毀武俠小說型塑俠客與英雄內在的傳統性?

三、古龍「世俗英雄」反應的世界觀與台灣資本主義化社會形態

　　就創作意圖來說,通俗文學之所以不同於精英文學的原因,在

---

⑲　除了本論文所討論的四位世俗英雄俠客之外,其實,還有一個很有趣的世俗英雄俠客──楊凡。楊凡的外型可以說是作者古龍本人的翻版,因之成為古龍的自戀與自我投射的最佳代言人例證。本論文所討論的四個英雄俠客,其實都可以一一對照古龍在敘或其他文章的內容,或者他人關於古龍的描述與相關傳記中,找到可以「對號入座」的線索。但這些與本論文的命題,並未有直接關聯,故不予討論,僅作為補充說明。關於楊凡,詳閱古龍《大人物》(台北:萬盛出版社,1989年1月)。

・世界觀的歧出──古龍武俠小說「世俗英雄」的文化／社會意義・

於通俗文學的作者是為他的讀者───一般的閱眾而存在；與精英文學為自己的文學或藝術理念而存在，在本質上是不太一樣。如果把這兩者的創作意圖對照以文學生產圈，埃斯卡皮所提出「出版商－作家－讀者」的三環式機制概念。我們清楚看見，通俗文學作家的作品來自於讀者所反應的市場經濟利益；而精英文學作家則決定於與出版商息息相關的文學批評社群（文人圈）。

古龍創作所置身的文學生產圈，在行銷市場上，雖然已經開始有彼此混合或越界現象產生，但都未影響古龍武俠小說的通俗文學作家身份。事實上，古龍在精英文學社群中的「剩餘人」心結[20]，不失為一個反省文學場域權力運作的佳例。這並不是要去定位：古龍是不是一個優秀的文學創作者，而是希望從一個文學創作者的敏銳度，重新發現古龍的世俗英雄類型與其置身時代之間的聯繫。

---

[20] 這裡借用「剩餘人」概念，來說明古龍對於文學創作者與武俠小說作家定位之間矛盾現象的心結。「剩餘人」的觀念來自於俄國文學。俄國透過革命，建立無產階級社會之後，資產階級在這個社會，因其身分、教養、文化品味背景等種種的不同，而難以融入無產階級社會。不管是自我的邊緣化與被社會的邊緣化，都使得資產階級出身的知識份子，難以被定位於社會之中。古龍之於精英文學社群，也有點這個味道。他雖然與精英文學社群有較相同的學歷背景，早年也發表過幾首現代詩，但顯然沒有成功擠身到精英文學的社群中。後來仍繼續從事文學創作，成了武俠小說的名作家，卻在文類與文學品味的價值判斷上，面臨「精英」與「通俗」階級之分。不過，他早年的文學訓練，使得他在武俠小說的表現，的確也發揮了相當作用。其中，以「現代詩形式」作為武俠小說的敘事技巧，使得他首開武俠小說的現代化轉型的原創性。古龍在自己的雜文，有意無意間，會出現游走於創作者的類精英自我定位與通俗文學文類位階上的矛盾情緒。相關論述詳參陳康芬《古龍武俠小說》頁 156－164。

古龍的「世俗英雄」對武俠小說俠客英雄類型傳統性的質變，與讀者在市場的痛快接受。兩者拍合之下，除了古龍「名武俠小說家」地位的確定之外，這個事實，還隱藏了一個很重要的訊息：古龍是個很敏銳的創作者。這不是說他知道讀者想看什麼。事實上，這個部分是要等到出版之後，市場暢銷了才能一一被檢驗出來。蕭十一郎、李尋歡、楚留香、陸小鳳等俠客人物的次次成功，顯示古龍的自覺創新，從一開始，就是從一個敏銳的文學創作者為基礎。這四個俠客人物之間的聯繫性，從帶有自虐性的「孤獨自我」精神困境到自戀性「絕對自我」的解決，以及隨之而來愈發強化物質與世俗的實質性敘述，都不是偶然。英雄俠客的「自我」與物質世俗性的強化，反應了古龍如何經營——想像他的小說世界，讀者的市場反應，證明了古龍自覺創新路徑的成功。

　　法國文學理論家郭德曼（Lucien Goldman）曾提出「內容之形式」（the form of content）的概念，來說明作家在作品中所創造的文學現象，本身就是一種社會特性的反射。作家在作品所經營的想像世界，與其對這個想像世界的看法，來自於其所處社會或時代的集體意識。小說家的世界觀，並不是單純只是個人意識的產物，而可以反應社會階級、群體意識與社會現實。因此，郭德曼又用了「異體同構」（homologous structure）概念，來說明社會群體、世界觀、作品之間所形成的關聯性結構。[21]郭德曼的世界觀，連結了小說世界與社會事實之間彼此共存的關係。

　　因之，以郭德曼的「世界觀」理論作為隱含前提，小說世界與

---

[21] 何金蘭《文學社會學》（台北：桂冠出版社，1989年8月）頁84－115。

·世界觀的歧出——古龍武俠小說「世俗英雄」的文化／社會意義·

社會事實的共存對應關係是成立的。以此來看，古龍小說中英雄俠客「自我」與物質世俗性的強化，顯示古龍「質變武俠小說傳統性」的世界觀已逐漸成形，而逐漸成形的世界觀，反應了一個重要的社會事實：古龍與他的讀者，都正處於一個開始以自我與世俗物質摧毀傳統性的環境。

先從檢視古龍世俗英雄的世界觀開始。關於這個部分，我僅僅從「俠之為俠者」角度來作說明，並選擇金庸的郭靖與楊過，作為對照式的比較對象。之所以選擇郭靖與楊過的原因，不僅是因為金庸在新派武俠小說的盟主地位，還包括郭靖在金庸武俠小說中，「俠之大者」特質所保留的傳統性，以及楊過的反叛性最具代表性。我相望能從這兩人對照古龍對傳統的質變性歧出。以下簡單列表歸納這些人物在小說的特徵：

人物名稱	出身（／身份）	人格特質	行動表現	被視為大俠的原因
蕭十一郎	大盜	自我中心	愛情、孤獨	武功高超、帶有傳奇性
李尋歡	世家公子	自我中心	愛情、孤獨→享受現實愛情	武功高超、帶有傳奇性人物
楚留香	世家公子	自我中心	情慾、冒險、享樂	武功高超、帶有傳奇性人物
陸小鳳	世家公子	自我中心	情慾、冒險、享樂	武功高超、帶有傳奇性
郭靖	農村鐵匠之子	質樸、利他性	愛情、保國衛民	武功與人格的累積抗金民族英雄
楊過	金國王子之	激烈、自	不顧世俗禮教追求	武功的累積、除害

· 187 ·

	子（遺孤）	我、敢愛敢恨、不畏世俗禮教	愛情（與師父小龍女戀愛結婚）、保國衛民	安良、協助大宋抗金、帶有傳奇性

在這個列表中，我們清楚看到，古龍的英雄俠客，因為跳脫「俠客成長」的情節模式，所以在「俠之為俠者」的原因，看不到累積武功與成為大俠之間的因果邏輯。唯一能被檢驗的就是他們的出身、自我、理所當然的武功與傳奇色彩。這可以說是古龍對英雄俠客認知的基本條件。

反觀郭靖與楊過，兩人之間即使有許多不同，他們在小說的發展，不管出身貴賤，都在命運的安排下，從零開始。透過「成長」的累積過程與具體作為，才能讓他們變成「俠之大者」。而楊過以表現自我來叛離道統禮教的束縛，他的言行思想仍不會逾越儒家的傳統道德規範——如鍾情於小龍女、自我節制的風流、言出必踐的行動力、盡忠或報孝的判斷（殺郭靖以報父仇的矛盾掙扎）。

但是，楊過的矛盾，在古龍的世俗英雄的行動中，看不到足以交集的地方。郭靖、楊過的生命重心與行為能力，都被設限在一個穩定的精神結構與社會關係中，如堅持愛情的忠貞（非世俗性禮教的貞操）、民族大義的優先實踐、具有實質意義的江湖道義。

古龍的英雄卻反向而行，開始朝向一個物質化的世俗享樂與更個人化的生命形態。

如果從「俠之所以為俠者」，視為社會身份流動的指標，這個情況顯示了一個弔詭現象。古龍世俗英雄指涉的「現代化都市社會」，看起來雖然多采多姿，充滿了不可預期的未來，但隱含了一

・世界觀的歧出──古龍武俠小說「世俗英雄」的文化／社會意義・

個危機：社會身份的流通性來自出身資源與自我中心的驅動力。前者顯示身份流通可能性的匱乏；後者則說明如果沒有出身資源，社會身份的流動，將來自於自我中心的趨利性格；而金庸筆下郭靖所指涉的「傳統社會」世界觀，雖然現實層面缺乏社會身份流動性，但在命運的安排下，仍隱含了一種合理的公平性可能：透過（不以自我為中心的）「利他」與「努力」的結合與累積，還是有可能獲得社會身份的流動。

　　古龍與金庸在台灣市場的成功，依照郭德曼的說法，這兩種世界觀作為一種社會現實存在，各自有其反應的社會階級與群體意識。顯示了金庸與古龍各自呈現的世界觀，除了產生的社會經濟背景之外，同時還包含不同階級或團體意識型態。陳曉林曾發現古龍的讀者以社會大眾為主，而金庸的讀者以知識份子為多。㉒除了社會階層的知識養成與文化品味外，這裡還透露出武俠小說的文化生產，還存有精英知識份子與社會大眾的界域。但這與其他類型的通俗小說，大多被視之為文學工業機制下的商品文學，是很不一樣的。

　　如果從文化生產的內容性來說，這個現象，反應武俠小說與不同社會階層在文化接收度的落差。正如前文所言，武俠小說是最具傳統性的通俗文類，古龍與金庸的書寫表現，各自表現了兩個對傳

㉒ 基本上，金庸的武俠小說是寫給知識份子看的，因而自覺地對政治問題持有他個人的看法……對古龍來說，他是一個大眾消費時代的作者，他心目中的讀者不是憂國憂民的知識份子，而是對世事好奇的現代人，需要某種情緒性宣洩，某些幻想馳騁。陳曉林〈奇與正──試論金庸與古龍的武俠世界〉頁 22。

統性的背馳向度——去除與保存。顯然的,就讀者群的知識養成與文化品味來說,金庸的武俠小說,在文化生產能力上,是更勝於古龍的武俠小說。

　　有趣的是,這反應了武俠小說的「高級」文學品味,與中國傳統性的密切關係,尤其是以中國傳統知識份子的世界觀邏輯,作為其世界觀的呈現。這個現象,顯示出金庸的精英知識份子階層讀者,比古龍社會大眾階層讀者,更為接近中國儒家文化傳統——以利他作為社會實踐的動力;而社會大眾則是直接置身於古龍所捕捉到的台灣社會現代化情境的世界觀邏輯——出身資源的現實面向與自我中心的趨利性格。

　　古龍「世俗英雄」的出現,使得武俠小說文類的想像世界觀,首次不再訴諸傳統社會或文化歷史範疇。「俠客成長」模式的捨棄,是重要關鍵。「俠客成長」的想像演繹,不僅維護傳統社會的世界觀,還可以作為調節出身決定社會階級的公平匱乏作用。雖然看似靜態,但以互利作為流動的平衡機制,個人還是具有一種合理性的存在意義。這與「世俗英雄」生成中,循著資本主義自由經濟市場邏輯,所驅動的現代社會世界觀,訴諸自我趨利性格的公平競爭原則,作為掩蓋出身資源決定社會階級現實層面的公平匱乏,大不相同。在這個現象中,個人存在的合理性,被取代以出身資源,生存動力也被導向自我趨利性格的人性貪婪,古龍「世俗英雄」以自我作為大俠之證明,成為這個世界觀製造出來最大的幸福的「虛假意識」(false consciousness)。

　　另一方面,透過「世俗英雄」對於物質性享樂的強化,顯示傳統社會人我之間,利他性的文化精神結構開始消解,訴諸自我趨利

作為社會公平競爭的合理化原則,並以物質化的世俗享樂,作為直接的報酬代價。這兩個面向,使得「世俗英雄」的想像世界觀,從中國傳統社會文化的歷史範疇,抽離出來。這使得古龍小說中,江湖世界所指涉的古代中國元素,都缺乏文化的意指功能,而僅是以符碼功能存在。

最後檢視蕭十一郎、李尋歡、楚留香、陸小鳳出現時期,以及台灣經濟社會發展狀態,作為兩者之間關聯性的歷史考察:一九六八年到一九七六年,為古龍寫作武俠小說的「創新時期」[23];一九六三年,作為台灣進入工業社會的年度指標。

根據陳映真對台灣戰後經濟發展的深入觀察:

> 一九六三年,台灣的工業化產值才真正超越了農業產值,這是工業化的一個重要指標。一九六三年以後,台灣的經濟高額、高速成長,成為一個陡坡直線的圖形。這種情況到一九七四年達到了高峰。同一年因為世界性的石油危機,台灣戰後資本主義發展遭逢第一次的挫折,向上的直線有了頓挫,變成鋸齒狀發展,可是方向還是向上的。到一九八〇年代,台灣的資本主義企業體向巨大化、獨占化、集團化,進入相當發達的獨占資本主義時代。台灣終於成為一個高度成長、飽食、富裕的社會。而這個社會便進入「大眾消費」(mass

---

[23] 陳康芬《古龍武俠小說研究》頁 25-26。

consumption）。❷

　　這個觀察顯示，古龍在一九六八年到一九七六年間的創新期，剛好是台灣經濟工業化社會成長最快速的時期。古龍「世俗英雄」的產生與形成的世界觀，有其既定現實社會上的歷史條件。而工業社會型態的出現，同時意味著台灣社會的現代化發展，在經濟實體方面，已逐漸具有成熟的資本主義運作基礎。這也說明台灣從傳統農業社會，轉型到現代工業社會的過程中，生產關係與人際結構，都產生巨大的變化。前者的生產方式以機械量化為主；後者則停留在人力或獸力階段。前者與人的生產關係，是一種抽象化流通轉換的異化過程；後者則還保留人與自然界的實體關係。

　　根據馬克思的解釋：資本家以資本買下機器，以薪資報酬方式，僱用勞力操作機器，機器生產大量商品，流通市場，透過交易機制，商品價值被轉換成資金，又成為資本。在這個過程中，人與機器之間的生產關係，從人操作機器所產生的勞力價值，機器運轉得以生產大量商品，大量商品流通市場後，因消費行為而產生的經濟價值。這些價值，都是經由可量化計算的貨幣形式而彼此流通。

　　資本主義社會的生產結構，能否形成循環，持續運作下去。這與不同形式的價值，能否順利被轉換成可流通的貨幣形式，有極密

---

❷　陳映真〈文學的世界已經變了？——談新世代的文學〉《聯合報》2000年4月10日，副刊版。
　　就古龍的創作到八〇年代來說，雖然情節與人物的設計創新度，已經呈現疲態，但在形式上，卻相當能掌握住文學商業化之後的趨向。這個部分反應在他對短篇「新武俠世界」的構想上。詳參陳康芬《古龍武俠小說研究》頁26－27。

切的關聯。因此,順著這個生產邏輯推下去,貨幣流通的速度,將會決定經濟價值利益的多寡。在此,馬克思提出兩個重要的觀察:資本階級對勞工階級的剝削;人的慾望取代需要。前者使得資本家得以降低生產成本,而獲得更高的商品利潤,增加資本,再投入生產;後者則可刺激商品的被消費與再生產的機能。兩者相輔相成。

這種生產邏輯與關係所決定的社會型態,使得資產階級與勞工階級,在先天出身與社會性存有的剝削關係中,缺乏一種公平正義。這個批判意識,點出資本主義的社會,具有幾個特徵:一、出身資源決定社會階級的公平性匱乏;二、不斷被激起、難以滿足的慾望;三、強化享樂與物質的世俗性生活環境。

傳統農業社會則不然,勞力與農作物之間的生產條件,決定於自然環境,而非機器與人力的技術理性。這使得傳統農業社會中,各個經濟生產實體之間,並不存有可等而換之的形式條件(貨幣的量化形式),以作為流通之基礎。反之,農業經濟實體的持續運作,必須來自於人與自然之間的穩定性。這種穩定性,使得人與自然之間的生產關係,始終保持主體對主體;而非主體的客體化。

這些現象,顯示古龍「世俗英雄」的創新,與當時台灣社會具有成熟資本主義運作基礎的發展,息息相關。古龍武俠小說世界觀的裂變性歧出,顯示資本主義邏輯所滲透的社會語境,已經悄悄地改變一般武俠小說讀者的文化精神結構。

四、結論

古龍的「世俗英雄」,與之前武俠小說的俠客類型,除了外在

形象的少年俠客,轉換到中年的成熟男子;在本質上,也逐漸從俠之內在規範(道義或情……等等)的建立,取代以「絕對自我」。「絕對自我」的出現,使得情節設計的邏輯,得以不必訴諸「俠客成長」模式,傾向以理所當然。從負向的自我放逐,到正向的世俗享樂。古龍的「世俗英雄」的世界觀,都已經不侷限在過去武俠小說,關於中國傳統文化或社會的道德範圍。反之,呈現出資本主義化社會的功利傾向與缺乏社會性公平的經濟階級現象。這個本質性的裂變,使得古龍的武俠小說,除了形式的「現代化」,就文化社會意義內涵來說,「現代性」社會語境,透過古龍的創新,開始滲透武俠小說。雖然具有原創性,但也使得武俠小說文類中,所固有與累積的傳統世界觀,遭到前所未有的破壞。

參考書目

古　龍

《蕭十一郎》台北:武功出版社,出版年月不詳
《陸小鳳傳奇》台北:春秋出版社,1989 年 10 月
《繡花大盜與決戰前後》台北:春秋出版社,1989 年 10 月
《銀鉤賭坊》台北:春秋出版社,1989 年 10 月
《幽靈山莊》台北:春秋出版社,1989 年 10 月
《鳳舞九天》台北:春秋出版社,1989 年 10 月
《蝙蝠傳奇》台北:萬盛出版社,1991 年 9 月
《桃花傳奇》台北:萬盛出版社,1989 年 10 月
《午夜蘭花》台北:萬盛出版社,1989 年 10 月
《新月傳奇》台北:萬盛出版社,1989 年 10 月

《火拼蕭十一郎》台北：萬盛出版社，1991年9月
　　《飛刀又見飛刀》台北：萬盛出版社，1991年9月
　　《多情劍客無情劍》台北：萬象出版社，1992年2月
　　《楚留香傳奇》台北：真善美出版社，1992年2月
何金蘭
　　《文學社會學》台北：桂冠出版有限公司，1989 年 8 月，初版
林保淳、龔鵬程
　　《二十四史俠客資料彙編》台北：學生書局，1995 年 9 月，初版
曹正文
　　《武俠小說世界的怪才——古龍小說藝術談》上海：學林出版社，1995年12月，初版
陳康芬
　　《古龍武俠小說研究》淡江大學中國文學所碩論，1999年6月
崔奉源
　　《中國古典短篇俠義小說研究》台北：聯經出版社，1986年，初版
淡江大學中國文學系
　　《俠與中國文化》台北：學生書局，1994年4月，初版
　　《縱橫武林——中國武俠小說國際學術研討會》台北：學生書局，1998年9月，初版
戴　俊

《千古世人俠客夢——武俠小說縱橫談》台北:台灣商務印書館,1994 年 12 月,初版一刷

龔鵬程

《大俠》台北:錦冠出版社,1987 年 10 月,初版一刷

《俠的精神文化史論》台北:風雲時代出版社,2004 年,初版

英雄和美女：
古龍小說的創新和危機

湯哲聲*

　　武、俠、情、奇是武俠小說的四大要素。這四大要素的體現者是英雄和美女。從這個意義上說，武俠小說也就是英雄和美女的小說。古龍與金庸、梁羽生並稱為新派武俠小說三大家。他之所以得到人們的推崇，並不在於他多麼會說故事（武俠小說家都會說故事），就在於他筆下的英雄和美女在眾多的武俠小說家中自成一格。

　　中國武俠小說的文化取向是中國的傳統文化，儒釋道的思想精髓常被演化成武俠小說的某種理念。與其他作家不同並顯得特別突出的是，古龍把世界文化之中的現代意識和現代情緒引進了武俠小說之中，從而大大拓展了中國武俠小說的文化空間。人類的思維總是處於二律背反之中，在人類的社會活動越來越集團化的同時，人們對社會集團化的意義產生了懷疑；在人們都在尋求某一種信仰作為生存的精神動力時，人們似乎又對信仰中的某些既定的人生的結

---

*　蘇州大學文學院中文系教授兼主任

論產生了懷疑。這種思維常使現代人的行為和理想、理性和感性產生矛盾。在社會大集團的生存空間中，人們卻越來越感到孤獨；在既定的人生模式中，人們對自我價值的存在越來越感到恐慌。這就是現代社會的孤獨感和寂寞感。古龍的小說表現的就是這樣的現代意識和現代情緒。李尋歡、蕭十一郎、楚留香、陸小鳳，這些古龍筆下的英雄人物無不是這種現代意識和現代情緒的象徵。他們是俠肝義膽的武林高手，他們為江湖世界而生，也為江湖世界而死，他們離開的江湖世界就無法生存。然而，他們又是那麼地孤獨和寂寞，他們所遇到的人，無論是男女老少，幾乎都心懷叵測，陰險毒辣；他們很少朋友（他的小說《流星‧蝴蝶‧劍》的主題竟是「你的致命敵人，往往是你身邊的好友」），即使有一兩個朋友，也很難與他們達到思想交流的境界。他們自稱自己是匹「孤獨的狼」，而不同於成群的「羊」（《蕭十一郎》中蕭十一郎語），羊受傷了有人照顧，狼受傷了只能依靠自己，「狼被山貓咬傷，逃向沼澤，它知道有許多藥草腐爛在那裏，躺了兩天又活了。」「暮春三月，羊歡草長，天寒地凍，問誰伺狼？人心憐羊，狼心獨愴。天心難測，世情如霜……」蕭十一郎的這番淒涼的話和這首淒涼的歌裏夾著更多傷感和無奈。

也許是與這世界隔隔不入，他們對死亡也就看得很輕。死亡在他們看來只不過是人的一個正常的人生歸宿，他們所需要的是快意的生活、快意的人生，「人生得意需盡歡，莫使金樽空對月」。《多情劍客無情劍》中的李尋歡既喝了一口毒酒，那就乾脆把一壺毒酒都喝掉，「我為什麼不多喝些，也免得糟蹋了如此好酒。」就是死也要死得快活。金庸、梁羽生小說中的大俠在決戰之前，總是

‧英雄和美女:古龍小說的創新和危機‧

閉門靜思,或加緊研練心法絕技,古龍小說《武林外史》中的沈浪在與快活王決戰之前是美餐一番:「快下去吩咐為我準備一籠蟹黃湯包,一盤烤得黃黃的蟹殼黃,一大碗煮得濃濃的火腿干絲,還要三隻煎得嫩嫩的蛋,一隻甜甜的哈蜜瓜……快些送來,我現在什麼都不想,只想好好吃一頓。」俠盜楚留香的那只飄流不定的船,也許有著暗示主人人生飄忽的含義,但裝飾之豪華令人咋舌,另外還有美酒、美肴和三位充滿魅力的美女宋甜兒、李紅袖、蘇蓉蓉。至於那位不知生死在何處的有四條眉毛的陸小鳳更會享受:「舟,扁舟,一葉扁舟。一葉扁舟在海上,隨微波飄蕩。舟沿上擱著一雙腳,陸小鳳的腳。陸小鳳舒適地躺在舟中,肚子上挺著一杯碧綠的酒。他感覺很幸福,因為沙曼溫柔得像一隻波斯貓那樣膩在他身旁。沙曼拿起陸小鳳肚子上的酒,餵了陸小鳳一口……」,不再是苦守古墓,勤學苦練,也不再是古廟晨鐘,枯坐守禪,而是生命無畏,人生無定,充滿了情欲和物欲。今朝有酒今朝醉,古龍的小說夾雜著一股世紀末的情緒。

在武俠小說作家中,寫作最輕鬆的大概要數古龍了。他後期的小說中沒有什麼歷史背景,他無需為是否違背歷史的真實而拘束;他筆下的人物沒有什麼國家的大業、民族的復興的重任,他們介入江湖糾紛相當程度上是由於自我的興趣,隨興所至,作家的筆就顯得特別地瀟灑;古龍不會武功,似乎也不願意在紙上摹畫武功,那就乾脆不寫武功的招式,只寫武鬥的結果。《多情劍客無情劍》中是這樣寫李尋歡的飛刀和阿飛的快劍的:「他瞪著李尋歡,咽喉裏也在『格格』的響,這時才有人發現李尋歡刻木頭的小刀已到了他的咽喉上。但也沒有一個人瞧見小刀是怎會到他咽喉上的。」這是

‧199‧

李尋歡的飛刀;再看阿飛的快劍:「忽然間,這柄劍已插入了白蛇的咽喉,每個人也瞧見三尺長的劍鋒自白蛇的咽喉穿過。但卻沒有一個人看清他這柄劍如何刺入白蛇咽喉的。」要想達到這麼快,就要達到人劍合一的上乘的武功境界。既遮掩住了自己的弱項,又將其美化,這實在是聰明之舉。這種聰明還體現在小說的情節安排和人物的刻劃上,最能代表這一特色的作品是《絕代雙驕》。這部小說的故事就像一個大惡作劇,情節安排就像做遊戲,移花宮的兩位宮主所設計的讓江楓的兩個親生兒子互相殘殺的詭計是遊戲的開始,江小魚和花無缺的兄弟相擁是遊戲的結束。這其中,江小魚和花無缺所做的每一件事,又無不是依據遊戲的規則在進行。小說中最生動的人物都帶有遊戲色彩,惡人谷的「十大惡人」、占小便宜吃大虧的「十二星象」、耍盡心機的江玉郎,特別是油滑的江小魚,本來就是惡作劇的產物,又被「惡作劇」般地培養,而他又惡作劇地對待每一個人。作者寫得輕鬆,讀者也讀得輕鬆。聰明的是作者沒有忘記要在遊戲之中寫出人性來。遊戲本來就是假的,人性卻是真的。在遊戲中人的機智、貪婪、惡毒、狡詐……人性中的所有的特點都會充分地暴露出來,古龍將這些人性表現得淋漓盡致。

　　這就是古龍小說中的英雄和美女的形態和心態,他們瀟灑人生,卻又多愁善感,快意恩仇,卻又自傷自憐。不過,雖然古龍筆下的英雄美女表現了作家的人生理念,但男女之別又決定了他與她的不同位置。在大多數武俠小說之中,女性的位置是微不足道的,甚至是卑下的(有些作家對女性比較尊重,如司馬翎、臥龍生的部分作品)。《水滸傳》中女性被視作為禍水;到朱貞木等人的現代武俠小說中,出現了「眾女追一男」的格局;金庸、梁羽生的小說中女

性總是為情而活,被情所累。這些女性形象儘管都不完美,但她們都還有自己的意志和奮鬥的目標,她們還是一個人。在古龍的小說中,女性只是一個符號,代表了情欲和淫欲。朱七七為了追到沈浪,歷經千辛萬苦,日散千金在所不惜(《武林外史》);鳳四娘為了蕭十一郎會從花轎中跳下逃跑(《火拼蕭十一郎》);楚留香身邊的那三個女人更是爭風吃醋(《俠盜楚留香》)……這些女人都在追逐她們心中的偶像,她們是情欲的象徵。還有一些女性也在追逐她們心中的偶像,但其手段是卑鄙毒辣,《絕代雙驕》中的邀月公主、憐星公主、屠嬌嬌;《俠盜楚留香》中的石觀音、水母陰姬;《多情劍客無情劍》中的林仙兒……這些女人追逐男人不是為了情,而是為了自我的淫欲,她們是淫欲的象徵。無論是情欲和淫欲,她們都依靠男人而生存,都是缺乏女性自我的人格。不僅如此,古龍小說中還有不少對女性的不健康的描寫,《武林外史》中漂亮的朱七七被易容成又醜又啞的老太婆,得到解救要放到藥水盆裏數日方才泡鬆皮膚。小說就讓沈浪為赤裸的朱七七一根一根地拔掉身上的麻絲;《陸小鳳》中最後陸小鳳殺掉了宮九,不在於陸小鳳武功高強,而在於身後的沙曼脫光了衣服引誘宮九的爆發了性變態。不僅如此,古龍常常用對女性的殺戮和女性的情欲的表現來刺激讀者的感官。我們舉《陸小鳳》中的兩則例子加以說明:

> 屋子裏的情況,遠比屠宰場的情況更可怕,更令人作嘔。
> 三個發育還沒有完全成熟的少女,白羊般斜掛在床邊,蒼白苗條的身子還流著血,沿著柔軟的雙腿滴在地上。
> 一個缺了半邊的人,正惡魔般箕踞在床頭,手裏提著把解腕

> 尖刀,刀尖也在滴著血。
>
> 她的呼吸更急促,忽然倒過來,用手握住了陸小鳳的手。
> 她握著實在太用力,連指甲都已刺入陸小鳳的肉裏。
> 她的臉上已有了汗珠,鼻翼擴張,不停的喘息,瞳孔也漸漸擴散,散發出一種水汪汪的溫暖。

一是寫恐怖,一是煽動情欲,這樣的感官描寫幾乎遍佈古龍的小說,是古龍小說特有的風景線,它們與神奇的人和離奇的事裏夾在一起,大大刺激了讀者的閱讀欲望。女人就如玩物和工具一樣,她們只是提供給男性的享樂或為男性所用。古龍的小說中的這種「重男輕女」的現象,有人認為這是重友情輕愛情,表現出了英雄的人格。這是粉飾之詞。應該看到古龍的小說有著嚴重的歧視女性的傾向。

　　古龍說過:「我們這一代的武俠小說,如果真是由平江不肖生的《江湖奇俠傳》開始,至還珠樓主的《蜀山劍俠傳》到達巔峰,至王度廬的《鐵騎銀瓶》和朱貞木的《七殺碑》為一變,至金庸的《射雕英雄傳》又一變,到現在又有十幾年了,現在無疑又已到了應該變的時候!」❶古龍竭力地使自己的小說求新求變。那麼古龍又是怎樣變革武俠小說的呢?這與他接受的教育有很大關係的。他就讀於臺灣淡江大學外文系,大學期間他閱讀了大量的外國小說,接受的是現代教育。在創作上,他最初是以創作純文學登上文壇的,寫過一些愛情小說。這些文化經歷都給他的武俠小說創作留下

---

❶ 古龍《多情劍客無情劍・代序》,海天出版社,1988年5月版。

・英雄和美女：古龍小說的創新和危機・

了痕跡。他說：「要求變，就得求新，就得突破那些陳舊的固定形式，嘗試去吸受。《戰爭與和平》寫的是一個大時代中的動亂，和人性中善與惡的衝突，《人鼠之間》寫的卻是人性的驕傲和卑賤，《國際機場》寫的是一個人如何在極度危險中重新認清自我，《小婦人》寫的是青春和歡樂，《老人與海》寫的是勇氣的價值，和生命的可貴……這樣的故事，這樣的寫法，武俠小說也同樣可以用，為什麼偏偏沒有人用過？誰規定武俠小說一定要怎麼樣寫，才能算正宗？」❷從這段話中可以體會到古龍變革武俠小說的基本思路：從外國小說中接受養分作為武俠小說的新的元素。

「外國小說」，這是一個泛化的概念，但是與中國文化為中心的東方文化比較起來，卻說明了另一種價值取向。古龍這段話中列舉的小說雖多，卻有一個共同點，那就是不同於中國文化的人性。古龍小說中的現代意識和現代情緒正是源於這些外國小說所表現出來的人性。不僅是小說的價值取向和人物形象的塑造，古龍的小說情節同樣受到外國小說的影響，其中最為深刻的影響，在我看來是「硬漢派小說」。

「硬漢派小說」是起源於英美的偵探小說的新形式，比較著名的作家有達希爾・哈米特（Dashiel Hammett，代表作《馬爾他雄鷹》）、雷蒙德・錢德勒（Raymond Chandler，代表作《長眠不醒》）、英國作家伊恩・弗蘭明（Lan Fleming，代表作 007 系列小說）等。「硬漢派小說」起源於 20 世紀 50 年代，盛行於 60、70 年代，80 年代走向高潮，至今繼續流行。這類小說以偵破案件和捉拿刑犯作為小說的主

---

❷ 古龍《多情劍客無情劍・代序》，海天出版社，1988 年 5 月版。

要情節,主人公被捲入案件,或是被派遣;或是無意中被拖進去了;或是為了說清自己身上的冤情去抓真正的罪犯。他們總是單槍匹馬,其危險不僅來自對手,還來自自己的身邊。他們的心永遠是孤獨的、寂寞的,卻又是頑強的。拼搏生活也享受生活、忍受折磨也迎合誘惑、堅持原則也不拘小節,這是他們的生活的態度。當然在他們偵破案件時,身邊都有一兩個美貌的女性,她們無論是敵是友,最後終被主人公的魅力所征服(如007邦德)。個人英雄主義的主題,曲折離奇的情節,陽剛陰柔相兼的格調是「硬漢派小說」的基本風貌。將這些特徵與古龍的小說相比,就會發現,它們太相似了。楚留香、陸小鳳、沈浪、李尋歡、蕭十一郎,他們既是一位大俠,又何曾不是一位偵探。他們的所作所為就是偵破一個案件,這個案件就是一個江湖秘密。他們身邊也有很多女人,這些女人無論是敵是友,見到他們都是要死要活的。「硬漢派小說」給古龍提供構思小說情節結構的藍本,給他的小說人物帶來了現代的氣息,說古龍的小說是「硬漢派武俠小說」也不過分。

古龍的小說受到「外國小說」的影響是明顯的,聰明的是他對其做了個性化的處理。這種處理表現在四個方面。

他在小說之中儘管表現了很多新的思想,但從不走極端。現代意識和現代情緒體現在小說情節發展的過程,結尾從來都是「中國式」的;個性主義體現在人物的行為上,並且儘量地與中國的道家文化結合起來,善惡是非的評判標準也從來都是「中國式」的。惡有惡報,善有善報,作惡者必自斃,好心人必得好報,這是中國人處人遇事中的最基本的告誡,也是古龍小說的最常見的結局和道德底線。有了一個令人滿意的結尾和做人的標準,中間不管你怎麼

・英雄和美女：古龍小說的創新和危機・

變，怎麼西方化，中國讀者似乎都能接受。

　「硬漢派小說」是偵探小說，偵探小說就少不了神秘和離奇，而神秘和離奇是偵探小說與武俠小說的相融之處。對這些相融之處，古龍展開了極度地渲染和誇大。古龍的小說不寫朝廷王室，也很少寫武林派別，總是寫邪派魔教如何在江湖上興風作浪，而這些邪派魔教的所在地總是在人跡稀少之處，要麼是大沙漠，要麼是海底，要麼是冰封的北國，要麼是陡峭的絕壁。這些地方本已神秘離奇了，作者還寫了邪派魔教在這裏設置了種種的機關，那就更不可思議了。環境描寫是靜態的，很多作家都可以寫，古龍的特色寫神秘離奇的人。明明是尋常之輩，卻是武林高手；明明是仁慈之輩，卻是邪惡魔頭，愚者弄巧，智者中計，兇手背後有兇手，圈套背後有圈套。以他的《七種武器》為例，小說寫了七種武器，也就是七則意外的故事。《碧玉刀》中段玉要到「寶玉山莊」當女婿，半路上受到青龍會的暗算，他捨身相救的那個女孩，竟然是青龍會所設的「香餌」。段玉開始以為兇手是鐵水，後來又以為是顧道士，最後才發現真正的兇手是顧道士的妻子花夜來。兇手和圈套撲朔迷離，卻似有所悟。《長生劍》中方玉香處處講朋友的意氣，被白玉京視為朋友，實際上卻是一個陰險的小人；那個在白玉京面前那麼溫柔的女人，竟然是青龍會的女魔頭。值得提出的是，古龍在渲染和誇大小說的神秘和離奇的同時，還在人性的挖掘中為這些神秘和離奇尋找根據，因此，他的小說中的某些情節那麼神秘和離奇，大多數讀者卻能接受，似乎還有所悟，有所得。同樣以《七種武器》為例，《離別鉤》中，狄青麟在與萬君武賭氣買馬，贏了馬的狄青麟卻又將馬送給了萬君武，然後又將萬君武殺了。小說的人物如此

地善變,讀者卻能接受,因為看到了狄青麟的陰險和狡詐,誰會相信如此慷慨地送馬者竟是兇手呢?狄青麟明明喝下了美女青兒下毒的酒,然而他卻沒有死,而且殺了青兒以及幕後策劃者花四爺,人物如此地神奇令人吃驚,但細想起來,卻能接受,因為狄青麟本就是一個善於偽裝之人。不可思議是偵探小說的特點,古龍則把不可思議推演到人際關係之中,並從中尋找出根據,這是古龍的藝術功力了。

優秀的武俠小說總是不甘心停留在武功和俠義的層面上,總是要展現更多的人生內涵。金庸和梁羽生的小說是江山和江湖的結合體,他們將人生和生活哲理通過歷史的評判和人物的刻劃表現出來,古龍的小說是偵破和江湖的結合體,它缺少歷史滄桑感,卻具有情節的多變,於是他乾脆就根據情節的發展來點評人生哲理性,例如:

> 一個人絕對不能逃避自己——自己的過錯,自己的謙疚,自己的責任都絕對不能逃避。因為那就是自己的影子,是絕對逃避不了的。
>
> ——《碧血洗銀槍》

> 只要是人,就有痛苦,只看你有沒有勇氣去克服它而已。如果你有這種勇氣,它就會變成一種巨大的力量,否則,你終身被它踐踏和奴役。
>
> ——《七種武器》

和賭鬼賭錢時弄鬼,在酒鬼杯中下毒,當著自己的老婆說別

的女人漂亮,無論誰做了這三件事,都一定會後悔的。

——《多情劍客無情劍》

這些人生哲理或生活哲理的語言都出現在小說情節發生轉變的時候,並且都有事實的證據,似乎也就成為了人生經驗的某種總結。由於古龍小說情節多變,這樣的語言也就遍佈古龍的小說。

與注重情節相匹配的是古龍小說的敍述語言。他很少用長句,而多用短句,而這些短句又常常如散文詩式排列。這些排列的短句總是抓住中心詞,反復地變換意思,如:

屋子裏有七個人。

七個絕頂美麗的女人。

七張美麗的臉都迎著他,七雙美麗的眼睛都瞧著他。

阿飛怔住了。

這段表述中,「七」是中心詞,圍繞著「七」字,作者在推動情節的發展。這樣的句型排列,增加了小說的節奏感和緊張感,還帶有一些俏皮的意味。這是古龍的創造。

仔細分析古龍這四個方面的「個性化的處理」,可以看出他實際上是在修正小說中可能出現的過分的「西方化」的傾向。應該說,他修正得不錯,使得他的小說既擺脫了中國傳統的武俠小說的創作之路,給他帶來了獨特的風格,又保持了「中國武俠小說」的基本原則。

古龍是中國武俠小說的革新者,然而,革新者的價值除了自己的成功之外,還應該帶領後來者一起形成一個新的局面。從這個意

義上說，古龍並不成功。古龍之後武俠小說的創作中再也沒有出現讀者基本認同的武俠小說大家，為什麼呢？是後來者不會講故事麼？不是，是後來者缺少才氣嗎？也不是。在我看來是後來者對古龍的創新思維認識不夠，只追隨古龍的創新，卻沒有能充分地瞭解古龍小說創新中的偏頗，只看到古龍怎樣地從外國小說中吸取營養，卻沒有看到古龍又努力地「修正」。

　　武俠小說畢竟是中國的國粹，它是建立在中國傳統的文化和中華武功之上的，排除了中國傳統的文化和中華武功，「中國式」的武俠小說就難以成立了，或者就不能稱為「武俠小說」。嚴格地說，古龍的創新思維是與武俠小說傳統文化的要求相背離的，外國小說中的人性說到底是以個人主義為根本，偵探小說說到底是以法律作為它的價值取向，這些都與中國的傳統文化和道德標準形成偏差。古龍的成功在於他從人物塑造和情節結構的層面上吸取外國偵探小說的營養後，在個性化處理中創造性地彌補外國小說吸取中的不足，雖然很多彌補顯得相當地外露和吃力，但是他畢竟在基本原則上掌握好了一個「度」字。如果看不到古龍小說創新中的偏頗，以為只要將外國的新鮮的因素拿來改變武俠小說的模式就是創新（當代香港很多武俠小說作家追求的武俠小說與魔幻、科幻小說的結合，大陸的新武俠小說作家追求武俠小說與動漫的結合），只是創新中的誤區。這些創新的武俠小說看起來有了新的因素，丟掉的卻是小說「武俠味」。武俠小說需要創新，但是創新之路究竟怎麼走，古龍小說提供的是創新的勇氣和成功的個案，還是放之四海而皆準的標準，這是後來者們值得思考的問題。

從技法的突破到意境的躍升：
以《楚留香傳奇》為例

陳曉林[*]

　　《楚留香傳奇系列》是古龍邁向創作成熟期的主要里程碑之一。透過這一系列膾炙人口的故事，古龍展示了與其他武俠作家迥然有異的風格與意境，從而完成了他自己在寫作生涯中的一次「躍升」。

　　在此之前，古龍已於《大旗英雄傳》、《情人箭》、《浣花洗劍錄》、《絕代雙驕》等轉型期作品中，以優雅洗練的文字、曲折離奇的情節、大開大闔的氣勢，與軒昂高遠的意境，逐漸凝塑出屬於他自己所獨具的特色與魅力；到了寫作《楚留香傳奇系列》的時期，這種古龍所獨具的特色與魅力更為鮮明浮凸，從而使他筆下的那個想像中心──江湖世界，有了它自己的生命活力與發展理路。

　　可以這麼說：在創作了《楚留香傳奇系列》之後，古龍不啻正式取得了武俠文學領域內的一派宗師地位，而不讓金庸、梁羽生專美於前。事實上，古龍在創作成熟期的多部名著後，足堪與金庸的

---

[*] 風雲時代出版公司總編輯

主要作品分庭抗禮,且浸浸然有後來居上、青出於藍之勢。❶

即使只從形式與技巧的角度來看,《楚留香傳奇系列》以主角楚留香貫穿全部的故事,但每一個故事仍具有獨立自足內涵的敘事結構,這種敘事模式,在近代西方的偵探小說或中國古典的公案小說中,雖屬常見;但在從平江不肖生直到金庸以降的現代武俠小說中,卻仍屬罕見。因此,古龍創作《楚留香傳奇系列》後,又另撰了《陸小鳳傳奇系列》,特意將各篇故事獨立、但人物前後串連的敘事結構引進到武俠文學的領域之中,應可視為在形式與技巧上的一種「尋求突破」的表現。

而值得指出的是,這種「尋求突破」的強烈企圖心與意志力,貫穿了古龍的整個創作生涯。❷

當然,他不僅在形式與技巧上「尋求突破」,在內涵與境界上也同樣「尋求突破」;《楚留香傳奇系列》可視為古龍在「尋求突破」過程中的成功之作;在這部系列作品中,內涵與形式取得了微妙的、動態的均衡。

分析《楚留香傳奇系列》之所以凸顯了古龍獨具的特色與魅力,從而產生了雅俗共賞的閱讀趣味與社會效應,大抵可以看出:

---

❶ 在港台,由於金庸乃是明報的創辦人,長期來擁有傳媒優勢,其作品一再反覆拍攝電影、電視劇,乃至電玩遊戲軟體,故而聲勢遠超過古龍,但在中國大陸,由於《古龍全集》出版已久,深獲讀者好評及學界肯定,故堪與金庸並肩。且因古龍作品深具後現代意趣,故在年輕讀者群中尤受重視。

❷ 古龍強調作品必須「求新求變」,且以「絕不重覆自己」作為創作的主臬。見〈談「新」與「變」〉,《大人物》後記;以及《多情劍客無情劍》、《天涯‧明月‧刀》序文,均是。

這是由於古龍頗為慧黠而成功地運用了將武俠結合偵探或推理的要素，並將兩者都轉化為人性探索的題材，從而在其中展現出突破與超越的理念內涵之故。因此，「結合」、「轉化」、「突破」、「超越」四者，是解讀《楚留香傳奇系列》的關鍵所在；擴而言之，在《楚留香傳奇系列》之後，古龍所創作的每一部重要作品，也都涵括了這四項要諦。

就「結合」而言，古龍創作《楚留香傳奇系列》的最初靈感，是來自於他閱讀英國間諜小說名家弗萊明（I. Fleming）的《〇〇七情報員》系列，並觀賞了由這些作品改編的電影，對於這些作品的主角詹姆士・龐德所展現的既優雅又矯健，既冷酷又多情的特異風格，深有所感，因而起意將武俠小說的佈局和情節，與間諜小說、偵探小說的相關題材「結合」。換言之，楚留香的「原型」乃是性格倜儻風流、喜好冒險生涯的詹姆士・龐德。

但在「結合」了間諜小說、偵探小說的題材與旨趣之後，古龍的高明之處：在於他立即以深具中國風味的禪理與禪意，將層層轉折的故事情節加以「轉化」，而不使之只停留在推理、解謎與緝凶、破案的境地。禪理與禪意所表達的美感，深具中國古典色彩；而從間諜小說、偵探小說中攝取的題材與情節，經過這樣巧妙的「轉化」之後，已極自然地融入到武俠文學的敘事結構裡，更無絲毫斧鑿痕跡。

以古龍的才華與眼界，當然不會僅以「結合」與「轉化」為滿足，而必須尋求一次又一次、一層又一層的「突破」。因此，《楚留香傳奇系列》的每個故事非但各自獨立，絕無重覆冗贅的情節，而且每個故事都展示出新的視域、新的體悟，或新的境界，從而反

映了不斷在文學表達、也在人性探索尋求「突破」的心智欲求。

而在故事情節、敘事技巧與表達形式上都不斷取得「突破」的成績之後，古龍於《楚留香傳奇系列》的每個故事結束之際，都有意無意地展現了一種「超越」的情懷：超越了江湖的恩怨、超越了名利的爭逐、超越紅塵的羈絆，甚至超越了正邪善惡的畛域，超越了人性本然的局限。不妨就《楚留香傳奇系列》所涵括的三個獨立成篇、各有意旨的故事，來一一尋繹「結合」、「轉化」、「突破」與「超越」這四項要諦，在古龍的敘事藝術中所發揮的功能。

以〈血海飄香〉為例，故事結構的主體當然是行俠仗義與破案解謎的「結合」。一具具海上浮屍不斷漂來，迫使浮宅海上的楚留香及他的三位紅粉知己中止了悠遊歲月的閒逸，而面對逐漸成型的武林風暴。表面看來，楚留香所要追究的是案情真相，目標則指向著殺戮了眾多武林雄豪，並從武林禁地神水宮中偷盜了「天一神水」的神秘兇手；但深一層看，神秘兇手甘冒天下大不韙而施展的種種暴戾、詭異的行徑，絕非無因而發；然則，如何詮釋神秘兇手的動機，才是情節佈局是否高明、周延的判準所在。因此，古龍在結合了武俠與推理這兩大文類各自的要素之後，再以畫龍點睛之筆予以「轉化」，使得這篇故事得以超邁流俗，耐人尋味。

「最陰險的敵人往往即是最親近的朋友」，這是古龍的武俠作品較常見的題旨之一；在〈血海飄香〉中，尤其發揮得令人驚心動魄。不過，在楚留香抽絲剝繭的追查下，即使真相終於水落石出，證明了風標高華、一絲不染的「妙僧」無花及英姿颯爽、行事明快的丐幫新任幫主南宮靈，亦即曾與楚留香惺惺相惜、交稱莫逆的二位親近友人，正是本案中辣手無情、弒師奪權的神秘兇手；但涉及

三人之間友誼的情節，仍然生動真切，鮮明感人。

　　古龍將一個破案、解謎的故事「轉化」為一個以友情的奠立、考驗、變質與幻滅為主軸的故事，添加了心理的深度與人性的弔詭；所以，〈血海飄香〉遠不止是將推理模式引入武俠情節而已。

　　僅從對權力及名利的貪欲，顯然不足以解釋南宮靈與無花的所作所為；尤其丐幫老幫主任慈將南宮靈自幼撫養成人，莆田少林寺主持天峰大師亦視無花為衣鉢傳人，若無非常特殊的原因，無花冷血的反噬行徑當然會欠缺說服力，從而使整個故事的戲劇張力無從彰顯。正是在這個關鍵問題上，古龍展示了攸關全局的設計性「突破」：他將整個弒師奪權事件的因由，上溯到南宮靈、無花的父母所經歷的悲劇命運。

　　他們的母親本為華山劍派女劍客李琦，身負血仇，在嫁給東瀛劍士天楓十四郎之後，另有奇遇，留下在襁褓中的兩個幼兒不告而別。天楓十四郎傷心之餘，渡海來到中土，向名高藝強的丐幫幫主及南少林主持挑戰，其實早已暗蓄死志，只希望兩個幼兒得到丐幫、少林的妥善照顧，未來得以成為一代高手。殊不料，天楓十四郎託孤身亡之後，李琦教唆南宮靈、無花奪取掌門權力；於是，他們一步步走向血腥作孽之路，終於與鍥而不捨追究兇手的楚留香反目成仇。❸

　　以天楓十四郎身為東瀛高手劍士的背景，「妙僧」無花在石樑上向楚留香施展詭異絕倫、驚心動魄的「迎風一刀斬」，自屬順理

---

❸　古龍，《楚留香傳奇》之〈血海飄香〉，上冊，頁 169－173。《古龍全集》，風雲時代出版，2000 年初版（以下同）。

成章之舉。這一幕,已成武俠小說中援引和陳示日本劍道的經典表述,也是古龍在本系列中所展露的技法「突破」之一。❹

友情的掙扎、前代的恩怨、一連串的血債、宿命式的衝突⋯⋯形成了難分難解的糾結;但是,當真相充分呈現之後,楚留香與「妙僧」無花畢竟必須面對現實,作一了斷。在這個關鍵時刻,古龍藉由天峰大師與楚留香之間寥寥數語充滿禪意的對答,展現了一種以睿智與慈悲來「超越」塵世恩仇、宿命糾結的心靈境界。古龍是如此表述這種「超越」的:——

> 楚留香再次奉上一盞茶,道:「大師所知道的,現在只怕也全都知道了。」
> 天峰大師只是點了點頭,不再說話。
> 楚留香喟然站定,道:「不知大師能不能讓晚輩和無花師兄說幾句話?」
> 天峰大師緩緩道:「該說的說,總是要說的,你們去吧!」
> 無花這時才站起身來,他神情看來仍是那麼悠閒而瀟灑,尊敬地向天峰大師行過禮,悄然退了出去。
> 他沒有說話。等他身子已將退出簾外,天峰大師忽然張開眼睛瞧了他一眼,這一眼中的含意似乎很複雜。但他也沒有說話。❺

表述出這樣「超越」而無言的境界,古龍不啻展現了化腐朽為

---

❹ 同上,下冊,頁39—43。
❺ 同上,上冊,頁174。

神奇的文學魅力。〈血海飄香〉所飄之香,正是這種深具「超越」意味的禪理與禪意。

再看〈大沙漠〉。它的故事結構也展現了古龍擅於將不同類型與性質的事件加以「結合」的特色。起初,楚留香以為「大漠之王」札木合的「兒子」黑珍珠劫持了蘇蓉蓉等三位女伴,所以決心深入戈壁,救回她們;其間當然驚險百出,撲朔迷離——這是典型的「英雄救美」模式。

另一方面,楚留香遇到摯友胡鐵花,又拉來另一位老搭檔姬冰雁,正準備犁庭掃穴之時,卻捲入到大漠上的龜茲王朝篡位與復辟的風波之中,不得不出手援救已被黜廢的龜茲國王——這是典型的「寶座爭奪」模式。

通篇敘事,乍看之下奇變百出,高潮迭起,令人有匪夷所思之感;但整體佈局的層次井然,首尾呼應,又儼然有一氣呵成之妙;究其原委,即在於古龍將這兩種浪漫傳奇所常見的故事模式「結合」得天衣無縫,絲絲入扣。

著意刻畫楚留香、胡鐵花、姬冰雁之間的友情與默契,以及楚、胡與美麗的琵琶公主間微妙而敏感的異國戀情,則是古龍得以將這個原本肅殺之氣濃冽、陰謀詭計叢集的血腥奪權故事,「轉化」為也反映了人間真情與人性溫暖的浪漫抒情故事,所運用的巧妙技法。

躲在暗處的敵人、不斷擴大的陰霾、紛至沓來的危機……在在都構成了對楚留香一行的強大壓力與威脅。可是,楚留香等人的鬥志反而更為高昂,信心也更為堅定。在保護龜茲國王及琵琶公主的過程中,他們發現:諸多線索指向於同一的根源,篡奪了龜茲王朝

的外來勢力,事實上也正是想要置他們於死地的同一批人物。於是,沙漠上一個王朝的興廢滄桑,在頃刻間「轉化」為江湖中人與人之間的恩怨情仇,也就自有其互相對映的內在思路可循了。

　　循著這條互相對映的內在理路追索下去,整個故事在構思與佈局上的「突破」性樞紐也就呼之欲出。女兒之身的黑珍珠邀約蘇蓉蓉等進入大漠,只為了讓楚留香著急(更重要的當然是引楚留香來見她),毫無惡意;一直躲在暗處對付楚留香等人的那股勢力,根本與黑珍珠無關,而是「妙僧」無花與南宮靈的生母,華山劍派的一代女劍客李琦;如今她不但早已化名為「石觀音」,而且一面以龜茲王妃的身分與楚留香等人周旋,一面則暗中操縱了龜茲王國的政變。❻

　　於是,詐死逃生、潛入沙漠的「妙僧」無花一心一意要對付楚留香,石觀音也將楚留香視為心腹大患的原因,不言可喻。天楓十四郎與李琦的一段悲劇戀情,後遺影響竟然一至於斯。

　　到了圖窮匕現的時刻,楚留香不得不與石觀音放手一搏。耽溺於自戀情結的石觀音武功之高,迥非楚留香可以匹敵;然而,楚留香在千鈞一髮之際,猝然出招擊碎了石觀音日日持以自照容顏、自映絕色的銅鏡,使得石觀音在「形象」破滅之餘,憤而吞藥,奄然物化。古龍藉由這一幕石觀音從自戀到自絕的場景,表述了一種紅顏已逝、恩仇俱泯的悲憫情懷,從而使得整個故事「超越」了權位爭奪、反覆尋仇及正邪對立的格局,而隱隱點出與前一個故事交互呼應的禪理與禪意。

---

❻　古龍,《楚留香傳奇》之〈大沙漠〉,下冊,頁132－35。

當光復故土的龜茲國王邀楚留香等人以貴賓身分到該國一遊時,楚留香婉言辭謝,自是意料中事;可是,對美麗嬌柔的琵琶公主,也採取「翻恐情多誤美人」的割捨態度,便與楚留香一向倜儻瀟灑的作風不符了。或許,一個合理的解釋是:在目睹了石觀音殞亡時,紅顏頃刻變為白骨的景象之後,楚留香在心靈中也「超越」了對男女情戀隨時躍躍欲試的躁動性格。❼

於是,當大沙漠上一連串怵目驚心的鬥智鬥力事件終告結束,楚留香、胡鐵花、姬冰雁踏上歸程之際,他們不啻已親歷了王位虛幻、紅顏易逝的塵世煙雲與人生試煉,而使自己的心靈境界較前提升了一層。

當然,由於黑珍珠與蘇蓉蓉、李紅袖、宋甜兒始終未曾現身,楚留香還必須繼續追尋她們的下落。又由於在與石觀音鬥爭的過程中,「畫眉鳥」公開市恩協助,但既不願露面,其身份也諱莫如深,儼然給楚留香等人留下了一個啞謎;所以,回程中的楚留香在心靈境界上雖大有提升,在現實處境上卻分明面臨著另一波挑戰。

本系列的第三部作品〈畫眉鳥〉,主要的內容即是建構在楚留香對這一波挑戰的回應,以及由此而衍發的諸般恩怨情仇之上。「畫眉鳥」的身分固然是一懸疑,而縱使柳無眉即是「畫眉鳥」的事實已經昭然若揭;但她與身為武林第一世家少主人的夫婿李玉函何以非置楚留香於死地不可,亦仍是深具戲劇張力的另一懸疑。

而真相逐漸呈現之後,楚留香卻又不得不為她而與神水宮的「水母」陰姬正面對敵,從而將神水宮中的種種詭異情事,包括倫

---

❼ 同上,頁184-85。

常的慘變、畸戀的殺機，乃至同性戀、雙性戀的糾結，亦引入到故事結構之中。

因此，將懸疑小說、驚悚小說、言情小說的基本要素，與武俠小說的敘事模式加以「結合」，作為這部作品的主軸；古龍以行雲流水般的語調娓娓道來，跌宕有致，收放自如，表現出他在創作成熟期左右逢源、觸處成趣的姿采與魅力。

將懸疑、驚悚、言情、武俠的要素結合之後，古龍再透過敘事技巧的連綴與點染使之一一「轉化」為故事情節的有機組成部分。

從李玉函、柳無眉以陰毒絕倫的「暴雨黎花釘」暗算楚留香，胡鐵花不慎中毒之後反持「暴雨黎花釘」嚇退來犯的黑衣人，直到李玉函在地室中再以這套暗器對準蘇蓉蓉她們來威脅楚留香，而楚留香在談笑間解除了這項威脅……，僅以與「暴雨黎花釘」有關的情節，便可看出古龍將這些要素予以巧妙的「轉化」，使其滋生新意、且為己所用的才華與功力。❽

楚留香與帥一帆在「陸羽茶井」畔的劍道之搏，以及在「擁翠山莊」中陷身七大劍客的劍陣，卻能屢屢出奇致勝；相關的描述，雖是承襲武林小說的普遍敘事模式而來，但經古龍的「轉化」處理，也均已脫出刻板窠臼，令人興味盎然。

這部作品在情節推演上的「突破」之處，則主要表現於楚留香與各相關對手的互動方面。楚留香一再對李玉函手下留情，乃至在劍陣中反遭李玉函擊傷，已無力抵擋七大高手的狙殺之際，憤然出面阻止者，竟是眾人以為必欲取楚留香性命的「擁翠山莊」老主人

---

❽ 古龍，《楚留香傳奇》之〈畫眉鳥〉，上冊，頁43－48。

・從技法的突破到意境的躍升：以《楚留香傳奇》為例・

李觀魚。❾

　　及至楚留香已掌握全局，李玉函、柳無眉俯首認罪，此時願為柳無眉出頭向號稱天下第一高手的「水母」陰姬力爭者，竟是一再遭到他夫婦二人陷害、栽誣與暗殺的楚留香。顯然，以弔詭的、辯證的方式抒寫江湖道義的本質及人性向善的潛能，是古龍透過這部作品所展示的「突破」。

　　當然，環繞著神水宮的種種神秘傳聞與詭異情事，乍看之下似屬荒誕不經，但隨著情節的推展，卻又逐一豁然開朗，予人以合情合理之感，實也展示了古龍在敘事風格上的一項突破。

　　不但如此，在這部作品中，古龍還一再在情節轉折的重要關頭，以楚留香所表現的悲憫情懷，來隱喻人性具有不斷自我提升、自我完善的「超越」意向。對於柳無眉的悲憫固然如此；即使在察知「水母」陰姬與其情人「雄娘子」的畸戀，與其女弟子宮南燕的同性戀，以及由此而衍生的一連串對陰姬極為不利的悲劇事件之後，楚留香非但未利用來對付陰姬，反而一再設法安撫她的情緒。

　　明知陰姬的神智恢復冷靜之後，其累積數十年的絕世神功實非自己所能抗衡，楚留香仍只視她為一個值得悲憫的女性，而不願乘虛進擊。甚至，在最後決戰時刻，楚留香已以「死亡之吻」迫使陰姬窒息，眼看勝利在即，只因不忍見陰姬垂死落淚的悲哀神情，而寧可網開一面，不惜自陷危境。❿這種在生死交關的「極限情境」中，兀自心存仁善的情節刻畫，深刻地彰顯了古龍對於江湖血腥、

---

❾　同上，中冊，頁 45－47。
❿　同上，下冊，頁 97－103。

・219・

紅塵情孽的冷靜觀照，以及觀照之後的超越與悲憫。

但江湖血腥、紅塵情孽畢竟無所不在。「水母」陰姬自戕之後，苦苦追擊「中原一點紅」夫婦的殺手集團首領現身，若非蘇蓉蓉臨機應變，楚留香、胡鐵花幾乎遭到不測。而當楚留香等人趕去告知李玉函，「水母」確認柳無眉並未中毒之時，卻赫然發現柳無眉已然身亡，李玉函也因過於癡情而神智失常……。然則，超越與悲憫畢竟只反映了心靈境界的昇華，瞬息萬變的江湖世界仍在演出一出又一出的人間喜劇或悲劇。

於是，在〈畫眉鳥〉的結尾，楚留香、胡鐵花似又回到了一連串事件開端時的情境：胡鐵花癡癡地矚視酒店中的一個青衣少女；楚留香看到他失魂落魄的模樣，不禁啞然失笑。

綜合而言，《楚留香傳奇系列》是古龍有意識地揚棄傳統武俠小說的窠臼，開始創立自己獨特風格與意境的力作。就風格而言，從這一系列作品起，古龍正式將現代文學的理念精神與技法，注入武俠文本的書寫之中，使其與古典的敘事模式、浪漫的故事情節融為一體，進而綻現出一種別開生面的文字魅力。因此，將《楚留香傳奇系列》視作古龍邁向創作成熟期的主要里程碑，殆不為過。

就意境而言，則古龍汲引禪理、禪機的神髓，來提升武俠作品的層次與深度，也是從這一系列作品起，始取得了文學表述上的巧妙均衡，而綻現出令人耳目一新的光芒。古龍的高明之處尤在於：他雖藉由「妙僧」無花這樣瀟灑可親、一塵不染的佛門人物，作為在故事中引進禪理、禪機的媒介，卻又能以反諷式的情節與筆法，顛覆了無花所營造於外的禪境。換言之，古龍致力於開拓武俠小說的意蘊，提升武俠小說的境界，但並不耽溺或粘滯於意境的追求；

正因如此,遂展現出一種空靈的美感。

　　金庸、梁羽生的武俠作品通常有明確的歷史背景,並刻意以草野的俠義譜系與正統的王朝譜系對映,從而呈現一種反諷的張力。後起的古龍不再著意於歷史背景的攝取,甚至也完全放棄了將武俠小說與歷史演義相即相融的敘事模式,而逕自將武俠文學當做一種「傳奇」來經營與表述。⓫

　　由於「傳奇」不受歷史時空及寫實原則的框限,故而,可以馳騁想像,無入而不自得;還珠樓主的作品,氣勢猶如天風海雨,情節猶如魚龍曼衍,便是深得「傳奇」之真諦者;當然,古龍未走還珠樓主的路子,而是將古典詩詞的意境,現代文學的技法,透過敘事藝術的轉化,融入到「傳奇」之中,從而在武俠創作的領域內獨闢蹊徑,自成局面。猶如張大千以濃綠亮青的潑彩筆法,為中國水墨畫開一新境那般;古龍將意境融入「傳奇」的敘事藝術,也為武俠文學開一新境。論者將古龍與金庸並提,認為當代武俠文學界其實是雙峰並峙,二水分流,古、金二位分別代表了武俠領域內「奇與正」的極致,殊非過譽。

　　尤其值得注意的是:古龍的作品深富華麗感、動態感與節奏感,非但為具文學素養者所激賞,也極受現代年輕讀者喜愛。他的創作理念與表述策略又處處暗合「後設」小說、乃至「後現代」文學所強調的路數,《楚留香傳奇系列》的每一個故事到收尾時都留下了懸疑,也預設了進一步發展與變化的可能性,即是有目共睹的

⓫　陳曉林:〈武俠小說與現代社會〉,收入陳其南、周英雄主編《文化中國:理念與實踐》(允晨出版公司,1994年版),頁191-211。

例證。

在為武俠「傳奇」賦予了古色古香、禪理禪機的意境之後，「高處不勝寒」的傳奇英雄終究需要回到人間世，重新面對動盪的江湖、紛擾的紅塵。浮宅海上、遠離塵囂的楚留香一旦中止了悠遊歲月的愜意生涯，而走向情孽糾結、恩怨夾纏的人間大地，就再也沒有機會享受無憂無慮的歲月與心境了。他雖已克服了南宮靈、無花、石觀音、畫眉鳥、水母陰姬等高強對手的挑戰；但江湖永遠不會平靜，新的挑戰、新的對手早已在等著他了。所以，古龍寫完了《楚留香傳奇系列》，當然要繼續寫他的《楚留香新傳系列》。[12]

於是，從這個系列開始，古龍不但一步步走向創作生涯的成熟期與高峰期，而且，作品中所展現的風格與意境也愈來愈引人矚目。事實上，古龍在嗣後的作品中雖仍不斷有令人驚豔的新創意、新突破；但《楚留香傳奇系列》確是一次重要的「躍升」。

然而，弔詭的是，按照當代神話學巨擘坎伯（Joseph Campbell）的研究，以「結合」「轉化」「突破」「超越」為主調的敘事結構，正是遠古神話的基本特徵，而神話之所以能夠歷久彌新，則可歸因於它其實乃是人類心靈深處，亙古迄今始終嚮往與記憶的歷險、追求模式。[13]於是，古龍成熟時期的武俠作品，儼然展現出神話之深層結構與禪境之空靈意象的投影，而為武俠寫作的後現代意

---

[12] 例如，〈畫眉鳥〉的收尾處，由於有關「殺手首領」的身份之謎，楚留香必須繼續追查，於是，便引出了《新傳》的第一個故事〈借屍還魂〉。如此，一珠串一珠，一波接一波，便構成了「系列」模式。

[13] Joseph Campbell, The Hero, With A Thoasand Faces. 1949, Bollingen Foundation, pp.16-22，此書已有中譯本：《千面英雄》，立緒出版。

涵開拓了一個新的向度。

　　專研古典文學而卓有慧見的樂蘅軍教授指出：「如何在寫實的途中，突然躍進神話情境，無疑的是非常耐人尋味的心理運作；對作者和作品而言，只要這神話不是搬演故說，那麼這情境堪稱藝術的情境，而它是可驚可羨的。至於對我們讀者而言，投入神話情節，所引起的一連串反應，是從直感的荒謬到神悟的超越…荒謬和超越是神話情節最初的和最後的涵意，荒謬引領我們自現實世界進入幻覺世界，然後使我們的精神獲得崇高的釋放，而表現了極致的超越與追求。」❹

　　從本文的觀點看，古龍成熟時期的作品，所營造的情境「堪稱為藝術的情境」，且表現了「極致的超越與追求」，讀之可使人們的精神獲得崇高的釋放；而這正是他在完成從技法的突破到意境的躍升後，為當代武俠小說創作所開拓的新向度與新視角。

---

❹　樂蘅軍，《古典小說散論》，1976，純文學出版，頁 264－265。

楚留香研究：
朋友、情人和敵手

陳　墨[*]

一、前言

　　古龍與金庸、梁羽生等前輩最大的不同之處，不僅在於他找到了自己獨特的敘述文體和方式，更在於他將自己的整個身心生命都投入了自己的創作之中，大約自《武林外史》開始，古龍的小說就不再僅是單純的武俠故事，同時也是古龍本人的人生書寫和生命抒情。這就像傳說中的鑄劍大師干將莫邪將自己投入高爐烈火中，用自己的熱血和生命鑄造絕世名劍。

　　《楚留香傳奇》及其楚留香形象，就是一個重要的例證。

　　要研究和分析楚留香的形象，當然有很多途徑。本文的思路，選擇從楚留香的朋友、情人和敵手三個方面作觀察研究。首先看他擁有怎樣的朋友、怎樣的情人、怎樣的敵手；進而看他本人是怎樣的朋友、情人、敵手，最後看他到底是怎樣的一個人。

---

[*]　北京中國電影資料館研究員

二、朋友

「無論任何順序上說，朋友，總是占第一位的。」❶

金庸小說的主人公多是一些只有俠義同道而沒有私交朋友的人，而古龍小說的主人公則多是一些離不開朋友的人。在古龍小說中，我們總能看到能夠隨時隨地呼朋喚友、給人間帶來歡樂、溫暖和光明的「歡樂英雄」。這當然與作者的性格有關。古龍在《午夜蘭花》中居然這樣寫：「我記得我曾經問過或者是被問過這一個問題，答案是非常簡單的。——『沒有朋友，死了算了。』」❷

古龍筆下的楚留香當然也是一個喜愛朋友的人。正如作者在《楚留香和他的朋友們》文中所說，「誰也不知道楚留香究竟有多少朋友」❸。被作者點名的，有胡鐵花、姬冰雁、中原一點紅、左輕侯等，這幾人當然是楚留香最好的朋友。這幾個人，一個是浪子，一個是富豪，一個是殺手，一個是世家掌門人，他們的身份完全不同，性格更是千差萬別，但卻有許多共同點，他們意氣相投，

---

❶ 古龍：《楚留香和他的朋友們》，《楚留香傳奇》第 1 卷第 7 頁，珠海出版社《古龍作品集》第 45 卷，1995 年 3 月第一版。本文中所有來自《楚留香傳奇》的引文，都選用同一版本。《楚留香傳奇》第 1、2、3、4 卷即《古龍作品集》的第 45、46、47、48 卷，以下不再一一說明。

❷ 古龍：《午夜蘭花》第四部第二章，《楚留香傳奇》第 4 卷，第 2068 頁。這裏的「我」指的是古龍自己，作者在一部小說中跳出來表明自己的觀點，在古龍的作品中也非常少見。可見這裏所要表達的觀點，是何等重要。當然，《午夜蘭花》的敘述方式非常獨特，時空形式不斷改變，值得專門研究。

❸ 古龍：《楚留香和他的朋友們》，《楚留香傳奇》第 1 卷，第 10 頁。

都是楚留香的朋友，而且都為有楚留香這樣一個朋友而感到榮幸和自豪；當他們聽到楚留香有難的時候，都會毫不吝惜地拋卻戀人、聲名、財富、地位和身家性命趕到楚留香身邊。作者沒有提及的，還有如《蝙蝠傳奇》中的快網張三，為了讓胡鐵花安全脫險，毫不猶豫地鑿沉了自己安身立命的小船；進而為了楚留香和胡鐵花這兩個朋友而不惜自賣自身！

　　楚留香的朋友中，最重要的當然是胡鐵花和姬冰雁。這是因為，他們不僅是楚留香最好的朋友，也是他最老的朋友。「雁蝶為雙翼，花香滿人間」的三人組合，已經成了江湖中美麗的傳說，不但提供了他們之間無上友情的想像空間，也由此暗示了這個三人組成功和快樂的最大奧秘：如果說性情衝動的胡鐵花和深沉多智的姬冰雁這兩種截然相反的性格是互補互動、張力無限的「兩儀」，那麼楚留香就是其中的「太極」，即生生不息的動力之源。

　　金風玉露一相逢，便勝卻人間無數。

　　自從胡鐵花、姬冰雁這樣的朋友出現，《楚留香傳奇》就變得更加姿彩燦爛、生氣勃勃。世界上只有一個人稱呼楚留香為「老臭蟲」，那個人當然就是胡鐵花。你可能會忘記《大沙漠》、《畫眉鳥》、《蝙蝠傳奇》等故事內容，但你不可能忘卻楚留香和他的朋友們之間的友情佳話：不可能忘卻這些朋友間鬥酒、打架、爭執及其相互挖苦打趣；不可能忘卻他們之間驚人默契和永遠爽朗的笑聲；不可能忘卻胡鐵花即使深夜也總是不想離開楚留香的屋子、不想去獨自入睡，而若要入睡，在楚留香身邊就會睡得格外踏實香甜。當《新月傳奇》中的「狗窩」——樹屋——出現的時候，相信無限美好的童年往事和人間純情都會湧上讀者的心頭；而當《午夜

蘭花》中胡鐵花要為楚留香復仇而不得不去發財致富、籌備超大量的復仇基金，以至於當真變成了瘦得臉上只有兩個洞的大闊佬的時候，相信任何鐵石心腸的冷漠者都會熱淚盈眶。人們都認為胡鐵花是一個酒瘋子，「只有楚留香知道胡鐵花絕不是個瘋子，所以胡鐵花為了楚留香也可以做出任何人都做不到的事，甚至可以把自己像火把一樣燃燒，來照亮楚留香的路途。」人們都認為姬冰雁是一塊木頭、石頭或冰塊，也只有楚留香才知道他不是，且「在他已經凝固冷卻多年的岩石下，流動著的是一股火燙的血，他也像胡鐵花一樣，隨時可以為他的朋友付出一切。」❹

　　楚留香是怎樣的一個朋友？對此問題，一向沈默寡言但有言必中的姬冰雁曾有斬金截鐵的評說：「人能交著這樣的朋友，實在是天大的運氣。」❺我當然同意姬冰雁的評說，以下是具體的論證。

　　對胡鐵花：無論胡鐵花這個熱血直腸的朋友給他帶來多大的麻煩，無論胡鐵花怎樣的挖苦諷刺強詞奪理，楚留香最多也不過是摸著自己的鼻子苦笑。而楚留香卻對胡鐵花說：「每個人都知道我們是好朋友。都認為我對你好極了，你出了問題，我總會為你解決。連你自己說不定都會這麼想……只有我心裏明白，情況並不是這樣子的……其實你對我比我對你好得多，你處處都在讓我，有好酒好菜好看女人，你絕不跟我爭，我們一起去做了一件轟轟烈烈的大事，成名露臉的總是我……。」❻其中包含了楚留香交友之道的首

---

❹ 上面的兩段引文均來自古龍的文章《楚留香的朋友們》，《楚留香傳奇》第1卷，第9頁。

❺ 古龍：《大沙漠》，《楚留香傳奇》第1卷，第485頁。

❻ 古龍：《新月傳奇》，《楚留香傳奇》第4卷，第1830頁。

要原則,那就是把朋友的個性、尊嚴和利益置於首位。胡鐵花是本能地這樣做,而楚留香則更具內省理智。

對姬冰雁:無論這位朋友有怎樣的沈默與怪癖,無論他作出怎樣的選擇和行為,他總能指望得到楚留香的理解和尊重。在《大沙漠》故事中,楚留香早已發現姬冰雁並未癱瘓,只是不想去大沙漠冒險,楚留香非但沒有責怪,反而勸說胡鐵花:「你要交一個朋友,就得瞭解他的脾氣,他若有缺點,你應該原諒他,我認識他的時候,就已知道他是個這樣的人了,我為何還要生氣……。」結論是:「能令這樣的人始終將我當作朋友,我已很滿足了。」❼結果姬冰雁果然沒有讓人失望。其中包含了楚留香交友之道的另一條寶貴原則,那就是對朋友的個性特徵及其行為方式的諒解和寬容。

對中原一點紅:無論他的殺人之劍何等凌厲兇狠,楚留香始終堅持不予還手;無論他的言語和行為多麼冷酷乖戾,楚留香總是報以微笑和良言;無論他心中有怎樣的寂寞和孤苦,也終究被楚留香溫暖和慰藉。楚留香對他的友善和溫暖,點燃了一點紅心中的人性之光;楚留香對他的尊重和愛戴,終於消融了一點紅心中的冰雪,化為汩汩溫泉。楚留香改變了他的心理狀態和對人間的觀感,也改變了他的人生態度和人生軌跡。進而,在《大沙漠》故事中,中原一點紅斷臂之後,和曲無容一起,離開了楚留香,楚留香並沒有過多挽留,因為,作為朋友,楚留香從來都不會不尊重朋友的人格尊嚴和選擇的自由。然而楚留香卻又為自己確立了下一個行動目標,

---

❼ 古龍《大沙漠》第三十章《出此下策》,《楚留香傳奇》第 1 卷,第 272 頁。

那就是一定要找出殺手集團的首腦，為中原一點紅解除後顧之憂，為他此後人生掃除障礙。

　　對左輕侯和張三：這兩個朋友有一個共同特徵，那就是左輕侯烹調鱸魚膽妙絕天下，而張三的烤魚絕技堪稱無雙。楚留香結交這兩位朋友，或許與他好吃有關——因為他本來就是一個講究享受生活的人——這正是楚留香與傳統意義上的大俠的不同之處，然而他們之間的友情絕不止於「酒肉朋友」。在《鬼戀傳奇》中，楚留香努力破獲「借屍還魂」案，固然是要讓天下有情人皆成眷屬，更重要的卻還是要冒著生命危險去解開左輕侯與天下第一劍客薛衣人兩個家族之間的百年仇怨，讓自己的朋友繼續享受嘯傲王侯的寧靜安逸。

　　對小禿子和小麻子：《鬼戀傳奇》中楚留香與無名的少年小乞丐居然也交上了朋友，而完全沒有受到階級、輩分、名聲、本領等社會差異的影響，則最為奇特，也最為感人。小禿子要請楚留香喝豆腐腦、吃燒餅油條，留香照樣欣然前往，如對山珍海味。這不但表明楚留香平易近人，當真將一個無名的少年乞丐當成了朋友；更表明他善於體察人情，尊重他人的面子和尊嚴。有趣的是，後來小禿子為了楚留香而到薛衣人家放火，楚留香非但沒有感激，反而差一點要與他絕交，原因是「我雖然什麼樣的朋友都有，但殺人放火的朋友倒是沒有」；直到小禿子發誓遵守「大丈夫有所不為」的訓戒，楚留香才說「只要你記著今天的這句話，你不但是我的好朋友，還是我的好兄弟！」❽在這一情節段落中，不僅充分表現了楚

---

❽　古龍：《鬼戀傳奇》第十一章，《楚留香傳奇》第 3 卷，第 1065 頁。

留香的俠義情懷，而且充分顯露了他的平等作風。

對南宮靈和妙僧無花：這是楚留香的一對特殊的朋友，因為他們後來成了楚留香的敵手和仇人。楚留香與他們交往的故事，至少有三點值得總結。第一，是人間的朋友關係隱含了很大的變數，而楚留香也會交錯朋友；第二，楚留香之所以交錯朋友，客觀原因是對方善於隱瞞自己的真實面目，主觀原因則是楚留香從來善意待人，對朋友從不願意惡意猜度；第三，一旦發現朋友成了道德敗類和法律意義上的罪人，他也會對他們劃出不可逾越的公共道德和社會法律的交友底線，絕不會因為是朋友就默認甚至幫助對方掩蓋犯罪的事實。這一道德與法律原則，可以說是楚留香交友之道最大的與眾不同之處。

對天下人：作者說楚留香：「他的朋友中有少林寺方丈大師，也有滿街去化緣的窮和尚；有冷酷無情的刺客，也有瞪眼便殺人的莽漢；有才高八斗的才子，也有一字不識的村夫；有家財萬貫的大富豪，也有滿頭癩痢小乞丐⋯⋯這些人多多少少都受過他一點恩惠，得過他一點好處。」❾這足可以說明，楚留香的朋友遍天下，而且絕對施多受少；進而，楚留香行俠人間，從沒有以他人的救星自居，而是四海之內皆兄弟也，即始終對人平等相待；最後，楚留香友情和善意之花香滿人間，接近佛教的慈悲，更接近基督教的博愛。

總之，楚留香堪稱大眾之友，不管是不是武林中人，都可能自豪而快慰地說「我的朋友楚留香⋯⋯」。

---

❾ 古龍：《桃花傳奇・楔子》，《楚留香傳奇》第3卷，第1485頁。

只是，另一方面，正如作者所說，雖然「有很多讀者都認為楚留香這個人是一個可以令大家快樂的人，可是在我看來他這個人自己是非常不快樂的。」❿他的不快樂，或許是因為性格，一個喜歡喝酒而從來不曾喝醉的人，不免要讓自己的快樂受到局限。或許是因為智慧，正如他的好友胡鐵花所說：「他的確生了雙利眼，可是我並不羨慕他，因為這樣他反而會少了許多樂趣，永遠都不會像我這麼樣開心。」⓫或許，正因為他總是「朋友永遠第一，朋友的事永遠最要緊。有些人甚至認為，楚留香也是為別人活著的」⓬，正如一支蠟燭要燃燒自己照亮他人，那麼他自己的內心孤獨和寂寞又有誰來照耀呢？

三、情人

「在淑女面前他是君子，在蕩婦面前，他就是流氓。」⓭

楚留香的朋友多，情人也不少。《新月傳奇》中的白雲生一下子就找來了七八個楚留香的情人：有在蘇州認得的盼盼，在杭州認得的阿嬌，在大同認得的金娘，在洛陽認得的楚青，在秦淮河認得的小玉，在莫愁湖認得的大喬，還有剛剛認識的情情。這些，顯然還只是楚留香情人名錄的一部分。這些足夠說明，楚留香每到一

---

❿ 古龍：《楚留香和他的朋友們》，《楚留香傳奇》第1卷，第9頁。
⓫ 古龍：《畫眉鳥》，《楚留香傳奇》第2卷，第597頁。
⓬ 古龍：《蝙蝠傳奇》，《楚留香傳奇》第3卷，第1380頁。
⓭ 古龍：《桃花傳奇·楔子》，《楚留香傳奇》第3卷，第1485頁。

處，都會有一段露水姻緣。不難想像,「香帥女郎」的數目,一定不會少於「邦德女郎」。

在《楚留香傳奇》中,我們還會認識新的「香帥女郎」,如《大沙漠》中的琵琶公主、《鬼戀傳奇》中的石繡雲、《蝙蝠傳奇》中的東三娘、《桃花傳奇》中的張潔潔、《新月傳奇》中的玉劍公主等。這些姑娘的身份各不相同,琵琶公主是龜茲國的公主、石繡雲是村姑、東三娘是蝙蝠島上的妓女、張潔潔是麻衣教中的聖女、玉劍公主是有公主身份和武林俠女。

無論身份如何,這都是些美麗的姑娘——即使東三娘的眼睛瞎了,也改變不了她那美麗動人的風姿。此外,我們還能看到這些人有如下共同特徵。

首先,她們全都對楚留香一見鍾情,且一往情深,如作者所說:「見到楚留香的時候,她們的心,就會變得像初夏暖風中的春雪一樣溶化了。」❹

其次,她們都有自主的意志,在與楚留香的性愛關係中,沒有任何人強迫,而是她們心甘情願,《新月傳奇》中的妓女情情甚至願意為留住楚留香而拒絕了價值一百五十萬兩銀子的珠寶。

再次,實際上,在我們看到的故事中,大多數場合都是女性主動,琵琶公主、新月公主、石繡雲、張潔潔,更不必說蝙蝠島上的東三娘,莫不是主動獻身。

又次,這些女性都有自由的身份,其中一部分是妓女,而另一部分則是待嫁之身,沒有一個是已婚女性。

---

❹ 古龍:《楚留香和他的朋友們》,《楚留香傳奇》第1卷,第11頁。

最後，也是最奇特的一點，那就是這些女性當然不大可能是中國歷史中人，甚至也幾乎不大可能是現實中人，而只能是一些非常現代的小說世界中人。她們全都具有現代人那種從傳統的婚姻家庭中解放出來的自由身份，且大多具有非常開放的性愛觀念和非常平等的性愛態度。因而，她們與楚留香的性愛或情感關係，全都具有非（婚姻家庭）功利的性質。她們全都瞭解楚留香的習性，全都認可楚留香大眾情人的身份，全都但求一夕擁有，而不求永遠相伴。琵琶公主說「我們本來就是兩個世界的人，能夠偶然相聚，我……我已經十分高興」❺，石繡雲說「我和你根本就不是一個世界裏的人，我就算能勉強留住你，或者一定要跟你走，以後也不會幸福的。」❻而唯一與楚留香有婚姻約定的張潔潔，也明白對方「本就不屬於任何一個人的，本就沒有人能夠佔有你」❼，從而主動幫助楚留香離開與世隔絕的山洞。

如此，楚留香又是怎樣的一個人、怎樣的一個男人呢？

首先，毫無疑問，楚留香是一個好色之徒。他甚至還有自己的好色理論，即「他認為上天既造出了這樣的美色，你若不能欣賞，這不但辜負了上天的好意，而且簡直是在虐待自己。」❽所以，楚留香從來不隱瞞自己好色，最突出的例子，莫過於《血海飄香》中他居然請求任慈夫人葉淑貞即大美人秋雲素撩開自己的面紗。所

---

❺ 古龍：《大沙漠》，《楚留香傳奇》第2卷，第576頁。
❻ 古龍：《鬼戀傳奇》第十二章〈一夜纏綿〉，《楚留香傳奇》第3卷，第1087頁。
❼ 古龍：《桃花傳奇》，《楚留香傳奇》第4卷，第1711頁。
❽ 古龍：《大沙漠》，《楚留香傳奇》第1卷，第351頁。

以,「江湖上人人都知道楚留香的弱點。楚香帥唯一的弱點就是女人,尤其是好看的女人。」❶就這一點說,楚留香形象似乎非但不像是傳統的俠客,反倒更像采花淫賊。因為楚留香的觀念和行為,明顯不符合傳統中國的道德觀念,甚至也不符合現代中國人的社會習俗。迄今為止,大多數人都還是將色眼、綺念、性愛、情感、婚姻等同起來。一夫一妻制的法律規定和與之相關的道德約束,講究男女授受不親,甚至要求人們目不斜視,如此才合乎規範道德。而傳統中國的文學觀念,卻又總是將作品當作了社會道德的宣傳品或教科書。按照這一觀點,到處拈花惹草的楚留香,當然不是傳統道德的典範。但,聖賢有云,食色性也。異性相吸、男歡女愛,目好好色、耳好好聲,只不過是人性之常。楚留香的思想觀念和行為表現,只不過比大多數人更加坦白誠實,更加自然率真——這就是為什麼當他聽到龜茲公主看中的不是自己時「他話雖說得愉快,其實卻有些酸酸的,他臉上雖帶著笑,其實心裏卻不是滋味」❷。

其次,我們應該看到,楚留香雖然好色,但卻並非好淫。他雖然長著一張「再想規規矩矩做人都難得很」❸的英俊面孔,更有那永遠親切而溫柔、魅力不可抵擋的微笑,然而面對許多充滿魅力的尤物主動投懷送抱,楚留香並非來者不拒。如《血海飄香》中的沈珊姑,《大沙漠》中的石觀音,《桃花傳奇》中的艾虹、卜阿娟、小酒鋪的老闆娘、萬福萬壽園的金姑娘,《新月傳奇》中的櫻子、

---

❶ 古龍:《桃花傳奇》,《楚留香傳奇》第3卷,第1516頁。
❷ 古龍:《大沙漠》,《楚留香傳奇》第1卷,第344頁。
❸ 這話是金四爺對楚留香形象的評價,見古龍:《桃花傳奇》,《楚留香傳奇》第4卷,第1623頁。

杜先生、豹姬以及長腿、大眼等四位無名的漂亮姑娘等等,就全都被楚留香所拒絕。即使面對十足的蕩婦,他也從來就不是一個真正的流氓。才智超人的蝙蝠公子原隨雲甚至說:「在下是目中無色,香帥卻是心中無色!」㉒

　　再次,楚留香不僅多情,且更憐香惜玉。他瞭解女性,熱愛女性,也尊重女性。在楚留香的情愛史中,最值得研究的案例當是他與蘇蓉蓉、李紅袖、宋甜兒這三個姑娘之間的關係。對此,作者古龍也態度曖昧,甚至自相矛盾。他曾說:「也有些女人跟他一起生活了十幾年,幾乎日日夜夜都和他廝守在一起,他對她們卻始終都是規規矩矩的,拿她們當自己的妹妹,當自己的朋友。」且說「有人說『男女間沒有友情』。世上也許沒有幾個男人能真正將女人看成朋友的,楚留香卻無疑是其中之一。楚留香更喜歡朋友。」㉓這無疑是說他們的關係是朋友而非情人。然在《楚留香和他的朋友們》這篇文章中,卻沒有提及任何一個女性的名字:「我並不認為她們是楚留香的朋友,因為我總認為在男女之間『友情』和『義氣』是很少會存在的,也很難存在。」進而:「一個風流倜儻的楚留香,三個甜甜蜜蜜的小女孩,同居一船,會怎麼樣?能怎麼樣?答案是:——你說怎麼辦,就怎麼辦;你說應該怎麼樣,大概也就是那麼樣的一個樣子了。」㉔這又無疑在暗示他們之間只能是情人而非朋友了。如此矛盾的說法,固然給讀者留下一道開放性考題,

---

㉒　古龍:《蝙蝠傳奇》,《楚留香傳奇》第3卷,第1320頁。
㉓　古龍:《桃花傳奇·楔子》,《楚留香傳奇》第3卷,第1485頁。
㉔　古龍:《楚留香和他的朋友們》,《楚留香傳奇》第1卷,第11頁。

也留下足夠的想像空間；同時更證明作者情感與理智的矛盾，也能說明楚留香情感心理重要特徵：他「從來沒有讓她們失望」同時「他也從來不願破壞一個少女對他的好印象」。㉕

那麼，楚留香究竟是怎樣的一個情人呢？

首先，他是一個情感開放的放浪之人，一個喜歡談情說愛，但卻不適合家居婚姻的人。對此他毫不隱諱：「第一，我並不想到什麼見鬼的世外桃源去，燈紅酒綠處，羅襦半解時，就是我的桃源樂土。」因而「第二，我根本就不想娶老婆，我這一輩子連想也沒有去想過。」㉖很明顯，他是一個非常注重身份自由和意志獨立的人，「他幾乎什麼事都做，只除了一件事——他絕不做自己不願意做的事，這個世界上絕對沒有任何人能夠勉強他。」㉗

其次，他是一個多情的人，但卻並非沒有道德原則。他說「我還沒有習慣替別人的老婆梳頭」㉘，即是因為他從不願違背社會道德。進而，更加難能可貴的是，他注重性愛雙方的人格平等和兩情相悅。在楚留香情感生活中，從沒有勉強他人的行為或心理；當然，對那些把他當成色狼或呆子的女性，無論她多麼美麗誘人，都休想讓楚留香上床上當上鉤。

再次，楚留香顯然喜歡並且享受性愛自由，只因為這是人性的正常表現：「一個很正常的男人，和一個很正常的女人，在一個又

㉕　古龍：《畫眉鳥》，《楚留香傳奇》第 2 卷，第 843、844 頁。
㉖　古龍：《新月傳奇》第十章，《楚留香傳奇》第 4 卷，第 1852 頁。
㉗　古龍：《楚留香和他的朋友們》，《楚留香傳奇》第 1 卷，第 5 頁。
㉘　《桃花傳奇》第四章，《楚留香傳奇》第 4 卷，第 1564 頁。

冷又寂寞的晚上……你說，這又有什麼不對？」㉙但這並不表明楚留香只是一個不知饜足的性愛機器，實際上，他更加注重且珍惜情感：《血海飄香》和《畫眉鳥》中對待黑珍珠，《蝙蝠傳奇》中對待華真真，那份純粹而且珍貴的情感，讓人惆悵，更讓人感動。

又次，楚留香是一個講究性愛自由的人，但卻不是一個絕對性情自私的人。在《鬼戀傳奇》中，他之所以抵擋石繡雲的誘惑，只是不願意對這個可愛的姑娘造成傷害；而與石繡雲有了性愛關係之後後悔得想要打自己耳光，是因為擔心這個純真幼稚的少女的未來。更重要的例證也許還是在《桃花傳奇》中，從未考慮過結婚的楚留香毫不猶豫地接受了與張潔潔的事實婚姻；從不願寂寞更不願束縛自己的他竟然在與世隔絕的環境中生活了一個月之久；若不是張潔潔勸說並且幫助他離開，楚留香必將為這樁婚姻奉獻終生。

最後，楚留香是一個「博愛」的人，但卻不是一個薄情的人。他不像無花那樣以玩弄女性自娛自誇，也沒有將過去的一夕風流拋擲一空。最重要的例證，是當白雲生將他過去的眾位情人找來，他非但沒有忘卻一人，而且表示：「她們都是我的好朋友，每個人我都喜歡，不管是誰走了，我都會傷心的。」㉚楚留香有很多情人，但每次都只有一個，而過去的一切則進入了心理記憶的殿堂，刻畫著他情感生命的軌跡，變成了親切而且永恆的懷念。

總之，楚留香並非傳統意義上的采花大盜，而是典型的大眾情

㉙ 這是在《大沙漠》中楚留香與琵琶公主有過性愛之後對姬冰雁所說、實際上也是對自己說的話，這話當然也可以看成是作者對讀者作出解釋和交待，見《楚留香傳奇》第1卷，第385頁。

㉚ 古龍：《新月傳奇》，《楚留香傳奇》第4卷，第1861頁。

人。楚留香的性愛和情感故事，超越了以人類自我生產[生育]和物質生產與生活為目的的婚姻和家庭，呈現了性愛和情感的純粹本質。在虛擬的小說環境中，實現了人性的徹底舒展和解放，從而具有重大的審美價值和文化象徵意義。

我不知道古龍這個男性作者的帶有明顯男性特徵的對楚留香形象的這種想像和移情，對女性、尤其是女權主義者是不是一種冒犯？如果有人願意討論的話，我想提供一條特殊的線索，那就是在我們所見的作為作者性情夢想結晶[31]的楚留香情事之中，固然表現出了作者身為男性的浪漫遐思，同時實際上更多地表現出了男性無知覺的潛在自卑——在琵琶公主、石繡雲、張潔潔、新月公主甚至東三娘與楚留香的性愛故事中，無不是女性主動選擇且創造機會，而風流教主楚留香則總是被動接受並完成使命，頗像是這些公主美人的「玩物」。

四、敵手

「為了深入這個人，我不但要變他的朋友，也要變他的仇敵」。[32]

---

[31] 據古龍的生前好友于志宏先生和陳曉林先生多次向筆者介紹，古龍本人正像楚留香那樣喜歡酒和女人。于志宏先生甚至說古龍每一部小說的背後都有一個女人的身影。看來《楚留香與古龍與酒與女人的關係》是古龍研究中的一個重要的題目。只可惜筆者只知其一，不知其二，在這方面難以深入。

[32] 古龍：《楚留香和他的朋友們》，《楚留香傳奇》第1卷，第7頁。

楚留香偷盜過許多大富大貴之家，而且據說每一次偷盜都能如願，如《血海飄香》的開頭，他就成功偷盜了北京金伴花家的白玉觀音。這樣成功的偷盜肯定會給楚留香帶來許多仇家。只不過，古龍並沒有寫出這些仇家追捕楚留香的故事，或許是因為，如果將楚留香寫成因偷盜而被追捕的對象，那會使楚留香的形象受到嚴重的損害。更何況，那樣寫也會難免會落入老套。

在《楚留香傳奇》中，沒有出現楚留香的私仇，只有他的敵手。楚留香的敵手，無不是非常神秘、非常強悍又非常古怪的角色。進而，在多數情況下，還會出現「影子敵手」，即真正的對手往往藏身于另一個敵手的陰影後面。例如《血海飄香》丐幫幫主南宮靈的身後，就藏著更加神秘的妙僧無花；原以為《大沙漠》中的敵手會是黑珍珠，誰料卻是石觀音和她死而復生的兒子無花；《畫眉鳥》中水母陰姬的背後，是石觀音的女弟子柳無眉；《鬼戀傳奇》中的對手不僅是玩弄借屍還魂把戲的有情男女，更有裝瘋賣傻的殺手集團的創始人薛笑人；《蝙蝠傳奇》中的丁楓背後，還有更加深不可測的蝙蝠公子原隨雲；《桃花傳奇》中的真正敵手並非萬福萬壽園中的金四爺，而是神秘山洞家族聖女的母親。《新月傳奇》中的敵手，似乎在擁有六個替身的海盜頭子史天王、東瀛武士首領石田齊彥左衛門和武林女傑杜先生三者之間；《午夜蘭花》中的敵手最為奇怪，並不是「飛蛾行動」中針鋒相對的任何一方，而是佈置這一行動的那一雙神秘的「午夜蘭花手」——甚至連小說作者都沒說清楚這個人到底是誰，只是暗示這個人可能是一個與楚留香關係非常親近的人，很可能是一個女性。

值得注意的是，楚留香的敵手，並非儘是通常意義上的十惡不

赦之徒。無論是南宮靈、無花兄弟或是他們的母親石觀音，都不過是復仇心和權勢欲膨脹的結果；水母陰姬和畫眉鳥則更是某種異態情感的犧牲；鬼戀傳奇的主人公固然值得同情，而殺手之王的極度壓抑和瘋狂變態也未嘗不讓人感歎；蝙蝠公子雖然可惡可怕，但這也不過是殘疾和野心扭曲的產物。有一個身患絕症的女兒的金四爺，和一心要改變女兒孤獨宿命的麻家聖母，非但並不可惡，反而值得尊敬和同情。《新月傳奇》中的史天王英雄氣概、石田齊智禮俱全，杜先生更是大義凜然；而《午夜蘭花》中幕後元兇，據說正是楚留香最親近的人。這樣的敵手，是古龍小說與眾不同之處，也正是《楚留香傳奇》的獨特所在。

還有一點值得注意，那就是楚留香的「敵手」不光是人，而且還包括各種各樣的險惡環境。其中不僅包括良莠不齊且真假不辨的江湖社會壓力，也包括自然妙造或巧奪天工的機關陷阱，還包括變幻無常且無法抗拒的天地神威。如果說《大沙漠》中無邊無際的大沙漠和《蝙蝠傳奇》、《新月傳奇》中無涯無岸的海洋，已經讓人望而生畏；那麼《大沙漠》中迷離恍惚的罌粟谷、《畫眉鳥》中機關重重的神水宮、《蝙蝠傳奇》中的漆黑一片的蝙蝠洞、《桃花傳奇》中的神霧彌漫的麻家窟，就更讓人聞風喪膽。與這樣的環境對抗，也是小說魅力的一個重要來源。

然而所有這些敵手都被楚留香所擊敗。雖然在絕大多數時候，這些敵手都是不可戰勝的，然而楚留香卻偏偏能夠在幾乎不能取勝的情況下獲得最終的勝利。

作為敵手的敵手，楚留香是怎樣的一個人呢？

首先是俠義和公正。在這一意義上，可以說楚留香是武林正義

和人性良知的檢察官。在《血海飄香》中就非常明顯：南宮靈是他的多年好友，妙僧無花也是交誼頗深，楚留香並未將個人私交置於武林正義之上，而是嚴正要求南宮靈去職反省、還要交出背後的元兇；進而要把無花送交司法機關處置。楚留香形象最大的與眾不同之處，在於作者為他設立了一系列前所未有的「遊戲規則」：第一是決不殺人；第二是尊重法律：「他們所代表的法律和規矩，卻是無論什麼人都須尊敬的」㉝；第三是尊重他人隱私權：「每個人都有權保留他私人秘密，只要他沒有傷害到[他人]，別人就沒有權去追問」㉞；第四是對他人——包括敵手、罪犯——人格的尊重，南宮靈、無花自殺了，他就決不允許他人對其人格有任何不敬；第五是不願隨意作有罪推定：「寧可自己上一萬次當，也不願冤枉一個清白的人」㉟……如此等等，使得他的思想和行為，超越了傳統意義上的俠義，而帶有明顯現代性質。

其次是智慧和靈性。楚留香形象的另一新意，是作者引入了偵探小說的寫法，讓他扮演了武林偵探的角色，並相應刻畫了他的無與倫比的智慧風貌。在這一意義上，無論什麼人，要成為楚留香的敵人，都是件不幸的事情。因為不論多麼神秘的線索，楚留香都能

㉝ 古龍：《血海飄香》，《楚留香傳奇》第1卷，第244頁。楚留香對法律的尊重，是作者「今為古用」的又一奇招。只不過，楚留香尊重法律的思想觀念雖然真實且寶貴，但要他完全遵守法律，那是不大現實的：任何人間法律都有偷盜違法的規定，身為「盜帥」，對這一條法規顯然是無法遵守。實際上，除了曾想將無花交給執法者之外，楚留香此後再也沒有與執法者打過交道。對於武俠小說的主人公，這完全可以理解。

㉞ 古龍：《畫眉鳥》，《楚留香傳奇》第2卷，第773頁。

㉟ 古龍：《蝙蝠傳奇》，《楚留香傳奇》第3卷，第1400頁。

找到；不論多麼巧妙的陷阱，楚留香都能避開；不論多麼艱險的困難，楚留香都能克服；不論多麼高強的武功，楚留香都能戰而勝之。值得說明的是，楚留香戰無不勝，並不是因為他的武功當真天下無敵，而是因為他生死搏殺中總是能夠將自己的智慧和靈性作最恰當的發揮，從而總是能夠找到克敵制勝的有效方法。

再次是堅韌與自信。楚留香看起來是一個典型的花花公子，是一個喜歡享受生活也善於享受生活的人，然而他也能適應最艱苦的環境，而且還能夠在最絕望的時刻想出避難脫險的方略。他是一個具有堅忍不拔的意志和超凡出眾的毅力的人。當鼻子患病而無法通氣的時候，他居然想辦法訓練出用毛孔呼吸的絕技；那麼在海船遇難的時候他能夠利用棺材泅渡大海，不用動手而僅以自己的機智和耐心讓東瀛第一忍者一敗塗地，就絲毫也不稀奇。欲問楚留香克敵制勝的最大要領，他可能會說不是武功，甚至也不是機智，而是堅不可摧的信心：對正義的自信，對自己能力和智慧的自信，甚至是對自信的自信。越是在艱險危難乃至絕望無救的境地，楚留香和他的朋友們就越喜歡相互說笑打趣，既為了放鬆心神，也為了增強自信。楚留香的這種充滿自信的歡樂英雄形象，不僅實力無盡，且魅力無窮。

又次是善良與悲憫。楚留香不僅是一個機智的武俠，更是一個赤誠的聖徒，心地善良而又純淨，對人世悲歡和人性弱點滿懷慈悲心腸。在這一意義上，成為楚留香的敵手，實在是一件非常幸運的事情，首先是因為不論有怎樣的深仇大恨，也不論對手是怎樣的罪大惡極，楚留香在任何情況下都不會殺人；其次是無論怎樣的苦衷或隱疾，總能指望得到楚留香的理解、諒解和同情；最後是無論是

怎樣的敵手，其人格和生命總能獲得楚留香的由衷尊重；而且在任何時候，楚留香都會為他隱惡揚善。完全可以說，楚留香是一個不折不扣的現代人道主義者。面對由於人性的種種疾病變態，即使深受其害，楚留香的回應或「報復」常常是以德報怨——例如《畫眉鳥》中對待柳無眉、李玉函夫婦；最常見的表情動作，不過是摸著自己的鼻子，然後苦笑。

最後是好奇和冒險。楚留香形象之所以可敬又可愛且可信，最重要的原因，是作者揭示了他作為好奇客和冒險家的性格特徵。用他的紅顏知己李紅袖的話說，楚留香是一個「專門喜歡多管閒事的人」㊱。所以，僅僅是想到要去冒險面對不可戰勝的史天王，「興奮與刺激使得楚留香胸中就有一股熟悉的熱意升起，至於成功勝負生死，他根本就沒有放在心上。冒險並不是他的喜好，而是他的天性，就好像他血管裏流著的血一樣。」㊲也就是說，楚留香行俠江湖的一個重要的原因，是受到好奇心的驅使，要去追求並享受冒險刺激的尖端體驗。與此同時，武林中一些熟悉楚留香的人如《桃花傳奇》中張潔潔的母親等等，也常常會利用楚留香非常好奇且喜歡冒險的特點，製造兇險神秘的誘餌，引他入甕。如此，就為整部《楚留香傳奇》提供了扎實且深刻的人性依據。

㊱　古龍：《血海飄香》，《楚留香傳奇》第 1 卷，第 26 頁。
㊲　古龍：《新月傳奇》，《楚留香傳奇》第 4 卷，第 1833 頁。

五、這個人

「誰規定武俠小說一定要怎麼樣，才能算『正宗』！」❸⁸

現在，我們可以說說楚留香這個人到底是怎樣的一個人了。

首先，毫無疑問，楚留香形象是一個理想化的形象。

他是作者幻想的產物，同時也帶有明顯的理想化色彩。這一點，只要看看古龍對他所作的過多次描述或界說，就能明白。一次說：「他縱然是流氓，也是流氓中的君子，縱然是強盜，也是強盜中的大元帥。」❸⁹

另一次說：「他喜歡享受，也懂得享受。他喜歡酒，卻很少喝醉；他喜歡美麗的女人，所以一向很尊敬她們。他嫉惡如仇，卻從不殺人。他痛恨為富不仁的人，所以常常將他們的錢財轉送出去，受過他恩惠的人，多得數也數不清。他有很多仇人，但朋友永遠比仇人多，只不過誰也不知道他的武功深淺，只知道他這一生與人交手從未敗過。他喜歡冒險，所以他雖然聰明絕頂，卻常常要做傻事。他並不是君子，卻也絕不是小人。江湖中的人，大多數尊稱他為『楚香帥』，但他的老朋友胡鐵花卻喜歡叫他『老臭蟲』。楚留香就是這麼樣一個人！」❹⁰

---

❸⁸ 古龍：《血海飄香・代序》，《楚留香傳奇》第1卷，第6頁。
❸⁹ 古龍《桃花傳奇・楔子》，《楚留香傳奇》第3卷，第1484頁。
❹⁰ 古龍：〈楚留香這個人〉，《鬼戀傳奇》引言，《楚留香傳奇》第2卷，第923頁。原文是分行的，基本上是每句話佔一行。為了節省篇幅，這裏將原文壓縮成了一段話，特此說明。

又一次說他「名動天下,家傳戶誦,每一個少女的夢中情人,每一個少年崇拜的偶像,每一個及笄少女未嫁的母親心目中最想要的女婿,每一個江湖好漢心目中最願意結交的朋友,每一個銷魂銷金場所的老闆最願意拉攏的主顧,每一個窮光蛋最喜歡見到的人,每一個好朋友都喜歡跟他喝酒的好朋友。除此之外,他當然也是上所有名廚心目中最懂吃的吃客,世上所有最好的裁縫心目中最懂穿的玩家,世上所有賭場主人心目中出手最大的豪客,甚至在巨豪密集的揚州,『腰纏十萬貫,騎鶴下揚州』的揚州,別人的風頭和鋒頭就全都沒有了。」[41]

不用仔細分析也難發現,作者對楚留香的三次描述,其間差別就是對楚留香這個人物,越來越理想化。在最後的描述中,楚留香幾乎成了神話人物了——現實中不存在那樣的完美人物。這很正常。因為幾乎所有武俠小說的主人公都是接近神話的理想英雄。

其次,楚留香形象是一個現代化形象。

真正讓人驚詫的是,楚留香不像是一個古代人,也不像是一個中國人。因為,一個古代人,尤其是一個古代中國人,絕對不可能有楚留香那樣的價值觀念和生活方式。這一點,也正是古龍小說不被一部分武俠小說讀者所理解和看好、甚至遭人詬病的一個重要原因。那些不喜歡古龍小說的人,習慣了這樣一種思維邏輯:既然武俠小說是講述中國古代故事,就要儘量模仿古代中國人;要講述人間故事,就要儘量模仿人間現實的生活習俗。而古龍的小說偏偏要

---

[41] 古龍:《午夜蘭花》第一部第三章,《楚留香傳奇》第 4 卷,第 1924－1925 頁。

明目張膽地打破這一理所當然的思維邏輯和閱讀習慣，偏偏要創造出楚留香這一非古非今、非中非西、非假非真的藝術形象，挑戰武俠小說的「正宗」。

創作楚留香形象的思維邏輯是：既然所有的武俠故事都是作者的想像和虛擬，既然不必仿真，為何一定要去仿古，而不能更加自由大膽地書寫和創造？

如此，楚留香形象就成了古龍突破武俠「正宗」約定即仿古要求的一個重要的標本。在這一形象中，作者徹底打破了歷史時空的局限，即並不按照中國古代某一歷時階段的時代特徵去刻畫這個人物，而是直接賦予人物以帶有明顯理想色彩和現代特徵的道德品質及其人性內涵，使得這一人物成為真正的現代小說中人，你也可以說是一種虛擬的遊戲形象。楚留香的價值觀念和行為方式中，充滿了明顯的現代特徵，諸如遵守法律、從不殺人、尊重他人人格、尊重個人隱私、提倡人人平等、實踐性愛自由等等，無不超越了傳統的古代武俠世界。楚留香的思想行為，甚至也超越了現代，更像是具有未來色彩的「新新人類」。

再次，楚留香形象是一個人性化形象。

楚留香形象的創作起點、邏輯依據和關鍵特徵，是人性化。構成楚留香形象的關鍵要素，不在於歷史或地域的真實，而在於人性──「只有『人性』才是小說中不可缺少的」❷。楚留香形象的理想化特徵，是基於人性的理想；而作者之所以要讓楚留香形象超越或擺脫歷史的羈絆而呈現出現代化特徵，也正是因為中國歷史及其

---

❷　古龍：《血海飄香‧代序》，《楚留香傳奇》第 1 卷，第 6 頁。

傳統道德理念常常是對人性的蒙昧、壓抑和桎梏。我們所看到的帶有明顯現代特徵和理想色彩的楚留香傳奇，實際上是人性舒展和解放的歡歌：「人生並不僅是憤怒、仇恨、悲哀、恐懼，其中也包括了愛與友情、慷慨與俠義，幽默與同情。我們為什麼要特別著重其中醜惡的一面？」㊸同沈浪、葉開、王動、卜鷹、小方、陸小鳳、丁甯等古龍筆下的無數「歡樂英雄」一樣，楚留香也是古龍心目中健康人性及其道德理想的化身。

又次，楚留香形象是一種個人化的典型。

作為健康人性和道德理想的化身，楚留香也像沈浪、葉開等人一樣，是一個十足的個人主義者和自由主義者，按照中國的說法，即一個純粹的浪子，亦即林語堂筆下的喜歡一切自由且寄託著造物主的希望的「放浪者」㊹——為此，作者不僅斬斷了楚留香的一切家族宗法社會關係，而且乾脆讓他長期生活在一條隨時準備飄泊異鄉的海船上！楚留香在朋友、性愛、對手等方面所表現出來的一切

㊸ 古龍：《血海飄香・代序》，《楚留香傳奇》第1卷，第6頁。

㊹ 林語堂先生在其重要著作《生活的藝術》之〈醒覺〉章之〈以放浪為理想的人〉小節中對放浪者有非常精彩的論述，認為「人類放浪的質素，終究是他的最有希望的質素。」有意思的是，古龍本人卻將楚留香命名為「遊俠」，而將胡鐵花命名為「浪子」，認為「遊俠沒有浪子的寂寞，沒有浪子的頹喪，也沒有浪子的那種『沒有根』的失落感，也沒有浪子那份莫名其妙無可奈何的愁懷。」而「遊俠是高高在上的，是受人讚揚和羨慕的，江湖大豪們結交的對象，是『胯下五花馬，身披千金裘』，是『騎馬倚斜橋，滿樓紅袖招』的濁世佳公子。」（見古龍：《楚留香和他的朋友們》，《楚留香傳奇》第1卷，第8頁）我的看法是，楚留香既是遊俠，同時也是浪子。這似乎並不矛盾：楚留香也有寂寞、頹喪、失落和愁懷的，甚至比胡鐵花還要深。

價值觀念和行為規範，無不建立在自由的個人身份及其「個人自由」的原則基礎之上。實際上，沒有個人自由，也就沒有真正的人性解放。而沒有人性的解放，則楚留香的形象也就不可思議，甚至無從產生。

最後，楚留香形象是一個「古龍化」的形象。

如果不作為結論，而僅僅是一種「猜想」，我想說，楚留香形象不僅是古龍的心血結晶，也是古龍的心理克隆或精神拓片，即是古龍生命情感的自敘傳，是古龍人生姿態和理想的特殊造影。在《血海飄香》中，楚留香因為烈酒、豪賭、女人三項嗜好，就毫不猶豫地決定扮演子虛烏有的張嘯林這個人物；這三項，其實也是古龍本人的嗜好，他當然也會興高采烈地將自己扮演成虛擬幻想的楚留香。進而，楚留香形象，自然也融入了古龍本人的人生態度、生活方式和生命體驗：例如朋友永遠第一，這正是古龍本人的人生信念；楚留香的道德操守，是古龍價值觀念的體現；楚留香的智慧風貌，是古龍聰明才智的結晶；楚留香的生活方式，是古龍生活的精確投影；楚留香的人生際遇，是古龍理想夢幻的直接顯現——正因為生活中的古龍沒有那樣英俊、那樣完美、那樣好運，所以楚留香才會如此風流瀟灑，如此快意人生。只有出於移情的動機，古龍才會創造出楚留香的形象。否則，何以解釋楚留香的故事和形象，會一而再、再而三地出現，進而在古龍其他多部小說中，會一而再、再而三地出現與楚留香類似的形象？

是耶非耶？盼望高人指正。

論《絕代雙驕》的修辭藝術

胡仲權[*]

一、前言

　　古龍的《絕代雙驕》為其中期的代表作之一,據于志宏先生的〈古龍武俠小說出版年表〉[❶]的記錄,此書出版於一九六七年,距其一九六〇年創作出版的第一本小說《蒼穹神劍》有七年的光陰,可說是其創作技巧趨於成熟的作品,一直以來,關於古龍小說中語言藝術的探討不少,以修辭學角度切入者則鮮見,本文嚐試以《絕代雙驕》為對象,析論其在修辭格運用上的藝術效果及特色。

二、誇張鋪飾以驚悚情志、鮮明印象

　　誇飾的修辭方法具有強烈的表達效果,就表達者而言,透過誇飾的方法,足以驚悚讀者的情志,滿足其好奇的心理需求,就接受

---

[*] 嶺東科技大學通識教育中心主任
[❶] 見風雲時代出版公司《新絕代雙驕(二)——慕容世家・附錄》,1999年9月初版二刷。

者而言，誇飾的修辭方法，能使讀者的記憶受到較強的刺激而產生鮮明的印象，表達接受之間，所欲表達之情志或印象，得以鮮活突出，《絕代雙驕》全書一開始便運用了誇飾的技巧，使讀者立刻被其驚悚情志的語言吸引，而留下對江楓及燕南天兩個人物的鮮明印象：

> 江湖中有耳朵的人，絕無一人沒有聽見過「玉郎」江楓，和燕南天這兩人的名字，江湖中有眼睛的人，也絕無一人不想瞧瞧江楓的絕世風采，和燕南天的絕代神劍，只因為任何人都知道，世上絕沒有一個少女能抵擋江楓的微微一笑，也絕沒有一個英雄能抵擋燕南天的輕輕一劍！任何人都相信，燕南天的劍，非但能在百萬軍中取主帥之首級，也能將一根頭髮分成兩根，而江楓的笑，卻可令少女的心粉碎。

此段文字，首先運用數量的誇飾方法，以全盤否定再否定的方法，極言全天下的江湖人皆聽聞江楓和燕南天的名聲，也都想一睹江楓的風采和燕南天的劍術，接著分用數量誇飾之方法，說世上的少女皆擋不住江楓的笑，人間的英雄均抵抗不了燕南天的劍；再來則以物象誇飾的手法，指出燕南天的劍可於百萬軍隊攻殺的戰場上奪取元帥的首級，能細緻地剖分頭髮，最後以人情誇飾的技巧，鋪敘江楓的笑能令少女皆心碎。

　　整段文字，運用不同的誇飾手法，令讀者開卷即陷入驚悚的文字之中，情志起伏震盪，形象鮮活，既達到令讀者「愛奇聞詭而驚聽」的效果，更令人讀來對二人印象深刻，頗具開卷震場之效果。《絕代雙驕》中運用誇飾的技巧頗多，如為凸顯黑蜘蛛的狂傲和自

負,透過他的冷笑說:

> 我若存心要跟住一個人,就算跟上一輩子,那人也不會知道。我若不願被人瞧見,當今天下,又有誰能夠瞧見我的影子。

此處透過時間的誇飾與空間、數量之誇飾,凸顯出黑蜘蛛這個角色在隱藏自己行跡上的自負,同時也點染出其狂傲之鮮活形象,令人印象深刻。又如小魚兒對自己吃撐肚子的自嘲:

> 小魚兒這才笑了笑道:「我肚子都快撐破,連一隻螞蟻都吞不下了。」

此處以空間縮小的誇飾法,形容肚子吃撐了,能容下的空間極為有限,一隻螞蟻都吞不下的誇飾,設想別出心裁,令人驚悚之餘,別饒情趣而印象鮮明。

三、巧設譬喻而靈動畫面、塑造情境

譬喻的修辭方法,能使抽象的畫面具體化,使其靈動活潑,更可引發豐富的聯想,使作者有效地塑造其所欲傳釋的情境,《絕代雙驕》之中,古龍常巧設各類型之譬喻,不僅使其所欲表達的情境,適時地塑造出來,更透過譬喻之相似聯想功想,靈活生動地摹繪出令人印象深刻的畫面,如:在描寫小仙女張菁的倩麗模樣的時候:

> 她緩緩抬起了手，姿勢也是這麼輕柔而美麗，就像是多情的仙子，在星光下向世人散播著歡樂與幸福。

此處以明喻的手法，藉星光下向世人散播歡樂和幸福的多情仙子，譬況小仙女張菁輕柔而美麗的抬手姿態，極為細膩而維妙維肖的捕捉住其倩女的形象，使人讀來沉醉於一股輕緩柔美的情境之中，又如在描述碧蛇神君的神態時說：

> 他又瘦又長的身子，彎彎曲曲地藏在枝椏間，全身像是沒有骨頭；那雙又細又小的眼睛瞪著小魚兒，活脫脫就像是條蛇，毒蛇。

整段文字運用明喻的手法，以沒有骨頭及毒蛇之眼，形容碧蛇神君彎曲瘦長的身形，以及細小的眼睛，使人籠罩於一股冷酷而邪毒的情境之中，準確地補捉住碧蛇神君如毒蛇般的邪惡形象。又如形容蘇櫻的鎮定時說：

> 誰知「這丫頭」的身子雖比春天的桃花還單薄，神經卻堅韌得像是雪地裡的老竹子。

此處以雪地裡的老竹子，譬喻蘇櫻遇事不忙不亂的鎮定神情，頗為傳神，又如江楓咬牙對移花宮憐星宮主描述邀月宮主時說：

> 你姐姐根本不是人，她是一團火，一塊冰，一柄劍，她甚至可說是鬼，是神，但絕不是人。

此處同時運用了博喻及隱喻的方法，以火、冰、劍、鬼、神等喻

依，譬況邀月宮主高高在上，犀利而忽冷忽熱，陰晴不定的性格形象，同時暗指其缺乏人性的人格缺陷，形象逼真而畫面鮮活靈動，準確地塑造出江楓當下怨忿的情境。同樣地情境也出現在對邀月宮主語聲的譬喻上：

> 這語聲是那麼靈動、縹緲，不可捉摸，這語聲是那麼冷漠、無情，令人戰慄，卻又是那麼清柔、嬌美，懾人魂魄。

連用三個隱喻及博喻，從不同的面向廣博地譬況邀月宮主的語聲，將脫塵、恐懼，以及動人交織在一起的複雜情境呈現出來，整個語聲架構的抽象畫面，被具體靈活生動的彰顯出來，令人印象深刻。

四、連續設問以迭宕文勢、暗蓄餘韻

設問的修辭方法，透過刻意設計問句的形式，以吸引讀者的注意，使其留下深刻的印象，就文義的行進而言，設問的方式，形成反思而造成文義的頓挫現象，運用連續設問的方法，可使文義周折於揚行與頓挫之間，形成波瀾起伏而迭宕有力的語勢。

問句本可激發讀者的疑惑，逗引懸念，連續設問的方法，可引發讀者一連串的懸念與疑惑，使文義在懸疑的氛圍之中飽含張力，暗蓄無窮的餘韻。

古龍善於運用連續設句的方式以迭宕文勢，暗蓄餘韻，《絕代雙驕》中此類的修辭方式屢見不鮮，如：

> 他充血的目光凝注花月奴，慘笑道：「救活我？……世上還

> 有誰能救活我?你若死了,我還能活麼?……月奴,月奴,難道你直到此刻還不瞭解我?」

此段江楓的自言自語,以提問兼激問開端,第二句的激問做為第一句的回答,答案又在回答問題的反面,緊接著第三句以激問接續前二句的問題,再生新的問題,反詰而增加語勢,最後以緻問作結,問而不答,表面看似不滿花月奴,卻暗蓄兩人相愛相知的深情。

整段文字以連續設問的方式,答中復問,問中反詰,語勢波瀾起伏,迭宕有力,而內蓄飽含張力的情韻,充分彰顯出江風面對妻兒及自身死亡威脅時,生死情愛糾葛的複雜心緒,又如:

> 海紅珠撲到江邊,又痛哭起來,嘶聲道:「你若不想見我,為什麼要到這江邊來?……你若想見我,為什麼見了我又要走?為什麼?……為什麼?」

此處敘述海紅珠看到朝思暮想的小魚兒,正激動高興之際,小魚兒卻縱身投江,錯愕的自言自語,以激問開端,問中暗蓄回答問題的答案,第二句以激問接續,也是問中隱藏回答問題的答案,末二句則連用兩個疑問句作結。

整段文字連續設問,問而不答卻問中有答,逗引讀者無限的懸念,語勢迭宕起伏、波瀾頓挫,將海紅珠當下錯愕複雜,驚喜交集的心緒,揭露地淋漓盡致❷。又如小魚兒看到鐵心蘭與花無缺坐在

---

❷ 此四個問句中,尚運用了隔離反覆的修辭方法,不斷地間歇迭用「為什麼」,將海紅珠心中對小魚兒,那種充滿錯愕疑問的複雜心緒,更加強烈的彰顯出來。

同一車廂裡時，心突如絞痛的呼喊道：

> 我幾時對她這麼好的？我為何要為她痛苦？這不是活見鬼麼？

此處連用三個疑問句，首句以對自我的疑問開端，二句自問而兼有回答首句之功能，三句接著自問也兼有回答前二句之功能，句中套答，答又兼問，語勢迭宕而波瀾起伏，抑揚頓挫之間，其內心曲折反覆之心緒自然表露無疑。

五、善運映襯而對比鮮明、形象生動

映襯的修辭方法，透過對所觀察之對象不同程度的衝突與刺激，使讀者接受到對比鮮明而生動的形象，古龍善於運用映襯的修辭方法，使欲表達的對象對比鮮明而形象生動，《絕代雙驕》此類的修辭手法如：

> 遠處龜山巨大的山影朦朧，近處垂楊的枝條已枯萎。

此兩句話中，一近一遠；一巨大、一枯萎；一個影像模糊；一個形態清晰，透過對襯之映襯手法，使兩個遠近不同的物象對比鮮明而形象生動，令讀者印象深刻。又如在描寫小魚兒與花無缺兩人的武藝之時，前後有兩段精采的對襯描寫，描寫小魚兒的時候說：

> 他手掌搭在樑上，身子有如秋枝上的枯葉般飄盪不定，由下面望上去，似乎隨時都會跌落下來！

全段文字着眼於輕靈的動態,而描寫花無缺時則說:

> 花無缺筆直凝立著的身形,就像是驚濤駭浪中的砥柱,不但自己屹立如山,也給了別人一份安定的感覺。

則着眼於凝立的靜態,前後兩段文字一動一靜,一輕靈飄盪,一筆直凝立,透過對比映襯的手法,加深了讀者對小魚兒活潑好動,聰明靈活,以及花無缺穩健持重,成熟優雅之性格印象。又如:

> 這一天縱然對一生多姿多采的小魚兒來說,也是特別值得懷念的,就在這一天裡,他經歷到從來未有的傷心與失望,也經歷到從來未有的興奮與刺激,假如他以前始終還只是個孩子,這一天卻使他完全成長起來。

此段文字運用了雙襯的手法,形容小魚兒這一天裏難得的人生經歷,一方面用代表負面情緒的傷心與失望,來說明這一天的不愉快經驗,同時,另一方面又以代表正面情緒的興奮與刺激,來詮說這一天的愉快經驗,兩組經驗對比鮮明而形象生動,愈加彰顯這一天的不平凡。又如花無缺與燕南天比劍場景的描寫:

> 花無缺圍著燕南天飛馳不歇,燕南天腳下卻未移動方寸。花無缺劍如流水,燕南天卻如中流之砥柱。

此處連用了兩個對襯句段,先就動作摹寫,以花無缺以燕南天為中心飛馳不歇的動,對比燕南天腳步未移方寸的靜,再就劍法譬喻,以如流水靈動的花無缺劍法,對比如中流砥柱凝立的燕南天劍法,場景鮮活生動,令人印象鮮明。再如描寫化身為銅先生的邀月宮

主,瞧著小魚兒熟睡臉孔時的目光:

　　冷漠的目光,也變得比火還熱。

則是運用反襯的手法,以冷、熱兩種對比鮮明,極端相反的現象,集中而組合在一起,準確地摹寫出邀月宮主當下愛恨交織矛盾複雜心緒的目光,形象生動而令人印象深刻。

六、想像示現以描摹傳神、激發共鳴

　　示現的修辭方法,主要是經由想像的過程,藉由形象化的語言,描摹對象,使其靈動傳神而激發讀者的共鳴,古龍《絕代雙驕》中運用此類的修辭方法頗多,如:

　　七月,夕陽如火,烈日的餘威仍在,人和馬,都悶得透不過氣來,馬車飛駛,將道路的荒草,都輾得倒下去,就好像那些曾經為江楓著迷的少女腰肢。

此處透過聯想的想像,藉曾經為江楓著迷的少女腰肢,形容道路旁被馬車輾倒的荒草,少女腰肢的迷倒形象,引領著讀者去聯想被輾倒之荒草柔軟傾折的姿態,極為傳神而生動。再如:

　　小魚兒笑道:「我真想找個很醜很醜的女孩子來……癩痢頭、掃把眉、葡萄眼、塌鼻子、缺嘴巴,再加上大麻子……我倒要瞧你對她如何?」

此處藉由豐富的想像,將特異之頭、眉、眼、鼻、嘴的形象,配上

麻臉，極為生動地摹繪了一個醜女的模樣，令人讀來似活靈活現般忍俊不禁，又如：

> 答話的卻不是那少年，而是個戴著高帽子的矮胖子，笑得滿身肥肉都像是長草般起了波浪。

此處運用豐富的想像聯想能力，戴著高帽子的模樣，凸顯其怕矮的心理狀態，又以長草般起了波浪，描繪其笑起來滿身肉顫動的模樣，極為傳神地勾勒出一個矮胖子心理及生理的狀態，又如：

> 第一個驟看似是五、六歲的小孩子，仔細一看，這「孩子」竟已生出了鬍鬚，鬍鬚又白又細，卻又彷彿猴毛。他不但嘴角生著毛，就連眼睛上、額角、手背、脖力……凡是露在衣服外面的地方，都生著層毛。他面上五官倒也不缺什麼，但生的地方卻眼全不對，左眼高、右眼低，嘴巴歪到脖子裡，鼻子像是朝上的。

古龍常發揮其異於常人的特異想像能力，運用想像示現的方法，塑造出一些有別於常態的人物形象，此處便是一個典型的例子，整段文字首先著眼於多毛的特異現象之上，緊接著以五官不正的形象附加於多毛的形象之中，使多毛的異象更添詭異，成功而傳神地塑造出「嚼心蛀肺」毛毛蟲這樣地一個詭魅的人物。再例如對蕭咪咪形象的描寫：

> 一個輕衫綠裙，鬢邊斜插著朵山茶的少婦，盈盈走了進來。她步履是那麼嫻娜，腰肢是那麼輕盈。她自那百丈危崖外走

進來,當真就像是鄰家的小媳婦跨過道門檻,就連那朵山茶花都還是穩穩的戴著,沒有歪一點。

此處運用側筆,以鄰家小媳婦跨過門檻,鬢邊斜插著山茶花,自百丈危崖外走進來,還是穩穩戴著沒有歪一點的情景,將蕭咪咪那體態輕盈,婀娜多姿的「迷死人不賠命」形象,描繪得維妙維肖,躍然紙上。又例:

一走進門,他才發覺屋子裡竟瀰漫著一種如蘭如馨的奇異香氣,他竟像是一步踏上了百花怒放的花叢中。

此處馳騁想像,以像是一步踏上了百花怒放的花叢中,側面描寫小魚兒踏進瀰漫著如蘭如馨奇異香氣之屋子的情景,令人心領神會。

七、隨物摹寫而擬態狀聲、曲盡情貌

摹寫的修辭方法,主要是透過的客觀環境的觀察,以主觀的感知官能加以抉擇組織,而使客觀環境的情貌得以準確地呈現出來,古龍《絕代雙驕》中此類修辭方法的運用頗富,如江楓臨死前的一幕場景:

大地充滿仇怒的喝聲,得意的笑聲,悲慘的狂叫,嬰兒的啼哭!混成一種令鐵石人也要心碎的聲音。

這裏透過喝、笑、叫、哭四種不同類型聲音交織的聽覺摹寫,構築成一幅詭異氛圍的音聲畫面,深刻地摹繪出仇怒、得意、悲慘錯雜

的情貌,同時點染出無辜嬰兒啼哭的無奈及無助,令讀者讀來惻慟而心碎。又如小魚兒看見草原風光的一幕:

> 霧漸漸落下山腰,穹蒼灰黯,蒼蒼茫茫,籠罩著這片一望無際的大草原,風吹草低,風中有羊嗚、牛嘯、馬嘶,混合成一種蒼涼的聲韻,然後,羊羣、牛羣、馬羣,排山倒海般合圍而來。

此處運用了綜合摹寫的方法,其中有動態與靜態視覺的摹寫,也有聽覺的摹寫,更有視覺觸覺通聽覺的通感摹寫❸,使視覺的色澤與動物特有的鳴叫聲交融在一起,摹繪出一幅大自然草原的風色和情貌。又例:

> 黑的牛,黃的馬,白的羊,浩浩蕩蕩,奔馳在藍山綠草間,正如十萬大軍,長驅挺進!

整段文字首先著眼於視覺經驗中有關色彩的摹寫,其中黑的藍的暗色與白的黃的明色色彩明暗對比,黑的白的藍的綠的冷色與黃的暖色色彩冷暖對比,有明有暗;有冷有暖,其次,牛、馬、羊的動態浩蕩行進在靜態的山脈與搖曳的野草之間,動靜對比,構成一幅輝映成趣的生態畫面。又如描述小魚兒詮說疼痛的一般話:

---

❸ 涼本是屬身體上對溫度的觸覺,此觸覺易生精神上孤寂而茫然的感覺,與視覺上蒼綠之冷色所引發的精神感受同類,故常被組合在一起,惟此處要表達的是聽覺,乃關於對草原上牛、羊、馬混合叫聲所升起的孤寂茫然感,所以是以視覺及觸覺通聽覺的通感摹寫法。

小魚兒道:「但這不是普通的疼,是特別的疼,就好像被針刺,被火燒一樣,疼得熱辣辣的,疼得叫人咧嘴!」

全段著眼於摹寫身體的觸覺,有質地感覺上針刺的觸覺摹寫,也有溫度感覺上火燒的觸覺摹寫,更有味覺通觸覺的通感摹寫❹,將身體疼痛的感受,詮說的淋漓盡致。又如關於碼頭上氣味的一段摹寫:

空氣裡有雞羊的臭味,木材的潮氣,桐油的氣味,榨菜的辣味,茶葉的清香,藥材的怪味⋯⋯再加上男人嘴裏的酒臭,女人頭上刨花油的香氣,便混合成一種唯有在碼頭上才能嗅得到的特異氣息。

此處極力透過嗅覺的摹寫,描繪碼頭上眾味混雜的特殊氣息,其中有不同類型的香氣,以及各種不同來源的臭味,再加上怪味、辣味等,使碼頭上人貨錯雜,氣味混濁的場景頓然落入眼簾,如親臨現場一般。

八、大量排比以營造氣勢,振奮精神

排比的修辭方法,是將範圍性質相同或相似的意象,有次序有規律地連續銜接,一方面可藉接續的文字,營造語言行進的氣勢,另一方面則可經由意象的重疊反覆,提振讀者之精神,古龍《絕代

---

❹ 辣本是味蕾對食物之味覺感受,此種感受與生理上身體發炎時的疼痛感覺相類,故移轉來用以形容觸覺上的疼痛感受,是味覺通觸覺的通感摹寫。

雙驕》中排比的修辭方法俯拾即是,如:

> 紅衣人截口笑道:「紅的是雞冠,黃的是雞胸,花的是雞尾,至於後面那位,你瞧他模樣像什麼,他就是什麼。」

此處以單句排比的句法,色彩冠句首,循雞身之規律,自冠、胸到尾,三句連接而下,令讀者印象深刻,又如:

> 但聽「咚砰,噗」幾響,幾聲慘呼,一人被他撞上屋脊,一人被他拋落街心,一人被他插入屋瓦。

此處以單句排比的句法,描寫燕南天被圍攻時,武藝驚人,重創敵人的場景,以燕南天為核心,循其縱身而上撞破屋頂過程的規律,以敵人撞上屋脊,拋落街心,插入屋瓦三幕景象連貫而下,將一幕驚心動魄的武打場面,描繪地淋漓盡致。再如惡人谷諸人討論到頭痛的小魚兒時,哈哈兒所說的一段話:

> 哈哈兒道:「如今這位小太爺,要來就來,要走就走,要吃就吃,要喝就喝,誰也不敢惹他,惹了他就倒楣,『惡人谷』可真受夠了他了,這幾個月來,至少有三十個人向我訴苦,每人至少訴過八次。」

此處藉哈哈兒的話,描述小魚兒在惡人谷眾人調教下,青出於藍讓眾惡人自食惡果的情境,「要來就來,要走就走,要吃就吃,要喝就喝」四句以單句排比的方式連接而下,其中來、走代表行動出入之自由,吃、喝顯示飲食隨意之放肆,四句兩組,單句排比而下,一個肆無忌憚令人頭痛的小魚兒形象躍然紙上。再如說到小魚兒招

式之博雜時：

> 小魚兒兩雙手忽拳忽掌，他的招式忽而狠辣，忽而詭譎，忽而剛烈，忽而陰柔；忽又不剛不柔，不軟不硬。他正是已將杜殺武功之狠辣，陰九幽之詭譎，李大嘴之剛烈，屠嬌嬌之陰柔，以及哈哈兒之變化集於一身。

此段極盡所能的描寫小魚兒武功的博雜多變，大量運用排比，先就其招式之特徵運用排比，說明招式中的狠辣、詭譎、剛烈、陰柔、不剛不柔，不軟不硬，續就招式來源，揭露其承繼了杜殺之狠辣、陰九幽之詭譎、李大嘴之剛烈、屠嬌嬌之陰柔，以及哈哈兒之變化，整段文字運用排比而下，語勢磅礡既一氣呵成，又前後呼應，令人讀來受其語言所營造之氣勢所提振，對小魚兒博雜多變之武功印象深刻。又例：

> 小魚兒瞪著他，也不知是該氣，還是該笑；也不知他是真的聽不懂自己的話，還是假聽不懂；也不知他是聰明，還是呆子。

此處描繪小魚兒對花無缺無奈的心境，整段文字以複句排比的方法，從三個不同的面向，表示出小魚兒氣笑皆非，真假疑惑，聰愚不知的複雜心境，強烈地彰顯其內心當下對花無缺的無奈心境。又如在描寫戲班子表演場面時，這樣寫著：

> 另外還有大大小小，老老少少幾個人，有的在旁邊舞刀，有的在翻斛斗，有的在打鑼，有的在敲鼓。

連用單句排比,點染出戲班子雜耍的各種動作,連續排比而下,頓時營造出熱鬧而目不暇給的畫面,加深了讀者的印象。❺

九、辛辣反諷而幽默風趣、滑稽嘲弄

　　反諷的修辭方法,即是言與意反的表達方式,言辭表面所顯露的含意與說者內心真正的意念相反,藉由此種表達方法,一方面流露出幽默風趣的效果,另一方面則是滑稽嘲弄,暗蓄辛辣諷刺的意味,古龍常藉此辛辣的修辭方法,表現出其對人性黑暗面的深刻洞察力,令讀者在辛辣快感,幽默逗趣之餘,不免嗅出字裏行間所流露出的蒼涼孤寂感,《絕代雙驕》中此類的例子如:

> 小魚兒道:「我又聽人說,這『犬子』的父親乃是一代大俠,我又想,常言道:龍生龍,鳳生鳳,一代大俠怎會養得出如此卑鄙無恥的兒子。」

此段話表面上似在罵江玉郎卑鄙無恥,不肖其父江別鶴一代大俠的風範,實則指桑罵槐,諷刺江別鶴卑鄙無恥。又如江小魚在歐陽丁、歐陽當兩兄弟臨死前對他們說的話:

> 你們這簡直不是明知必死才害人的,簡直是為了害人,而寧

---

❺ 此段文字起首連用四個疊字:大大、小小、老老、少少,屬類疊之修辭方法,雖非排比,卻也同屬接連反覆出現形式的修辭方法,與排比有異曲同工之妙,兩個修辭法前後銜接在一起,有相輔相成之功,同時增益了此段強調熱鬧場景的效果。

可去死,像你們這樣的人,倒也少見的很。

說少見似乎是稱讚兩兄弟,骨子裏卻是諷刺兩兄弟陰險惡毒的損人利己行為,以及最後損人利己不成,竟為此而害死自己的愚蠢行徑。再如鐵萍姑對江玉郎說的話:

> 你還是找別人溫存去吧!像你這樣既聰明,武功又高的大英雄、大豪傑,我怎麼高攀得上。

表面上似在讚賞江玉郎武功高,人聰明,是個英雄豪傑,實際上卻是在嘲弄其花拳繡腿,狡猾兇狠而卑鄙無恥。又如白開心形容李大嘴的話:

> 我怎麼會和那大嘴狼走一條路,他若能上西天,我寧可下地獄。

白開心當然不會願意下地獄,故此處乃藉以辛辣諷刺李大嘴該下地獄,自然也就不能上西天了,又如白開心要殺白夫人之前對她說:

> 你真是個活寶貝,從今以後叫我怎麼離得開你。

話才說完寶貝就變成了母狗,活的人就被扼斷了脖子,當然也就離得開了,相形之下,死前的這番話便顯得多麼地諷刺而令人印象深刻,又如胡藥師消遣白山君的話:

> 白老哥,看來你真是老福氣,看來只怕等你進了棺材,我這小嫂子還是年輕得跟個大姑娘似的。

表面上似是稱讚其妻子白夫人，骨子裏卻是諷刺其夫人不守婦道，年紀不小還賣弄風騷，有這樣隨時可能讓其戴綠帽子的老婆，還說他是老福氣，其言外辛辣的諷刺意味，直是深入骨髓。

十、適時精警而發人深省、耐人尋味

　　精警的修辭方法，是運用簡單精煉的語言，出人意料或別具用心地揭示深刻的意念，使人初聞似是尋常，仔細品味卻又意味深長，耐人尋味而發人深省，古龍善於在小說中隨事議論，或借題發揮，或介入插敘，引領讀者深省，進而不知不覺地被其吸引而實際品味起來，最後感受到其字裏行間所透露出之無窮意味，有時看似岔斷情節，憑空而降，破壞了情節結構進行的順暢性，卻別有一番無理而妙的奇趣，《絕代雙驕》這一類的修辭例如：

　　　　小魚兒笑道：「女孩子還是糊塗些好，女孩子知道越多，麻煩就越多，你只要知道我有兩下子就行了。」

此段話表面上似是小魚回答鐵心蘭，關於慕容九害他的問話，卻也流露出古龍個人觀察女性後，對女性心理行為的認知結果，頗耐人尋味，相類似關於對女性觀察的見解，也見於花無缺回答小魚兒關於女人天生就可以罵男人的問題中：

　　　　能被女人罵的男人，才算是福氣，有些男人，女人連罵都不屑罵的。

整段文字對兩性關係自有一番深解，辛辣酸諷中別饒幽默之奇趣，

仔細品味又似別有深意,耐人尋味。類似之例子,還見於蘇櫻告訴鐵心蘭的話裏:

> 男人都是賤骨頭,你越是急著去找他,他就越得意,你若不睬他,他反而也許會爬著來找你。

古龍此時又變成觀察男性心裡行為的專家,對男性某些行徑可說露骨而毫不留情的譏刺,此段話同樣辛辣酸諷而別饒幽默之奇趣,一樣耐人尋味。再如小魚兒聽到趙家莊家丁,關於天香塘和段合肥商場競爭恩怨之說明時,所說的一番話:

> 想不到商場竟也和戰場一樣,看來在商場上結下的仇人,竟比在戰場上的仇人惡毒還要深。

表面上似在發表對天香塘和段合肥商場競爭恩怨的感想,唯其對商場之冷酷的評語,仔細品味卻發人深省;別有深意。又如歐陽丁、歐陽當兄弟臨死前,求小魚兒用他們的財寶去做些好事,為他們贖贖罪時,小魚兒搖頭嘆息所說的一番話:

> 奇怪,很多人都以為用兩個臭錢就可以贖罪,這想法豈非太可笑了麼?若是真的如此,天堂上豈非都是有錢人,窮人難道都要下地獄?

道理淺顯易懂,此處古龍借題發揮,隨事評論一番,更加發人深省而意味深長。再如描寫到鐵萍姑看到道路上陌生來往的行人,卻不知何去何從時茫然心境的一段話:

> 她忽然發覺，一個人若想在這世上自由自在地活著，實在不如她想像中那麼容易。

突然介入插紋，雖看似交待人物之內心思維活動，卻感慨深長，對人生別有一番衷腸，獨具深意而耐人尋味，有一段江玉郎與江小魚的對話，只見雙方高來高去，對話之內容則是機鋒巧變兼意味深長：

> 到了這時，江玉郎目中也不禁露出狂喜之色，卻故意嘆了口氣道：「絕代之佳人，大多是傾國傾城的禍水，致命之毒物，也常常是人間美味，唯有良藥，才是苦口的。」小魚兒一把拉住他的手，笑道：「好聽的話，大多是騙人的，江兄還是少說兩句，趕緊去救人吧。」

雖是關於情節結構需要的人物對話，言盡之餘暗蓄深意而發人深省，讀來頗有警策之效果，又有一段關於燕南天站在山頂的描繪，也極為發人深省：

> 燕南天孤獨的站在山巔最高處，看來是那麼寂寞，但他早已學會忍受寂寞──自古以來，無論誰想站在群山最高處，就得先學會如何忍受寂寞。

眼看著對燕南天孤立山巔之形象描繪已曲盡其形，突然作者橫插進來，借題發揮而大發議論，仔細尋思其所發表的議論，似乎是延續對燕南天的描繪而來，細細品味卻又不然，彷彿要對世人發出忠告，切莫一心追求高位，否則就必須先學會忍受寂寞，自古以來一

語,道盡千古身處高位者的孤獨寂寞,發人深省。

十一、結語

古龍在《絕代雙驕》中所使用的修辭方法頗為豐富,除了以上所述的方法外,其他如:

> 突然,一聲雞啼,撕裂了天地間的沈悶。

透過擬人的轉化修辭方法,將雞啼模擬成人的雙手,將破曉雞啼,黎明陽光驅走黑暗的景況,說成是撕裂了天地間的沈悶。頗富想像創造之功能。又如:

> 但不知怎地,這又懶,又頑皮,又是滿身刀疤的少年,身上卻似有著奇異的魅力,強烈的魅力。尤其他那張臉,臉上雖有道刀疤,這刀疤卻非但未使他難看,反而使他這張臉看起來更有種說不出的吸引力。這又懶,又頑皮,又是滿身刀疤的少年,給人的第一個印象,竟是個美少年,絕頂的美少年。

則是運用了類疊的修辭方法,不僅有連續隔離使用「刀疤」「少年」的類字修辭方法,更有隔離使用「這又懶、又頑皮,又是滿身刀疤的少年」的類句修辭法,加深了讀者對小魚兒此一人物形的深象。

整體而觀,《絕代雙驕》中雖不乏各類型之修辭方法,卻仍以上述所說之九種修辭方法最為普遍而常見,分析此九種修辭方法,

可以發現其主要的特色在於想像力豐富,所形成的語勢較為有力,營造的氛圍也較為強烈,對讀者所造成心理震撼度也較高,語意所引發的言外效應則非常深邃,綜合這些分析可得到如下的結論:

一、《絕代雙驕》修辭方法所引發的奇趣,使故事情節內在的意蘊飽含張力,撩起讀者的好奇心,吸引讀者探奇的目光,足以引發讀者閱讀的興趣,滿足其閱讀的快感。

二、《絕代雙驕》修辭方法所強化的語勢,及其所營造的強烈氛圍,足以提振讀者的精神,維繫其閱讀的持續力。

三、《絕代雙驕》修辭方法所形成的心理震撼,足以加深讀者對故事情節、人物性格形象、事件特徵的印象,使讀者留下鮮明的記憶而傳頌不已。

四、《絕代雙驕》修辭方法所造成的言外效應及精警效果,足以引發讀者之深省,使其回味不已,更對其所面對的現實人生,起一定的警策作用,獲致閱讀外的生命啟示功能。

杜甫〈江上值水如海勢聊短述〉詩名句:「為人性僻耽佳句,語不驚人死不休。」觀古龍《絕代雙驕》中所使用的修辭方法,與杜詩所言似有異曲同工之妙。

參考文獻

《修辭學》　黃慶萱　三民書局股份有限公司　1985 年 9 月五版
《辭格匯編》　黃民裕　湖南出版社　1991 年 6 月二版二刷
《修辭學》　沈謙　國立空中大學　1992 年 9 月三版
《古龍武俠小說研究》　陳康芬　淡江大學中國文學系碩士論文
　　　　1999 月 5 月

《新絕代雙驕》　古龍　風雲時代出版公司　1999 年 9 月初版二刷

〈文壇上的「異筆」——臺灣武俠小說家瑣記〉　葉洪生　〈文訊月刊〉　2001 年 11 月

〈握緊刀鋒的古龍〉　薛興國　〈亞洲週刊〉　2002 年 12 月

〈「新派武俠」革命家：古龍小說藝術總評〉　葉洪生　〈文訊月刊〉　2005 年 3 月

古龍的「劍道」與「人道」
——從西門吹雪與葉孤城說起

林保淳*

一、前言

　　古龍在整個武俠小說發展史中的地位,至今雖仍無定論❶,但「金」、「古」齊名,同為武俠小說史上引人矚目的兩顆巨星,對武俠創作產生深遠的影響,則應是人無異辭的。

　　大體上,金庸以其「宗師」的地位、優質的創作,為武俠小說開啟了步入文學殿堂的大門,這是金庸最值得稱道的「功績」;而古龍以奇詭俶儻之才情,一力變化求新,緊扣時代脈動,並以「去歷史化」的寥闊場景,為武俠開闢出另一境界,則是古龍最得力之處。一「正」一「奇」,誠如陳曉林所說:「金庸敘事平穩,古龍

---

*　淡江大學中國文學系教授
❶　尚無定論的原因在於論者對其小說的成就與意義有極分歧的看法,「擁金」、「擁古」之爭,頗似《紅樓夢》的「擁薛」、「擁林」派,而缺乏深入且足以信服於人的討論。

則跌宕多奇變」❷，古龍的「奇」正來自於他的「變」，所謂「習玩為理，事久則瀆；在乎文章，彌患凡舊，若無新變，不能代雄」❸，古龍早在 1971 年就甚有「求新求變」的自覺：

> 所以武俠小說若想提高自己的地位，就得變！若想提高讀者的興趣，也得變！不但應該變，而且是非變不可！
> 怎麼變呢？有人說，應該從「武」變到「俠」。若將這句話說得更明白些，也就是武俠小說中應該多寫些光明，少寫些黑暗；多寫些人性，少寫些血！❹

事實上，古龍在《浣花洗劍錄》（1964 年 6 月《民族晚報》開始連載）中，就已經劍及履及，積極拓展他的武俠事業，是武俠小說領域中最早將「創新」的理論形諸文字的作家。他不只一次的公開為文批評武俠小說「學藝」、「除魔」的俗套與公式，並宣示其以「東洋為師、非變不可」的決心。他強調：「要求變，就得求新，就得突破那些陳舊的固定形式，嘗試去吸收。」他反詰：「誰規定武俠小說一定要怎樣寫，才能算『正宗』！」❺因此，他率先採用散文體式行文，運用詩化的語句分行分段，造成文字簡潔明快的效果；擷取意識流的錯綜時空，布設蒙太奇式的場景組合，加快小說的節奏

---

❷ 見〈奇與正：試論金庸與古龍的武俠世界〉，《聯合月刊》第 23 期，1996 年 7 月，頁 23。
❸ 見《南齊書・文學傳論》。
❹ 見《歡樂英雄・代序》（春秋版），此文後來略為改寫，收在桂冠版 25 開本的六種古龍小說前面，作為代序，流傳很廣。
❺ 同上。

・古龍的「劍道」與「人道」——從西門吹雪與葉孤城說起・

感;並以「正言若反」的筆法,塑造特立獨行的人物與詭異離奇的情節;更獨創一種特殊的「非敘述人」的對話體,自問自答,極為別緻。凡此,都是古龍在自覺意識下求新、求變所作的開創。

古龍的「變」,是全方位的「變」,無論從文字運用、場景變換、敘事手法、情節變化、主題意識,都曾經對後起的作家造成廣泛的影響,而其始則是透過對「武功」的新穎描寫開闢出一條坦途的:從《浣花洗劍錄》發軔,經《多情劍客無情劍》(1969年)醞釀,而在《大遊俠》中完成。本文即擬以《大遊俠》書中象徵古龍「劍道」達臻圓熟境地的代表人物——西門吹雪與葉孤城為中心,探討古龍在這方面的成就。

二、從陸小鳳傳奇說起

短幅的故事,單一英雄的傳奇,是古龍後期小說最喜愛的模式,也是一種創意,因為短幅故事不僅迅起迅結,擺脫了舊式武俠小說動輒數十萬言的長篇壓力,足以在節奏迅速的現代社會中爭取到多數的讀者;同時,精簡而緊湊的情節張力,也最適於表現他奇詭、多變的風格;更重要的是,藉單一故事的烘托,英雄得以在情節中崛起,展現不凡的風采。其中楚留香[6]拜電影,尤其是鄭少秋

---

[6] 楚留香系列作品最初有收在《鐵血傳奇》(1967,真善美出版)的〈血海飄香〉、〈大沙漠〉、〈畫眉鳥〉三個故事;其後《俠名留香》(1968,春秋版)則有〈借屍還魂〉、〈蝙蝠傳奇〉兩個故事;最後又有《桃花傳奇》(1972,春秋版)、《新月傳奇》(1978,漢麟版)兩個故事,計七個故事。1995年,真善美出版社將《鐵血傳奇》更名為《楚留香傳奇》重新發行。

主演的港劇之賜,最富盛名;而陸小鳳則是繼楚留香之後嶄露頭角的另一典型。

陸小鳳最先是在《大遊俠》(1973-1975年由南琪陸續出版)中露面,分〈陸小鳳傳奇〉、〈繡花大盜〉、〈決戰前後〉、〈銀鉤賭坊〉、〈幽靈山莊〉五段故事;其後則又有《鳳舞九天》❼(1975,南琪)、《劍神一笑》❽(1981,萬盛)兩部,總計七個故事。

在短幅的系列故事中,楚留香營造了胡鐵花這一相當成功的第二男主角。胡鐵花的粗率、直爽,與楚留香的風流蘊藉,正好相得益彰,在此,古龍充分擷取了傳統小說中的人物對襯手法,相信《水滸傳》中的宋江與李逵、《說岳全傳》中的岳飛與牛皋,皆是他取法的模範。在陸小鳳系列中,古龍刻意塑造第二男主角,不但人數、份量遠較楚留香為多,就是作用也完全不同。我們可以說,在陸小鳳故事中,古龍掌握了更重要的人物技巧,賦予了人物更多樣化的性格特徵。在陸小鳳故事中,古龍開宗明義提到了熊姥姥、

---

❼ 《鳳舞九天》是古龍未完成的作品,分別有兩個不同的版本:香港武功版題為《隱形的人》,故事未完;台北南琪版則用《鳳舞九天》之名,故事完整,據聞為薛興國所續。這兩個版本,在頁245「他忽然發覺自己已落入了一張網裡。一張由四十九個人,三十七柄刀織成的網」(台北皇鼎版)以前全同,自此而下,則完全是兩個不同的結局。

❽ 《劍神一笑》以西門吹雪為要角,但顯係偽作,蓋其中故弄玄虛、顛倒錯亂之處極多,根本無法延續之前的人物性格與相關情節(如陸小鳳在《鳳舞九天》中最後是與沙曼相偕,而此書誤作牛肉湯),而且也有兩種不同的版本(結局不同),但不知作者為誰。由於是偽作,故本文的討論不取此書。

・古龍的「劍道」與「人道」——從西門吹雪與葉孤城說起・

老實和尚、西門吹雪和花滿樓四人，此外，還有「偷王之王」司空摘星與「大老闆」朱停。這幾個人的出場次與作用不一，其中尤以老實和尚、西門吹雪、花滿樓與司空摘星最為重要，屢次在幾個故事中佔有關鍵的地位。

陸小鳳當然是故事中最重要的人物，古龍曾將陸小鳳與楚留香作了個對照：

> 楚留香風流蘊藉，陸小鳳飛揚跳脫，兩個人的性格在基本上就是不同的，做事的方法當然也完全不同。
> 他們兩個人只有一點完全相同之處。
> 他們都是有理性的人，從不揭人隱私，從不妄下判斷，從不冤枉無辜。

不僅性格不同，就是形貌的摹寫也頗有出入，楚留香「雙眉濃而長，充滿粗獷的男性魅力，但那雙清澈的眼睛，卻又是那麼秀逸，他鼻子挺直，象徵著堅強、決斷的鐵石心腸，他那薄薄的，嘴角上翹的嘴，看來也有些冷酷」❾。塑造楚香帥，古龍已力圖擺脫武俠小說中「俊男」的造型，但用語及形容，還是不免有幾分「帥哥」意味，而且，楚留香永遠文質彬彬，不曾狼狽出糗，就是連他「摸鼻子」的習慣性動作，也頗為「風流蘊藉」。陸小鳳則不同，他的形貌，只有「眉很濃，睫毛很長，嘴上留著兩撇鬍子，修剪得很整齊」❿，古龍捨棄了一切俊美的形容詞，只為陸小鳳留下了他的註

---

❾ 見《楚留香傳奇》（真善美1995年版），頁8。
❿ 見《陸小鳳傳奇》（皇鼎1978年版），頁28。

冊商標——「四道眉毛」。簡潔有力，讀者於想像中自不難捕捉到其神貌。陸小鳳經常出糗，不但擁有「陸三蛋」、「陸小雞」、「陸笨豬」等不雅的綽號（楚留香則是「老臭蟲」），而且在語言上也常吃虧露醜（尤其碰到司空摘星）。更重要的是，陸小鳳雖然武功深不可測，拿手絕技「靈犀一指」總是「來得正是時候」，卻不如楚留香的萬能；如果沒有周遭的朋友相助，陸小鳳不可能完成任何「事業」。換句話說，陸小鳳比楚留香多了一分「平凡」之氣，更易使人覺得分外親切，而「平凡」二字，正是古龍晚期小說刻意塑造的。

儘管如此，楚留香和陸小鳳系列還是有相同點，那就是以「破案」貫穿整體故事。陸小鳳與楚留香，在某種程度上都可以說是「神探」的化身，專門負責破解各種迷離詭異的案件，因此，古龍膾炙人口的詭奇風格，也在此系列中表現無遺。

不過，詭奇之於古龍究竟是利是弊，不但學者頗有異見，就是古龍自己也常質疑，就在撰寫陸小鳳系列的同時，古龍也逐漸意識到情節的詭奇變化，已無法再吸引讀者了，同時認為唯有「人性的衝突才是永遠有吸引力的」：

> 武俠小說已不該再寫神，寫魔頭，已應該開始寫人，活生生的人！有血有肉的人！
>
> 武俠小說的情節若已無法再變化，為什麼不能改變一下，寫寫人類的情感、人性的衝突，由情感的衝突中，製造高潮和

·古龍的「劍道」與「人道」——從西門吹雪與葉孤城說起·

動作。⓫

兩段引文在後期古龍所發表的文章中屢屢出現,無論是對其他一力規模古龍的後起作家或古龍自己,皆不啻是暮鼓晨鐘!可惜的是,古龍雖身體力行,在後期作品中極力描寫其所謂的「人性衝突」,但一則他「為變而變」,陷入了人性反覆的死胡同中,無法作更深層的解構;一則自 1977 年以後,酒色交攻下虛弱的身體也大大削減了他的創作動能⓬,以致不得不再度找「槍手」代筆。最後只有齎志以歿,空留俠名在人間。

三、西門吹雪與葉孤城

從情節而言,陸小鳳傳奇系列作品顯然仍以奇詭變化為主體,無論是《陸小鳳傳奇》中青衣樓的霍休與假大金鵬王、《繡花大盜》中監守自盜的名捕金九齡、《決戰前後》出人意表的謀叛、《銀鉤賭坊》中一連串的「假局」、《幽靈山莊》中西門吹雪「真、假」追殺陸小鳳,或是未完的《鳳舞九天》的「隱形人」,

---

⓫ 這兩段引文的原始出處,見《天涯明月刀》(1974 年,南琪出版社原刊本)首章〈武俠始源〉,其後以〈關於武俠〉為題,刊登在香港《大成》雜誌(1977 年 6 月到 11 月);萬盛新版書(1978 年)則改為〈寫在《天涯明月刀》之前〉。但後來又在《聯合文學》(第 20 期,1983 年 3 月)以〈談我所看過的武俠小說〉之題發表。均一字不易。

⓬ 1977 年以後,古龍僅有《碧血洗銀槍》、《新月傳奇》、《英雄無淚》、《七星龍王》、《午夜蘭花》、《獵鷹‧賭局》六部可視為是他自己創作完成的作品,其他皆為冒名偽書。

都極盡其詭譎變化之能事；不過，此時的古龍，真的很想寫「人」，寫「人性」。於是，在「平凡」的陸小鳳之外，古龍也「開宗明義」地提到了熊姥姥、老實和尚、西門吹雪和花滿樓四人❸。其中花滿樓以一失明之人，用「心」去感受世間的一切美麗，正可與《蝙蝠傳奇》中的原公子作一對照，古龍是刻意藉此一角色的燦爛笑顏凸顯世情溫暖的一面，但出現場次相對較少；西門吹雪則是此一系列中極力推揚的角色，且藉他的另一「化身」——葉孤城，兩相對照，不僅將「劍道」入於「人道」，圓融了他自《浣花洗劍錄》以來開創的武功新境界，更昭示了他所強調的「人性」。

　　西門吹雪在陸小鳳系列中已完成的前五部中，出場甚是頻繁，在《陸小鳳傳奇》中，西門吹雪力戰獨孤一鶴，初露劍神鋒芒；《繡花大盜》隱隱伏藏了他與葉孤城的「世紀之戰」；《決戰前後》則是他與葉孤城的「決戰」；《銀鉤賭坊》中他輕取羅剎教的枯竹；《幽靈山莊》中則扮演著「假追殺者」。大抵上，西門吹雪所扮演的是個劍術通神的角色，陸小鳳只要一遇上武功高強的敵手，就非請他出山不可，甚至不惜剃掉自己的「註冊商標」——四道眉毛中的「鬍子」。

---

❸ 這四人在後來的故事發展中都有一定的重要性，可惜的是，熊姥姥此人明顯被疏略了。熊姥姥在《繡花大盜》中有相當傑出的表現，她是「紅鞋子」組織的大姐，精擅易容，能化身千萬，公孫大娘才是她的真正身份，而一手遠紹自唐代公孫大娘的劍器，更是出神入化，無人能敵；但是，在《決戰前後》中，卻未曾正面露身，就死得不明不白了。古龍小說「重男輕女」，人所共知，可是居然「遺棄」此一如此具有特色的女性，卻也讓人不解。至於老實和尚，古龍讓他依違在「老實」與「不老實」之間，仍然屬於奇詭的運用。

・古龍的「劍道」與「人道」——從西門吹雪與葉孤城說起・

西門吹雪吹的不是雪,是血。他劍上的血。❶❹

「這名字就像是劍鋒一樣,冷而銳利」❶❺,西門吹雪以「雪」為名,喜著一身白衣,性格孤傲絕俗,如雪般冷冽寒酷;他熱衷追求「劍道」,一看見新奇的武功,「眼睛更亮了」,「就像是孩子們看見了新奇的玩具一樣,有種無法形容的興奮和喜悅」❶❻。他殺人,殺人後習慣的動作是吹去劍鋒上的血,顯示了他對人命的輕蔑,而「雪」的白與「血」的紅,形成強烈而鮮豔的對比,血色的燦爛,無疑更襯托出雪白的冷岸、無情,「當你一劍刺入他們的咽喉,眼看著血花在你劍下綻開,你若能看得見那一瞬間的燦爛輝煌,就會知道那種美景是絕對沒有任何事能比得上的」❶❼,花滿樓曾評論西門吹雪道:

> 因為他竟真的將殺人當做了一件神聖而美麗的事,他已將自己的生命都奉獻給這件事,只要殺人時,他才是真的活著,別的時候,他只不過是在等待而已。❶❽

以「劍道」為性命的西門吹雪,顯然頗有以殺人試劍的意味,冰冷無情,如霜似雪。不過,西門吹雪還是有朋友的,雖然不多,「最多的時候也只有兩三個」❶❾,也正因為「朋友」二字,西門吹雪變

---

❶❹ 《陸小鳳傳奇》(皇鼎版),頁7。
❶❺ 同上,頁144。
❶❻ 同上,頁150。
❶❼ 同上,頁122。
❶❽ 同上。
❶❾ 同上,頁119。

成了陸小鳳有求必應的福星,甚至還頗有點「兩肋插刀」的義氣(如《幽靈山莊》故事中,他不惜犧牲名譽,假稱妻子受到陸小鳳調戲,演出假追殺戲碼)。事實上,西門吹雪第一次出場,古龍就刻意凸顯了他「俠義」的特徵——他不遠千里,在烈日下馳騎三天,焚香沐浴,齋戒三日,趕到一個陌生的城市,為了一個陌生人(趙剛)去殺另一個陌生人(洪濤),只因為洪濤殺了趙剛,而趙剛卻是個「很正直,很夠義氣的人,也是條真正的好漢」[20]。

相較起來,白雲城主葉孤城則似乎少了一點人情味。葉孤城在小說中第一次出現,是在陸小鳳夜探平南王府之時,當時陸小鳳險些喪命在他那招著名的「天外飛仙」之下;而葉孤城顯示出的冷酷、孤傲、寂寞,也正與西門吹雪相同,「他們的人也都冷得像是遠山上的冰雪」,陸小鳳覺得:

> 他們都是非常孤獨,非常驕傲的人。他們對人的性命,看得都不重——無論是別人的性命,還是他們自己的,都完全一樣。他們的出手都是絕不留情的,因為他們的劍法,本都是殺人的劍法。他們都喜歡穿雪白的衣服。[21]

但葉孤城是個「驕傲的人,所以一向沒有朋友,我並不在乎,可是一個人活在世上,若連對手都沒有,那才是真的寂寞」[22]。西門吹雪在殺了蘇少英時,曾感慨:「你這樣的少年為什麼總是要急著求

---

[20] 同上,頁7。

[21] 《繡花大盜》,頁 117。下文有謂葉孤城不喝酒、不喝茶,只飲白開水之文,但西門吹雪是喝酒的,古龍於此處稍有未照應之失。

[22] 同上。

死呢?二十年後,你叫我到何處去尋對手?」❷兩個同樣孤高、寂寞的人,同樣是以劍道為性命的人,對他們來說,「劍道」其實就是「性命之道」,是他們身心性命的安頓之處。西門吹雪幽居萬梅山莊,葉孤城隱遁南海孤島,欲探求「劍道」;殊不知「劍」是「入世」的,故其「道」僅能於人間世的歷練上探求。於是他們飄然而出,踏臨人世,藉兩柄寂寞孤冷的劍,相互印證。陸小鳳一直不願,也不懂「決戰」的發生及意義,但經由一句,「正因為他是西門吹雪,我是葉孤城」❷,陸小鳳啞然無言:

> 這不算是真正的答覆,卻已足夠說明一切。西門吹雪和葉孤城命中註定了就要一較高下的,已不必再有別的理由,兩個孤高的劍客,就像兩顆流星,若是相遇了,就一定要撞擊出驚天動地的火花。這火花雖然在一瞬間就將消失,卻已足以照耀千古!❷

他們都是獨一無二的大宗師,不但世間僅能有其一,而且也唯有藉其交迸出來的火花,才能照亮「道」的途轍。「既然生了葉孤城,為什麼還要生西門吹雪」❷?因此,此戰勢在必行,這已是追求「劍道」者的宿命。

這場兩雄相遇的宿命決戰,從《繡花大盜》牽引而下,「月圓

---

❷ 《陸小鳳傳奇》,頁150。
❷ 《決戰前後》(皇鼎版),頁76。
❷ 同上。
❷ 同上,頁268。

· 285 ·

之夜，紫禁之巔，一劍西來，天外飛仙」㉗，地點在天子駐蹕的紫禁城之巔（太和殿屋頂）；時間選在淒迷的月圓之月。無疑，這極富傳奇的意味，也極富「劍道」與「人道」的省思。

四、古龍的「劍道」

古龍的武俠小說，自《浣花洗劍錄》（1964）精確的詮釋了「無劍勝有劍」㉘的武學境界後，開始以氣氛的醞釀、氣勢的摹寫、簡潔的招式、迅快的比試，取代了傳統武俠中一招一式、有板有眼的武功描寫，這是他取法日本劍客小說家吉川英治、小山勝清、柴田練三郎描摹宮本武藏的「劍道」而推陳出新的突破。㉙

在《浣花洗劍錄》中，古龍借紫衣侯之口，道出武學的奧秘：

> 我那師兄將劍法全部忘記之後，方自大澈大悟，悟了「劍意」。他竟將心神全都融入了劍中，以意取劍，隨心所欲。……也正因他劍法絕不拘囿於一定之招式，是以他人根本不知該如何抵擋。我雖能使遍天下劍法，但我之所得，不過是劍法之形骸；他之所得，卻是劍法之靈魂。我的劍法雖

㉗ 《繡花大盜》，頁269。

㉘ 此說大抵始自金庸的《神雕俠侶》（1959），但未曾細摹，《倚天屠龍記》（1961）進一步寫「無招勝有招」，直到《笑傲江湖》（1967）才算正式藉「獨孤九劍」詮釋清楚。

㉙ 參見葉洪生、林保淳《台灣武俠小說發展史》（台北：遠流出版社，2005），第二章專論古龍的部分。

・古龍的「劍道」與「人道」——從西門吹雪與葉孤城說起・

號稱天下無雙,比起他來,實是糞土不如!㉚

不拘囿於一定的招式,就是「無招」,「他人根本不知該如何抵擋」,則是「勝有招」,古龍是以道家「道法自然」的觀念詮釋的,故下文以自然萬物的原理為證,草木榮枯、流水連綿、日月運行等,皆是順應默化、生生不息的,唯是生生不息,故方能破除集狠、準、穩、獨、快於一身的「迎風一刀斬」。

此一開創,到《多情劍客無情劍》(1969)則有更進一步的發展,古龍在書中藉上官金虹、李尋歡與天機老人的語言機鋒,寫出了所謂「無招」的三層境界,這是武俠小說論武功境界「經典中的經典」:

手中無環,心中有環!(上官金虹,頁954)

在心裡,我刀上雖無招,心中卻有招。(李尋歡,頁956)

要手中無環,心中也無環。到了環即是我,我即是環時,就差不多了⋯⋯妙參造化,無環無我,無迹可尋,無堅不摧!(天機老人,頁962)㉛

無刀無招,卻是「有刀又有招」,此一境界,在《浣花洗劍錄》中已經揭示,但此書將刀(環)、招與「心」相聯繫,無疑更進一層,武學的境界,直等於人生的境界了。但天機老人卻顯是不以為然,更提出了第二層「環即是我,我即是環」,將「人與劍」完全

㉚ 見《浣花洗劍錄》第8章,網路版。

㉛ 《多情劍客無情劍》(台北:桂冠圖書公司,1977)。

・287・

結合；但人劍雖是合一了，仍有人與劍之別，故又提出「無環無我」的相忘境界，此方為武學的真正巔峰！在此，古龍以禪宗神秀與慧能的偈語印證，實則與莊子的「吾喪我」觀念亦相吻合——這真是所謂的「仙佛境界」了。「劍道」發揮至此，至矣，盛矣，蔑以加矣！

　　還是古龍的「絕境」，但如仙如佛固是高妙絕倫，卻分明與「人」之間有所扞格，陸小鳳系列故事以「人道」為重，只講到「人即是劍」的境界，並未「劍我兩忘」。蓋無論西門吹雪與葉孤城是多孤高懸絕，是「劍」就要入世，既入世就不得不受「人道」的拘限，而也唯有將「劍道」落實於「人道」，俠客的生命才有意義——這正是陸小鳳系列故事的主題。

　　公孫大娘曾評論葉孤城的「天外飛仙」一劍：

　　　　這一劍形成於招未出手之先，神留於招已出手之後，以至剛為至柔，以不變為變，的確可算是天下無雙的劍法。[32]

劍、招、神、意四者相通，不變而有變，其實正是「人即是劍」的境界，故葉孤城可以篤定的說「我就是劍」[33]。西門吹雪的劍道境界，也造臻於此：

　　　　——他的人已與劍溶為一體，他的人就是劍，只要他的人在，天地萬物都是他的劍。

---

[32] 《繡花大盜》，頁219。
[33] 《決戰前後》，頁253。

・古龍的「劍道」與「人道」——從西門吹雪與葉孤城說起・

——這正是劍法中的最高境界。❸

人在、劍在、道也在,這是古龍後期最高武學境界的論斷,明顯與《多情劍客無情劍》不同。從哲學思想上論,此說正如禪宗菩提、明鏡的「是」與「非」一般,是落於「劍道」下乘的,可是,這卻和古龍後期企圖發掘的「人性」息息相關。

五、「人道」與「人性」

「我即是劍,劍即是我」,是陸小鳳系列中欲刻意強調的道理;然而,所謂的「我」,究竟為何?何者之「我」才是古龍所肯定的?我們不妨先看看紫禁城頂西門吹雪與葉孤城決鬥前的對話:

西門吹雪忽然道:「你學劍?」

葉孤城道:「我就是劍。」

西門吹雪道:「你知不知道劍的精義何在?」

葉孤城說:「你說!」

西門吹雪道:「在於誠。」

葉孤城道:「誠?」

西門吹雪道:「唯有誠心正意,才能達到劍術的巔峰,不誠的人,根本不足論劍。」

葉孤城的瞳孔突又收縮。

西門吹雪盯著他,道:「你不誠。」

---

❸ 《銀鉤賭坊》,頁 273-274。

> 葉孤城沉默了很久,忽然也問道:「你學劍?」
> 西門吹雪道:「學無止境,劍術更是學無止境。」
> 葉孤城道:「你既學劍,就該知道學劍的人只要誠於劍,並不必誠於人。」
> 西門吹雪不再說話,話已說盡。
> 陸的盡頭是天涯,話的盡頭就是劍。㉟

紫禁城上當代兩大劍客的決戰,就是在這段機鋒式的語言後開展的。學劍者該「誠於人」還是「誠於劍」?是這段對話最重要的部分。西門吹雪指摘葉孤城「不誠」,而葉孤城亦已默認。的確,葉孤城在這段傳奇中用盡了心思計謀,布弄各種疑陣,主要的目的就是想藉這場轟動天下的宗師對決吸引天下人的耳目,以暗遂其弒君篡位的詭計,西門吹雪所稱的「誠心正意」,顯然是非常儒家式且道德化的,這與歷來武俠小說中所設計的俠客形象如出一轍,葉孤城自覺虧欠,自然只得默認。「誠於人」是「人道」,故西門吹雪後來評述此戰時,也宣稱葉孤城「心中有垢,其劍必弱」㊱。

不過,此戰的結局,真的就是西門吹雪勝了嗎?從「冰冷的劍鋒,已刺入葉孤城的胸膛,他甚至可以感覺到劍尖觸及他的心」㊲看來,西門吹雪終是最後的生還者;但是,就在決定勝負的最後一劍時,情況是:

㉟ 《決戰前後》,頁 253-254。
㊱ 《銀鉤賭坊》,頁 273。
㊲ 《決戰前後》,頁 271。

・古龍的「劍道」與「人道」——從西門吹雪與葉孤城說起・

直到現在,西門吹雪才發現自己的劍慢了一步,他的劍刺入葉孤城胸膛時,葉孤城的劍必已將刺穿他的咽喉。
這命運,他已不能不接受。
可是就在這時候,他忽然又發現葉孤城的劍勢有了偏差,也許不過是一兩寸間的偏差,這一兩寸的距離,卻是生與死之間的距離。
這錯誤怎麼會發生的?
是不是因為葉孤城自己知道自己的生與死之間,已沒有距離?❸

對葉孤城來說,此戰「勝已失去了意義,因為他敗固然是死,勝也是死」❸,「既然要死,為什麼不死在西門吹雪的劍下」❹?葉孤城是不敗而敗,因此劍勢略作偏差,而滿懷感激地承受了西門吹雪的劍鋒——這不是技不如人。陸小鳳旁觀者清,早已看出葉孤城劍如行雲流水,而西門吹雪的劍,「像是繫住了一條看不見的線——他的妻子、他的家、他的感情,就是這條看不見的線」❹。西門吹雪的入世精神,本就是古龍欲加強調的,而入世的結果,牽連起心中冰藏已久的感情(孫秀青及腹中小兒的親情愛情、陸小鳳的友情),有牽繫,就難免有羈絆,此時的西門吹雪已不再是「劍神」,而是「人」,「因為他已經有了人類的愛,人類的情感」;而葉孤城

---

❸ 同上。
❸ 同上,頁 269。
❹ 同上,頁 272。
❹ 同上,頁 270。

・291・

呢?陸小鳳「從未發覺葉孤城有過人類的愛和感情」,「人總是軟弱的,總是有弱點的,也正因如此,人才是人」㊷,故西門吹雪所體會出的「劍道」精義落實於人與人誠摯真實的相處之道。這是「入世」了,然而「入而不出」,西門吹雪以「性命之道」為「劍道」極致,得道而失劍。葉孤城「入世」的結果,依然了無牽掛,「葉孤城的生命就是劍,劍就是葉孤城的生命」㊸,「入而能出」,以「劍道」為「性命之道」,得劍而失道。

　　「劍道」的精義,由此可見,實應「誠於劍」;然而,「劍道」如若不能「誠於人」,如葉孤城一般,究屬何益?在這裡,古龍事實上已否定了「劍道」與「性命之道」的關聯性,劍道的極致是「誠於劍」,而「性命之道」的極致才是「誠於人」。問題是,人生當追求「劍道」還是「性命之道」?葉孤城臨戰心亂,西門吹雪耐心等候;葉孤城臨戰一語,視破壞了他周詳計劃的陸小鳳為「朋友」,葉孤城早已決心死於西門吹雪劍下,因為他已無所遺憾,「劍道」對他而言已經印證完成,但人生在世,或者「性命之道」才是更具意義的——這是古龍最後的「悟」。

　　事實上,葉孤城是否「不誠」於人呢?當陸小鳳窺破陰謀,飛身救駕的時候,葉孤城慨然而歎:「我何必來,你又何必來?」㊹的確,名動天下、潔白無瑕、冷如遠山冰雪的白雲城主,緣何會墮入凡俗,陰謀弒君呢?他也誠於人,誠於「南王世子」(即《繡花

㊷　同上。
㊸　同上,頁 269。
㊹　同上,頁 251。

・古龍的「劍道」與「人道」──從西門吹雪與葉孤城說起・

大盜》中的平南王世子，他的愛徒）。這恐怕才是葉孤城心中最大的「垢」。

葉孤城是西門吹雪的另一個身影，如果西門吹雪經此一戰，終於能明白，「劍道」須「入而能出」，即可如《劍神一笑》中的他一樣，可以拋妻棄子，一如天上白雲，悠遊於山巒崗阜，無瑕無垢，無牽無絆，終成一代劍神。

但是，這樣的「劍神」，就很明顯不是古龍所欲追求、凸顯的「人道」、「人性」了。1971 年，古龍在《歡樂英雄》一書的卷首宣稱：

> 武俠小說有時的確寫得太荒唐無稽、太鮮血淋漓；卻忘了只有「人性」才是每本小說中都不能缺少的。人性並不僅是憤怒、仇恨、悲哀、恐懼，其中也包括了愛與友情、慷慨與俠義、幽默與同情的。我們為什麼要特別看重其中醜惡的一面呢？㊺

古龍的「人性」其實正是指「人道」，因此極力欲排除人性中也有的醜陋面相，而發揮其積極樂觀的一面，儘管後來諸作，有時並未依循此一原則創作（如 1974 年的《多情環》甚至強調「仇恨」），但陸小鳳系列作品則顯然是他此一主張的最具體實現！

㊺ 見〈說說武俠小說〉。

視角・聲音・延異：
閱讀《大人物》

林建發*

前言：問題意識／閱讀策略

　　本文目的不在爭議武俠小說描畫的暴力圖像，是否早已是現實中建制的暴力場景❶？不忙著析辯閱讀武俠小說，是否為「逃避作為一種社會實踐」❷？也不談古龍（熊耀華，1937?－1985）❸小說新

---

* 醒吾技術學院副教授兼通識教育中心主任

❶ 高嘉謙，〈暴力的視窗：論革命與武俠的現代性隱喻〉，王德威、黃錦樹編，《想像的本邦：現代文學十五論》，台北：麥田，2005，頁 373。高氏論述場域為清季至民國 38 年時的大陸，1950 年代以後的台灣，情形不同。

❷ 林建發，〈回憶／重述：《冬夜》的書寫與閱讀策略〉，白先勇與二十世紀華文文學國際研討會，香港大學中文系，2003.12，頁 LIN JF21。1960、1970 年代的台灣，知識份子在武俠小說的世界中沉沉入睡，是否象徵知識份子對現實的沉溺或焦慮？還沒有令人信服的答案。

❸ 古龍出生年份，說法不一，向來有 1936 年、1937 年、1938 年三種說法。費勇、鍾曉毅，《古龍傳奇》，台北板橋：雅書堂文化，2002，頁 2；葉洪生、林保淳主張依據戶籍記載應為 1941 年。葉洪生、林保淳，《台灣

與變或解構的問題❹。我將以古龍《大人物》為分析文本,探索幾個問題,進行一項嘗試。

(1)問題意識:《大人物》的評價如何?多年來有沒有變化?古龍創作《大人物》,是否如一般印象技法已臻圓熟?另外,運用敘事學分析,可以更清晰看出《大人物》那些面貌?

(2)閱讀策略:我打算主要用德國康士坦學派(Constance School)的觀點,展開一場文本的冒險之旅❺。還要採取延異(différance),嘗試替《大人物》增添意義。

因此,本文結構將以三個層次展開,從《大人物》印象(前論)、《大人物》敘事(本論),延伸到《大人物》與「性別化空間」的討論(續論)。《大人物》是古龍傑作之一,受到的關愛卻

武俠小說發展史》,台北:遠流,2005,頁 212;葉洪生,〈葉洪生先生對於古龍小說的最新評價(一)〉http://www.langzigulong.com/review/xiaospl/36.php,2005.5.8 上網查閱。我認為因受 30、40 年代中國戰火蔓延影響,至少在 1960 年代以前台灣戶籍資料不準確狀況尋常可見。所以,古龍1941 年出生的說法,恐還不必然成為定論。

❹ 龔鵬程,《俠的精神文化史論》,台北:風雲時代,2004,頁 231－239;周益忠,〈拆碎俠骨柔情——談古龍武俠小說中的俠者〉,淡江大學中文系主編,《俠與中國文化》,台北:台灣學生,1993,頁 443－495;陳曉林,〈武俠小說與現代社會——試論武俠小說的「解構」功能〉,淡江大學中文系主編,《俠與中國文化》,台北:台灣學生,1993,頁 33－35。

❺ 康士坦學派主張閱讀行為永遠是一種生產行為,伊哲(Wolfgang Iser)、姚斯(Hans Robert Jauss)為其學派健將。約翰・史都瑞(John Storey),《文化消費與日常生活》,張君玫譯,台北:巨流,2001,頁 87－92。

相對不足。閱讀《大人物》最引人興致的話題是，它是古龍自戀的鏡像？「太史公曰：吾視郭解，狀貌不及中人」。（《史記‧游俠列傳》）古龍理應看過這篇文章，或者心有戚戚焉。他與二千年前古人對話與否，不在討論之列，「對話」兩字，卻是本文的核心精神。

一、研究系譜：《大人物》印象

《大人物》❻（1971），劃入古龍寫作系譜成熟期傑作之一❼。這本小說，大約有三十多萬字，因為受「古龍體」❽影響，個人感覺，讀起來「輕飄飄地」，坦白說，二十多年前我在翻閱時，並沒有留下深刻印象。

其實，古龍迷或學界對《大人物》的專文討論，截至目前也不多見。

白梅〈沒有大人物的《大人物》〉，從兩個角度來推崇這部小說的特殊：⑴它是古龍創作中「唯二」以女子為視角的小說（另一

---

❻ 古龍，《大人物》，台北：風雲時代，1997。該版本將全書分為三部，本文以下的引用將不再特別註明。

❼ 陳墨，《武俠五大家品賞》下，台北：風雲時代，2001。下冊，頁 39-40。陳曉林，〈古龍代表作的爭議〉，http://www.langzigulong.com/review/xiaospl/2.php，2005.5.2 上網查閱。

❽ 所謂「古龍體」，特色為短句多、分段多，很少一段超過三行。部分論者認為古龍文字簡單明瞭，在視覺上造成一種強勁氣勢；葉洪生則稱之為「文字障」。費勇、鍾曉毅，《古龍傳奇》，頁 41-42；葉洪生，《葉洪生論劍：武俠小說談藝錄》，台北：聯經，1994，頁 405-410。

部為《絕不低頭》〔1975〕）；⑵它也是古龍筆下「一部很特別的小說」，筆調十分輕鬆；以一個閨閣中的大小姐幻想心目中的大人物為開端，「鋪灑了一種喜劇的氣氛」❾。

熟悉古龍的讀者大概可以贊同，「古龍的大部分作品在骨子裡都是悲劇」。余杰〈誰是大人物──讀《大人物》〉這樣說：「古龍想寫的，實際上是人的無可奈何」，而這四個字「其實卻是人生中最大的悲哀，最大的痛苦。」「《大人物》這本薄薄的小冊子，卻是例外的一本──關於「有可奈何」的。這也許是古龍『自戀』時的一面鏡子，他將男主人公當作自己來寫，於是他寫得最為從容舒緩。」❿

何謂「有可奈何」？煞似文字遊戲；余杰說：「《大人物》的閱讀，不需要理性投入，只需用感情去體察」⓫──對於古迷來說，或許夠了，一旦進入「研究」範疇，卻不能不再推敲。可兒〈古龍筆下的寂寞〉僅有一句提及《大人物》：它在討論誰是勇者⓬。東東寶舉出古龍作品十個令人感動的場景，第三幕「真大人物」最後一段──田大小姐不再想看心目中大人物岳環山的一景，最是讓他傾心：

---

❾ 白梅，〈沒有大人物的《大人物》〉，http://www.langzigulong.com/review/xiaospl/41.php，2005.5.8 上網查閱。

❿ 余杰，〈誰是大人物──讀《大人物》〉，http://www.langzigulong.com/review/xiaospl/14.php，2005.5.20 上網查閱。

⓫ 余杰，〈誰是大人物──讀《大人物》〉，http://www.langzigulong.com/review/xiaospl/14.php，2005.5.20 上網查閱。

⓬ 可兒，〈古龍筆下的寂寞〉，http://www.langzigulong.com/review/xiaospl/3.php，2005.5.18 上網查閱。

> 田思思抬起眼,凝視著他(楊凡),眼波溫柔如春水,輕輕道:「因為我已找到了一個真正的大人物,在我心裡,天下已沒有比他更偉大的人物了。」(《大人物》第三部,頁185)

東東寶認為:「從外貌看來,楊凡甚至連個平凡的人都算不上,可是,任何人都不能否認,他是一個真正的大人物。田大小姐知道了這一點,也就不把岳環山那些人放在心上了。」而這個情節,「也使得男人開始思考:我能不能也算一個大人物呢?」⑬此處,我卻很懷疑「美女與野獸」結合以後,真的能擺脫世俗妍醜評判帶來的陰影?彭華(1969-)說:「《大人物》寫得漂亮且富有哲理」⑭。這句話見仁見智。曹正文的古龍小說代表作排行榜,將《大人物》列名第十五,男主角楊凡列入〈武林一百零八將〉:

> 古龍通過寫活一個大智若愚的楊凡,揭示了怎樣的一種人才稱得上是真正的大人物這一人生命題,從田思思對愛情的選擇昇華到對人生的思考,從而警醒讀者。

《大人物》是古龍後期代表作之一,它的篇幅不大,卻有內涵。書中人物不多,但主要人物個個栩栩如生。楊凡的心理、語言、形象都反映了古龍創作武俠小說的圓熟技巧。⑮

---

⑬ 東東寶,〈回憶古龍令我們感動的場景〉,http://www.langzigulong.com/review/xiaospl/4.php,2005.5.2上網查閱。

⑭ 彭華,《俠骨柔情:古龍的今世今生》,台北:大都會文化,2004,頁157。

⑮ 曹正文,〈武俠世界的怪才——古龍小說藝術談〉,摘錄於〈古龍小說代表作排名錄〉, http://www.xinxianet.com.cn/htmls/pinglun/zuopinp/

這樣的推崇絕不是唯一。古迷「翠袖染青眉」也極為讚賞這部作品。她說：「《大人物》是古龍筆下的又一個突破，一個簡簡單單的故事被簡簡單單地敘述了出來，小巧精緻然而不乏寓意。」閱讀之際，「像品嘗一道很好吃的家常小菜」。古龍《大人物》「輕鬆、有趣、熱鬧、好看。」只有一個缺憾，「它無法承載太多的悲壯與滄桑。」⓰

陳墨（1960－）品評港台武俠名家名作，雖對古龍整體表現不盡滿意，卻也對《大人物》青睞有加。他至少曾在三個地方提到對《大人物》的看法：⑴古龍這部作品「雖不那麼有名」，但陳氏本人非常喜歡。⑵「古龍是自卑的」，之所以「不變態」或「不大變態」，陳墨認為是因為古龍「在他的小說裡獲得了『解脫』」，「真正的大人物」──「楊凡不僅相貌上像古龍，氣質上也像古龍」；⑶《大人物》「拆解」了公眾英雄形象與「公眾造神心理」，「讓人面對人生的真實，以及人性與人世間的真實。」古龍創作這本「有感而發」的書，讓讀者（特別是年輕讀者）在楊凡、秦歌這些虛構人物身上，「體現了真正的現代人文精神，真正的浪漫

133.html，2005.5.22 上網查閱。排名順序：1《多情劍客無情劍》、2《絕代雙驕》、3《楚留香傳奇》、4《陸小鳳傳奇》、5《白玉老虎》、6《七種武器》、7《歡樂英雄》、8《九月鷹飛》、9《名劍風流》、10《武林外史》、11《流星・蝴蝶・劍》、12《圓月彎刀》、13《大旗英雄傳》、14《英雄無淚》、15《大人物》。這個排名當然有爭議。

⓰ 翠袖染青眉，〈從古龍武俠小說出版年表略談古龍創作〉，http://www.langzigulong.com/review/xiaospl/46.php，2005.5.22 上網查閱；〈古龍小說代表作之點將譜〉，http://www.langzigulong.com/review/xiaospl/47.php，2005.5.22 上網查閱。

人生情懷,真正的人間煙火之氣。」❶⃝⁷

　　整體看來,《大人物》若不是被古迷或研究者「忽略」,只要被提及,得到的評價都不惡。至於古龍本人,在我的閱讀印象中只見他提到過一次《大人物》。❶⃝⁸彭華曾舉出一則故事,說明古龍對《大人物》的態度:

> 古龍有一次遇到一個崇拜自己的女性讀者,她向古龍請教一個問題:「敬愛的古大俠,我讀你的書,老是不明白,你書中的那些主人公,個個都是風流倜儻,武功卓絕,女孩子一看到他們,就不知不覺地愛上他們,你看那個楚留香就是這樣的一個俠客;可在現實生活中的我,怎麼老是遇不到這樣的大俠呢?難道你寫的這些人物都是騙人的嗎?」古龍看著這個天真可愛的女孩子,笑了笑說:「你其實誤解了我的書中人物,風流倜儻武功卓絕,其實只是他們的外表,事情遠遠不是這樣簡單的,我告訴你吧!真正的大人物,要有這樣

---

❶⃝⁷ 陳墨,《武俠五大家品賞》下,頁42、66-67、92-93。

❶⃝⁸ 古龍,〈談我看過的武俠小說〉(一),《聯合月刊》19期,1983.2,頁82-84、〈談我看過的武俠小說〉(二),《聯合月刊》20期,1983.3,頁74、〈談我看過的武俠小說〉(三),《聯合月刊》21期,1983.4,頁74、〈談我看過的武俠小說〉(四),《聯合月刊》22期,1983.5頁74-75、〈談我看過的武俠小說〉(五),《聯合月刊》23期,1983.6,頁78、〈談我看過的武俠小說〉(六),《聯合月刊》24期,1983.7,頁76、〈談我看過的武俠小說〉(完),《聯合月刊》25期,1983.8,頁98-99。〈另外一個世界——還是有關武俠〉,《聯合月刊》16期,1982.11,頁74-75、〈雜文與我〉,《聯合月刊》17期,1982.12,頁80、〈看「小李飛刀」第一集〉,《聯合月刊》18期,1983.1,頁84。

的美德與個性。」說到這裡的時候,古龍賣了一個關子,「哦,你最好還是看一看我的近作吧,喏,它就在這兒。」

古龍在紙條上寫了三個字——《大人物》。[19]

原文沒有注釋,所以暫難覆核這個插曲的來龍去脈及真偽。設若一切屬實,上面敘述中最重要是「真正的大人物,要有這樣的美德與個性。」一句話當中的「這樣的」三個字。

「這樣的」,究竟是「怎樣的」?

一九八三年,古龍如是說:「我總認為女人也有爭取自己幸福的權利。這種觀念在那種時代當然是離經叛道,當然是行不通的。但又有誰能否認,當時那種時代裡,沒有這種女人?」講這幾句話的時候,古龍舉證的例子是:《鐵膽大俠魂》的孫小紅,《絕代雙驕》的蘇櫻以及《大人物》中的田思思。古龍似乎未曾公開提過「楊凡」這個他一手形塑出來的「大人物」。楊凡的「機智」與「其志甚遠」(蘇軾〈留侯論〉)的「忍耐」,應該就是古龍所謂要有「這樣的」美德與個性。古龍說:「勇氣是知恥,也是忍耐。一個人被侮辱,被冤枉時,還能夠咬緊牙關,繼續去做他認為應該做的事,這才是真正的勇氣。」[20]

《大人物》出版至今已三十四年,給讀者最強烈的印象是:它

---

[19] 彭華,《俠骨柔情:古龍的今世今生》,頁153－154。
[20] 古龍,〈談我看過的武俠小說〉(完),《聯合月刊》25期,1983.8,頁99。

是「言俠」的,它也是一部「言情」的小說。㉑所以,《大人物》是田思思追求理想丈夫的「成長」敘事;所以,秦歌拔劍而起,挨了三百二十四刀,也還不算是真正的勇者。三十四年來,這樣的閱讀架構,沒有被打破。

二、視角／聲音:《大人物》的敘事

陳墨認為古龍小說的藝術局限是「大都停留在講故事的層面」,「極少是真正以人為中心」。古龍將主要的精力集中到傳奇情節的編織上,他的小說中「就算是常有驚人妙語」,仍然掘不進深度,也難以展現小說的大氣,所以,古龍小說好看的不少,耐看的不多。此外,還有個大問題:

> 古龍筆下的人物,說話差不多只有一副腔調──有趣的腔調。敘事語與對話語區別不大,此人物與彼人物差別不大……,再加上作者寫得興起,自己乾脆做人物的「代言人」,從而連這點機會也給剝奪了。㉒

關於這一點,費勇、鍾曉毅也有類似的、更嚴厲的指責:「『借人

㉑ 陳曉林,〈古龍代表作的爭議〉,http://www.langzigulong.com/review/xiaospl/2.php,2005.5.2 上網查閱;費勇、鍾曉毅,《古龍傳奇》,頁 269。歐陽瑩之認為 1969 年至 1972 年古龍創作精神是「由武返俠」,葉洪生,〈葉洪生先生對於古龍小說的最新評價〉(四),http://www.langzigulong.com/review/xiaospl/39.php,2005.5.22 上網查閱。
㉒ 陳墨,《武俠五大家品賞》下,頁 105－106、112。

物的口說自己的話」，老是不忘把自己的情緒穿插其間」，「都是歌之感之愛之念之的同一個調子，沒有起伏，豈非太單調，太少變化了。」㉓

一九八〇年，古龍在台北吟松閣被刺，情況一度危急。這個生命危機對他的人生與寫作「理應」都有巨大的衝擊。數年後，因為《楚留香》電視劇轟動台灣㉔，林清玄（1953－）走訪古龍，留下訪談紀錄：

> 重寫楚留香，心情是怎樣的？
> 「我從楚留香之死寫起，頗有置之死地而後生的意思。我心情和生活上的變化，影響到楚留香的心情和生活上的變化，所以這個故事是和以前都不一樣的。」……
> 幾年前，他在吟松閣被砍了一刀，腕上鮮血，如泉噴湧，一個人身上有二千八百 CC 的血，他竟噴掉了二千 CC，躺著的時候，聽到醫生說：「可能沒救了，我們盡力試試。」
> 不久後，他的心裡被砍了一刀，妻子帶著小孩離開，古龍如同死過一回，他說：「每天好不容易回到家裡，總是轉身又出去。每天做的只有一件事：喝酒！」㉕

㉓　費勇、鍾曉毅，《古龍傳奇》，頁118。
㉔　陳世敏，〈楚香帥遊戲人間——「楚」劇的傳播社會學分析〉，《聯合月刊》14期，1982.9，頁46－47。
㉕　林清玄，〈訪古龍談他的「楚留香」新傳〉，http://www.langzigulong.com/review/xiaospl/52.php，2005.5.15 上網查閱、〈林清玄看古龍〉，http://www.langzigulong.com/review/jiedgl/8.php，2005.5.15 上網查閱。

可見古龍在鬼門關前走一遭,曾衝擊他對「楚留香」的創作。事實上,事件後的五年間,古龍的手傷對寫作產生不利影響。但,這是後事了。1971 年的古龍意氣風發,我們在《大人物》的敘事中,看不到創作風格的明顯變化。

古龍就像「新派武俠小說之祖」朱貞木（1905?-?）[26],擅長布局、說故事。依據班雅明（Walter Benjamin, 1892-1940）的看法:「作為一個傑出的作家,他所寫的文字,便是最不背離千萬無名說故事人的口語風格者。」同時,作為一個傑出敘事者,因為「有能力以整個生命作參考」,也「便是有能力以敘事的細火,將其生命之蕊燃燒殆盡的人。」[27]從「口語風格」或是從燃燒「生命之蕊」的兩個角度看,古龍作為一個優秀的「說故事的人」,當之無愧。

以《大人物》為例。它的開場就是一幕充滿「口語風格」、震撼視覺的特寫:「這少年手裡握著柄刀,刀柄上的絲巾在風中飛揚。紅絲巾,紅得像剛昇起的太陽。」（第一部,頁 3）此處,敘事者同時也是聚焦者（focalizer,觀看者）,被聚焦者（focalize,被看者）則是不知名的紅絲巾少年（第一部,頁 4-6）。[28]按照「敘事學」架構,《大人物》的「視點」不斷的在「局外」與「局內」之間轉

---

[26] 范伯群主編,《中國近現代通俗文學史》,上卷,南京:江蘇教育出版社,1999,頁 715-724。

[27] 班雅明,《說故事的人》,林志明譯,台北:台灣攝影工作室,1998,頁 20、48。

[28] 史蒂文·科恩（Steven Cohan）、琳達·夏爾斯（Linda M. Shires）,《講故事:對敘事虛構作品的理論分析》,台北板橋:駱駝出版,1997,頁 104。

移。所謂「局外視點」,是敘述者站在局外觀察,例如:「這少女斜倚著柴扉,眼波比天上的星光更溫柔。她拉著他的手,她捨不得放他走。」(第一部,頁 4)所謂「局內觀點」,是觀察者為作品中的人物。㉙例如:「田思思也不理她,負手走了出去,才發現這院子裡一共住著十來戶人家,竹竿上曬滿了各色各樣的衣服,沒有一件是新的。住在這裡的人,環境顯然都不太好。」(第一部,頁 44)《大人物》的敘述者則應該是一個「超然的敘述者」。其特徵是,敘述者表面上竭力以客觀冷靜的口吻來講故事,「其主觀態度則寓於客觀事件的描述之中。」㉚我們舉第一章第五段女主角田思思的出場為例:

> 田思思斜倚在一張鋪著金絲氈的湘妃竹榻上,窗外風中帶著荷花的清香,她手裡捧著碧玉碗,碗裡是冰鎮過的蓮子湯。
> 冰是用八百里快馬關外運來的,「錦繡山莊」中雖也有窖藏的冰雪,但田思思卻喜歡關外運來的冰。沒有別的理由,只因為她認為關外的冰更冷些。
> 她若認為月亮是方的,也沒有人反對。

只要田大小姐喜歡,她無論要做什麼事都沒有人敢反對。(第一部,頁 7)「超然的敘述者」正用「客觀」的態度說出一個備受「驕寵」的富家小姐的「驕氣」。從這些技巧來看,古龍擅於「說故

㉙ 金健人,《小說結構美學》,台北:木鐸出版社,1988,頁 202－203。
㉚ 劉紹信,《當代小說敘事學》,哈爾濱:黑龍江教育出版社,2002,頁 14。

事」,敘事功夫一流。

我對《大人物》最感興趣的是敘事的「視角」與「聲音」的變化。通篇看來,《大人物》主要採取的是傳統的第三人稱視角,「敘述者既不與人物或讀者合一,也不在作品中直接露面」,而是「從各種不定視點,或遠或近或正或側地拍攝敘述對象的各種圖象」。[31]第三人稱視角依敘述者目力所及範圍還有三種差別:(1)全知式視域,「敘述者有任意介入人物內心的權力」;(2)半知式視域,又叫「部分全知全能觀點」,對敘事內容採取部分保留狀態,有利於設置懸念,也可以把難以處理的事物扔給讀者去想像;(3)借人物視域,透過故事中人物的視線來觀察。這也是前述所謂的「局內視點」,前兩種則是「局外視點」。[32]《大人物》共分十三章,幾乎都是「第三人稱全知視角」,但有四個場景「視角」出現變化。第四章第八段出現幾行的「第二人稱視角」[33]:

> 正午。日正當中。
> 你若坐在樹蔭下,坐在海灘旁,坐在水閣中,涼風習習,吹在你身上,你手裡端著杯用冰鎮得涼透了的酸梅湯。
> 這種時候你心裡當然充滿了歡愉,覺得世界是如此美好,陽光是如此燦爛,如此輝煌。
> 但你若一個人走在被烈日曬得火燙的石子路上,那滋味可就不太好受了。(第一部,頁153)

---

[31] 金健人,《小說結構美學》,頁220。
[32] 金健人,《小說結構美學》,頁221-223。
[33] 第二人稱視角也稱為讀者視角。劉紹信,《當代小說敘事學》,頁34。

第五章第九段出現「第三人稱借人物視域」的敘事視角：

> 牆上掛著幅圖畫。
> 白雲縹緲間，露出一角朱門，彷彿是仙家樓閣。
> 山下流水低迴，綠草如茵，一雙少年男女互相依偎著，坐在流水畔，綠草上，彷彿已忘卻今夕何夕？今世何世？
> 畫上題著一行詩：「只羨鴛鴦不羨仙。」
> 好美的圖畫，好美的意境。
> ……
> 田思思正癡癡的看著，癡癡的想著，外面忽然有人在輕輕敲門，門是虛掩著的。（第二部，頁21）

第六章第十二、十三段，第八章第二十段分別出現第三人稱半知式視域：

> 田思思終於要拜了下去。
> 這次她若真的拜了下去，就大錯而特錯了。
> 只可惜她偏偏不知道錯在哪裡。
> ……
> 誰知道錯在哪裡？
> 男大當婚，女大當嫁。
> 男婚女嫁不但是喜事，也是好事。
> 為什麼這次喜事就不是好事呢？（第二部，頁63）
> ……
> 剛才那奇蹟般消失了的賭場，現在又奇蹟般出現了。

・視角・聲音・延異：閱讀《大人物》・

你說這是怎麼回事？

這種事誰能解釋？（第二部，頁 191）

《大人物》的「聲音」，如果不是以最嚴厲的定義來看，似乎呈現「多音複調」。關於小說的複調、多聲部，巴赫汀（Mikhail Mikhailovch Bakhtin, 1895－1975）的看法最為經典，大致可分為三層面，(1)主角與作者、自我與他者的互相對話關係；(2)作者／主角關係如何在藝術語言（相對於生活語言）中再現？(3)討論「誰在觀察」？「誰在敘述」？巴赫汀強調「敘述觀點背後的政治、意識型態，歷史與文化的衝突」；他以俄國作家杜斯妥也夫斯基（Fyodor Dostyevsky, 1821－1881）的小說為例，說明「複調小說」的特色：書中主角「不是沉默無語的奴隸，而是自由者，他們能夠與他們的創造者並駕齊驅，並能夠不贊成、甚至反叛他們的創造者。杜斯妥也夫斯基小說的主要特徵是：獨立、清晰而不混雜的聲音與意識的多元性，和價值上完整的聲音的真正的多聲部。」❸❹從這些觀點出發，《大人物》的「複調」真可稱得上是多元、「真正的多聲部」嗎？另外，再檢視聲音的概念，至少有四個相關原則應注意：(1)哪裡有話語，哪裡就有聲音，但有些聲音也比另一些聲音更特殊，有些「話語」並不單純表示「聲音」的在場或缺席；(2)「聲音」往往比文體具有更多的意味；(3)作者的聲音不必直接陳述，可透過敘述者的語言表示出來，以傳達作者、敘述者之間價值觀或判斷上的差異，這就是作者隱藏背後的「雙聲參與」；(4)「聲音存在於文體和

---

❸❹ 劉康，《對話的喧聲：巴赫汀文化理論述評》，台北：麥田，1995，頁 184－185。

人物之間的空間中」,「聲音作為說話者的一個特徵而存在,但不必是用來完整描畫那個說話者的基礎」。㉟按照這些原則閱讀《大人物》的「聲音」,我特別要強調三個現象:

⑴《大人物》中出現最多的「聲音」,當然是女主角田思思的話語。我數了一遍《大人物》全文,田思思至少說了 1290 句話,其中約有 46 句是「獨白」。她的第一句話是「帶著三分嬌嗔」對著丫鬟田心說:「你別總是低著頭繡花好不好?」(第一部,頁 8) 第 370 句話是問了一個傻問題:「婊子是幹什麼的?難道就是新娘子?」(第一部,頁 175) 第 632－635 句話則是為了秦歌替賭場作保鏢找理由的內心獨白:

> 「大俠應該做什麼呢?」「見義勇為,扶弱鋤強,主持正義,排難解紛——這些事非但連一文錢都賺不到,有時還得貼上幾文。」
> 「大俠一樣也是人,一樣要吃飯,要花錢,花得比別人還要多些,若是只做貼錢的事,豈非一個個都要活活餓死?」
> 「大俠既不是會生金蛋的驢,天上也沒有大元寶掉下來給他們,難道你要他們去拉車趕驢子?那豈非也一樣丟人?」
> (第二部,頁 115－116)

田思思的第 1290 句話是附在楊凡的耳旁說,她心中的大人物,

㉟ 詹姆斯·費倫(James Phelan),《作為修辭的敘事:技巧、讀者、倫理、意識形態》,陳永國譯,北京:北京大學出版社,2002,頁 19－22。

「就是你,你這個大頭鬼。」(第三部,頁 186)《大人物》從頭到尾,女主角田思思「聲音」的音調大致保持嬌憨輕快,並未隨著她的經歷出現變化。

⑵男主角楊凡在書中一共五度現身。第一次由田思思在樹後窺見,無聲。(第一部,頁 93) 第二次出現為阻止葛先生強迫田思思成親,約說了 104 句話,第 32－35 句話,是他與田思思的鬥嘴:

> 田思思的聲音更大,道:「說不嫁就不嫁,死也不嫁。」
> 楊凡忽然站起來,恭恭敬敬的向她作了個揖,道:「多謝多謝,感激不盡。」
> 田思思怔了怔,道:「你謝我幹什麼?」
> 楊凡道:「我不但要謝你,而且還要謝天謝地。」
> 田思思道:「你有什麼毛病?」
> 楊凡道:「我別的毛病也沒有,只不過有點疑心病。」
> 田思思道:「疑心什麼?」
> 楊凡道:「我疑心你要嫁給我,所以一直怕得要命。」(第一部,頁 144－145)

男女兩人年少輕狂的語調一唱一和。楊凡第三次現身又是為了阻止田思思被採花賊(花蝴蝶)騙身,共說了 131 句話(第二部,頁 65－107)。第 33 句話「聲音平淡而穩定」,數落田思思:「無論誰都總該學會先責備自己,然後才能責備別人,……。」(第二部,頁 72)

楊凡第四度出現(第三部,頁 64－98),帶田思思去見王三娘,約共說了 85 句話,音調依舊明快冷靜。第五度現身,130 句話,

（第三部，頁 125－186）充滿機智。整個算起來，男主角楊凡前後約共說了 450 句話，「聲調」大約也沒有變化。

(3)《大人物》中誰是佔優勢的聲音？作者與敘述者距離多少？有否出現「雙重聲音」？從「聲音」也是「在場」與「權力」展現的向度看❸，《大人物》中雖是藉用女性（田思思）的視角，卻充塞了「男性」的聲音。男主角出聲雖大約只佔女主角的三分之一，卻可以明顯聽出男聲佔了優勢。更明白地說，《大人物》中「敘述者」的聲音才最佔優勢。我發現最少有六處敘述者直接闖進插話。（第一部，頁 114、184；第二部，頁 85、110－111；第三部，頁 47－49、151）。這些話語見仁見智，難加以評論，例如：

> 1.「女人若看到女人折磨男人時，總會覺得很有趣的，但若看到別的女人被男人折磨時，她自己也會氣得要命。男人就不同了。男人看到男人被女人折磨，非但不會同情他，替他生氣，心裡反而會有種秘密的滿足，甚至會覺得很開心。」（第一部，頁 184）
>
> 2.「當一個男人和一個女人單獨相處時，問話的通常都是女人。這種情況男人並不喜歡，卻應該覺得高興。……她問的問題越愚蠢，就表示她越喜歡你。」（第二部，頁 48－49）

最要緊的是，這些「妙論」究竟是敘述者還是作者古龍的聲音？

---

❸ M. C. Dillon, *Écart & Différance Merleau－Ponty and Derrida on Seeing and Writing*, New Jersey: Humanities Press, 1997, p.69.

《大人物》的問題就和古龍其他作品的問題一樣，作者與敘述者沒有距離，作者不應該等於敘述者卻與敘述者合一，更別提會有作者、敘述者「雙重聲音」的現象。在《大人物》中作者古龍的「男權迷思」㊲仍強加在小說敘事者身上。

三、延異：《大人物》、《娜拉》與「性別化空間」

《大人物》的故事時間，約莫為五到六天（不包含小說「尾聲」），在某個不確定年月的夏天。敘事時間並未出現「時間變形（倒敘、預敘）」，卻有類似「緩敘（停敘、擴敘）」的情形。㊳（第一部，頁 62－63；第二部，頁 85－86；第三部，頁 48－49）整個敘事採線性時間平鋪直敘，也沒有「套層結構」（即「戲中戲」的結構方式）。㊴

所以，從時間短暫的角度看，書中男女主角「聲音」或「音調」沒有出現變化，倒也不足為奇。《大人物》結構樸實，作者的寫作策略也相當清楚。所有的一切都從一場逃婚的「離家出走」開始——田思思歷險記，拉開一個十八歲少女（第一部，頁 64）被迫「心智」快速成長的序幕。閱讀這樣一部「單純」的作品，所以別有意義，有賴於「閱讀策略」的運用。閱讀行為既受各種「建制控

㊲ 費勇、鍾曉毅認為古龍有極明顯的男權思想。費勇、鍾曉毅，《古龍傳奇》，頁 103－112。
㊳ 劉紹信，《當代小說敘事學》，頁 57－63。
㊴ 戴錦華，《鏡與世俗神話：影片精讀 18 例》，北京：中國人民大學出版社，2004，頁 112。

制」影響，讀者「凝視」（gaze）作品，被「凝視」的客體——小說也可以「逆向而視」。按照拉康（Jacque Marie Emile Lacan, 1901－1981）的看法，「凝視」置身在外，「我」成為被看者，「客體」主動建立知覺情境，控馭主體視野。❹因此，以閱讀《大人物》為例，我以及其他千千萬萬的觀眾，既參與《大人物》的驚奇之旅，理論上，在《大人物》的閱讀中，也將「製造」嶄新的、各各不同的「經驗」，提供《大人物》意義，文本在閱讀中仍然被創造，使閱讀行為也「成為一種當代的存在」。❹最終的意義則不斷被延緩，「不斷由它與其他意義的差異而得到標識」，「而彼此不斷地進行著延宕與增強」。這就是「延異」。❹

《大人物》的敘事套用「離家出走」的框架。涉獵中國新文化運動史者，馬上會聯想到易卜生（Henrik Ibsen, 1828－1906）《娜拉》（*A Doll House*，玩偶家庭、傀儡家庭）、胡適（1891－1962）〈終身大事〉以及魯迅（1881－1936）〈娜拉走後怎樣〉等三部作品。娜拉生活的時空，「女人不可能成為自己」，她為了擺脫生為社會習俗中的玩偶的可笑角色，拋夫棄子。這部劇作在一八七九年十二月十

---

❹ Michael Payne，《閱讀理論：拉康、德希達與克麗絲蒂娃導讀》，李奭學譯，台北：書林，1996，頁 304。

❹ 伊麗莎白・弗洛恩德（Elizabeth Freund），《讀者反應理論批評》，陳燕谷譯，臺北板橋：駱駝出版社，1994，頁 149；龍協濤，《讀者反應理論》，台北：揚智，1997，頁 91－92。

❹ Chris Barker，《文化研究：理論與實踐》，羅世宏等譯，台北：五南，2004，頁 93。楊慧林編寫，〈文學批評中的關鍵詞詳解〉，第 22 個關鍵詞：Différance，http://www.lys6320.sunbo.net/show_hdr.php?xname=JUG7L01&dname=G9TNL01&xpos=0，2005.5.24 上網查閱。

日世界首演。十八年後（1897），蕭伯納（Bernard Shaw, 1856－1950）寫一篇劇評，推崇娜拉「結束了人類歷史的一個章節」，《娜拉》最後一幕的最後關門的一聲砰，其「意義重大超過滑鐵盧或色當的大砲聲」。[43]一九一九年，胡適用英文寫了唯一的一個劇作——獨幕劇〈終身大事〉，原本是應北京的美國大學同學會排戲要求，後來因故不能排演；之後又因女學堂學生要演出，譯成中文。胡適在「跋」中加注一段插曲：「後來這戲裡的田女士跟人跑了，這幾位女學生竟沒有人敢扮演田女士，況且女學堂似乎不便演這種不道德的戲！所以這稿子又回來了。」今天看〈終身大事〉，儘管它的評價褒貶不一，但從它標記一個時代的斷裂角度看，女主角田亞梅最終留下字條離家追尋自由的空間：「這是孩兒的終身大事，孩兒該自己決斷」。這聲吶喊，自然可以在特定時空中留下不可抹滅的記憶。[44]

一九二三年十二月二十六日，魯迅在北京女子高等師範學校的演講，進一步推開《娜拉》的格局。魯迅提問：「娜拉走後怎樣？」他的目的是要凸顯這個看法：如果社會問題不解決，出走之後，「娜拉或者也實在只有兩條路：不是墮落，就是回來。」魯迅強調：「人生最苦痛的是夢醒了無路可走。做夢的人是幸福的；倘沒有看出可走的路，最要緊的是不要去驚醒他。」[45]

---

[43] 呂健忠譯著，《易卜生戲劇全集（二）：家庭倫理篇》，台北：遠足文化，2004，頁 9。
[44] 北京大學等主編，《獨幕劇選》第一冊，上海：上海教育出版社，1979，頁 1－12。
[45] 江力編，《魯迅報告》，北京：新世界出版社，2003，頁 4、6。

此處,我借用了「互文性」(intertextuality)概念,以《大人物》與上述三個文本互讀。採用片斷零碎方式,試圖在文本交互引用、互文書寫的過程中,尋求新的文本書寫策略與世界觀。㊻我並不認為古龍創作當時聯想到易卜生、魯迅或胡適,我也不肯定其他讀者一定會有類似的閱讀經驗。要緊的是,第一,我及我們當代人居然將魯迅涉及家國的「大敘事」與古龍俗文學的「小敘事」相提並論,企圖析辯「政治與審美的距離」㊼;其次,我也試圖運用「陌生化」(estrangement)的手法,使熟悉的事物變得好像不熟悉起來,激發想像力。藉用理論與「夾槓」(jargon,術語),拓寬《大人物》閱讀的視野。㊽第三,《大人物》的「離家」主題其實並不那麼重要,套句武俠小說的用語,對古龍來說,它只是個「楔子」或「套路」。作者挖空心思提供的主要是田思思詭譎遭遇的「情節」,而作為一個閱讀者,我感興趣的則是敘事「情調」的掌握。《大人物》的情節,剝絲抽繭,看完一遍,迷霧已然散去;《大人物》的情調,可能言人人殊。從情節到情調,曾經是中國兩代人(晚清、五四時期)閱讀品味的變化,這段歷史又是另一個故事了。㊾

㊻ 所謂互文性,也可運用將其它文本扭曲、再現的方式,展現顛覆性文本政治。廖炳惠,《關鍵詞200:文學與批評研究的通用辭彙編》,台北:麥田,2003,頁143。互文性分析,Mary Orr, *Intertextuality: Debates and Contexts*, UK: Polity Press, 2003, p.20－59。

㊼ 陳平原,《晚清文學教室:從北大到台大》,台北:麥田,2005,頁164。

㊽ 朱剛,《20世紀西方文藝文化批評理論》,台北:揚智,2002,頁19。

㊾ 陳平原,《晚清文學教室:從北大到台大》,頁116。

・視角・聲音・延異：閱讀《大人物》・

　　寫作或研究武俠小說，都了解「浪跡天涯」的必要性，陳平原（1954－）有個總結式的論述足以說明：「漫遊世界既是開拓視野增長知識的絕好途徑，俠客之浪跡天涯當然也不例外。」小說主角在「四海為家，八方遊蕩」之後，成為「歷盡艱辛功成名就的大俠，回首平生，終於大徹大悟。」這種「成長─啟悟」的敘事模式，備受喜愛，一九五〇、一九六〇年代金庸（查良鏞，1924－）、梁羽生（陳文統，1926－）、古龍等新派武俠小說家更為這一模式注入哲理成分。❺⓪《大人物》的女主角沒有透過旅遊習得高深武功、快意恩仇；她的旅遊，跨移的空間範圍也不大，甚至只是一個模糊的、可能還在華北、一個「時間空白」、沒有「歷史厚度」的場域，而且，田思思也沒有越過「成長─啟悟」的邊界。但是，她的「啟悟」是歷經危險後終於找到心目中「真正的大人物」，成為理想的「良人」。其實，《大人物》的結尾，我認為可以當做一個敘事的「空白」或「斷裂」來詮釋：歹徒死後，楊凡娶得如花美眷。九個月後某一天，他告訴田思思，「你應該出去走走，多看看，多聽聽」，「你要我到哪裡去？」「江南──你豈非就想到江南去？」（第三部，頁 183）──男主角這個主意，全然沒有逼迫的意思，女主角也欣然成行。於是，我禁不住要懷疑：田思思最動人的「嬌憨」真的蕩然無存了？或許鄭健行（1937－）的說法可以補充說明這個焦慮：

　　武俠小說中有些（說是大多數也可以）女主角也是以自己丈夫或

---

❺⓪ 陳平原，《千古文人俠客夢：武俠小說類型研究》，台北：麥田，1995，頁 241－242；陳平原，《晚清文學教室：從北大到台大》，頁 77。

心目中的丈夫為正為主，甘心放棄自我，而自居於「從人」之位，以致頗減英氣的。

作者為什麼要這樣寫？這是饒有興味而又值得思考的問題。[51]

再回頭看看旅遊、空間與性別的交織。研究旅行史者曾經標識出上個世紀及其以前的一種現象：旅行被性別化，並成為「進行性別化」的活動。「從歷史角度看來，男性出外旅行，而女性則否，女性即使旅行，也是在男性的保護下」。另外還有人宣稱，女性旅行者儘管不一定男性化，「她們的旅行行為卻已經使她們在重要的性別認同層面上產生問題」。此處，研究者引用一份女性的手札作說明：「我的童年全然自由，而且總是與旅行的男性與女性混在一起。……我們女孩子穿的像男孩子一樣，通常是那種會把整個身體覆蓋起來，長到腳踝的罩衫。」[52]《大人物》田思思的旅行也是女扮男裝，這當然是武俠小說常見的手法，想當然古龍應該也不至於想到「性別認同」的嚴肅話題。依照我的閱讀策略，「性別化的空間」卻是難以忽略的焦點。不論指稱「女性只是一個符號」或「性別化」存在於「空間」的「社會建構」，文化研究拓展我們的新視野：「女性流動性的限制」，而這恰恰也讓不少女性既震驚又氣憤。[53]《大人物》中有這麼一幕：

---

[51] 鄺健行，《武俠小說閒話》，台北：幼獅，1994，頁133。

[52] Janet Wolff，〈重新上路：文化批評中的旅行隱喻〉，黃筱茵譯，《中外文學》，27卷12期，1999.5，頁35、41、48。

[53] Chris Barker，《文化研究：理論與實踐》，頁361－362。Griselda Pollock，《視線與差異：陰柔氣質、女性主義與藝術歷史》，陳香君譯，台北：遠流，2000，頁110。

・視角・聲音・延異：閱讀《大人物》・

田思思氣得臉發白，恨恨道：「為什麼女人好像天生要比男人倒楣些，為什麼男人能賭，女人就不能賭？」
楊凡淡淡道：「因為女人天生就不是男人。」
田思思瞪眼道：「這是什麼話？」
楊凡道：「這是句很簡單的話，只可惜世上偏偏有些女人聽不懂。」（第二部，頁96）

跳過古龍的「男權」爭議，《大人物》的性別話題還有其他精采之處：離家三天後，田思思終於有機會寬衣解帶洗個澡。「對面有個很大的圓銅鏡，映出了她苗條動人的身材。……她的腿筆直，足踝纖巧，線條優美。她的身子還沒有被男人擁抱過。」「錦帳上掛著粉紅色的流蘇。田思思忽然從鏡子裡看到，錦帳上有兩個小洞。小洞裡還發著光，眼睛裡的光。有個人正躲在帳子後面偷看著她。」（第二部，頁 24-25）這個偷窺事件讓我想問：裸女有什麼好看？古龍用簡潔的筆觸間接的（因為衣服尚未脫掉）白描田思思的直腿與纖踝，英國動物學家德斯蒙德・莫里斯（Desmond Morris, 1928-）告訴我們，「雙腿的情慾功能早就備受承認」，女性雙腿之所以讓人覺得性感、性魅力十足，「最顯而易見的原因，就在於雙腿的相接之處。」至於女性的雙腳不但也具有原始的魅力，還有另一種「象徵層面上的吸引力」。[54]如果把田思思入浴定格為一個畫面，局外觀畫的我們順著敘述者的目光從上而下逡巡一回田思思的「身體」。當代「女性主義」者極端不滿這種「凝視暴力」，不過，她們撻伐

---

[54] 德斯蒙德・莫里斯（Desmond Morris），《裸女：女體的美麗與哀愁》，陳信宏譯，台北：麥田，2005，頁 273-274、294。

・319・

的焦點不在於性,而在性別,而這個結論乃是遵循一套論述而來:男人作為女性的異己他者,女人常以被動方式,將男人對她的凝視,視為自我建構的場景。之後,還被期待展露被男人凝視所禁錮的欲求,以取得愉悅和權力;於是這種「暴力」,最終竟成為男性文化對女性的困鎖機制。㊄

《大人物》的女體窺視,三十年前只有「情欲」想像,我們當代則擁有更寬廣的思索空間。

結論:「閱讀作為一種生產」

這是一個小題大作的嘗試,基於幾個理由,我採取這樣的書寫策略:第一,古龍研究雖說還有很大的成長空間,但從他的創作到辨偽、技法與母題、文體及文氣、時間空白、禪意或奇詭,林林總總已有相當的成績,魯莽闖進這個「江湖」,脫身不易;第二,目前研究仍多屬概論,甚至連「新批評」㊅都少見。鎖定一部作品、設「框架」進行分析,容易深入。《大人物》被定位為古龍的傑作,有代表性,排名卻不高,比起《多情劍客無情劍》、《絕代雙

㊄ 廖炳惠,《關鍵詞200:文學與批評研究的通用辭彙編》,頁120。
㊅ 英美新批評理論發展分三階段:起始(1910－1930)、發展(1930－1945)、鼎盛(1945－1957),提供一套文本分析的策略與方法,強調文本「細讀」(close reading),確立了文學的自主身分。1960至1980年代,這套理論在台極流行。朱剛,《20世紀西方文藝文化批評理論》,頁43、56。

驕》或「楚留香」、「陸小鳳」㊼,目前還少有人注意。第三,我用敘事學進行分析,既較易推遠一部像《大人物》這樣的「小」說的閱讀空間,撐開其層次;運用敘事學分析,也展現當代文學批評的潮流。第四,創作時間點的考量。古龍寫作有「三變」㊽,一九八〇年受傷雖影響他的創作,事實上已無關宏旨。但是一九七一年寫《大人物》正是創作鼎盛、意氣風發時,創作危機卻已隱藏㊾;第五,《大人物》敘事採用局外男性敘述的聲音、局內女性視角,在古龍武俠小說中為特例。

分析發現,卅多年來《大人物》的閱讀,未曾打破「言情」、「成長」小說與「自戀」的框架,這部作品旨在「討論誰是勇者」,也是讀者大致同意的看法。我難以解決的迷惑是,古龍作品的特色向以孤寂、悲劇為主,《大人物》卻是一齣喜劇。或許,這個問題根本不成立。目前未發現任何證據指出《大人物》的改變和古龍的生活變化有關;而創作時題材決定形式、形式展現意義,一個十八歲少女的「追夫狂想曲」,變成喜劇似乎不意外。

透過敘事學理論的釐析,《大人物》是一個「男聲」、局外的

㊼ 古龍這四種作品最受矚目。翁文信,〈試析《多情劍客無情劍》中的自我辯證與情慾焦慮〉,陳義芝主編,《台灣現代小說史綜論》,台北:聯經,1998,頁 329－351;費勇、鍾曉毅,《古龍傳奇》,頁 62－196。劉秀美,《五十年來的台灣通俗小說》,台北:文津,2001,頁 157;黃重添,《台灣長篇小說論》,台北:稻禾,1992,頁 226－232。

㊽ 葉洪生、林保淳,《台灣武俠小說發展史》,頁 214、232。

㊾ 葉洪生、林保淳認為 1970 年至 1974 年間,「古龍迷戀於電影語言,越變越離譜,乃陷入『為突破而突破』的困境。」葉洪生、林保淳,《台灣武俠小說發展史》,頁 232－233。

「超然敘述者」,主要採用傳統第三人稱視角、全知式視域,僅一處出現類似的「第二人稱視角」,偶爾出現局內的「第三人稱借人物視域」。整體看來,《大人物》敘事「視角」運用靈活。然而《大人物》的聲音,卻暴露古龍寫作技巧的「瑕疵」——敘述者與作者缺乏距離,沒有「雙聲參與」的空間,雖是多音複調,男聲、女聲、敘述者的聲音不完全獨立清晰,男聲占優勢,結果是「女性的視角、男性的聲音、敘事者操控」局面。

閱讀《大人物》,我的策略是以「閱讀作為一種生產」,接受「文本和讀者都是歷史情境中的產物,因此兩者之間的邂逅也總是不同歷史視界的融合」的觀點,「文本的意義必須由讀者去組合」。了解古龍的人都知道,他受到「〇〇七」系列故事的影響頗深,而域外對「龐德」(James Bond)的研究也指出,「龐德」的角色是一種「流動的意符」,「龐德的文本」包括了一套不斷累積與「突變」(mutating)的文本,它們「以變化萬千的方式重組了這些文本之間的關係、互動與交換。」⑩我對《大人物》的詮釋也在嘗試文本的突變與累積,透過四個文本的互讀,延異《大人物》涵義。本文也旁涉旅行、空間的性別化,或許「女性流動性的限制」根本不存在古龍的想像之中。我以「閱讀《大人物》」作為載體,展現「當下」的文化關懷。

---

⑩ 約翰・史都瑞(John Storey),《文化消費與日常生活》,頁86－87;96－98。

電影《東邪西毒》中古龍的血與魂

周清霖*

　　一九九二年,香港國際級導演王家衛以其驚人魄力,用整整兩年的時間攝製了一部大型古裝武俠片《東邪西毒》,張國榮、林青霞、張曼玉、梁朝偉、劉嘉玲、張學友、梁家輝等一干港臺巨星級演員悉數上陣。電影的名字雖然取自金庸小說《射鵰英雄傳》裏的人物,然而整部影片的意識構成和戲劇結構,我以為完全是導演有意無意對古龍的一種致敬。

　　壯懷激烈的開篇,忽而讓我想到了徐克的《青蛇》,似乎也有些奇幻的滋味。

　　一邊是沙漠,一邊是海洋。多年前的三毛曾寫過撒哈拉緊鄰大西洋,沙漠與海交織成最矛盾的風景,好比飛鳥與魚。

　　酷烈與溫柔形成鮮明的對比。這分明是古龍的風格:

> 海水雖然碧綠,可愛,可是在海上渴死的人很可能比在沙漠上渴死的更多。(古龍《新月傳奇》)

---

* 上海學林出版社編審室主任

荒涼的風景最適宜作為古龍電影的背景，或者說有古龍風格的影片都喜歡以此為背景。如《斷刀客》、《新龍門客棧》、《雙旗鎮刀客》……充分抓住了古龍小說裏蒼涼的生命底色。空曠的大漠、險惡的江湖、冷漠的世情裏發生的不是熱血故事，就是激動人心的傳奇。

　　而《東邪西毒》是一個在孤寂貧瘠的環境裏發生的綺麗華美的故事。在這片與世隔絕的孤獨裏上演了一出刻骨銘心的糾葛。沒有較強的故事性，沒有過多的懸念、緊張和刺激，淡化情節的連貫性，很符合本片的風格，同時也有古龍小說記憶碎片的味道。突出片段或者人物，加強細節描寫，更有古龍式散文的氣質。這樣的故事更注重營造氛圍，側重表現人物本身。

　　片名為「東邪西毒」這樣一個並列片語，複雜的人物關係即以東邪和西毒為中心擴散開來。東邪與西毒的大嫂，東邪與慕容燕和慕容嫣，東邪與盲武士，東邪與桃花……西毒和他的大嫂，西毒與慕容燕和慕容嫣，西毒與盲武士，西毒與桃花，西毒與洪七，西毒與無名少女……以及由此衍生出來的相關人物之間的關係。

　　集中的情節，人與人之間的糾葛。這正是古龍的強項，王家衛學得惟妙惟肖。

　　實際上，在本片中王家衛有雙重借屍還魂的嫌疑，先是借金還古，打著金庸的旗幟，內裏卻是古龍的氣質。

　　一直以為俠之一字，含義甚廣，大至國家，小至個人，都有可稱俠之處，何必強分高下？只不過，金庸重家國，號稱俠之大者，為國為民；古龍重性情，我行我素，豪放曠達。

　　此外，王家衛也不是單純地講一個武俠故事，他還是滲透了自

己一貫的風格，借別人的酒杯澆自己胸中的塊壘。王家衛先是「借金還古」，其次名為「還古」，實則還是講述自己的夢魘。

一般來說，「俠」字講究的是快意恩仇。而王家衛的影像纏綿悱惻，故事在回憶與現實中交替閃回，人物之間的關係曖昧難明。他骨子裏沒變，還是在講述自己的故事；但在俠的普遍意義上，古、金是相通的。王家衛也抓住了這一點，所以，就其本質來說本片還是屬於武俠的範疇，甚至可以說更重「俠」這一部分。雖然這其中攙雜著大量的愛恨情仇、貪嗔癡怨，但我們不能否認這是武俠。許多武俠迷看不進或看不懂這部片子也是情有可原的，除非你看透了導演借屍還魂的意圖，並且能接受這樣的做法。

不過，王家衛有一點是非常值得稱道的——和古龍一樣，他把「俠」融入了日常生活，你可以說他把「俠」還原了，也可以說他把「俠」解構了。當「俠」進入日常生活，進入現實世界，它是否還保持著那鋒利無儔的鋒芒？當「俠」遭遇現實生活，當「俠」消解在日常生活當中，西毒與洪七的對白最能說明「俠」的困境與尷尬：

> 其實行走江湖上是一件很痛苦的事。懂了武功你便有很多東西不能做。
> 你不想去耕田吧？又不屑去打劫。更不想拋頭露面在街頭賣藝。你怎麼生活？武功高強也要吃飯的。其實有種職業很適合你，現在既可以幫你賺點銀兩，又可以行俠仗義，不知道你有沒有興趣？儘管考慮一下，不過要快啊，你知道的，肚子很快會餓的。

這其實是古龍對於平民化「俠」的一種理解，真切而平實。在《歡樂英雄》中，這樣的意識可說比比皆是。

其實，作為新派武俠作家，古龍比任何人更強調「俠」。他一直試圖在「俠」當中灌注「人性」這口真氣。在他看來，所謂「俠」，就是要體現人性。他也說過，人性並不僅僅是憤怒，仇恨，悲哀，恐懼，其中也包括了愛與友情，慷慨與俠義，幽默與同情。這樣的境界同樣可以是「俠」所表現的境界。

「俠」之一字，可大可小。有廣義的「俠」，也有狹義的「俠」。「俠」固然有海闊天空、無拘無礙的姿態，亦有纏綿拖遝之時。沒有了一般人印象中痛快淋漓的揮刀斬仇頭，陷入膠著狀態的「俠」，也是俠的真實體現之一。

因為很多時候，人生就是那麼無可奈何。

> 無可奈何。
> 這四字看來雖平淡，其實卻是人生中最大的悲哀、最大的痛苦。遇著了這件事，你根本無法掙扎，無法奮鬥，無法反抗，就算你將自己的肉體割裂，將自己的心也割成碎片，還是無可奈何。就算你寧可身化成灰，永墮鬼獄，還是挽不回你所失去的──也許你根本就永遠未曾得到。（古龍《風雲第一刀》）

世間種種，最後終必成空──也許這才是無可奈何的根本含義。同時也深深影響了王家衛對於電影《東邪西毒》的核心構思。

古龍的小說喜歡採用詩的語言或者戲劇化的語言來構築人物形象。這樣的語言簡潔，高度凝練，意象強烈而典型，類似電影裏的

・電影《東邪西毒》中古龍的血與魂・

蒙太奇。這也使得本片的造型有雕塑般渾厚的存在感。

具體來看，兩個慕容的造型頗有日風，很有幾分詭譎難測的意味。與沙漠融為一體的東邪是昏黃的色調，和那片沙漠一樣無情不羈。西毒的黑色抑鬱，大嫂在一襲紅衣中寂寞死去，令人觸目驚心。桃花曖昧難明的美麗，無言的誘惑。盲武士的黑色絕望。同樣屬於黑色的無名少女的執著哀怨。

而事實是，在這些角色身上，我們總能看到中原一點紅、荊無命、林詩音、林仙兒、胡鐵花等諸多古龍小說人物的影子。

此外，畫面色彩單純而濃烈，一切在晦暗的光線表現下，卻顯得濃墨重彩，有油畫的感覺。空空如也的鳥籠，破敗的房子和傘，看似粗糙的衣著裝扮，頗具象徵意味。粗樸的生活用具：陶罐，大碗公，竹籃，草鞋，門簾，油燈，再現了貧瘠的生活環境。

所謂時窮節乃現，這一切使得人物回歸最本質的生活。

影片無論是人物造型，還是拍攝角度，都極富質感；而在一片粗礪的風景中，人心被磨礪得敏感異常，讓人時時有一種喘不過氣來的壓抑。

這種簡單卻強烈的分割式場景構圖，和古龍小說的無時代背景、人景互襯的寫法頗有異曲同工之妙。

武俠武俠，有「俠」還須有「武」，況且「武」還在「俠」之前。王家衛所表現的武學境界亦具有古龍般獨特的風格。

開篇東邪與西毒的比試，風沙動，海水滔滔，充滿開天闢地般的壓迫感。再看東邪對付馬賊時的迎風一刀斬，乾脆俐落，威力巨大，盲武士與馬賊的決鬥中，猶可聽見血從傷口噴出的風聲。

這種殘酷暴烈的美學，也完全體現了古龍對於武學和美學的見

・327・

解,所謂「迎風一刀斬」,簡單而致命。我們完全可以從古龍小說裏眾多高手對決的橋段中,看到這些被王家衛反復運用的鏡頭。

而最具代表性的是慕容燕與慕容嫣的分裂神話。

是誰在水邊與自己的倒影練劍?

「我在水中,影子卻在岸上。」

孰為真孰為幻?

「一個人受了挫折,或多或少會找個藉口來掩飾自己,其實慕容燕、慕容嫣,只不過是一個人的兩個身份,而在兩個身份的後面,藏著一個受了傷的人。」

愛與恨交織的最後分裂出一個曠古絕今的劍客。

如同古希臘神話裏孤傲的水仙花一般的獨孤求敗自水邊誕生,實在是一個非常有創意的構思,也完全借鑒了古龍式的描寫——大量的獨白、破碎的片段,在表現人物的心理,尤其是意識流時,具有無可比擬的優勢。我們都知道,傳統小說裏的心理描寫較少,但是現代西方小說裏就相當多。古龍小說的成功之處有一點就是採用了大量的心理描寫,甚至還引用了西方的心理分析。如《楚留香》裏自戀的石觀音,雙性戀的水母陰姬……

唯美而藝術,完全符合古龍對武道的終極追求。

古龍小說喜歡用大量的「旁白」,議論兼抒情;但成也蕭何,敗也蕭何,有時大量的議論旁逸斜出,無形中削減了作品行進過程中具有的控制全篇的力量,也破壞了讀者本身的閱讀樂趣。畢竟在閱讀過程中我們不需要有人時時耳提面命。這一點王家衛由於擁有

・電影《東邪西毒》中古龍的血與魂・

直觀鏡頭的優勢,就做得很好。他可以說是「青出於藍勝於藍」,把那些古龍式的簡潔明瞭、直指人心的話語,用攝像機完全展露了出來,起到了以一當十的效果。具體的例子如下:

「很多年之後,我有個外號叫西毒,其實任何人都可以變得狠毒,只要他嘗過什麼叫忌妒……」

「當你不能夠再擁有的時候,你唯一可以做的就是令自己不要忘記……」

大量的獨白,有旁白的性質,貫穿全片。

「只有孤獨已久的人才會有喃喃自語的習慣,只有孤獨的人才會欣賞自己的說話。」

這些簡潔有力的對白,無一不透露著古龍的風格。

「你知道喝酒與喝水的分別嗎?酒越喝越暖,水越喝越寒。」

而很多對白,實際上並不需要回答,不需要回應,每一個生活在記憶夢魘裏的人都是自說自話的夢中人。

「我曾經問過自己,你最喜歡的人是不是我,現在我已不想知道。如果有一天我忍不住會問起,你一定要騙我,就算你心裏有多麼不願意,也不要告訴我,你喜歡的人不是我。」

那些富有哲理的話語一句一句隨著場景烙印在觀者的心中。

還有那罈著名的「醉生夢死」酒,更是將古龍所特有的箴言式

的語言藝術通過音樂和色彩,做到了極致。

「一個人最大的煩惱就是記性太好。如果什麼都可以忘掉,以後的每一天都將會是一個新的開始,那該多開心……」

「人生中還有什麼事比『忘記』更困難。不幸的是,人類最大的悲哀,就是人們常常會想一些自己不該想起的人和不該想起的事。」

「忘記是一件多麼困難的事,除了『死』之外,還有什麼事能讓人完全忘記。如果真能將一切忘記。」

「不但是忘記,而且是沒有了,什麼都沒有了。生命也沒有了,死也沒有了,快樂也沒有了,痛苦也沒有了。這是一種多麼痛快的解脫。浮生若夢,為歡幾何?生年不滿百,常懷千歲憂。所以人們才發明了酒這個好東西。在酒裏偷得浮生半日閒。這也就是這罈『醉生夢死』的由來吧。」

「無論多麼深的悲哀和痛苦,日久也會淡忘的。忘記,本就是人類所以能生存的本能之一。可是在這裏,時間好像也遺忘了這些痛苦的人們,讓他們浸淫在往昔的回憶裏求生不得,求死不能。」

「其實真正的醉生夢死只不過是一個玩笑,你越想知道自己是不是忘記反而記得越清楚。」

西毒之所以變得狠毒,用他自己的話說乃是因為嘗過忌妒的滋

味。曾經心愛的人最後竟然成了自己的大嫂,教他情何以堪?

「要想不被別人拒絕,最好的辦法是先拒絕別人。」

自小是孤兒的西毒與哥哥相依為命,早早便學會了保護自己。因為過度保護自己而失去了幸福,失去了最愛的人。

這是怎樣的悲劇?

「我只希望他說一句話罷了。可是他不肯說,他太自信了。他以為我一定會嫁給他。誰知道我嫁給他哥哥。在我們結婚的當晚,他叫我跟他走。但我沒有。」

「為什麼一定要等到失去的時候才知道去爭取?既然是這樣,我不會讓他得到。」

「以前我認為那句話很重要。因為我相信有些事一旦說出來就是一生一世。現在想想,說不說也沒有什麼分別。有些事情是會變的。我一直以為自己贏了。直到有一天看著鏡子才知道自己輸了。在我最美好的時間,我最喜歡的人也不在我身邊。如果能重新開始該有多好。」

如果感情裏也分勝負,西毒的大嫂是輸還是贏恐怕沒人說得清。她曾經以為她贏了,後來才知道這段感情沒有贏家。

其實,這一段最讓人難忘的感情敘述段落,恐怕靈感還是來自古龍小說中的思想闡述:

「一個人若是不能和自己真心喜愛的人在一起,那麼就算將

世上所有的榮耀和財富都給了他，等到夜深夢回，無法成眠時，他也同樣會流淚。一個人若是能夠和自己真心喜愛的人在一起，就算住在斗室裏，也勝過廣廈萬間。」

「人們為什麼總是要等到幸福已失去了時，才能真正明白幸福是什麼？」

《東邪西毒》的英文名字：Ashes of Time——翻譯過來就是：時間的灰燼。

時間的灰燼是什麼？時間的灰燼是回憶。

每個人都有一段刻骨銘心、不舍拋卻的重負。

「誰能告訴我，要有多堅強，才敢念念不忘？」

在回憶的碎片裏，盡顯人與人之間的疏離與隔膜。

不錯，時間的灰燼是回憶。

所以有：春心莫共花爭發，一寸相思一寸灰。

所以有：春蠶到死絲方盡，蠟炬成灰淚始乾。

那些活在回憶裏的人們，一個個曖昧模糊。我看到他們以回憶為瓊漿，痛飲過往，最後，漸漸消亡。有時候，你必須明白：生命裏的一切極有可能只是一場盛大的幻覺，就像沙漠裏華麗的海市蜃樓。

是謂——醉生夢死，就像那句人所熟知的禪宗用語：不是風動，不是幡動，仁者心動。

我仿佛看見王家衛輕輕歎息，又在暗暗微笑。

歎息的是，雖然完成了電影，但心中的「醉生夢死」依然日以繼夜。

微笑的是,若非古龍及其作品中的那些「血肉精魂」對自己的影響,恐怕無論如何,也拍不出這樣一部偉大的電影。

附錄：古龍武俠小說改編影視資料（初稿）

書名	片名	集數	出版時間	主要演職員	出品者	導演	備註
蒼穹神劍							
月異星邪	月異星邪		1980	王冠雄	台灣		電影
劍氣書香							
湘妃劍							
劍毒梅香							
孤星傳							
失魂引							
遊俠錄							
護花鈴	護花鈴		1979		台灣	鮑學禮	電影
彩環曲							
殘金缺玉							
飄香劍雨	飄香劍雨		1978		台灣	李嘉	電影
劍玄錄							
劍客行							
浣花洗劍錄	浣花洗劍錄	20	1979	張國榮、文雪兒、陳惠敏、王書麒、黎小田	香港麗的電視		
	一劍震神州	24		黃杏秀、鄭少秋、歐陽佩珊	無線電視(TVB香港)		
	浣花洗劍錄		1976		邵氏	楚原	電影
情人劍							
七星龍王							
那一劍的風情							

· 335 ·

大旗英雄傳	鐵血大旗門	20	1989	石修、劉青雲、麥翠嫻、劉淑華、蔡嘉莉、陳庭威	無線電視(TVB香港)		
	大旗英雄傳		1986	孟飛、關聰	臺灣中視		
	大旗英雄傳		1982	狄龍、羅莽、陳思佳、廖麗玲、孫建、艾飛	香港	張鵬翼	電影
武林外史	武林外史		1986	孟飛、陳玉玫、樊日行	臺灣中視		
	明日天涯		1983		臺灣台視		
	孔雀王朝		1979	姜大衛	邵氏	楚原	第25屆亞洲影展最佳動作片導演獎
	武林外史		1977	衛子雲、米雪、文雪兒、劉江	香港佳視		
	武林外史	40		黃海冰、王豔、卓凡、宏嘉		王水、夢繼	大陸

・附錄：古龍武俠小說改編影視資料（初稿）・

名劍風流	名劍風流	45	1979	夏雨、潘迎紫、黃敏儀、劉丹、韓馬利、呂瑞容、梁珊、白茵、白文彪、江毅、石堅、程可為	無線電視(TVB香港)		
	名劍風流		1981	王冠雄、慕思成	臺灣	李嘉	
	名劍風流		1986	楊懷民、陳麗麗	臺灣台視		
絕代雙驕	絕代雙驕		1979	傅聲、伍衛國	楚原	邵氏	電影
	絕代雙驕	20	1979	黃元申、黃杏秀、黃元申、石修、黃杏秀、米雪、黃允財、陳玉蓮、蘇杏璇	無線電視(TVB香港)		
	新絕代雙驕		1986	楊盼盼、黃香蓮	台視		
	絕代雙驕	20	1988	梁朝偉、吳岱融、黎美嫻、謝甯、陳美琪、苗喬偉、戚美珍	無線電視(TVB香港)		

・337・

	絕代雙驕		1999	劉德華、林青霞、張敏	曾志偉	香港	電影
	新絕代雙驕	40	2000	林志穎、蘇有朋、馬景濤、李小璐		臺灣	第二部 TAE 取代蘇有朋
	絕代雙驕			夏玲玲(古龍選的角)、江明		台視	
	小魚兒與花無缺		2004	謝霆鋒、張衛健、袁泉、范冰冰、李小冉	王晶	慈文影視	
楚留香系列	楚留香		1977	狄龍、貝蒂、苗可秀、岳華	楚原	邵氏	電影
	楚留香傳奇		1978	劉德凱、歸亞蕾、田駿、孫嘉林	古龍(兼編劇)	寶龍影業	電影
	楚留香之蝙蝠傳奇		1978	狄龍、凌雲、井莉、劉永、余安安、爾冬陞	楚原	邵氏	電影
	新月傳奇		1980	孟飛、楊鈞鈞、王冠雄、石峰、黃仲裕、葛委亭、李逸	王瑜		電影

附錄：古龍武俠小說改編影視資料（初稿）

俠影留香		1980	孟飛、龍君兒、燕南茜、雲中岳	李朝永		電影
楚留香之幽靈山莊		1982	狄龍、鄧偉豪、顧冠忠、羅烈、楚湘雲、戴良純	楚原	香港	電影
楚留香之天雷行空		1982	狄龍	楚原	邵氏	電影
楚留香之蘭花傳奇		1983	鄭少秋、林青霞、王道、陸一龍	張鵬翼	香港	電影
楚留香彈指神功			趙雅芝、姜大衛、孟飛			
西門無恨（楚留香後傳）		1993	孟飛、楊鈞鈞、龍方、任世官	陳木川	香港	電影
笑俠楚留香		1993	郭富城、邱淑貞、張敏、溫兆倫	王晶	年代國際	電影
楚留香之蝙蝠傳奇	40	1984	苗僑偉、翁美玲、惠天賜、任達華、楊盼盼、龔慈恩、周秀蘭		無線電視(TVB香港)	

· 339 ·

楚留香之舍利子傳奇			鄭少秋、楊麗菁、康凱、林美貞、陳亞蘭、沈孟生、夏光莉、張馨月、黃小菁	臺灣	
楚留香新傳	65	1979	米雪、趙雅芝、吳孟達、鄭少秋、高雄	無線電視(TVB香港)	含無花傳奇、最後一戰
楚留香新傳	41	1985	鄭少秋、米雪、官晶華、邱淑宜	臺灣台視	包含鸚鵡傳奇、影子傳奇、蘭花傳奇(楚留香新傳第二部分)
新月傳奇		1981	沈海蓉	臺灣中視	
楚留香傳奇	45	1995	范秀明、鄭少秋、楊麗菁、夏光麗、沈孟生	臺灣台視	
新楚留香	40	2001	任賢齊、林心如、鄭伊健、黎姿	臺灣華視	
鐵血傳奇	30	2002	焦恩俊	廣東強視影業	
西門無恨之桃花傳奇	20	1998	楊鈞鈞、沈海蓉、劉德凱、焦恩俊	臺灣中視	

附錄：古龍武俠小說改編影視資料（初稿）

	西門無恨		2003	陳明真、焦恩俊		中央電視臺	
多情劍客無情劍	小李飛刀	40	1999	吳京、焦恩俊、蕭薔、俞飛鴻、陳凱、任泉、賈靜雯、林立洋、范冰冰、戴春榮、高雄、劉長生、靳德茂	李翰韜	臺灣華視	第一部《小李飛刀》，第二部《小李飛刀之皇城決戰》
	戰神傳說（電影）		1992	劉德華、鍾鎮濤、梅豔芳、張曼玉	洪金寶	香港天幕製作	由劉德華出資拍攝，原本是打算要拍「小李飛刀」，由他自己扮阿飛，卻因古龍去世後其作品版權一團混亂，劇本改得跟原著一點關係都沒有。
	多情劍客	31	1990	于健、安怡、鄧小鷗	李健	大陸	
	多情劍客無情劍		1977	狄龍、余安安、爾冬陞、岳華、井莉	楚原	邵氏	電影
	魔劍俠情		1981	狄龍、井莉、爾冬陞、岳華、楚湘雲、傅聲	楚原	邵氏	電影

· 341 ·

片名	集數	年份	演員	製作	出品	備註
小李飛刀之魔劍俠情			朱江、溫柳媚、黃元申、黃杏秀、羅國雄、歐陽佩珊		無線電視(TVB香港)	
小李飛刀	13	1978	朱江、李琳琳		無線電視(TVB香港)	
英雄本無淚			游天龍、尹寶蓮、仇政、武家麒、李崗		臺灣	游探花的小李飛刀因版權問題，電視劇名征得古龍同意改為「英雄本無淚」，男主角也更名為「上官仁」，也就成了「上官飛刀，例不虛發」。
飛刀問情	32	2002	焦恩俊、于莉、張延		大陸	
李飛刀之飛刀傳說		2000	王傑、黎姿、千葉真一、羅鍾夏、李禹炫	林慶隆	香港、韓國合拍	電影
小李飛刀	20	1995	關禮傑、關寶慧、錢嘉樂、傅明憲、陳捷文		無線電視(TVB香港)	
小李飛刀	16	1982	衛子雲、周雅芳、龍傳人、張振寰	製作：韋辛	臺灣華視	1982年12月11日～1983年4月2日播映
小李飛刀		1980	凌雲		臺灣	電影

・附錄:古龍武俠小說改編影視資料(初稿)・

	小李飛刀		1960年代末期	張宗榮			臺灣中國電視史上第一代小李飛刀,閩南語版
歡樂英雄	快樂英雄			衛子雲、凌雲			電影
大人物	紅粉動江湖		1981	米雪、元德、陳觀泰、林秀君	魯俊谷	香港	電影
	凡人楊大頭	32	1999	吳京、季芹、張恒、陳志鵬、陳繼銘、蔡依蘊	李翰韜、楊志堅	大陸	
蕭十一郎	蕭十一郎		1971		臺灣	徐增宏	電影
	蕭十一郎		1978	狄龍、井莉、李麗麗、劉永	邵氏	楚原	電影
	蕭十一郎		1978	謝賢	無線電視(TVB香港)		
	蕭十一郎		1986	勾峰、于珊、楊懷民	臺灣華視		
	蕭十一郎	20	2001	黃日華、邵美琪、向海嵐、吳岱融	無線電視(TVB香港)		
	蕭十一郎	40	2003	吳奇隆、朱茵、于波	大陸	黎文彥、賴建國、張孝正	
流星蝴蝶劍	流星・蝴蝶・劍		1976	井莉、岳華、宗華	邵氏	楚原	電影,1976年第22屆亞洲影展最優良美術設計雙獅獎

・343・

片名	集數	年份	演員	出品	導演	備註
新流星‧蝴蝶‧劍		1993	梁朝偉、楊紫瓊、王祖賢、林志穎、甄子丹、庹宗華、徐錦江	長宏影視	朱延平	電影
劍嘯江湖		1996	劉松仁	亞洲電視(ATV香港)		
蓮花爭霸	30	2002	李南星、朱樂玲、陳天文、塔琳托婭、劉秋蓮、李天賜、謝韶光、朱厚仁、張文祥、陳國華、俞宏榮、翁瑞芸、陳慧慧、丁嵐	新加坡廣播電視局		
流星蝴蝶劍	40	2002	鄭少秋、丁子俊、何中華、徐少強、徐琳	無線電視(TVB香港)	范秀明、王奕開	
流星蝴蝶劍			羅樂林、魏秋華	KTV電視(香港)		

附錄：古龍武俠小說改編影視資料（初稿）

九月鷹飛	九月鷹飛	17		劉松仁、王偉、魏秋樺、顧冠中、葉子楣、孟萍	亞洲電視(ATV香港)		
	金刀情俠			游天龍、鄭裕玲	KTV電視(香港)	徐克	
	九月鷹飛	1981		孟飛、楊鈞鈞、石峰、淩雲	KTV電視(香港)	王瑜	電影
七種武器系列	憤怒的拳頭	1971	李小龍	香港		電影 七種武器之拳頭
	新憤怒的拳頭	1976	成龍	香港		電影 七種武器之拳頭
	白玉京	1977		臺灣	李嘉	電影 七種武器之長生劍
	多情雙寶環	1979		臺灣	張鵬翼	電影 七種武器之多情環
	七巧鳳凰碧玉刀	1979	孟飛、陳星、岳華、夏玲玲		歐陽弘	電影 七種武器之碧玉刀
	離別鉤	1980	謝賢、狄波拉、呂有慧、劉兆銘、黃樹棠、劉丹、秦煌、關鍵、高妙思	無線電視(TVB香港)		七種武器之離別鉤
	劍氣瀟灑孔雀翎	1980		臺灣	張鵬夏	電影 七種武器之孔雀翎

陸小鳳系列	陸小鳳之武當之戰	7	1976	劉松仁、黃杏秀、關海山、黃元申、陳玉蓮	無線電視(TVB香港)		
	陸小鳳之決戰前後	8	1976	劉松仁、黃允財、鄭少秋、韓馬利、黃杏秀	無線電視(TVB香港)		
	陸小鳳之金鵬之謎	10	1976	劉松仁、黃杏秀、鄭少秋、黃元申	無線電視(TVB香港)		
	陸小鳳之繡花大盜		1978		邵氏	楚原	電影
	陸小鳳之劍神一笑				寶龍影業	古龍編劇、	電影
	陸小鳳之決戰前後		1981	劉永、岳華、凌雲、井莉	邵氏	楚原	電影
	陸小鳳之鳳舞九天	40	1986	萬梓良、惠天賜、黃允財、陳秀珠、景黛音	無線電視(TVB香港)		
	陸小鳳		1986		臺灣台視		
	陸小鳳傳奇：鳳舞九天		2000	孟飛、黃秋生、楊鈞鈞、關聰、林煒、李志希、石峰		陳木川	電影

• 附錄：古龍武俠小說改編影視資料（初稿）•

	決戰紫禁之巔		2000	劉德華、鄭伊健、趙薇、楊恭如、天心	中國星	劉偉強	電影
	陸小鳳之決戰前後	20	2000	林志穎、李銘順、陶紅、方季惟、莫少聰	新加坡廣播電視局		
	一鳳東飛九萬里			孟飛、楊鈞鈞			電影
	陸小鳳之鳳舞九天	20	2002	孫耀威、李銘順、黎姿、鄭浩南、于榮光、林湘萍	新加坡廣播電視局		
天涯‧明月‧刀	天涯‧明月‧刀		1976	狄龍、井莉、羅烈、恬妮、井淼	邵氏	楚原	電影
	明月刀雪夜殲仇			狄龍			電影
	天涯‧明月‧刀	20		森森、潘志文、羅樂林、蔡國慶、劉紅芳	亞洲電視(ATV香港)		
絕不低頭	絕不低頭		1977	劉永、宗華、苗可秀	邵氏製片：蔡瀾	華山	電影
	一無所有		1989	申軍誼、袁苑	上海電影製片廠	江海洋	電影
七殺手	風雨雙流星			王羽、成		古龍編	

· 347 ·

				龍		劇	
劍·花·煙雨江南	劍·花·煙雨江南		1977	成龍	香港	羅維導演、古龍編劇	電影
三少爺的劍	三少爺的劍		1977	爾冬陞、陳萍、余安安、凌雲	邵氏	楚原	電影
	三少爺的劍		1977	萬梓良	麗的電視(香港)		
	三少爺的劍	34	2002	俞飛鴻、何中華、王冰、陳繼銘、霍思彥、戴春榮	海潤影視、北京紫禁城影業、山東電視臺		
邊城浪子	邊城浪子	20	1989	張兆輝、吳岱融、曾華倩、謝甯、梁藝齡、秦沛	無線電視(TVB香港)		
	傅紅雪傳奇	15	1989	苗僑偉、喬奇、惠天賜、曾偉權、黃曼凝、羅烈	亞洲電視(ATV香港)		
	邊城浪子		1993	陳玉蓮、陳勳奇、袁詠儀、張智霖、羅嘉良、袁潔瑩、狄龍	香港千績	陳勳奇	電影、又名仁者無敵

附錄:古龍武俠小說改編影視資料(初稿)

血鸚鵡	血鸚鵡		1981	華山、白彪、劉永、關鋒、楊菁菁	邵氏	楚原	電影
白玉老虎	白玉老虎		1977	狄龍、谷峰、李麗麗、羅烈	邵氏	楚原	電影
	琥珀青龍	30	1982	姜大衛、陳秀文、曾偉權、伍衛國、蔡瓊輝、梁小龍	麗的電視(香港)		
大地飛鷹	大地飛鷹		1978		臺灣	歐陽俊	
	大地飛鷹	20	1992	吳鎮宇、黎美嫻、劉家輝、朱潔儀、邵仲衡	無線電視(TVB香港)		
圓月彎刀	圓月彎刀		1979	爾冬陞、井莉、汪明荃	邵氏	楚原	電影
	刀神	6	1979	劉松仁、趙雅芝、韓馬雷、甘國衛、劉雅麗、石堅、廖安麗、高妙思、關海山、郭峰	無線電視(TVB香港)		

·349·

	圓月彎刀	20	1997	古天樂、梁小冰、溫碧霞、張兆輝、張翼、王偉	無線電視(TVB香港)		
飛刀，又見飛刀	飛刀，又見飛刀		1981	徐少強、姜大衛	香港新世紀	黃泰來	
	飛刀，又見飛刀	40	2003	張智霖、董潔、高鑫、林心如、瑞曉、韓雪、寇振海、孫興	大陸九洲音像	申學兵	
	一劍刺向太陽			楊鈞鈞、孟飛	臺灣		電影
碧血洗銀槍	碧血洗銀槍		1979	孟飛、汪萍、秦夢、林伊娃、金波、陳星、唐威	臺灣	田鵬	電影
	碧血洗銀槍	5	1984	陶大宇、黃曼凝、陳復生、鮑偉亮、梁潔華、朱鐵和、白茵、龍天生、楊炎棠	無線電視(TVB香港)		
英雄無淚	英雄無淚		1980	傅聲、爾冬陞、白彪、趙雅芝	邵氏	楚原	電影

	青鋒劍影	5	1984	劉嘉玲、苗僑偉、楊盼盼、莊靜而、劉丹、郭峰、劉兆銘、吳孟達	無線電視(TVB香港)		
風鈴中的刀聲	風鈴中的刀聲		1981	姜大衛、趙雅芝、張鵬	臺灣		電影
怒劍狂花	怒劍狂花			黃元申	亞洲電視(ATV香港)		
	怒劍狂花		1985	張玲、田鵬、周麟	臺灣中視		本部劇情結合「怒劍狂花」與「那一劍的風情」
其他	策馬嘯西風	40	2000	吳京、俞飛鴻、陶紅、邢岷山、于榮光	大陸峨眉電影片廠電視劇部	婁楠	本部劇情結合「天涯‧明月‧刀」與「流星‧蝴蝶‧劍」

淡江大學中國文學研究所碩士生

郭璉謙　鍾宜芬　古佳峻整理

淡江大學第九屆文學與美學國際學術研討會議程表

會議日期:六月四日(星期六)

場次	時間	主持人	論文主講人	論文題目	特約討論人
報到	08:40 ｜ 09:00	國家圖書館國際會議廳			
開幕典禮	09:00 ｜ 09:20	國家圖書館國際會議廳			
專題演講	09:20 ｜ 10:20	林保淳 (淡江大學)	葉洪生 (武俠小說評論家)	與俠共舞	
茶　　敘					
第一場	10:40 ｜ 12:10	曾昭旭 (淡江大學)	郭璉謙 (淡江大學通俗武俠小說研究室)	古龍武俠小說目錄及創作年代商榷	林保淳 (淡江大學)
			龔敏 (天津南開大學)	從梁羽生、金庸到古龍——論古龍小說之新與變	方瑜 (台灣大學)
			蘇姿妃 (彰化師範大學)	仗劍江湖載酒行——古龍的生命歷程	劉奕德 (美國康乃爾大學)
午　　餐					

場次	時間	主持人	論文主講人	論　文　題　目	特約討論人
第二場	13:30 ｜ 15:00	趙衛民 (淡江大學)	王　立 (遼寧師範大學)	古龍小說復仇母題的審美與文化意涵 (論文宣讀代表：陳葆文)	陳葆文 (淡江大學)
			陳曉林 (聯合報系)	從技法的突破到意境的躍升——以楚留香傳奇為例	楊晉龍 (中研院文哲所)
			卓福安 (馬來西亞)	俠情與科技——談《絕代雙驕》由小說、漫畫到線上遊戲之劇情轉變	洪德麟 (淡江大學)
	茶　敘					
第三場	15:20 ｜ 16:50	蔣秋華 (中研院文哲所)	林保淳 (淡江大學)	西門吹雪與葉孤城	周益忠 (彰化師範大學)
			陳康芬 (東華大學)	世界觀的裂變——古龍武俠小說「世俗英雄」的文化／社會意義	翁文信 (東吳大學)
			陳墨 (北京電影學院)	楚留香研究：朋友、情人和敵手 (論文宣讀代表：胡衍南)	胡衍南 (淡江大學)
	17:30	晚　宴				

·淡江大學第九屆文學與美學國際學術研討會議程表·

會議日期：六月五日（星期日）

場次	時間	主持人	論文主講人	論 文 題 目	特約討論人
報到	10:10 ─ 10:30	國家圖書館國際會議廳			
		茶　　敘			
第一場	10:30 ─ 12:00	黃復山（淡江大學）	劉巧雲（淡江大學通俗武俠小說研究室）	正言若反──論古龍武俠小說的特色	楊昌年（台灣師範大學）
			胡仲權（嶺東技術學院）	論《絕代雙驕》的修辭藝術	沈　謙（玄奘大學）
			林建發（醒吾技術學院）	視角‧聲音‧延異──閱讀《大人物》	劉漢初（東華大學）
午　　餐					
第二場	13:30 ─ 15:00	林保淳（淡江大學）	劉奕德（美國康乃爾大學）	古龍,招式,敘事學	陳大道（淡江大學）
			湯哲聲（蘇州大學）	英雄和美女：古龍小說的創新和危機	胡仲權（嶺東技術學院）
			楊照（新新聞週刊）	系譜的破壞與重建──論古龍的武俠與江湖	蔡詩萍（聯合報系）
茶　　敘					
專題座談	15:20 ─ 16:50	陳郁夫（東吳大學）	主題一、古龍小說的「現代性」與異國（東洋、西洋）譯作影響		陳郁夫（東吳大學）
			主題二、古龍小說中的愛情與女性		陳益源（成功大學）
			主題三、古龍武俠電影、電視劇的美學成就		楊明昱（淡江大學）

場次	時間	主持人	論文主講人	論 文 題 目	特約討論人
				主題四、古龍在現代武俠小說史上的定位 ①學者觀點 ②出版家觀點	湯哲聲 （蘇州大學） 宋德令 （真善美出版社）
閉幕	16:50	國家圖書館國際會議廳			
	17:30	晚　　宴			

第九屆文學與美學國際學術研討會大會組織

主辦單位：淡江大學文學院‧中國文學系所
　　　　　國家圖書館國際會議廳
協辦單位：教育部
　　　　　國科會
　　　　　台北縣淡水鎮公所
　　　　　明日工作室股份有限公司
贊助單位：宇峻奧汀科技
總　　召：盧國屏
總 執 行：林保淳
秘 書 組：郭璉謙、劉巧雲
議 事 組：張柏恩、沙承堯、袁崇晏、顧耿維、高翊軒
文 書 組：莊欣華、彭佩貞、黃子純、林玉玫、李佳明
總 務 組：鍾宜芬、江昭蓉、陳冠閔、周文鵬、陳毓欣
會 計 組：王怡蘋、練麗敏
接 待 組：古佳峻、陳惠鈴、陳虹霖、楊婉培、徐慧媛
特 展 組：張富鈞、洪文軒、鄧原竹、林璟蓉

國家圖書館出版品預行編目資料

傲世鬼才—古龍：
古龍與武俠小說國際學術研討會論文集

林保淳主編.－初版.－臺北市：臺灣學生，2006
面；公分

ISBN 978-957-15-1296-9(精裝)
ISBN 978-957-15-1297-6(平裝)

1. 古龍－作品研究 2. 武俠小說－評論－論文，講詞等

857.907　　　　　　　　　　　　　　95001002

傲世鬼才—古龍：
古龍與武俠小說國際學術研討會論文集

主　　　編	林保淳
出　版　者	臺灣學生書局有限公司
發　行　人	楊雲龍
發　行　所	臺灣學生書局有限公司
地　　　址	臺北市和平東路一段 75 巷 11 號
劃撥帳號	00024668
電　　　話	(02)23928185
傳　　　真	(02)23928105
E－m a i l	student.book@msa.hinet.net
網　　　址	www.studentbook.com.tw
登記證字號	行政院新聞局局版北市業字第玖捌壹號
定　　　價	精裝新臺幣八〇〇元 平裝新臺幣五〇〇元

二〇〇六年二月初版
二〇二五年四月初版二刷

85790　　　有著作權・侵害必究